安徽师范大学文学院学术文库（第三辑）

U0746856

鲁迅的文化自觉和文学传统

LUXUN DE WENHUA ZIJUE HE WENXUE CHUANTONG

程致中 著

安徽师范大学出版社

·芜湖·

责任编辑:李克非
装帧设计:丁奕奕

图书在版编目(CIP)数据

鲁迅的文化自觉和文学传统/程致中著.—芜湖:安徽师范大学出版社,2019.1
(安徽师范大学文学院学术文库.第三辑)
ISBN 978-7-5676-3759-7

Ⅰ.①鲁… Ⅱ.①程… Ⅲ.①鲁迅研究－文集 Ⅳ.①I210-53

中国版本图书馆CIP数据核字(2018)第200472号

本书由安徽高校省级学科建设重大项目资助出版

鲁迅的文化自觉和文学传统
程致中 著

出版发行:安徽师范大学出版社
　　　　　芜湖市九华南路189号安徽师范大学花津校区　邮政编码:241002
网　　址:http://www.ahnupress.com
发 行 部:0553-3883578　　5910327　　5910310(传真)　　E-mail:asdcbsfxb@126.com
印　　刷:虎彩印艺股份有限公司
版　　次:2019年1月第1版
印　　次:2019年1月第1次印刷
开　　本:700 mm×1000 mm　1/16
印　　张:22.5
字　　数:345千字
书　　号:ISBN 978-7-5676-3759-7
定　　价:62.00元

总　序

　　安徽师范大学文学院的前身是1928年建立的省立安徽大学中国文学系，是安徽省高校办学历史最悠久的四个院系之一。1945年9月更名为国立安徽大学中文系，1949年12月更名为安徽大学中文系，1954年2月更名为安徽师范学院中文系，1958年更名为合肥师范学院中文系，1972年12月更名为安徽师范大学中文系，1994年10月更名为安徽师范大学文学院。这里人才荟萃，刘文典、陈望道、郁达夫、朱湘、苏雪林、周予同、潘重规、宗志黄、张煦侯、卫仲璠、宛敏灏、张涤华、祖保泉、余恕诚等著名学者都曾在此工作过，他们高尚的师德、杰出的学术成就凝成了我院的优良传统，培养出了一大批出类拔萃的各类人才。

　　文学院现设有汉语言文学、汉语言、秘书学、汉语国际教育等4个本科专业，文学研究所、语言研究所、古籍整理研究所、美育与审美文化研究所、艺术文化学研究中心等5个研究所（中心）。拥有中国语言文学博士后科研流动站，中国语言文学一级学科博士点，中国语言文学、艺术学理论两个一级学科硕士学位点；设有中国古代文学等10个硕士学位二级学科授权点和学科教学（语文）、汉语国际教育两个专业学位点；有1个安徽省A类重点学科（中国语言文学），3个安徽省B类重点学科（中国古代文学、汉语言文字学、中国现当代文学）；有1个国家级特色专业建设点（汉语言文学专业），1个国家级教学团队（中国古代文学），两门国家级精品课程（文学理论、大学语文）；主办1种省级刊物（《学语文》）。

文学院师资科研力量雄厚，现有在岗专任教师82人，其中教授28人，副教授35人，博士55人。2010年以来，本学科共主持省部级以上科研项目100项，其中国家社科基金项目28项（含重大招标项目和重点项目各1项），获得省部级以上奖励9项。教师中，有国家首届教学名师1人，享受国务院特殊津贴12人，皖江学者3人，二级教授8人，5人入选省级学术和技术带头人，6人入选省级学术和技术带头人后备人选。

走过八十多年的风雨征程，目前中文学科方向齐全，拥有很多相对稳定、特色鲜明的研究领域。唐诗研究、古代文论研究、儿童语言习得研究、古典文献研究、宋辽金文学研究、词学研究、当代文学现象研究、古典诗歌接受史研究、梵汉对音研究、句法语义接口研究等，在全国居于领先地位或在学术界有较大影响。特别是李商隐研究的系列成果已成为传世经典，国务院学位委员会委员、北京大学教授袁行霈先生说，本学科的李商隐研究，直接推动了《中国文学史》的改写。

经过几代人的薪火相传，中文学科养成了严谨扎实的学术传统，培育了开拓创新的学术精神，打造了精诚合作的学术团队，形成了理论研究与服务社会相结合、扎根传统与关注当下相结合、立足本位与学科交融相结合、历代书面文献与当代口传文献并重的学科特色。

21世纪以来，随着老一辈学者相继退休，中文学科逐渐进入了新老交替的时期，如何继承、弘扬老一辈学者的学术传统，如何开启中文学科的新篇章，成了摆在我们面前的迫切任务。基于这一初衷，我们特编选了这套丛书，名之为"安徽师范大学文学院学术文库"，计划做成开放式丛书，一直出版下去。我们认为，对过去的学术成果进行阶段性归纳汇集，很有必要，也很有意义，可以向学界整体推介我院的学术研究，展现学术影响力。

现在奉献的是第三辑，文集作者既有年高德劭的退休老师，也有年富力强的年轻学者，学科领域涵盖中国文学、语言学、美学、逻辑学等，大致可以反映文学院学术研究风貌的历史传承与时代新变。

我们坚信，承载着八十多年的历史积淀，文学院必将向学界奉献更多的学术精品，文学院的各项事业必将走向更悠远的辉煌！

储泰松

二〇一五年十二月

目　录

第一编 『取今复古』的文化自觉

取今复古　别立新宗

——《文化偏至论》的方法论意义

1908年7月，鲁迅在《河南》月刊上发表长篇论文《文化偏至论》，对西方19世纪工业文明进行了批判性审视，张扬了以尼采为宗主的个性主义文化思潮，提出"立人"→"立国"的文化建设纲领。鲁迅在论文中提出的有关文化选择的指导性原则和方法，尤其值得重视。细读此文，不仅有助于把握青年鲁迅文化思想的核心内容，对于我们深入研究鲁迅与中外文化的关系，还有方法论的指导意义。

一、文化偏至和文化选择

《文化偏至论》开篇，鲁迅结合晚清的思想文化背景，陈述了本文的写作动机。自黄帝轩辕氏打败蚩尤定居在黄河流域以来，中华帝国屹立于世界中心，没有可以较量的对手，因此传统中国人"益自尊大，宝自有而傲睨万物。"①这种妄自尊大、坐井观天的闭关自守的文化心态，直到鸦片战争时候才被打破。海禁大开，西方科学文化传入华土，中国思想界出现了亘古未有的恐慌与躁动。一部分知识分子认为西方文明至少在"工艺""政制"上具有华夏文明无可比拟的优越性。在民族危机的刺激下，他们发现，先前视为"蕞尔小蛮夷"的番邦文化，原来也有值得学习的东西。

---

① 鲁迅：《坟·文化偏至论》，《鲁迅全集》第1卷，人民文学出版社1981年版。以下未注明出处的引文，均见于此文。

于是稍稍听说过一点新学名词的人，自惭形秽，摇身一变，"言非同西方之理弗道，事非合西方之术弗行，掊击旧物，惟恐不力"。当时的洋务派、改良派人士，包括康有为、梁启超在内，异口同声地倡言"兴业振兵"，主张学习西方的自然科学和生产技术，发展工商业；在政治上则鼓吹君主立宪并成立欧洲资产阶级国会。鲁迅对这种"近不知中国之情，远复不察欧美之实，以所拾尘芥，罗列人前，谓钩爪锯牙，为国家首事"的盲目接受西方文化的社会思潮进行了猛烈抨击。在鲁迅看来，一切文明在其发展过程中都因矫正旧事物而发生"偏至"，西方文明的"偏至"是非常明显的。鲁迅为什么写作此文呢？他说得明白："今为此篇，非云已尽西方最近思想之全，亦不为中国将来立则，惟疾其已甚，施之评弹，犹神思新宗之意焉耳。"可见，鲁迅反顾欧洲19世纪文明，介绍新理想主义的目的，不止于揭发西方文明的"偏至"，还要对当时思想界盛行的民族虚无主义和华夏中心主义的文化思潮进行批判。从这意义上说，《文化偏至论》标志着20世纪之交鲁迅的文化觉醒。

针对晚清思想界盲目西化和闭关自守的文化心态，鲁迅提出了文化继承和文化选择的原则："明哲之士，必洞达世界之大势，权衡较量，去其偏颇，得其神明，施之国中，翕合无间。外之既不后于世界之思潮，内之仍不失固有之血脉，取今复古，别立新宗，人生意义，致之深邃，则国人之自觉至，个性张，沙聚之邦，由是转为人国。"这里，鲁迅非常卓越地提出了文化选择中如何处理中外古今关系的指导性原则和方法。所谓"外之既不后于世界之思潮，内之仍不失固有之血脉，取今复古，别立新宗"，显然是一个全方位开放的文化发展原则。在中外文化大撞击、大交流中，他主张以世界的眼光、平等的态度对待西方汹涌而来的异质文化，既不以"傲睨万物"的态度视为蛮夷文化而加以排拒，也不以"言非同西方之理弗道，事非合西方之术勿行"的态度视为绝对先进文化而顶礼膜拜。他认为，无论传统文化还是西方文化，都为20世纪的文化发展提供了新的有益元素。

在古与今的关系上，鲁迅提倡"取今复古"。构建20世纪的新文化，既要追随时代潮流，又要"时时上征，时时反顾""时时进光明之长途，时时念辉煌之旧有"（《坟·摩罗诗力说》）。鲁迅在批判文化上的民族虚无主义时，流露出对于古代文化精神的时时眷顾，表明了文化上的民族主义立场。严复在《论世变之亟》中谈到，中西文化精神"最不同而断乎不可合者，莫大于中之人好古而忽今，西之人力今以胜古。"鲁迅则兼取中西文化之精髓，完整地做到"好古而不忽今，力今而不忽古"，将"好古"与"力今"结合起来。

鲁迅提出的文化选择主张，是一条锐意创新的原则。依据历史进化观点，鲁迅认为"文明无不根旧迹而演来，亦以矫往事而生偏至"。一切文明在发展途程中都要发生偏至，这种唯物主义文化观使得鲁迅在审视古代文化和西方文化时，能够保持几分冷静，既反感于"耳新声而疾走"的盲从西学之辈，又抨击"心神所注，辽远在于唐虞"的复古主义者。（《坟·摩罗诗力说》）面对纷至沓来的异质文化，他要求"去其偏颇，得其神明"，而"取今复古"的终结目的，还是要"别立新宗"，建构一种"与十九世纪之文明异趣"的新文化。

鲁迅渴望创立的文化"新宗"，是中外古今的结合，民族性与现代性的交融。当时他特别推崇摩罗诗派"反抗挑战"的文学作品，既赞美这些欧洲浪漫派诗人具有令人神往的现代个性品格，又肯定他们各具民族特色（"各禀自国之特色"），显然也是以现代性与民族性相统一为圭臬，他的文学创作实践，走的也是现代性与民族性统一的新路向。既然中外古今的文化都是有"偏至"的文化，那么创新之路就在于纠偏、互补、融合，从而创立一种具有新形、新质的文化。《文化偏至论》不仅非常卓越地提出了一条极具开创性和指导性的文化选择原则，而且在研究西方文化发展史、西方思想家的实践活动及其贡献时，以现实社会和历史发展作为根本参照，突显出若干相互关联的文化（科学）研究的先进方法。

其一，历史的系统的方法。

鲁迅认为，研究特定时期的文化思想，必须做到"稽求既往，相度方来"，探究"其原安在，其实若何，其力之及于将来也又奚若"，这就对研究工作提出了追本求源并探索其发展演变规律的要求。他认为西方文明发展到19世纪后叶，最大的偏至是崇拜"物质"与"众数"。他并不忽视"人事连绵，深有本柢"的发展规律，当他回顾西欧文明发展过程时，又给予"物质""众数"以历史的肯定。把问题放到一定的历史范围内加以分析，做到褒贬适度，令人折服。在科学研究中，鲁迅反对"以当时人文所见，合之近今"的做法，认为只有"自设为古之一人，返归其心，不思近世，平意求索，与之批评"，才能做到"所论始云不妄"。（《坟·科学史教篇》）

其二，比较研究的方法。

传统中国人为什么会产生"抱守残阙""益自尊大"的劣根性呢？鲁迅认为其中一个重要原因是"惟无校雠故"。"校雠"，以及"缘督校量""权衡校量"等词语，都强调研究工作中要以正确的标准进行比较衡量，这是鲁迅关于发展社会文化的一个重要观点，也是科学研究的一个行之有效的方法。《科学史教篇》中，鲁迅还提出一个科学研究的具体方法："盖凡论往古人之文，加之轩轾，必取他种人与是相当之时劫，相度其所能至而较量之，决论之出，斯近正耳。"就是说，评论古代文化的成就，应以另一民族相当时代的文化作比较，方能得出正确的结论。

《文化偏至论》谈到19世纪末新理想主义一派思想家，都有强调主观精神或意力至上的共同思想主张，却又有不同的旨趣。尼采、易卜生诸人颂扬主观的尊贵和内心的光辉，竭力反抗时俗；而契开迦尔更以主观意志作为衡量一切事物的至高标准，一切道德行为不管造成怎样的后果，统统依据主观的善恶去作判断。鲁迅运用比较的方法显示出新理想主义者们不同的思想特色。

《摩罗诗力说》尤其注重比较不同民族文化背景下，不同思想家或摩罗诗人的思想主张和创作个性。尼采和拜伦都"欲自强"，但尼采颂强者，反人道，拜伦则抗强者，援助弱小民族，从比较中突现拜伦个性主义和人道主义相交融的思想特征。这篇比较文学论文中，鲁迅盛赞摩罗诗派共有的"争天拒俗""反抗挑战"之声，又十分注意辨析他们由民族社会形成的创作个性。例如，普希金曾受到拜伦诗歌的影响，其"小诗亦摹拜伦"，可是他的代表作《高加索的囚徒》《茨冈》等长诗，"虽有拜伦之色，然又至殊，凡厥中勇士，等是见放于人群，顾复不离亚历山大时俄国社会之一质分"。鲁迅显然以民族、社会作背景，揭出普希金的创作个性及其形成的根据。

其三，审时度势的方法。

鲁迅主张以现实的、时代发展的眼光看待人类文化遗产。他否定那种"张皇近世学说，无不本之古人"的泥古蔑今的文化态度，他说某些杰出的思想，古胜于今的事虽然并非没有先例，然而"学则构思验实，必与时代之进而俱升"。（《坟·科学史教篇》）所谓"去其偏颇，得其神明，施之国中，翕合无间"，分明是强调文化选择工作的现实性和民族性立场。

《文化偏至论》对西方文化史的评述，特别是"物质""众数"的分析，就运用了审时度势的方法。"物质""众数"在反封建斗争中功不可没，但"流风至今"，"信用弥坚，渐而奉为圭臬"，就成了偏至之物了。"根史实而见于西方者不得已，横取而施之中国则非也。"鲁迅批评那些"竞言武事"的新派人物，"近不知中国之情，远复不察欧美之实"，将西方文化中早已陈旧的"迁流偏至"之物，不加选择地"举而纳之中国"，其实是盲目无知的糊涂虫。鲁迅早年提出的这些文化选择原则和方法，理论上极其精确严密，无懈可击，它是青年鲁迅最具独创性的天才思想的突出表现。这些原则和方法的应用，当然不是孤立分离，而是相辅为用，相当程度上具有辩证思维的特点，颇具科学的实用价值。

二、外之不后于世界之思潮

什么是"外之不后于世界之思潮"？鲁迅早期怎样对西方文化进行批判性的审视呢？《文化偏至论》中，鲁迅以世界的眼光，对西方文化发展进行了历史的考察。自古罗马统一欧洲以来，欧洲人有了共同的历史。教皇的权力控制全欧，人民失去了思想自由，于是德国人马丁·路德发动宗教改革，抨击旧教，创立新教，废除了教皇权力。但是推翻教皇依靠了君主权力，宗教改革后君主的权力却更其扩大了。物极必反，人民行动起来，英、美、法爆发了大革命，"扫荡门第，平一尊卑"，倡言自由平等、社会民主，诚然是对中世纪封建专制主义的反拨，是历史的进步。但是19世纪后叶，欧洲文明却发生了两大弊端："曰物质也，众数也，其道偏至"。

鲁迅并不否认物质文明发展对西方社会有推动作用，工业文明的进步使"世界之情状顿改，人民之事业益利"，但他谴责西方社会"唯物"极端的倾向。他认为，如果物质崇拜趋向极端，甚至拿它作为唯一的标准（"奉为圭臬"），用以衡量精神领域的一切现象（"范围精神界所有事"），使人人成为物质的奴隶，就必然导致人的主体精神失落。很明显，鲁迅这里所说的"物质"和"唯物之倾向"，并非哲学意义上的"物质"和"唯物主义"，他把19世纪后叶的西方社会称为"物质"社会，其所谓"掊物质""非物质"，就是批判西方社会"诸凡事物，无不质化"的弊端。

对于法国大革命以来西方民主政治在反封建斗争中发挥的巨大作用，鲁迅给予充分肯定。他赞美法国大革命如暴风骤雨，"扫荡门第，平一尊卑，政治之权，主以百姓，平等自由之念，社会民主之思，弥漫于人心。"在鲁迅看来，铲除人与人的等级差别，将政治大权交给百姓，是"民主"的功业；如果发展到"众治"崇拜，动辄皈依"众治"，迷信"民主"，也是非常危险的。封建时代是"以独虐众"，西方社会是"借众以凌寡""以众虐独"，以多数人的专制代替君主的独裁，专制主义实质没有改变，甚至"托言众治，压制乃尤烈于暴君"，人的奴隶地位并没有改变。可见，鲁迅所谓"排众数"，并非反对人民大众，而是反对少数人借用多数的名义压制杰出个人，反对阻碍个性发展的"以多数临天下而暴独特者"的西方民主政治，归根到底是要废除任何形式的专制和奴役关系。

《文化偏至论》尖锐地提出了"物质/精神""众数/个人"这两个二元对立命题，对19世纪西方工业文明的通弊表示不满，一针见血地揭示资本主义制度下物质进步、精神堕落的实质和危害。鲁迅说："……诸凡事物，无不质化，灵明日以亏蚀，旨趣流于平庸，人惟客观之物质世界是趋，而主观之内面精神，乃舍置不之一省。……林林众生，物欲来蔽，社会憔悴，进步以停，于是一切诈伪罪恶，蔑弗乘之而萌"。19世纪后期资本主义制度暴露出来的种种问题，也曾引起西方知识界的普遍不满和失望，思想家们从各种不同立场对资本主义社会的积弊进行猛烈抨击。在这股世界潮流影响下，孙中山先生为代表的辛亥革命党人也希望避免资本主义弊端在中国重演。鲁迅对西方社会"通弊"的批判，确实做到了"外之不后于世界之思潮"。

中国社会改革和文化建设的出路在哪里呢？鲁迅从欧洲19世纪末叶兴起的新理想主义者那里拿来了主观和意力主义。他肯定施蒂纳"立我性为绝对之自由"的极端个人主义，张扬叔本华的"主我扬己而尊天才"及"意力为世界之本体"说，认同尼采的"超人"说和易卜生的"反社会民主之倾向"，以为"恃意力以辟生路"，将是"二十世纪之新精神"。

在鲁迅的视野里，西方文明有"枝叶"和"根柢"之分，物质、众数、科技等，均为枝叶，惟有人、人的意志和精神，才是根柢。所以他提出"掊物质而张灵明，任个人而排众数"的新方案。所谓"任个人"，就是肯定"个性的尊严，人类的价值"，尤其看重先觉之士、天才明哲的作用。所谓"张灵明"，就是张扬意力，发扬人的内部精神，在《破恶声论》中表现出对于"心声"（心灵的呼声）和"内曜"（内在精神的光耀）的热烈向往。鲁迅认为发扬内部精神是"人类生活之极颠"，而理想的人格，即是"意力轶众"之人。拿这个标准去观察社会群众，他得出"人群之内，明哲非多，伦俗横行，浩不可御"这样的悲观结论。在主观上，鲁迅力图以"非物质，重个人"的文化纲领来矫正西方文明偏至，希望避免崇拜"物质""众数"的通弊在中国横行；但他未能全面、深入地了解中国国情。封闭而落后的中国迫切需要发展近代工业文明和建立资产阶级民主，缺少这两个基本条件，反帝反封建的资产阶级民主革命就缺少了物质力量和思想政治基础。"任个人"和"张灵明"（即"尊个性而张精神"）

的启蒙主义主张,"立人"→"立国"的社会理想,反映了鲁迅在资产阶级革命准备时期敏锐的思想和卓越的政治远见;但是由于受到尼采超人哲学的影响,他又提出"是非不可公之众,公之则果不诚;政事不可公之众,公之则治不郅,惟超人出,世乃太平";"夫一导众从,智愚之别即在斯,与其抑英哲以就凡庸,曷若置众人而希英哲"等主张,将个人与群众尖锐地对立起来。指望"天才大士"凭借"绝大意力"和"内心光辉"去拯救"庸众",其实是一种浪漫的幻想。

因此,青年鲁迅"非物质,重个人"的文化主张虽有一定的理论意义和前瞻性,用以"施之国中"却不能"翕合无间",因其不适合当时中国社会的政治、经济实情,没有什么实践意义。在思想方法上,鲁迅冀图以"意力主义"来纠正"物质""众数"的偏至,同样陷入了片面性。他批评当时一部分新派人物将西方"迁流偏至之物""横取而施之中国则非也",却没有意识到自己也犯了相类似的错误。他那"恃意力以辟生路"的精神救国论,并不是20世纪的济世良方。

三、内之仍弗失固有之血脉

什么是"内之仍弗失固有之血脉"?鲁迅早期怎样看待中国古代文化传统呢?《呐喊·自序》中,鲁迅回顾留学时期的思想历程说过:"我们那时大抵带些复古的倾向。"鲁迅早期文章中也反复出现"复古""怀古""苏古掇新"一类词语。

鲁迅早期思想上带些复古倾向是事实。由于从小受到文言熏陶,爱好文言文,师从章太炎先生学过"小学","受了章太炎的影响,古了起来"(《集外集·序言》),所以留日期间写的文言论文,"喜欢做怪句子和写古字"(《坟·题记》),蔡元培就曾批评鲁迅《域外小说集》的翻译文字"比林琴南君所译的,还要古奥"。(《记鲁迅先生逸事·我心中的鲁迅》)我们从这些早期著作中常常看到鲁迅对古代文化的眷顾和辩护。例如,《文化偏至论》批评那些顶礼膜拜西方文明的新派人士说:"顾今者翻然思变，历岁已多，青年之所思维，大都归罪恶于古之文物，甚或斥言文为蛮野，鄙思想为简陋，风发渤起，皇皇焉欲进欧西之物而代之……"。他还指斥这些人"独指西方文化而为言"，而将"成事旧章，咸弃捐不顾"。

所谓"成事旧章""古之文物""言文""思想"，既有泛指，又有特指，表明鲁迅对中国古代文化传统的关注，显然带有"复古"倾向。《破恶声论》被认为是鲁迅早期为传统文化辩护最多的一篇，论者常征引文中一段话："顾吾中国，则夙以普崇万物为文化本根，敬天礼地，实与法式，发育张大，整然不紊。复载为之首，而次及于万汇，凡一切睿知义理与邦国家族之制，无不据是为始基焉。效果所著，大莫可名，以是而不轻旧乡，以是而不生阶级……"有的研究者从上引这段话看出鲁迅"对邦国家族制的肯定倾向"，而所谓"邦国家族之制"，就是作为中国封建社会治国齐家之本的三纲学说，甚至认为鲁迅所说"固有之血脉"，也即此义。此论将鲁迅早期的"复古"倾向，实际上视为"复古主义"倾向了。

依我看，鲁迅的"复古"倾向，是他早年坚守的一种文化信仰。《破恶声论》这段话前面还有一段文字："夫人在两间，若知识混沌，思虑简陋，斯无论已；倘其不安物质之生活，则自必有形上之需求。……虽中国志士谓之迷，而吾则谓此乃向上之民，欲离是有限相对之现世，以趣无限绝对之至上者也。人心必有所冯依，非信无以立，宗教之作，不可已矣。"这段文字讲的是宗教起源。鲁迅对一般读书人将古代先民的宗教信仰和宗教仪式斥为"迷信"不以为然。他认为人不能没有信仰，无信仰就无以立身，宗教的兴起是不可阻挡的，它是那些"向上之民"想要脱离有限相对的现实世界，进向无限绝对、至高无上境界的表现。下文紧接着论述古代先民"普崇万物"（崇拜自然）的宗教式信仰是中国文化"本根"，是一切哲学思想和典章文物的"始基"。将上下两段文字衔接起来看，鲁迅显然不是肯定封建时代的"邦国家族之制"，而是赞美古代先民的虔诚信仰。鲁迅特别神往于"古民之朴野"，神往于他们迎神、赛会、神话、神物（龙），他说农人在农闲时举行酬神赛会，举酒自劳，杀牲谢神，"精神体质，两愉悦也"，有什么不好呢？"倘其朴素之民，厥心纯白，则劳作终岁，必求一扬其精神"，也是可以理解的（《集外集拾遗补编·破恶声论》）。鲁迅对古代先民在与大自然抗争中表现出的强悍生命力、富于创造精神的宗教信仰表示赞美，而对"一意禁止赛会之志士"非常反感，以至毫不客气地说："伪士当去，迷信可存"。

鲁迅对于宗教、"迷信"的辩护，就其主导方面看，是以古代先民"普崇万物"的确固信仰，救治中国人"无特操"、无信仰的劣根性，是以古代先民朴野的生命形式和强悍的生命力来救治中国人精神上的堕落。鲁迅的"复古"倾向，和他那"根柢在人""立人"的启蒙主张相一致，和他"非物质，重个人"的文化主张也是吻合的。明乎此，就能正确理解《摩罗诗力说》中一句话："今且置古事不道，别求新声于异邦，而其因即动于怀古。"拜伦、雪莱等摩罗诗人"立意在反抗，指归在动作"，其声"最雄杰美伟"，这样的"新声"和古代先民的"朴野"精神何其相似乃尔！所以，无论"怀古""复古"，还是"别求新声于异邦"，不过是从不同的方向去寻找精神的源泉（无论"古源"还是"新源"），旨在实行思想启蒙，唤醒"平和之民""不争之民"。（《坟·摩罗诗力说》）

鲁迅"复古"倾向的主要内涵，不是肯定封建时代的"邦国家族之制"和三纲学说，而是弘扬中华文明的民族精神。鲁迅认为，一国文化是"一国精神之所寄"，是"征表一时及一族之思维"，亦即"国魂之现象"（《集外集拾遗补编·拟播布美术意见书》）。鲁迅充分认识到民族文化的价值，因此《文化偏至论》中，对当时一部分知识分子馨香顶礼，盲目接受西方文化深表不满。他的早期著作并不掩饰对华夏文明的由衷赞叹："中国之在天下，……若其文化昭明，诚足以相上下者，盖未之有也。"（《坟·文化偏至论》）"中国之立于亚洲也，文明先进，四邻莫与之伦，骞视高步，因益为发达，及今日虽凋零，而犹与西欧对立，此其幸也……则震旦为国，得失滋不云微，得者以文化不受影响于异邦，自具特征之光彩，近虽中衰，亦世希有。"（《坟·摩罗诗力说》）鲁迅对古代文明情不自禁地赞美，是民族文化自信的表征，也是对文化上民族虚无主义的反拨。在文化选择和文化建设中，弘扬中华文明的民族精神，正是其倡导"内之仍弗失固有之血脉"的本义所在。

联系当时的思想文化背景来看，鲁迅早期思想带些"复古"倾向有其必然性。1906年，名噪一时的革命家章太炎在《民报》上鼓吹"用国粹激动种性，用宗教增进爱国热肠"。一些革命派办的刊物上有"撝怀古之蓄念，发思古之幽情，光祖宗之玄灵，振大汉之天声"这样的封面题辞。还有人发表提倡国学、国粹的文章，鼓吹"学亡则亡国，国亡则亡族"（黄节：《国粹学报叙》），"国粹存则其国存，国粹亡则其国亡。"（许守微：《论国粹无阻于欧化》）这股复古思潮，重视民族精神，怀抱爱国热肠，有推动反清革命的积极作用，其中一部分人坚持"国粹主义"，"粹然成为儒宗"，后来成为"五四"文化革命的对象。这样一种复古的文化氛围中，青年鲁迅很难不受到影响。尽管如此，鲁迅和那些"漫夸耀以自悦"的文化保守主义者不同。鲁迅相信进化论的发展观，一向反对守旧、倒退。他说："吾中国爱智之士，独不与西方同，心神所注，辽远在于唐虞，或迳入古初，游于人兽杂居之世；谓其时万祸不作，人安其天，不如斯世之恶浊阽危，无以生活。其说照人类进化史实，事正背驰。"（《坟·摩罗诗力说》）他希望中国人学习那位写《理想国》的西哲柏拉图，永是眺望未来，朝着既定的目标猛进不已。

对于中国古代文化，鲁迅并不盲目自大。根据对古代文明的历史审视和对近代文化的痛切反省，他清醒地看到中国文化近代以降的凋零和衰落。在内忧外患的形势下，鲁迅希望中国人正视现实，不能"安弱守雌，笃于旧习"，要以西方文化的优长弥补中国文化的缺陷，只有不自满的民族，才能"争存于天下"。他对"国粹主义"者直言不讳地提出批评："惟张皇近世学说，无不本之古人，一切新声，胥为绍述，则意之所执，与蔑古亦相同。"（《坟·科学史教篇》）他认为贬抑"一切新声"，排斥外国文化的"国粹"论和蔑视古代文化的态度一样是错误的。在同一篇文章中，鲁迅讲述了印度人"死抱国粹"的一则笑话：从前英国人要在印度铺设地下水道，被印度拒绝。也有人愿意实行此事，却自欺欺人地说：地下水道本来是古代印度人发明的，后来技术失传，白种人不过是窃取我们的技术而加以革新罢了，这样地下水道才在印度推行开来。鲁迅对这种自欺欺人的"死抱国粹之士"指斥说："旧国笃古之余，每至不惜于自欺如是。震旦死抱国粹之士，作此说者最多，一若今之学术艺文，皆我数千载前已具。"正视中国传统文化的缺憾，注意汲取外国"学术艺文"的优长，清醒地看到盲目复古、死抱国粹的危害——以是观之，鲁迅早期文化思想中的"复古"倾向，不可与死抱国粹的"复古主义"混为一谈。

以上论述可见，鲁迅早期文化选择的态度虽有片面性和浪漫性，却不能湮没青年思想家峻急的热情和熠熠的思想光辉。《文化偏至论》不是炉火纯青之作，但它是先进中国人在20世纪之初文化上的觉醒，比起四平八稳的高蹈理论来，青年鲁迅的这些主张或许更带有前瞻性和真理性。跟随时代的进步，鲁迅文化选择的态度也在不断调整并逐渐走向成熟。鲁迅后期提出了"拿来主义"的文化继承原则，既反对"送去"的复古主义，又反对"送来"的全盘西化，非常明确精当地阐述了现代中国人面对中西方文化交汇应当坚守怎样一种明智的立场和态度。（《且介亭杂文·拿来主义》）"拿来主义"的要义是开放、创造、批判地继承，意在创造中华民族新文化，这条原则和鲁迅早先提出的"外之不后于世界之思潮，内之仍弗失固有之血脉""取今复古，别立新宗"的文化主张，显然是一脉相承的。

［原载《安徽师范大学学报》（人文社会科学版）2001 年第 3 期］

《摩罗诗力说》与欧洲浪漫主义文学

在封建专制制度下，清末的中国文化界出现了生机断绝、草木凋零的"萧条"景象。而要打破这种"污如死海"的局面，鲁迅认为"最有力莫如心声"。在《摩罗诗力说》中，他说沙皇统治下的俄罗斯民族文化也出现过一个时期的寂寞无声局面，但是"俄之无声，激响在焉"，19世纪前期出现了果戈理，"以不可见之泪痕悲色，振其邦人"。后来又有小说家珂罗连科，在荒凉的西伯利亚，把樱花和黄鸟的故事讲给孩子们听。珂罗连科在《最后的光芒》中表达了对关好未来的向往，激起鲁迅的共鸣：那"先觉之声"怎么不来"破中国之萧条"呢？

鲁迅认为，中国人受旧文化的影响太深（"旧染既深"），"新声"不可能从中国传统文化中产生，只有将目光转向域外，"别求新声于异邦"，把"摩罗"诗派作为先觉之声引入国门，才有希望在中国出现"精神界之战士"，造成本民族的"新声"，以振奋国民精神，推动中国的社会改革。鲁迅后来在《坟·杂忆》中还谈到他早年读拜伦诗歌"心神俱旺"的感受，"时当清的末年，在一部分中国青年的心中，革命思潮正盛，凡有叫喊复仇和反抗的，便容易惹起感应"。

以拜伦和雪莱为代表的"摩罗"诗派，实为崛起于18世纪末，19世纪初欧洲诗坛的"浪漫派"，这个流派是1897年法国大革命的产物，是对以卢梭为代表的启蒙思想的继承和发展，其创作活动长达半个世纪。法国大革命给欧洲的思想界以极大鼓舞，浪漫派诗人们翘首以待，积极寻找卢梭所描绘的"理性王国",他们以为革命后的欧洲将会出现自由平等的王道乐土。可是大革命后建立起来的资产阶级政权,却不是绝对合乎理性的。在资产阶级政权建立和资本主义生产关系形成的同时,资本主义制度很快暴露出种种罪恶和不可克服的矛盾:乡村经济受到工业革命的冲击,大批破产农民流入城市;在资产阶级的压迫和剥削下,工人阶级的贫困日益加剧。法国大革命初期,为了保卫革命成果而进行的反对欧洲君主国联盟的战争是进步的;但是拿破仑为了争霸、掠夺和奴役而发动战争是非正义的,必然激起被侵略国家的民族解放运动。1812年,拿破仑对俄罗斯的战争导致法兰西帝国彻底瓦解;1814年,沙皇亚历山大倡议成立全欧君主国(除了英国)的"神圣同盟",旨在保卫君主制和基督教义,从此整个欧洲进入君主统治最黑暗的年代。在残酷的现实面前,启蒙思想家所歌唱的"理性王国"已成空花泡影。正是在这样的历史条件下,诞生了被恩格斯称为"天才的预言家"的雪莱和"满腔热情的,辛辣地讽刺现实社会"的拜伦[1],掀起了席卷整个欧洲的浪漫主义文学运动。

浪漫主义文学运动最旺盛时期是拿破仑战争和"神圣同盟"最黑暗、最反动的年代。由于启蒙主义理想的幻灭和对法国大革命的失望,浪漫派作家既愤慨于封建专制制度,又厌弃资本主义的罪恶。这种双重绝望促使作家们追求新的社会理想,他们纵情讴歌自由平等,憧憬没有压迫,没有剥削,没有战争,甚至没有国王、没有国界的大同世界;他们强烈反抗压迫,渴求民族解放,反对侵略战争,争取民族独立;他们的作品往往表现出鲜明的个人色彩和浓厚的抒情气息,其悲剧主人公不是消极厌世的时代病患者,而是反抗旧制度、追求新理想的叛逆者。

鲁迅在《摩罗诗力说》中介绍了欧洲浪漫派中成就较大的八位诗人,即拜伦、雪莱、普希金、莱蒙托夫、密茨凯维支、斯洛伐茨基、克拉辛斯基和裴多菲。鲁迅认为这些诗人的共同特点是"立意在反抗,指归在动作""大都不为顺世和乐之音""动吭一呼,闻者兴起,争天拒俗,而精神

---

[1] 恩格斯:《英国工人阶级状况》,《马克思恩格斯全集》第2卷,人民出版社1972年版,第528页。

复感后世人心"。这派诗人的歌声是"声之最雄杰伟美者",其"力足以振人"。综观全篇,鲁迅主要从四个方面张扬"摩罗"诗派的"新声"。

一、反抗挑战之声

在鲁迅看来,拜伦以前的英国文学大都四平八稳,"与旧之宗教道德极相容",而当拜伦登上文坛,则完全打破了旧的传统,"其文章无不含刚健抗拒破坏挑战之声"。鲁迅从拜伦等人的诗歌中,首先看到"摩罗"诗派对于封建专制主义和资本主义制度的激烈诅咒和反抗。

18世纪60年代后英国工业革命迅速发展,所造成的直接后果是社会矛盾日益尖锐化和公开化,工业革命"把居民间的一切差别化为工人和资本家之间的对立"(恩格斯语)。与此同时,英国农民大批破产流入城市,到19世纪初叶,当法国大革命唤醒全欧洲走向新生活的时候,资本主义比法国发达得多的英国却成了封建君主同盟的首领,极端保守的英国资产阶级将劳动者投入灾难深渊,工人阶级和劳动群众郁积着对统治者的仇恨,开展了捣毁机器的自发反抗斗争。

出身于世袭贵族的拜伦,深受卢梭和法国大革命影响,憎恶上层社会的伪善,反对专制压迫。他在英国上议院发表演说,反对处死破坏机器的纺织工人,还发表《〈压制破坏机器法案〉制定者颂》,讽刺政府在"饥荒遍野,穷人呻吟"的时候以暴力镇压工人;他写诗号召人民起来"打倒所有的国王""或者战死或者自由地生活",并且向那些为自由而战死的战士表示敬意(《你的生命完了》)。

拜伦诗中最能充分展示其"张撒旦而抗天帝"的反抗挑战之作,是以《圣经》故事为题材的诗剧《该隐》。该隐和亚伯是亚当夏娃的两个儿子,该隐种植,亚伯牧羊,他们都拿出自己的产品向上帝献礼。上帝爱吃羊肉不爱吃果品,拒绝该隐的礼品,该隐盛怒之下杀了亚伯。上帝诅咒该隐,叫他的地里长不出果实,该隐被迫流亡。这时,那个当初化为蛇引诱夏娃偷食禁果、破坏伊甸园秩序的魔鬼路西弗,乘机向该隐传布他的生死善恶观,引导该隐反抗上帝。路西弗不相信凌驾于一切之上的神,他说神战胜了我,就说我是恶人,如果我战胜了,恶就在神而不在我了。魔鬼论善恶生死的一番话,使该隐恍然大悟:"神为不幸之因!"上帝先要人类受冻挨饿,然后给予衣食;先叫人染上瘟疫,然后再去救援;亲手造出罪人,然后赦免他们。上帝对人类其实并无恩惠,而人类竟愚蠢地替上帝大唱颂歌。这部诗剧中,拜伦竟敢用理性对抗宗教,用魔鬼反抗上帝!如此激烈的反叛言辞,在基督教创立以来实属罕见。那时的英伦,"虚伪满于社会",像拜伦这样"率真行诚,无所讳掩"的精神界战士,当然会受到上流社会和宗教徒的咒骂和攻击。鲁迅从拜伦的反叛诗歌看出其人的真价值:"尊己而好战,其战复不为野兽,为独立自由人道也。"独立、自由和人道,正是欧洲浪漫主义文学运动一面高扬的旗帜,也是摩罗诗人反抗挑战的思想动力。所以鲁迅将拜伦视为摩罗诗派之"宗主"。

和拜伦同时代的诗人雪莱,终其一生"抗伪俗弊习以成诗"。著名诗剧《解放了的普罗米修斯》的主人公,为人类偷取天火而反抗上帝,被囚于高加索山顶岩石上,受尽酷刑,不肯屈服,最终获得胜利。诗剧从希腊神话取材,却影射英国的社会现实:原野浸透着鲜血,奴隶们在呻吟,统治者以傲慢的态度践踏着大地……诗人猛烈地抨击社会罪恶,渴望一个由"爱"主宰一切的理想社会。到那时,没有皇帝,也没有仇恨和残杀,所有的人都热情、聪明、自由,每个人都是管理他自己的皇帝。雪莱以人道主义理想描绘人类自由平等,没有剥削和压迫的美好未来。鲁迅从雪莱诗歌看出一种破除旧习的"改革之新精神"。雪莱一生写过许多政治诗、抒情诗和诗剧,批判王公大臣、政治法律和社会上的寄生虫。因其热爱自由,向往光明,其诗带有空想社会主义色彩,被马克思誉为"一个真正的革命家,而且永远是社会主义的急先锋"。鲁迅非常惋惜雪莱"终以壮龄而夭死",称他一生"即悲剧之实现"。

不独拜伦、雪莱,其他浪漫派诗人也具有"刚健不挠,抱诚守真,不取媚于群,以随顺旧俗"的共同特点。如普希金的作品使"社会之伪善,灼然现于人前";莱蒙托夫"恶人生诸凡陋劣之行,力与之敌";裴多菲

"性恶压制而爱自由",他曾自豪地说:"居吾心者,爱有天神,使吾歌且吟,天神非也,即自由耳"。摩罗诗人为自由而战的歌声,永远激励后世人心。

二、爱国复仇之声

19世纪初年,欧洲广大地区爆发了反侵略、反压迫的民族解放斗争,浪漫派诗人高张自由人道大旗,写下许多壮怀激烈的爱国诗篇,有的还拿起武器,投身于民族解放的战场。

"重独立而爱自由"的拜伦说过:"若为自由故,不必战于宗邦,则当为战于他国。"当意大利爆发反抗奥地利侵略的战争,拜伦秘密参加了意大利烧炭党人的革命活动,甚至捐出家产支持革命。尽管这个秘密政党后来被奥国破坏,在拜伦精神激励下,意大利终于赢得了独立,所以意大利爱国者马志尼称誉拜伦是"意大利复兴的英雄"。当希腊受到土耳其蹂躏时,他又义无反顾地为希腊独立而战,后染上沼泽地寒热症,病逝于希腊军中。在鲁迅看来,拜伦精神不是一种抽象的美,而有着丰富的、具体可感的历史内容:"故其平生,如狂涛厉风,举一切伪饰陋习,悉与荡涤,瞻前顾后,素所不知;精神郁勃,莫可制抑,力竭而毙,亦必自救其精神:不克厥敌,战则不已。"鲁迅对拜伦崇敬有加,拜伦那"叫喊复仇和反抗"的呼声,使他心弦立应,直到1925年还记得拜伦"那花布裹头,去助希腊独立时候的肖像"。(《坟·杂忆》)

1903年,鲁迅配合东京留学生拒俄运动作《斯巴达之魂》,显然受到拜伦影响。小说讲述古代斯巴达王黎河尼佗率市民三百及兵士数千,反抗波斯大举进攻希腊,扼守温泉门至死不屈的壮烈故事,特别描写一位以死谏夫、舍身杀敌的斯巴达妇女(涘烈娜)形象。鲁迅欲以古希腊人民的爱国精神激励中国青年,希望他们"掷笔而起",为中华民族的解放而斗争。拜伦在长诗《唐·璜》第三章,也曾借一位希腊爱国者的歌声,倾诉他对古代斯巴达勇士的怀念:"大地啊,请从你的怀里,/把我们斯巴达先烈们的遗风移给我们！/从那三百个勇士里赐给我们三个，/来建起一个新的瑟摩彼利！"拜伦在"怀前古之光荣，哀后人之零落"的长诗《哀希腊》中，也有这样的诗句："难道我们该只哭悼往日？/只脸红吗？——我们的祖先是流血，/大地啊，请把斯巴达勇士，/从你的怀抱里送回来一些！"我们从《斯巴达之魂》的主题、题材以及全篇洋溢着高昂的浪漫主义激情，不难看出拜伦精神对鲁迅的深刻影响。

《摩罗诗力说》还高度评价了受到拜伦影响的三位波兰诗人和匈牙利诗人裴多菲。19世纪上半叶，匈牙利最初受到奥地利帝国的侵害，1848年匈牙利人民举行独立起义时，又受到俄国沙皇军队的镇压，密茨凯维支、裴多菲等诗人，唱出反抗沙俄侵略和奴役的爱国复仇歌声。

被鲁迅誉为"复仇诗人"的波兰诗人，其复仇诗歌精华，荟萃于密茨凯维支的诗剧《先人祭》中。从长诗第三卷我们听到两个囚徒的反抗复仇歌声，这歌声深深打动了青年鲁迅，他赞美"密克威支所为诗，有今昔国人之声寄于是焉"。介绍波兰诗人的作品时，鲁迅特别推崇那些采用一切报复手段以拯救祖国的英雄人物，像格罗苏那以诈术败敌，华伦洛德诈降破敌，阿勒曼若传瘟疫给敌军，坷尔强行刺沙皇尼古拉一世，等等。鲁迅反复强调："凡窘于天人之民，得用诸术，拯救父国，为圣洁也。"被压迫人民为了实现崇高的目的，无论采用什么手段打击侵略者，均无不可。这一反侵略战争的神圣法则，对于正在进行反帝爱国斗争的中国人民，尤其具有启迪意义。

匈牙利诗人裴多菲"纵言自由，诞放激烈"，在革命高潮中，他像猛禽预感到地震一样写了《起来，匈牙利人！》这首诗。诗人"誓将不复为奴！"的呼声在民众中引起轰动，匈牙利从此废除出版检查制度。后来为了反抗沙俄侵略，裴多菲投笔从戎，在一次战役中壮烈牺牲，诗人以自己的行动，实现了"为爱而歌，为国而死"的诺言。

鲁迅在论文中还评述了俄罗斯诗人普希金的思想和创作。普希金早年受到拜伦影响，写诗讽喻沙皇，揭露社会虚伪，开创了俄国浪漫主义诗派；后来发生了变化："立言务平和，凡足与社会生冲突者，咸力避而不道，且多赞诵，美其国之武功。"甚至当欧洲各国舆论谴责沙皇侵略波兰时，普希金却写诗《给俄罗斯的诽谤者》《波罗金诺纪念日》，向沙皇表白他的忠诚。鲁迅痛惜普希金的倒退，借丹麦批评家勃兰克斯的话批评曰："惟武力之恃而狼藉他人之自由，虽云爱国，顾为兽爱"。还以普希金和莱蒙托夫相对照，指出："莱尔孟多夫亦甚爱国，顾绝异普式庚，不以武力若何，形其伟大，凡所眷爱，乃在乡村大野及村人之生活，且推其爱而及高加索土人。此土人者，以自由故，力敌俄国者也。"在对比中，鲁迅肯定了热爱人民，反抗专制和压迫的"人爱"，抨击了一味颂扬侵略战争和专制独裁的"兽爱"，表明助弱抗强，声援被压迫民族和人民解放斗争的人道主义立场。

三、个性解放之声

"摩罗"诗派一个突出特点，就是强烈的反抗精神和个性解放要求紧密结合在一起。他们孤独自是，愤世嫉俗，要求冲破封建专制主义对个性的种种束缚，他们的反抗带有强烈的个人主义色彩。

拜伦就是一个"自尊至者"。鲁迅说："盖人既独尊，自无退让，自无调和，意力所为，非达不已，乃以是渐与社会生冲突，乃以是渐有所厌倦于人间。"拜伦诗歌的主人公，大抵是与旧社会旧道德激烈对抗的个人主义英雄。鲁迅对其诗作中的人物形象评曰："凡所描绘，皆禀种种思，具种种行，或以不平而厌世，远离人群，宁与天地为侪偶，如哈洛尔特；或厌世至极，乃希灭亡，如曼弗列特；或被人天之楚毒，至于刻骨，乃咸希破坏，以复仇雠，如康拉德与卢希飞勒；或弃斥德义，蹇视淫游，以嘲弄社会，聊其快意，如堂祥；其非然者，则尊侠尚义，扶弱者而平不平，颠仆有力之蠢愚，虽获罪于全群无惧，即裴伦最后之时是也。"鲁迅将"拜伦式英雄人物"归纳为四类，而拜伦本人则超越他笔下的人物，拜伦精神臻于至高境界。

所谓"拜伦式英雄"，既具有反抗挑战、尊侠尚义、扶弱抗强特点，又染有孤军独战、厌世离群情绪。《海盗》中的康拉德，就是突出的典型。其人本来也有高尚纯洁的理想，要为大众做好事，后来看到坏人当道，一般庸众也追名逐利，助纣为虐，于是转为厌世憎人，终于抛弃上帝和一切道德，在海上称王称霸。孤舟利剑就是他的权力，"惟以强人之意志"，向世人报复。要问命运是怎么回事？他会告诉你："在鞘中，一旦外辉，慧且失色而已。"康拉德、路西弗和唐璜这些英雄形象，其实是拜伦精神的写照，所以有人称拜伦为海盗，拜伦则心中暗喜。在拜伦作品中，诗剧《曼弗雷特》是最阴暗、悲观之作，因为失去恋人的痛苦，主人公甚至寻求死亡。可见诗人写这部作品时（1817），出现了精神危机，也典型地见出拜伦式个人英雄消极颓唐的一面。

拜伦过分看重个人权力，灵魂里隐藏着一个专制的恶魔，"上则以力抗天帝，下则以力制众生。"其所以要压制众人，他看得大众太庸愚、太落后了。他对群众采取"衷悲而疾视，衷悲所以哀其不幸，疾视所以怒其不争"的态度，就是这种内在矛盾的具体表现。鲁迅非常精辟地指出："拜伦既喜拿破仑之毁世界，亦爱华盛顿之争自由，既心仪海贼之横行，亦孤援希腊之独立，压制反抗，兼以一人矣。虽然，自由在是，人道亦在是。"鲁迅高度评价其"重独立而爱自由"的同时，并不忽视其人思想中的专制因素。马克思也曾严厉批评拜伦个人主义的消极面，指出"拜伦在三十六岁逝世也是一种幸福，因为拜伦要是再活得久一些，就会成为一个反动的资产者"。[①]

"摩罗"诗派其他诗人的反抗，也具有个人主义悲剧的色彩。雪莱一生就像一首无韵的诗，"时既艰危，性复狷介，也不彼爱，而彼亦不爱世，人不容彼，而彼亦不容人"，终以壮龄客死于意大利南方。莱蒙托夫的诗歌，充满着强烈的不妥协和激昂的反抗呼声，"彼之生平，常以憎人者自命"，他所描绘的俄罗斯风物总是"黯淡"的，"浓云疾雷而不见霁日也"。密茨凯维支的歌声，好像那孤独的吹角人的吹角声，他把"今昔国

---

① 转自《外国文学发展简史》，四川民族出版社1986年版，第241页。

人之声"融和在一起了。至于裴多菲,"诗人一生,亦至殊异,浪游变易,殆无宁时",其性情与拜伦相似,"纵言自由,诞放激烈",以致成为"众恶之人""独研深谷之中"。不过他没有沉没于孤独之中,他在保卫祖国的战场中找到自己的归宿。"摩罗"诗人由于追求自由,反抗世俗,几乎无例外地受到社会的冷漠和统治者的压迫,鲁迅赞美诗人们"举全力以抗社会,宣众生平等之音,不惧权威,不踞金帛,洒其热血,注诸韵言",他们是"精神界之伟人",而非"人群之骄子",他们颠沛流离,慷慨悲歌,演出了一幕幕英雄悲剧。鲁迅对摩罗诗人的个人悲剧,常常倾诉出无限的悼惜之情。

四、真理自由之声

欧洲浪漫派诗人都是主观意识极强的作者,他们强调激情、信仰和希望。雪莱在《诗辩》中宣称:"凡是构成一首诗的一切主要因素,为自由而广博的道德服务,目的是要在我的读者心中点燃起自由与正义原则的道德的热情,以及对善的信仰与希望,不论是暴力、污蔑,或偏见,都不能把这些热情、信仰和希望从人类中完全灭绝的。"在为真理而斗争的生命旅程中,他们精神振奋,引吭高歌,"不克厥敌,战则不止";他们以自己的歌声,鼓舞读者大众"上征渴仰之思想,使怀大希以奋进"。

鲁迅特别赞赏拜伦"秉自由思想而探究"的精神。当时的英伦,"虚伪满于社会",人们把"繁文缛礼"当作真理,拜伦却说:"恶魔者,说真理者也!"为了捍卫真理和自由,他"率真行诚",向一切虚伪和恶习勇猛挑战。鲁迅称颂拜伦是一位"真人",他捧出赤诚的心,以全部情感和意志来写诗,正因为此,"故凡一字一辞,无不即其人呼吸精神之形现"。

"况修黎者,神思之人,求索而无止期,猛进而不退转",雪莱也是一位真理与希望的播种者,鲁迅极推崇他那追求真理奋不顾身的理想主义精神。雪莱的著名抒情诗《西风颂》鼓舞一代又一代革命者。西风原本给人一种肃杀的感觉,雪莱却以积极的态度歌唱西风,他请西风"把我枯死的思想向世界吹落，/让它像枯叶一样促成新的生命"，他请西风"把昏睡的大地吹醒"。诗的结尾写道："哦，风啊，如果冬天来了，春天还会远吗？"诗人从严寒的冬天展望必将来临的春天，激励人们在黑暗和寒冷的逆境里追求光明。鲁迅还特别介绍了雪莱诗剧《伊斯兰起义》和《解放了的普洛美修斯》，诗的主人公，无论为自由和正义而献身的英雄罗昂，还是英勇不屈的普洛美修斯，都是一切"伪俗弊习"的破坏者和"改革之新精神"的创造者。

拜伦和雪莱为真理、自由和希望而战斗的精神给予青年鲁迅以积极影响，成为他不倦地探索前进的一个思想动力。

[原载《安庆师范学院学报》（哲学社会科学版）2001年第6期，原标题《别求新声于异邦——论〈摩罗诗力说〉》]

《摩罗诗力说》与比较文学

　　《摩罗诗力说》是鲁迅留日时大力提倡文艺运动的一篇重要文艺论文，也是他对以拜伦为"宗主"的欧洲浪漫主义文学进行比较研究的开拓性论著。所谓"意者欲扬宗邦之真大，首在审己，亦必知人，比较既周，爰生自觉"①，展现出一种探索各民族文学的血缘关系，并考察中外文学文化关系的比较文学新视野。这篇文章中，鲁迅以宏大的气魄，深邃的目光，对19世纪上半期磅礴于英、俄、波、匈等国的"摩罗"诗派的发生、发展、流变之内部和外部规律，进行了深入系统的研究。鲁迅的比较文学实践开创了我国比较文学研究的新领域。"我国现代的比较文学研究，应该说是从青年鲁迅的《摩罗诗力说》开始。1907年，可以说是我国比较文学研究起步的一年。"②鲁迅对比较文学的开创性贡献，可从以下几方面论述。

一、绘出拜伦影响的谱系

　　以拜伦为宗主的"摩罗"诗派的发生，与1789年法国大革命后欧洲各

---

　　① 鲁迅：《坟·摩罗诗力说》，《鲁迅全集》第1卷，人民文学出版社1981年版。本文未注明出处的引文均见于此文。

　　② 赵瑞蕻：《鲁迅〈摩罗诗力说〉注释、今译、解说》，天津人民出版社1982年版，第289页。

国兴起的民族民主革命关系密切。鲁迅指出："十九世纪初，世界动于法国革命之风潮，德意志西班牙意大利希腊皆兴起，往之梦意，一晓而苏；惟英国较无动。顾上下相迕，时有不平，而诗人裴伦，实生于此际。"法国大革命给整个欧洲以极大的鼓舞，人们翘首以待，积极寻找卢梭所提倡的"理性王国"，盼望革命后的欧洲将会出现自由平等的乐土。当法国革命风潮唤醒全欧洲走向新生活的时候，资本主义比法国发达得多的英国却沉沦在极端保守的专制主义黑暗之中，统治者和劳动群众的矛盾日趋激化。鲁迅正确地分析了"摩罗"诗派发生的时代环境，进而研究了拜伦诞生的文学背景。拜伦之前的英国文学大都"平妥翔实""与旧之宗教道德极相容"；自从拜伦登上文坛，"乃超脱古范，直抒所信"，以"刚健抗拒破坏挑战之声"，完全打破了"平和"的旧传统。鲁迅又以非常简练的文字叙述了拜伦的旧贵族出身，其远祖做过海盗之王，祖父投奔英国海军做到统帅。拜伦特殊的家世，对我们阅读其诗极有意义。在这里，鲁迅借助我国传统的"知人论世"的批评方法，对"摩罗"诗派兴起的社会原因进行了鞭辟入里的剖析。

确立了拜伦为摩罗诗派的"宗主"地位后，鲁迅对这一流派"立意在反抗，指归在动作"的共同特点做了初步描绘，然后指出拜伦对整个欧洲的巨大影响："若问其力若何？则意大利希腊二国，已如上述，可毋赘言。此他西班牙德意志诸邦，亦悉蒙其影响。次复入斯拉夫族而新其精神，流泽之长，莫可阐述。至其本国，则犹有修黎一人。"接着，鲁迅运用比较研究方法，着重研究拜伦、雪莱以及他们和俄、波、匈等国摩罗诗人的血缘关系，描绘出拜伦"余波流衍"的谱系，"入俄则起国民诗人普式庚，至波兰则作报复诗人密克威支，入匈牙利则觉爱国诗人裴彖飞"，尽管这些诗人"种族有殊，外缘多别"，但他们刚健不挠，抱诚守真，不肯取媚于群，随顺旧俗，他们都具有"争天拒俗"的叛逆性，他们其实"统于一宗"。

鲁迅在论文中还十分清晰地描绘出拜伦影响的流布途径和影响、接受方式。例如，拜伦诗歌传到俄国后，俄国浪漫派的两位诗人普希金和莱蒙托夫都接受其影响。普希金的长诗《高加索的俘虏》和《茨冈》，与拜伦的《恰尔德·恰洛尔德游记》极其相似，塑造了如"拜伦式的英雄"那样"世纪青年"的典型。普希金在拜伦逝世后所作《致大海》诗中，称颂拜伦是那奔腾咆哮的大海，是19世纪前期欧洲文坛"思想上的另一王者"，并公开承认自己受到拜伦的影响。不过，正如鲁迅所指出的，普希金后来还是摆脱了拜伦的影响。这种始而蒙受拜伦影响，最终又摆脱其影响的情状，在诗体小说《叶甫盖尼·奥涅金》中鲜明地表现出来。鲁迅还告诉我们，"裴仑之摩罗思想，则又经普式庚而传来尔孟多夫"。莱蒙托夫读过《拜伦传》后，深慕其为人，也仿效拜伦用诗歌叙述东方故事。他初时写诗模仿拜伦、普希金，后来独树一帜。

又如，波兰诗人密茨凯维支读拜伦诗歌后，写出长诗《先人祭》；斯洛伐斯基也曾模仿拜伦诗体，成诗一卷。鲁迅还指出，密茨凯维支所受影响极其复杂。他推崇拜伦，也崇拜拿破仑，认为拜伦的成就其实是拿破仑精神影响的结果；而拜伦精神又极大地鼓舞了普希金，所以拿破仑也间接地造就了普希金。密茨凯维支和普希金是好朋友，他们都是斯拉夫文学的创始人，又同属于拜伦开创的诗派，后来又都倾向于本民族的文化传统，逐渐脱离了拜伦影响。鲁迅就像一位亲切的导游者，他把拜伦及其他浪漫派诗人相互影响的起点、终点和经过路线描画给我们看。他对拜伦影响的论述基本上符合当时欧洲历史的具体情况，符合19世纪欧洲浪漫主义文学的发展史。

二、比较研究作家的个性和风格

比较文学研究的任务，不只是考证作家之间的因果联系或文学流派的共同特征，还在此基础上进一步研究"同中之异，异中之同"，在深入的比较研究中揭示作家个性和风格的特异性。这方面，鲁迅对欧洲浪漫派诗人做了缜密细致的研究工作。

英国诗人拜伦和雪莱都是"张撒旦而抗天帝"的"恶魔"派诗人，他们的共同特点在于"与旧习对立，更张破坏"，且"求索而无止期，猛进而不退转"，在反抗破坏中昂扬地追求真理。鲁迅介绍拜伦，突出其孤援希腊独立运动的壮举和《恰尔德·恰洛尔德游记》等诗篇的异国情调；而雪莱，则是一位富于理想主义的热情诗人，"人生不可知，社会不可恃"，他对美丽的大自然"寄之无限的热情"。通过比较研究，突显出两位诗人鲜明的个性特点。

普希金和莱蒙托夫都接受了拜伦诗歌影响，但是两位俄国诗人与拜伦的关系，呈现出非常复杂的情况。鲁迅分析了两位诗人的"同中之异"："前此二人于裴伦，同汲其流，而复殊别。普式庚在厌世主义之外形，来尔孟多夫则直在消极之观念。故普式庚终服帝力，入于平和，而来尔孟多夫则奋战力拒，不稍退转。"普希金只学到拜伦厌世主义的外形，而莱蒙托夫则张扬了拜伦的反叛精神，所以莱蒙托夫的个性勇猛而骄傲，诗歌中回响着强烈的不妥协的反抗呼声，与普希金后期的妥协主义大相径庭。莱蒙托夫也很爱国，但他不像普希金后期一味颂扬沙皇亚历山大征服波兰的武功，他所爱恋的是俄罗斯乡村田野和村民的生活，他也热爱那些反抗沙皇专制暴政的高加索山中的土著居民。鲁迅还探讨了普希金后来和拜伦影响相脱离的原因，一种说法是"性格不相容"，另一种说法是英、俄两国的"国民性之不同"，鲁迅认为两种说法都有道理，而"国民性"一说指出了问题的关键。

莱蒙托夫一直像拜伦那样为真理和自由而战，但他对拿破仑的态度"稍与裴伦异趣"。拜伦起初责备拿破仑对法国及欧西大革命的错误做法，到拿破仑失败后，却愤恨世人像"野犬之食死狮"那样对待拿破仑，反而推崇起拿破仑来了；莱蒙托夫则一如既往的谴责法国人毁灭了自己的英雄人物（"谓自陷其雄士"）。为什么会有不一致的态度呢？这要从英、俄两国的民族性及两位诗人的创作个性来解释。两人都很自信，但拜伦并不憎恶人间，他只是想离开人群亲近大自然；而莱蒙托夫却"常以憎人者自命，凡天物之美，足以乐英诗人者，在俄国英雄之目，则长此黯淡，浓云疾雷而不见霁日也"。加以俄国专制制度十分严酷，莱蒙托夫比拜伦更加忧愤阴郁，而拜伦的胸怀似乎较为宽广。

波兰诗人密茨凯维支和俄国诗人普希金均为拜伦影响的分支，又都是斯拉夫文学的创始人，二人的思想和创作各有特色。鲁迅对此进行了比较分析："所异者，普式庚少时欲畔帝力，一举不成，遂以铩羽，且感帝意，顾为之臣，失其英年时之主义，而密克威支则长此保持，泊死始已也。"普希金在十二月党人起义失败后，悲观失望，向沙皇妥协，失去先前的志向；而密茨凯维支始终坚持自由思想，至死不渝。鲁迅还谈到1829年这两位友人同在彼得大帝铜像下避雨后写的诗，普希金作《青铜骑士》，替沙皇征膺波兰的武功大唱赞歌，而密茨凯维支的《彼得大帝像》，则预言彼得大帝的专制暴政行将崩溃，自由思想将会像初升的太阳升起，使寒冷的土地苏醒过来。从两位诗人的比较，突现出波兰诗人爱国复仇的思想特色。

介绍波兰三诗人时，鲁迅举出他们"性情思想如拜伦"的共同特点，尤其关注他们鼓吹波兰爱国者用各种手段惩罚敌人，保卫祖国，诗歌创作还经常采用狱中故事和流放生活作题材。鲁迅细心地辨别出三诗人的明显差异：密茨凯维支和斯洛伐茨基主张用暴力复仇（"主力报"），而克拉辛斯基主张用爱去感化敌人（"主爱化"）。鲁迅对克拉辛斯基的介绍极简约，由此看出鲁迅认同暴力复仇的倾向。尽管如此，他还是肯定克拉辛斯基的作品"莫不追怀绝泽，念祖国之忧患"，在波兰人民反抗沙皇侵略斗争中发挥了重大的历史作用。

热爱大自然，善于描绘自然风物以表达诗人的情思，也是"摩罗"诗派一个共同特点。鲁迅发现他们笔下的大自然各具特色。雪莱的一生"世不彼爱，而彼亦不爱世""人不容彼，彼亦不容人"，于是对大自然寄托无限温情。"其神思之澡雪，既至异于常人，则旷观天然，自感神秘，凡万汇之当其前，皆若有情而至可念也"。雪莱描写的大自然，驰骋着高洁神奇的想象力，带有神秘的思辨色彩。匈牙利诗人裴多菲也擅长描绘自然风物，他的诗歌吸吮了民间的诗歌养料，清新朴素，"妙绝人世"，尝"自称为无边自然之野花"。这跟裴多菲出身平民（"沽肉者子也"），自幼熟悉家乡草原"道周之小旅及村舍，种种物色，感之至深"，以及他的漂泊、军旅生涯关系密切。

以上数例可见，鲁迅对"摩罗"诗人的创作个性和风格的比较研究十分深入透辟。多层面、多角度的比较，让我们看到这个流派摇曳多姿的创作风貌。鲁迅的观察、辨析，有时几乎达到明察秋毫的程度，令人如见其人，如闻其声。

三、关注接受者的艺术创新

欧洲浪漫派诗人接受拜伦影响，大抵经历了一个从模仿到创新的过程。他们对外国优秀作家的影响，既不抗拒排斥，又不顶礼膜拜、全盘照搬，而从本国国情和社会生活出发，探索一条艺术创新之路。在比较研究中，鲁迅特别关注接受者的艺术创新："凡是群人，外状至异，各禀自国之特色，发为光华。"由于继承了本民族的文化传统，这派诗人各领风骚，显出艺术风格的独创性。

普希金对拜伦的接受最具典型意义。普希金早年写诗讽喻沙皇被贬谪南俄，这时读到拜伦作品，写诗常常模仿拜伦，长诗《高加索的俘虏》与拜伦的《恰尔德·恰洛尔德游记》尤为相似。《茨冈》也有拜伦之风。但普希金两部长诗又有两个特异之处：其一，它们都是俄国亚历山大时期社会生活的反映。普希金作品中的勇士尽管也是被世人摈弃和放逐的，但他们"易于失望，迷于奋兴，有厌世之风，而其志至不固"，普希金对那些以复仇为快而思想并不高尚的俄国青年的时代病并不同情，而是毫无讳饰地加以谴责，使"社会之伪善，既灼然现于人前"。《茨冈》等南方组诗不仅洋溢着浪漫主义激情，而且深化了对现实人生的分析，成为普希金由浪漫主义向现实主义转变的重要标志。其二，由对拜伦式英雄的向往转为对祖国纯朴之民的热爱。《茨冈》布下两组戏剧冲突：一组是追求自由的青年阿乐哥厌弃上流社会生活，逃到茨冈人当中并获得茨冈姑娘真妃儿的爱情；另一组是阿乐哥与茨冈人的冲突。阿乐哥是个嫉妒心很强的贵族青年，当他发现真妃儿爱上另一位茨冈青年后，竟残忍地杀害了这对情人。

真妃儿的父亲并未替女儿报仇，只是将他逐出茨冈部落罢了。长诗对比地刻画出"城市文明"的罪恶和"大自然的孩子"茨冈人的纯朴，所以鲁迅指出："论者谓普式庚所爱，渐去裴伦式勇士而向祖国纯朴之民，盖实自斯时始也。"鲁迅还对普希金诗体小说《叶甫盖尼·奥涅金》的创作过程中拜伦影响的变化进行了细致分析。这部长诗前后推敲八年，"所蒙之影响至不一"。"厥初二章，尚受裴伦之感化"，主人公奥涅金反抗社会，绝望人生，大有拜伦式英雄气概，"特已不凭神思，渐近真然，与尔时其国青年之性质肖矣"。鲁迅看出长诗开头两章虽有明显的拜伦影响，但批判现实的因素已有所增强。后来"外缘转变，诗人之性格亦移，于是渐离裴伦，所作日趣于独立，而文章益妙，著述益多"。普希金的创作没有停留于对拜伦的模仿，他切实地走上了反映俄罗斯现实生活的道路，终于形成了"独立"的艺术风格。自普希金始，俄罗斯文学才真正进入了辉煌时期（"俄自有普式庚，文界始独立"）。

莱蒙托夫也是一位"初虽摹裴伦及普式庚后亦自立"的杰出诗人。普希金决斗死后，莱蒙托夫满怀悲愤作《诗人之死》，痛斥沙皇及其宠臣们是"扼杀'自由''天才'和'光荣'的刽子手"，因而激怒了沙皇政府，被流放到高加索。在那里，他把对世俗的不满和对自由的呼唤寄托在《恶魔》和《童僧》两部浪漫主义长诗中。前者写一个被上帝逐出天堂的恶魔对格鲁吉亚女郎的爱情，赞美恶魔的叛逆精神；后者写一个少年"求自由的呼号也"。高加索山村少年童僧，从小被俄国将军俘虏关在牢狱似的寺庙里，长大后他要返回家乡寻找自由生活。他在大森林里走了三天三夜，与风雨、雷电和豹子搏斗，重伤后被人抬回寺庙，向老和尚倾诉了那三天所感受到的从未有过的自由和幸福。《童僧》歌唱了主人公为自由而抗争的勇猛顽强精神，描绘了高加索崇山密林瑰丽雄奇的自然风光，是一部积极浪漫主义的代表作品。后来，诗人思想发生了变化，"顾后乃渐近于实，凡所不满，已不在天地人间，退而止于一代"。小说《当代英雄》的主人公毕巧林是一个既憎恶上流社会生活又悲观厌世、无所作为的贵族青年，是俄国文学史上著名的"多余人"形象之一。读者怀疑其中人物专指某人，作者特别声明："英雄不为一人，实吾曹并时众恶之象。"小说是俄国社会生活的真实写照，在艺术探索中，莱蒙托夫成为普希金之后又一位具有独特风格的俄罗斯作家，就创作方法而言，他从积极浪漫主义走向了批判现实主义。

鲁迅评述其他摩罗诗人时，也极注意诗人与本国现实及民族传统的联系。例如他指出，密茨凯维支和普希金一样，初时以拜伦为"本"，"逮年渐进，亦均渐趋于国粹"，他的诗歌将波兰古代和现代的爱国精神融汇在一起，唱出波兰人民在俄国沙皇压迫下反抗、复仇的歌声。裴多菲也是如此，"纵言自由，诞放激烈"，性格和拜伦、雪莱极相似，但他"为爱而歌，为爱而死，是一位"反抗俄皇的英雄"。（《集外集·〈奔流〉后记（十二）》）

四、尤为重视中外文学比较研究

鲁迅研究摩罗诗派，并非只向我们讲述 19 世纪欧洲浪漫主义文学史，归根到底还是启发国人的"自觉"，"使即于诚善美伟强力敢为之域"。无论介绍外国文艺思潮还是评点外国作家作品，总要联系本国的道德文章、旧习时弊，进行批评。

他以争天拒俗、反抗挑战的摩罗诗力与中国传统诗教相比较，尖锐地指出："如中国之诗，舜云言志；而后贤立说，乃云持人性情，三百之旨，无邪所蔽。夫既言志矣，何持之云？强以无邪，即非人志。许自由于鞭策羁縻之下，殆此事乎？"鲁迅揭出"思无邪"和"诗言志"之类传统诗教自相矛盾又极其虚伪，压抑人的心情，又严重束缚自由意志。考察历代文学作品，大抵跳不出这个圈子。其中"颂祝主人，悦媚豪右之作"不用说了，即便"心应虫鸟，情感林泉"描绘大自然的诗作，"亦多拘于无形之圄圈"，不能真正抒写出天地间的真美；就是那些"悲慨世事，感怀前贤"的作品，也不过是"可有可无之作"，徒然在世上流传。假如吞吞吐吐地露出一点男女私情，就会遭到"儒服之世，交口非之"，何况那些"言至反常俗"的作品呢。在鲁迅看来，"思无邪"的传统诗教，只能养成不敢抗争（"不撄人心"）的诗人，培育出"蜷伏堕落而恶进取"的国民，只能造成"污浊之和平"的人生，与摩罗诗派的主张，恰好相反。

鲁迅特别谈到屈原。他说屈原去世前，胸中翻腾起如汨罗江波涛似的激情，写出震撼千古的"奇文"，"怼世俗之浑浊，为前人所不敢言"。鲁迅肯定屈原是中国历史上仅有的一位敢于怀疑、勇于憎恨世俗的大诗人，但即使这样一位卓越的爱国诗人，他那诗中"亦多芳菲凄恻之音，而反抗挑战，则终其篇未能见"。因此他的诗"感动后世，为力非强"。鲁迅锐敏地发现，屈原虽然傲岸而独立，其诗作与摩罗诗派仍有大的距离。他甚至认为，自有文字记载以来还不见有"诗宗词客"能以"美伟"之声震动我们的耳鼓。论者或许会指责鲁迅偏激，但我们由此可以看出鲁迅"别求新声于异邦"的热情、急迫心情。

绍介摩罗诗人及其作品时，鲁迅常常情不自禁地联系古老中国的"国情"和"文事"进行轩轾。雪莱的五幕悲剧《钦契》讲述的故事发生在意大利，钦契伯爵荒淫暴虐，无恶不作，甚至放纵奸淫自己美丽的女儿，其女贝亚特丽采得到继母及兄弟的支持，终于杀死这个禽兽父亲，事后她和她的继母、兄弟都被罗马教皇处死。剧本写在意大利民族解放斗争和烧炭党人革命活动高涨时期，表达了意大利人民反抗专制暴政的坚强意志，提出了"以暴抗暴"的主题。剧本发表后，论者认为违反伦常，大逆不道，鲁迅却联系我国春秋时代的史实替雪莱辩诬："顾失常之事，不能绝于人间，即中国《春秋》，修自圣人之手者，类此之事，且数数见，又多直书无所讳，吾人独于修黎所作，乃和众口而难之耶？"据孔子记载，春秋242年中，"弑君三十六，亡国五十二"，故《易》曰："臣弑君，子弑父，非一旦一夕之故也，其渐久矣。"①鲁迅以三言两语的点评，在类同对比中肯定了《钦契》的积极主题，揭露旧社会、旧道德的虚伪和残忍。

拜伦和妻子离异，本来是个人之事，却受到英国保守势力的嘲骂和迫害。鲁迅感慨系之曰："顾窘戮天才，殆人群恒伏，滔滔皆是，宁止英

---

① 司马迁：《太史公自序》第七十，见《史记》卷一百三十。

伦?"他还征引刘勰的话说:"人非圣哲,难以求全责备",中国恶习却是"将相以位隆特达,文士以职卑多诮"。拜伦"由于名盛"而受到社会仇视,中国亦有"颂高官而厄寒士"的"东方恶习",两相对照中,抨击了国民性的陋劣,为《文化偏至论》中提出的"任个人而排众数"主张提供了新的证据。

鲁迅评论拜伦诗歌时说过一句话:"凡一字一辞,无不即其人呼吸精神之形现。"我们同样可以借用这句话来评论《摩罗诗力说》。青年鲁迅深沉的忧患意识,满腔的爱国热忱,全部流淌在这篇论著的"一字一辞"之中。鲁迅介绍外国作家作品,即使不加点评、插说,也能唤起我们的联想,扣动我们的心弦。例如讨论"诗歌之力"时,鲁迅介绍了19世纪初年普法战争中德国青年诗人特沃多尔·柯尔纳的诗集《琴与剑》。鲁迅认为,那些呼唤"为宗国战死"的爱国诗篇让你热血沸腾,它充分表达了全体德国青年的爱国呼声。因此可以说,"败拿破仑者,不为国家,不为皇帝,不为兵刃,国民而已。国民皆诗,亦皆诗人之具,而德卒不亡。"鲁迅这里过于夸大了"诗歌之力",确有偏颇,但字里行间充盈着唤醒国民为祖国独立自由而战的一腔热情,令人感佩不已。

《摩罗诗力说》结尾,鲁迅讲述了俄罗斯革命民主主义作家珂罗连科《最后的光芒》中的故事:一位老人在西伯利亚的风雪之夜教导孩子读书,书中写到烂漫的樱花和婉转歌唱的黄莺。那孩子从未见过樱花和黄莺,老人解释道:"那黄莺就在樱花间飞舞,唱出非常好听的歌声。"于是孩子"沉思"想象起来。珂罗连科的小说表达了对美好未来的向往,激起鲁迅共鸣,鲁迅多么希望也有"先觉之声"来"破中国之萧条"啊!于寂寞无望中鲁迅写下两句话:"然则吾人,其亦沉思而已夫,其亦惟沉思而已夫!"显然,鲁迅希望中国人不应总是"沉思"不语,而要像欧洲摩罗诗力那样,发出伟美雄强的"先觉之声",切实地行动起来,使祖国获得新生。

[原载《东方丛刊》2002年第1辑,广西师范大学出版社2002年版]

《摩罗诗力说》的文艺美学思想

　　鲁迅青年时代的理想是用科学和兴业振兵来实现民族复兴，后来很快发现这些物质主义的东西只是"皮毛"和"枝叶"，不足以兴国家。1906年弃医从文后曾和几个朋友筹办《新生》杂志，想借文艺的力量来改变国民精神，使人性得到全面发展。《新生》计划的失败使他感到如置身于荒原似的寂寞，他把在痛苦中撰写的《人之历史》《科学史教编》《摩罗诗力说》《文化偏至论》《破恶声论》（未完成）等五篇讨论科学、政治、文化、文艺的论文，转寄给当时在日本东京出版的中国留学生进步刊物《河南》月刊发表，这些论文成为他思想发展早期阶段的重要标志。其中《摩罗诗力说》在评介欧洲浪漫主义文学和文学思潮的同时，集中阐述了他当时的文艺观念。[①]它不仅是青年鲁迅提倡文艺运动的论纲，而且是鲁迅文艺美学思想的第一次系统表述。由于这篇论文出现在世纪转折点上，它对中国传统的文艺观念提出了带有挑战性的评判意见，它所倡导的启蒙主义文艺观念事实上成为五四新文学的先声，因此《摩罗诗力说》可视为20世纪文艺观念变革的历史性宣言。

　　《摩罗诗力说》有一个宏大而完整的理论构架：前三章是全文的总论部分（北冈正子在《〈摩罗诗力说〉材源考》中视为"译序"），阐明了鲁迅的文艺美学观点。以下六章则从上述观点出发，评介了拜伦和以拜伦

　　[①]《摩罗诗力说》与欧洲浪漫主义文学的关系，及其比较文学的学术史意义，可参看《〈摩罗诗力说〉与比较文学》一文。

为"宗主"的欧洲浪漫派诗人。第九章后半是全文的结语(北冈正子视为"译跋"),呼唤反抗挑战的"精神界之战士"出现于中国。这篇纲领性文献里,鲁迅就文艺的起源、文艺的社会功能和文艺的审美特性等文艺美学问题进行了深入的理性思考。

关于文艺起源,《摩罗诗力说》没有专论,但它论及诗歌和社会生活的关系:"古民神思,接天然之阃宫,冥契万有,与之灵会,道其能道,爰为诗歌。"鲁迅认为诗歌是作者的心灵与大自然和客观事物相通,经过意识思维加工(想象和幻想)而产生的。拜伦"方在稚齿,已盘桓于密林幽谷之中,晨瞻晓日,夕观繁星,俯则看大都中人事之盛衰,或思前此压制抗拒之陈迹,而芜城古邑,或破屋中贫人啼饥号寒之状,亦时复历历入其目中"。拜伦从小热爱大自然,又有丰富的人生阅历,故能写诗。雪莱也有丰厚的生活经验,"故心弦所动,自与天籁合调,发为抒情之什,品悉至神"。《破恶声论》述及神话起源时,也表达过类似观点:"夫神话之作,本于古民,睹天物之奇觚,则逞神思而施以人化,想出古异,淑诡可观。"从诗歌与神话起源的这些论述不难看出,鲁迅确认文艺源于生活,是现实生活的投影,而非凭空创造。但他并不认为文艺是客观世界的模拟或写真,一切艺术品都是艺术家"心弦所动",经过联想、想象,创造出富于感染力的艺术形象,所以艺术美和自然美又有很大差异。可见,鲁迅的文艺起源观还是坚持了唯物论的反映论,这是他考察文艺的社会作用和文艺本质问题的一个理论前提。

在《摩罗诗力说》中,鲁迅对诗与民族兴衰、诗与民众的关系等问题也进行了鞭辟入里的论析,阐明了文艺的"职"与"用",强调了文艺的社会教育功能。

印度、希伯来(犹太的古称)、埃及和中国这些世界文明古国都曾经创造过辉煌灿烂的古代文明,可是"循代而下,至于卷末",往往却以"萧条而止",这是什么原因呢?鲁迅给出相关的两个判断:"递文事式微,则种人之运命亦尽,群声辍响,荣华收光。""降至种人失力,而文事亦共零夷,至大之声,渐不生于彼国民之灵府,流转异域,如亡人也。"

他认为文化的衰落必然带来民族的衰落，而一个民族失去了活力，它的文化也必然凋零衰败。印度古代文学作品有《吠陀》四种，基本上是宗教文学，其中也有上古诗歌总集，类似我国古代的《诗经》，文字瑰丽，情节奇特，被誉为世界杰作。其后产生了《摩诃波罗多》和《罗摩衍那》两部伟大史诗，诞生了伟大诗人和戏剧家迦黎陀婆，他的名剧《沙恭达罗》，受到西欧浪漫派作家的高度赞扬，享誉世界。这些诗人和辉煌作品都产生在印度民族兴旺发达的时代，待到印度民族渐趋衰落，它的文化艺术也就萎缩了。希伯来的情况亦复如此，初时国势强盛，其诗歌庄严深刻，成为宗教文化的源泉，可是在《哀歌》的作者耶利米之后，再也没有杰出的诗人出现了，这个民族从此也就停止了歌唱。至于伊朗、埃及，也都出现过"灿烂于古，萧条于今"的悲剧，这正是文化艺术发展受到民族兴衰和社会政治影响的有力证据。

鲁迅还征引英国作家托马斯·卡莱尔的一段话，特别强调指出诗歌的力量比民族的生命力更强。卡莱尔说："得昭明之声，洋洋乎歌心意而生者，为国民之首义。"那些能发出警世之声，且能唱出一个民族灵魂的诗歌，乃是民族生存的第一要义。意大利诚然分崩离析，但它在精神上是统一的，因为它有诗人但丁，有自己的民族语言。相反地，沙俄帝国凭借炮火刀兵，能"辖大区，行大业"，却没有真正伟大的文艺作品。等到沙皇的炮火刀兵朽腐了的时候，但丁的歌声还在振响，"有但丁者统一，而无声兆之俄人，终支离而已。"

鲁迅把文艺和民族兴衰（社会政治）视为互为因果的关系，显然是卓特的辩证见解，他这时还不能从生产力与生产关系、经济基础与上层建筑的矛盾运动来揭示民族兴衰及文化兴衰的总根源；他认为"盖人文之留遗后世者，最有力莫如心声"，以为文艺的力量比民族的生命力更强，显然是夸大了文艺的社会作用。

谈到诗与民众的关系，鲁迅指出："盖诗人者，撄人心者也。凡人之心，无不有诗，如诗人作诗。诗不为诗人独有，凡一读其诗，心即会解者，即无不自有诗人之诗。"他认为诗人与民众的心灵是相通的，诗人用歌声拨动民众的心弦，引导他们去打破"污浊之平和"，进入更加"美伟强力高尚发扬"的境界，"平和之破，人道蒸也"。诗歌既然具有如此巨大的启蒙教育功能，于是他大力提倡文艺运动，想要借助文艺的力量振奋国民精神，实现"立人""立国"的理想。

《摩罗诗力说》对于中国封建时代粉饰太平，温柔敦厚，"理想在不撄"的传统诗教进行了抨击。"老子书五千语，要在不撄人心"，教人不动心，先得让自己心如槁木，以实现"无为之治"；孔子提倡"思无邪"，把诗歌的社会功能和儒家道德教化联系在一起。无论老子的"无为"还是孔子的"无邪"，都要民众安于现状，造成一种束缚人性发展的"污浊之平和"局面，哪怕有一点犯上作乱的声音出现，都要"上极天帝，下至舆台"，竭尽全力加以摧残压制。

在与传统诗教的比较中，鲁迅充分肯定了摩罗诗派极富于生命活力的"反抗挑战"文艺观。在鲁迅看来，"平和为物，不见于人间。其强谓之平和者，不过是战事方已或未始之时，外状若凝，暗流仍伏，时劫一会，动作始矣"。从"天然"与"人事"的演变，鲁迅发现客观物质世界总是处于不停地发展和运动中，世界上一切事物无不包含着矛盾和斗争，绝对静止是没有的，外表的宁静、平和，潜伏着突变的危机。他还指出："进化如飞矢，非堕落不止，非著物不止，祈逆飞而归弦，为理事所无有。此人事所以可悲，而摩罗宗之至伟也。"鲁迅在这里阐发的唯物主义自然观和辩证的发展观，显然受到进化论的积极影响。进化论的发展斗争观点，正是青年鲁迅批判中国传统诗教、神往于摩罗诗派"反抗挑战"文艺观的哲学根据。

19世纪末到20世纪初，在政治改良的背景上，清末的文艺思潮呈现出古今撞击、中西交汇的特殊景观。梁启超倡言"新民说"的同时，主张"小说界之革命"。他在历史性文献《论小说与群治之关系》中，把一向被视为末流的小说抬高到"文学最上乘"的地位。他大力张扬小说的社会作用，认为"小说有不可思议之力支配人道"，对于民众来说，小说"如空气，如菽粟，欲避不得避，欲屏不得屏"，甚至认为小说家能够"握一国之主权而操纵之"。梁启超片面夸大文学社会作用的观点，受到王国维的激烈批评："又观近数年之文学，亦不重文学自己之价值，而唯视为政治教育之手段，与哲学无异。"王国维以纯艺术、超功利的观点，强调文学的价值"存于美之自身""可爱玩而不可利用"。[①]在当时救亡和启蒙双重主题变奏时代气氛中，这种否定文艺源自社会实践、否定文艺社会教育功能的"唯美"说、"游戏"说，其弊昭然。

《摩罗诗力说》从文艺的社会性层面阐明了文艺的"教"与"用"之功能，与经世致用、文以载道的传统文艺观及梁启超的社会改良文艺观，显然有着一脉相承的联系。作为启蒙思想家，鲁迅也和他的前辈一样，对文艺的社会功能作了浪漫主义的夸大；与其说是鲁迅早期文艺思想的一个矛盾和局限，不如说是启蒙和救亡历史条件下必然出现的一种时代呼声。鲁迅是一位有社会责任感和历史使命感的思想者，他拒绝响应王国维"非功利"的唯美主义文艺观。他在以后写的《论"睁了眼看"》《我怎么做起小说来》《〈中国新文学大系·小说二集〉导言》等许多文章中，一再坚持"改良社会""改良人生"的启蒙主义文学主张。在20世纪20年代和30年代的文艺论争中，他对各种挂着"消闲"的、"游戏"的、"为艺术而艺术"新式徽号的文艺派别进行了坚决地、持久不断地批评与谴责。他高举"为人生"的文艺大旗，要求新文学作家"真诚地，深入地，大胆地看取人生并且写出它的血和肉来"，从而开创了20世纪中国文学直面人生、贴近现实的文学传统。他还以大量"表现的深切和格式的特别"的极富于创造性的文学作品，奠定了现代中国文学现实主义的伟大基石。文学史上的诸多事实表明，从《摩罗诗力说》开始，鲁迅所倡导的启蒙主义文学主张，对20世纪中国文学产生了不可估量的影响。

青年鲁迅强调文艺的社会作用，却不忽视文艺的自身特点和美学功能。早在1902年4月东渡日本，沉浸于科学救国的浪漫理想时，他就注意到文艺的特殊功能。次年，他在编译法国作家儒勒·凡尔纳的科幻小说《月界旅行》后所写的《辨言》中写道："盖胪陈科学，常人厌之，阅不终

---

① 参见周锡山编著：《王国维文学美学论著集》，北岳文艺出版社1988年版，第108、37页。

篇，辄欲睡去，强人所难，势必然矣。惟假小说之能力，被优孟之衣冠，则虽析理谈玄，亦能浸淫脑筋，不生厌倦。"他以科学和文艺做比较，肯定了文艺对人的精神具有很强的感染力。接着举例说，记载中国地理、神话传说和历史的《山海经》《三国志》等典籍，儿童和寻常百姓从未接触过，可他们津津乐道于长股国、奇肱国的故事，非常熟悉周瑜、诸葛亮这些人物，追究起来，就因为有《镜花缘》《三国演义》这样的小说出现。所以"掇取学理，去庄而谐，使读者触目会心，不劳思索，则必能于不知不觉间，获一般之智识，破遗传之迷信，改良思想，补助文明，势力之伟，有如此者!"①在鲁迅看来，文艺作品避免了科学的枯燥说理，而能采用诙谐有趣的美的形式，于不知不觉间影响人的思想，从而达到"改良思想，补助文明"的功效。

如果说鲁迅初到日本时对文艺自身特性的描述还只是初步的，朦胧的，那么《摩罗诗力说》对于文艺美学性质和特殊功能的解析，就更加缜密深刻了。这主要体现在他对文艺审美功能的理解上，以及"文章不用之用"和"其教复非常教"这两个美学命题的提出上。

鲁迅一面大声疾呼文艺之"用"，一面冷静地探究文艺如何被"用"。他指出："由纯文学上言之，则以一切美术之本质，皆在使观听之人，为之兴感怡悦。文章为美术之一，质当亦然，与个人暨邦国之存，无所系属，实利离尽，究理弗存。故其为效，益智不如史乘，诚人不如格言，致富不如工商，弋功名不如卒业之券。"鲁迅将文艺和一般人视为最重要的事体加以较量，指出文艺之"用"不如历史能增长智慧，不如工商能使人致富等等，表面看来这些说法和他一贯强调的"用"似有矛盾，实际上这里强调的是文艺自身的特点。"实利离尽"是说文艺无直接的功利目的，"究理弗存"是说文艺用形象来表现，而不用科学方法去推理。所谓"文章不用之用"，强调的是文艺本身的无功利性，肯定文艺之"用"的间接性和有限性。后来他在《拟播布美术意见书》中又特别重申："顾实则美

---

① 鲁迅：《〈月界旅行〉辨言》，《鲁迅全集》第10卷，人民文学出版社1981年版，第152页。

术诚谛，固在发扬真美，以娱人情，比其见利致用，乃不期然之成果，沾沾于用，甚嫌执持。"从而将"文章不用之用"这一命题阐释得更加清晰。

鲁迅将文艺的审美功能定位在"兴感怡悦"这个层面上，其作用又表现在两方面：一是"涵养人之神思"，二是"启人生之阕机"。"神思"一词，在鲁迅早期著作中有两种解释：一作"理想"解，如"新神思宗"，即新理想主义；二作思维、想象解，如《破恶声论》中"夫龙之为物，本吾古民神思所创造"。因此"涵养人之神思"的美学意义亦兼有两重：阅读文艺作品，既能崇大人的理想，美善人的性情，发扬真美，张扬个性，又能发展人的艺术思维能力。文艺是人们从"现实之区"到达"理想之域"的一座桥梁，是暂时摆脱谋生之道而得到娱乐休息的一种手段。鲁迅引用19世纪英国批评家道登的话，把人们阅读文艺作品比作在大海里游泳：汪洋在前，随波上下，当你游泳已毕，无形中感到身心发生了很大变化；"彼之大海，实仅波起涛飞，绝无情愫，未始以教训（格言）相授"，可是游泳的人体力和元气都大大增强了。文艺以丰富的形象和奇妙的艺境对人的精神发生潜移默化的影响，其"涵养人之神思"的审美作用，正与大海中游泳相似。

文艺作品还有启示人生真理的美学功能。鲁迅说："盖世界大文，无不能启人生之阕机，而直语其事实法则，为科学所不能言者。"所谓"阕机"，即人生之真理；所谓"直语"，即文艺作品的具体可感性。鲁迅发现，文艺作品"虽缕判条分，理密不如学术，而人生诚理，直笼其词句中，使闻其声音，灵府朗然，与人生即会"。文艺作品以活生生的人物和事件启示人生真理，科学则以条分缕析的逻辑方法阐释人生真理，相比之下，科学不如文艺能以生动形象的语言。直接感知的形式，让人洞察人生的奥秘。就像热带人没有见到冰块之前，你给他讲水能凝结成冰，冰是很寒冷的，他总是弄不明白；一旦让他直接触摸冰块，即使不讲物理学和生物学，冰为何物，他也不会再有疑问了。在文艺和科学的比较分析中，鲁迅生动地揭示出文艺用具体可感的艺术形象启示人生真理的美学特性。

青年鲁迅并不忽视文艺具有"教示"的社会功能，但这"教示"又非一般的教育或教训（"其教复非常教"）。譬如读荷马以来的文艺作品，你不但接触了诗歌，精神上受到感染，"且与人生会，历历见其优胜缺陷之所存"，从而促使你"更力自就于圆满"。由此可见，鲁迅不仅重视文艺的审美教育作用，而且强调接受主体的自觉性、能动性，接受者若与人生隔绝，缺少判断人生"优胜缺陷"的积极思维能力，也断不能从文艺作品中获得教益。鲁迅从作品文本和接受主体两方面分析问题，对于文艺鉴赏与批评极富于启示性。

在阐述文艺社会作用和审美特性时，鲁迅表达了他独具个性的审美理想："以诗移人性情，使即于诚善美伟强力敢为之域。"在"真"与"善"之外，鲁迅特别神往于雄强壮丽、反抗挑战之美。他强调指出，文艺只有以"自觉勇猛发扬精进"的精神启示人生，"零落颓唐之邦"才能获得拯救。他对于古代先民原始、强悍、阳刚的生命力之美的赞颂，和对于摩罗诗派"涵刚健抗拒破坏挑战之声"的赞美，正是其独特的审美理想之突出表现。

鲁迅提出"文章不用之用"和"其教复非常教"两个美学命题，将文艺的作用定位在"兴感怡悦"的审美层面上，和当年梁启超片面夸大文艺社会作用的观点迥然有别。梁启超根据变法维新的需要，把"新小说"作为政治改良的工具，甚至认为旧小说是"中国群治腐败之总根源"，而欧美、日本诸国的政治之所以能不断进展，其"政治小说为功最高"。（《译印政治小说序》）鲁迅尽管也看重文艺"改良思想，补助文明"的作用，但不认为文艺对于"个人暨邦国之存"有直接的物质性功用，而特别重视文艺对人的精神提升作用和文艺的审美娱悦功能，从而触及文艺本身的规律。看来，鲁迅在《摩罗诗力说》中是以启蒙思想家和文艺家的双重身份在说话。作为启蒙思想家，他特别强调文艺的社会作用；而作为文艺家，则坚持文艺的独立自由、"无功利"性。跟梁启超的文艺万能论和王国维的文艺无功利论相较量，鲁迅早期的启蒙主义文艺美学思想显然具有革命性和开拓性意义。

[原载《上海鲁迅研究》第15辑，上海文艺出版社2004年版，原标题为《20世纪文艺观念变革的宣言——论〈摩罗诗力说〉的文艺美学思想》]

第二编 「拿来主义」的文化策略

鲁迅对进化论的择取和扬弃

从1899年在南京接触进化论著作,到1927年"四·一二""四·一五"事件后"轰毁"进化论"思路",鲁迅受进化论思潮影响28年。在接受马克思主义之前,尽管各式各样的文艺思潮都有力地冲击鲁迅,进化论还是鲁迅前期的重要思想支柱。

鲁迅主要是从《天演论》接受进化论。严复这部译作并非赫胥黎原著《进化论与伦理学》的移译,而是根据资产阶级改良主义运动需要,"取便发挥",有所创造,不仅介绍了达尔文的生物进化论,也介绍了斯宾塞的普遍进化论。鲁迅接受进化论的影响是复杂的,后来留日期间还读过海克尔《宇宙之谜》和丘浅次郎的《进化论讲话》等著作。鲁迅并不照搬前人的学说思想,而是审时度势,权衡较量,形成了自己的具有创造性的进化论思路。如冯雪峰指出的那样:"在鲁迅先生那里,别人思想的影响其实是最多的,并且是多元的,但都因为他是为了唯一的战斗目的,不仅有所选择,并且有所改造和经过'扬弃',又显得很统一,作为他自己的思想表现出来是一元的。"①

---

① 冯雪峰:《回忆鲁迅》,人民文学出版社1953年版,第40页。

一、在进化的链子上

达尔文生物进化论认为，现代各种生物是由共同的祖先进化而来的，有机体（包括人在内）都是少数原始的单细胞原生质长期发展过程的产物。达尔文把各种极不相同的有机体的胚胎加以比较，发现它们在胚胎期非常相像；研究各种动植物化石的结果表明，各种有机体的结构具有共同性，例如海豹的脚掌，蝙蝠的翅膀，人的手，都由同一类型排列的骨骼组成，从而证实有机体之间具有某种血缘联系，生物进化经历了从简单到繁复、从低级到高级的历史发展过程。（《物种起源》）

在达尔文学说创立以前，自然科学被深深地禁锢在神学之中，自然科学家们把宇宙自然看成是僵化、不变的东西。自然科学所达到的最高的普遍的思想，是关于自然界安排的合于目的性的思想。按照这种"目的论"，"猫被创造出来是为了吃老鼠，老鼠被创造出来是为了给猫吃，而整个自然界被创造出来是为了证明造物主的智慧。"（恩格斯：《自然辨证法·导言》）达尔文生物进化学说，有力地击破了种种反科学的形而上学的世界观和上帝创造一切的迷信思想，正如列宁所说："达尔文推翻了那种把动植物种看做彼此毫无联系的、偶然的、'神造的'、不变的东西的观点，第一次把生物学放在完全科学的基础上。"[1]

鲁迅从达尔文生物进化论接受了自然科学唯物主义。在译述性著作《人之历史》中，根据对生物进化历史的系统的考察，鲁迅肯定了物质世界的统一性："凡在地球之上，无间有生无生，决无差别，空间凡有，悉归于一。"他还运用物质不灭和能量守恒定律，说明有机物和无机物的相互转化。他引用瑞士植物学家那格黎的话说：如果整个物质世界以至宇宙间一切现象，都在因果关系支配下形成，那么非有机物的物质，最后总会转化为由非有机物而形成的有机物（"若物质世界，无不由因果而成，宇

---

[1] 列宁：《什么是"人民之友"》，《列宁选集》第1卷，人民出版社1965年版，第10页。

宙间现象，亦遵此律，则成于非官品之质，且经转化为非官品之官品"）。鲁迅肯定物质世界是不依人的意志为转移的客观存在，物质世界总是在不断地变化、发展的；他还从进化论学说演变的历史，说明"进化论之成，自破造神说始"，从而有力地打击了神学目的论。

1903年到1909年，鲁迅在一些自然科学论文（《中国地质略论》《说钾》《科学史教篇》等）和科普读物（《月界旅行》《地底旅行》《北极探险记》等）中，运用19世纪末自然科学的最新成就，热情地宣传自然科学唯物主义，启发人们认识宇宙自然的奥秘。例如《说钾》，介绍了当时极为先进的电子学说。鲁迅说电子是宇宙间一切事物构成的最基本原质，"凡诸物体，罔不如是，虽吾人类，亦由是成"。鲁迅以唯物主义态度肯定了物质世界的客观存在；并指出"自发光热"的电子"煌煌焉出现于世界"，将有力地冲击传统观念，引起"思想界大革命之风潮"。

不仅承认自然界的物质性，鲁迅还认识到，人类的思维活动，包括自然科学，都是自然界本身发展规律的反映。比如达尔文的生物进化论，"是即造化自著之进化论，而达尔文剿窃之以成十九世纪之伟著者也。"（《集外集拾遗·中国地质略论》）自然科学的许多新发现，帮助鲁迅认识到自然界的一切现象不是杂乱无章的堆积，而是"进步有序，曼衍有原"（《坟·科学史教篇》），自然规律是客观存在，可以认识的，从而和不可知论划清了界限。

鲁迅还从进化论吸取了带有辩证法因素的发展观，他说："一切生物实肇至简之原官，由进化而繁变，以至于人。"（《坟·人之历史》）自然界一切事物是相互联系、进化发展的，人类社会亦复如此。"进化如飞矢，非堕落不止，非著物不止，祈逆飞而归弦，为理势所无有。"他用乐观的社会进化论，否定了"中国爱智之士"鼓吹的复古倒退论。他说这些人"心神所注，辽远在于唐虞，或迳入古初，游于人兽杂居之世，谓其时万祸不作，人安其天，不如斯世之恶浊阽危，无以生活"。此种说法，"照之人类进化史，事正背驰。"（《坟·摩罗诗力说》）鲁迅当时还没认识人类社会发展的历史规律，但他从进化论获得了对于人类前途的信心，相信"生命的路是进步的，总是沿着无限的精神三角形的斜面向上走，什么都阻止它不得""无论什么黑暗来防范思潮，什么悲惨来袭击社会，什么罪恶来亵渎人道，人类的渴仰完全的潜力，总是踏了这些铁蒺藜向前进。"（《热风·生命的路》）

鲁迅并不认为社会进步是直线前进，他卓越地指出："所谓世界不直进，常曲折如螺旋，大波小波，起伏万状，进退久之而达水裔，盖诚言哉。"（《坟·科学史教编》）他以欧洲科学史上科学事业的盛衰消长的事实，阐明了螺旋式上升的发展规律，确信不论道路多么曲折，流水总会汇向大海，"将来是永远要有的，并且总要光明起来"。（《华盖集续编·记谈话》）所以他的前期思想总有一种前进、进取的趋向，无论斗争怎样艰苦，哪怕荆棘满途，他始终怀抱一个美好理想，不断克服悲观、颓唐的情绪，坚持在斗争中探索前进。

二、平和为物，不见于人间

达尔文生物进化论从本质上来说，是关于生存斗争的学说。"物竞天择，适者生存"，被认为是生物进化的动因。达尔文认为，在漫长的历史长河中所有动植物都显示出变异的趋向。由于外界环境影响和生存斗争，最适应的变异（最适者）固定下来，遗传后代，保存并发展下去，不适应的变异（不适者）被自然淘汰，从而发生选择。赫胥黎把生存斗争看成"是在生命领域内宇宙过程的各个不同结果的彼此对抗"，是"自然状态中选择过程的动力。"[1]

鲁迅对进化论的生存斗争学说，作出富于创造性的解释。他赞同进化论关于发展中的斗争观点，认为"平和为物，不见于人间"，自从地球凝结，人类诞生以后，没有一个时候，没有一样东西不是充满着斗争，认为

---

[1] 赫胥黎：《进化论与伦理学》，科学出版社1971年版，第9页，第5页。

斗争才是人类文明发展的动力，那最早的人类，就是凭借"武健勇烈，抗拒战斗"，才"渐进于文明"社会。（《坟·摩罗诗力说》）

达尔文虽承认生物界的发展变化，但他只承认量的增减，否认发展中质的飞跃，他把生物进化描绘成一个均匀、缓慢的过程。这种"渐变"论即便用以解释自然界也是错误的。后来庸俗进化论者和社会达尔文主义者将它搬用于人类社会，便成为社会改良论的理论根据。严复也犯了类似的错误，他认为生物界的一切"为变至微，其迁极渐"（《天演论·导言·察度》），不存在质变。他推崇19世纪英国社会学家斯宾塞的社会改良论，把斯宾塞抹杀资本主义社会阶级斗争的"浚智慧，练体力，厉德行"的主张，誉为"精辟宏富"的理论，把斯宾塞所谓"民之可化至于无穷，惟不可期之以骤"的论调搬到中国来，倡言改良，反对正在兴起的资产阶级革命运动，甚至诅咒孙中山为首的革命民主派是"霸朝之民"（《原强》和《法意》第4卷"按语"）。在严复看来，中国唯一的出路在于变法维新，君主立宪。

"渐变"论对鲁迅有过影响，但鲁迅一向是承认"突变"的。早期作品中，他描述过大自然沧海变桑田的剧变："高山之巅，实见鱼贝，足为故海之征；而化石为形大率撑拒惨苦，人可知其变之剧矣。"（《坟·人之历史》）大自然表面上是安详、宁静的，"观之天然，和风拂林，甘雨润物"，实际上孕育着突变："烈火在下，出为地囟，一旦喷兴，万有同坏。"（《坟·摩罗诗力说》）在社会进化问题上，改良派鼓吹"今日中国只可为君主立宪，不能躐等而为共和"，鲁迅针锋相对指出："犹谭人类历史者，昌言专制立宪共和，为政体进化之公例，然专制方严，一血刃而骤列于共和者，宁不能得之历史间哉！"（《集外集拾遗·中国地质略论》）在鲁迅看来，用"血刃"手段，进行武装革命，是可以推翻专制政体建立共和的。鲁迅承认渐进，也首肯飞跃，突破了达尔文学说的缺陷，反对严复、斯宾塞宣扬的社会改良论。这种革命的进化观，对鲁迅革命民主主义思想的形成，政治上坚持进步，坚持革命，竭诚地为辛亥革命和"五四"

新文化运动奔走呼号，有积极意义；也是他在"五四"以后突破进化论的局限，欢迎并最终相信无产阶级革命学说的一个思想动力。

鲁迅从生物进化、社会斗争实践中，认识到生存斗争的实质是新与旧的斗争，新与旧不能并存，新质必然取代旧质，只有不断地破坏旧的，才能有"改革之新精神"。这种改革和破坏愈彻底，愈有新的"光明与希望"（《坟·人之历史》）。五四运动前夕，鲁迅用新陈代谢的规律来说明社会斗争的内容和趋向："进化的途中总须新陈代谢，所以新的应该欢天喜地的向前走去，这便是死；各各如此走去，便是进化的路。"（《热风·随感录四十九》）新、旧斗争的观点，充满了反抗、破坏封建制度及其传统思想的要求，已非达尔文生物进化论所能拘囿，它是前期鲁迅为民族生存、社会解放勇猛进击的力量之源。

在文艺思想上，鲁迅抨击"思无邪"的传统诗教，尤其痛斥《道德经》那样"不撄人心"的"平和之音"。他说《诗经》以来的文学，跳来跳去总跳不出这个圈子，于是"别求新声于异邦"，大力张扬摩罗诗派"立意在反抗，旨归在动作"的诗歌。他称颂雪莱"抗伪俗弊习以成诗"，"凡正义自由真理以致博爱希望诸说，无不化而成醇"，他赞美拜伦如狂涛厉风，"举一切伪饰陋习，悉与荡涤"。（《坟·摩罗诗力说》）可见，新旧斗争的观点对鲁迅战斗文艺观的形成也有积极影响。

在探索自然界和社会进化的原因时，鲁迅格外重视"人择"，他认为进化论的"要旨""首为人择"，"次为天择"，"人择出人意，而天择则以生物争存之故，行于不知不觉之间耳。"（《坟·人之历史》）"天择"不依人的意志为转移，"人择"则可以培育人所需要的生物品种。古代美洲有牧羊人怕羊跳圈逃跑，只留短足羊，淘汰长足羊，久而久之，短足羊传下去，长足的绝了种。鲁迅举出生物进化的种种事实，强调人的因素最为重要。他还认为，一切生物在进化的长途上，"须有一种内的努力，有如单细胞动物有内的努力，积久才会繁复，无脊椎动物有内的努力，积久才会发生脊椎。"（《坟·我们现在怎样做父亲》）一切生物只有不断克服自身的矛盾，才能"延续"生命。社会进化自然更要重视人的因素，重视人的思想和伦理道德活动。鲁迅早年弃医从文，提倡"非物质""重个人"，1925年还主张思想启蒙，始终把灌输正当的学术文艺，"改革国民性"视为社会发展的第一要务；对于旧社会旧势力的斗争，鲁迅也特别注重从思想和伦理方面进行。鲁迅前期思想的上述特点，跟他重视"人择"和"内的努力"的独特进化论思路有密切联系。虽然过于夸大了思想和伦理道德在社会改革中的作用，但他批判旧文化、旧道德，对于提高全民族精神素质，推动社会改革的历史进程，有积极贡献。

鲁迅强调思想和伦理道德在社会进化中的作用，显然受到赫胥黎的影响。赫胥黎认为社会进化依据两个法则：一是"宇宙过程"，自然竞争，适者生存，优胜劣败；二是"伦理过程"，人类不同于动物，人类具有高于一切动物的"至善"本性，能够相亲相爱，以善报恶，等等。人类社会初期，"宇宙过程"居于支配地位，"社会进展意味着对宇宙过程每一步的抑制，并代之以另一种可以成为伦理的过程；这个过程的结局并不是那些碰巧最适应于已有的全部环境的人得以生存，而是那些伦理上最优秀的人得以继续生存。"①赫胥黎把人的道德力量即所谓"伦理过程"视为社会进化的主要动力，又把所谓"至善"人性看成独立于社会存在以外的东西，陷入了唯心论的先验论。鲁迅重视人的道德活动，却不认为人类一开始就有高于一切动物的"至善"本性，以为人的思想和伦理道德是适应时代要求，不断地从低级向高级发展的。在《狂人日记》中，他借狂人之口说："当初野蛮的人，都吃过一点人"，后来"一味要好，便变了人，变了真的人""有的不要好，至今还是虫子"。鲁迅看来，封建传统思想和道德是人类文明处于低级阶段的产物，现代人还保留着"吃人"本性，就像虫子一样低劣。鲁迅剔除了赫胥黎关于伦理过程理论中某些先验论成分，运用进化论的伦理道德发展观，有力地抨击了封建文化思想。

---

① 赫胥黎：《进化论与伦理学》，科学出版社1971年版，第57页。

三、崇侵略者类有机

赫胥黎著《进化论与伦理学》是为了捍卫达尔文学说，反对斯宾塞的普遍进化论。斯宾塞把社会生活比作有机体，说资本家是调节系统，工人农民履行营养职能，等等，从而证明工人农民永远应该从事体力劳动，资本家天生是企业管理人才，为资本主义制度的永世长存编造理论根据。在民族问题上，他谬称存在生物学上的优等民族和劣等民族，鼓吹优胜劣败，弱肉强食。斯宾塞强调个人和种族间的自由竞争，鼓吹"任天为治"，政府不办教育，不搞社会福利，不问人民健康，任其自然淘汰，适者生存。赫胥黎提出社会进化主要受伦理过程支配的理论，驳斥了斯宾塞的社会有机论；提出"天人互争"，反对"任天为治"。赫胥黎坚定地说："我们要断然理解：社会的伦理进展并不依靠模仿宇宙过程，更不在于逃避它，而是在于同它作斗争。这样使小宇宙对抗大宇宙，并且使人征服自然以达到他的更高目的。"①赫胥黎著作中洋溢着一种"小宇宙对抗大宇宙"的乐观主义精神，有力地批判了社会达尔文主义。

严复不同意赫胥黎把自然进化与社会进化相对立的观点，赞同斯宾塞的普遍进化论，他说："民人者，固动物之类也""民民物物，各争有以自存，其始也种与种争，及其稍进，则群与群争，弱者常为强辱，愚者常为智役"（《原强》）。他还以美洲红人和澳洲黑人"自交通以来，岁有耗减"作例证，说明"物竞""天择"的法则也完全适用于人类社会（《天演论·导论·人为》）。《天演论》的"按语"中，严复借用斯宾塞的普遍进化论驳难赫胥黎。严复把斯宾塞捧得很高，唯独不满于斯宾塞"任天为治"的"末流之失"，要用赫胥黎"天人互争"思想"补救"之。他说："小之则树艺牧畜之微，大之则修齐治平之重，无所往而非天人互争之境。"（《天演论·导言·互争》）严复介绍斯宾塞的社会达尔文主义，本

①赫胥黎：《进化论与伦理学》，科学出版社1971年版，第58页。

意不在鼓吹侵略战争和"吃人"哲学；他不满清王朝腐败无能和整个社会停滞落后，运用普遍进化论警告国人，如不变法维新，自强保种，难免亡国灭种之祸。

鲁迅接受了严复关于"自强保种"的思想启蒙，但对待社会达尔文主义的基本立场与严复不同。严复鼓吹"弱者常为强辱，愚者常为智役"，以老爷式态度对待下层人民。他在译介孟德斯鸠《法意》的"按语"中甚至说："计学家户口之论，十九期间以马尔达（马尔萨斯）所论为最辟，继而天演家物竞说行，于是欧洲各国，人人自危，而殖民政策，世界主义，大用于时。约而言之，皆为过庶之民谋耕地耳，为溢富之财谋业场耳。"严复把帝国主义的殖民政策和世界主义说成是合理的东西，客观上替马尔萨斯人口论和社会达尔文主义充当了辩护人。鲁迅站在资产阶级民主主义和人道主义立场上，否定了社会达尔文主义。

在《破恶声论》中，鲁迅谴责帝国主义者利用"进化留良之言，攻小弱以逞欲"，妄图称霸世界。此类"兽性爱国之士"，其实还保留着"蛆虫性"和"猿狙性"，人类要超越禽兽，就不该羡慕侵略者；人类掌握武器是为了"自捍卫，辟虎狼"，而不应"假之以爪牙，以残食世之小弱"。当时国内有人写诗叫嚣，捣毁伦敦，覆灭罗马，只有巴黎这个地方可以留下，供他们淫乐。鲁迅说，当初德皇威廉二世创"黄祸"说，把黄种人比作野兽，现在这些人的诗歌，比"黄祸"说还要凶恶。鲁迅反对侵略成性的"上国"帝国主义者，也指斥那些生在奴隶国家而"崇强国""侮胜民"的"佳兵之士"。他说："总度今日佳兵之士，自屈于强暴久，固渐成奴子之性，忘本来而崇侵略者最下。"可见，无论哪种大国沙文主义，都在鲁迅扫荡之列。

鲁迅十分同情被侵略、被奴役的弱小民族，称"波兰、印度乃华土同病之邦"，波兰人民重感情，爱自由，印度和我国自古就有交往，如同"兄弟眷属"之邦。"使二国而危者，吾当为之抑郁；二国而陨，吾当为之号咷。无祸则上祷于天，俾与吾华土同此无极。"鲁迅希望"华土壮者"，不要陷于"兽性爱国"，如果"自树既固，有余勇焉"，就应当像波兰将军贝姆帮助匈牙利、英国诗人拜伦帮助希腊那样，对那些遭到危难的弱小民族大力扶持，为自由大张元气，把侵略者赶出去。反对帝国主义侵略，声援被压迫民族和人民，鲁迅如此卓越的政治远见和深厚的人道主义精神，在资产阶级革命派中实属少见。

从资产阶级人道主义出发，鲁迅反对兽性爱国，张扬"人类之爱"，他以俄罗斯诗人普希金和莱蒙托夫为例，指出两种爱国观的分野。普希金早年讽喻沙皇，歌唱人民，可是1831年，西欧各国声援波兰抗击沙皇侵略时，普希金却写下《给俄罗斯的诽谤者》《波罗金诺纪念日》两首诗，颂扬沙皇的武功，表明他的"爱国"心迹。鲁迅借丹麦评论家勃兰兑斯的话批评普希金："惟武力之恃而狼藉人之自由，虽云爱国，顾为兽爱。"莱蒙托夫也非常爱国，但"绝异"于普希金，他"不以武力如何，形其伟大"，他所热爱的，乃是"乡村大野及村人之生活"，并且扩大到热爱那些为了争取自由而前赴后继地反抗沙皇统治的高加索山中的土著居民。鲁迅赞赏莱蒙托夫热爱土地和人民，反抗侵略压迫的"人类之爱"（《坟·摩罗诗力说》）。

将爱国者分为"兽性之爱"和"人类之爱"，这个建立在生物社会学基础上的分类，显然是不科学的，恩格斯否定了这种哲学："把人类分成截然不同的两类，分成人性的人和兽性的人，分成善人和恶人，绵羊和山羊，这样的分类，除现实哲学外，只有在基督教里才可以找到，基督教一贯地也有自己的世界审判者来实行这种分类。"[1]不过，在鲁迅接受马克思主义以前，这种建立在进化论基础上的人道主义思想，仍不失为反帝反封建，反对社会达尔文主义的进步思想武器。

四、思想方法的若干特点

从鲁迅对西方进化论思潮的创造性选择、改造和扬弃，可以看出鲁迅

---

① 恩格斯：《反杜林论》，《马克思恩格斯选集》第3卷，人民出版社1972年版，第140页。

前期思想方法的若干特点。

　　鲁迅前期思想是和封建宗法社会的农民紧密联系着的，他对中国历史和现实的思考，对一切新思潮的态度，都表现出"老实的农民的实事求是的精神"①。他正确指出，清末以来中国社会的"积弱"，根源在于"二患交伐""往者为本体自发之偏枯，今则获以交通传来之新疫"（《坟·文化偏至论》）。早年他还不能用马克思主义的明确语言指出近代中国现实斗争的主要任务是反帝反封建，但他从"下层社会的不幸"，农民的"很多苦痛"，尖锐地看到中国社会迅速沉沦的内因、外因。他从西方资产阶级思想武库中拿来进化论，主观上不是拿来构建自己的学说殿堂，而用真理之光烛照现实并照亮前进的道路。鲁迅创造性的进化论思路，反映了被压迫农民的愿望。"下等人胜于上等人"（《三闲集·通信》），"将来必胜于过去，青年必胜于老人"（《三闲集·序言》），实际上已成为人民群众反抗压迫奴役、争取自由解放的一种信念。冯雪峰说得好："他的反对帝国主义和封建主义的意志，对于民族和社会的要求，是始终如一的，是他的思想的创造性和系统性的根本原因和实质。"②随着中国民主革命的深入发展，特别是"五四""五卅"运动后剧烈的社会变动，鲁迅越来越感到"生存竞争，优胜劣汰"的理论苍白无力，终至"轰毁"了进化论，接受了马克思主义阶级斗争学说，这一事实本身，也鲜明地反映出鲁迅"始终如一"的"实事求是的精神"。

　　西方进化论思潮对鲁迅的影响是深刻的，但他从不照搬或演绎西方任何一种学说思想，而是审时度势，权衡较量，"去其偏颇，得其神明"，形成自己的具有创造性和系统性的进化论"思路"。鲁迅前期作品处处留下痛苦思索的痕迹，《文化偏至论》就记录了青年思想家对待西方文化思想的立场和科学分析态度。鲁迅"权衡""较量"的参照系是两个：既追踪世界文化潮流，又不割断本民族文化传统，旨在创立一种可在"国中"

　　① 瞿秋白：《鲁迅杂感选集·序言》，《鲁迅杂感选集》，上海出版公司1953年版，第19页。
　　② 冯雪峰：《回忆鲁迅》，人民文学出版社1953年版，第40页。

施行的新学说、新文化。鲁迅所阐述的科学的方法论,后来在马克思主义真理之光照耀下,发展为"拿来主义"的宇宙观和方法论,对于我们今天实行东西方文化交流,建设有中国特色的社会主义新文化,具有长远的借鉴意义。

〔原载《安庆师范学院》1987年第3期,中国人民大学书报资料中心《鲁迅研究》1987年第4期,原标题为《去其偏颇 得其神明——鲁迅对进化论的态度》〕

鲁迅与西方人道主义

20世纪50年代后期以来，我国理论界曾对人道主义和提出鲁迅人道主义思想的观点进行过多次批判。无论批判者抑或被批判者，理论上往往陷于同一个误区：将鲁迅人道主义思想和西方人道主义混为一谈。讳言人道主义的风气到拨乱反正的新时期逐渐扭转过来，但是研究鲁迅人道主义思想的特点，深入考察它和西方人道主义的联系和区别，还是一个迫切而有价值的研究课题。

鲁迅早年从西方接受人道主义的思想影响是客观事实。他说："原来到日本去学海军，因为立志不杀人，所以才弃海军而学医。后来因受西欧革命和人道主义思潮的影响，思想起了变迁，又放弃只能救个人和病人的医学而改学文学，想传播人道主义以救大多数思想有病的人。"[①]这里，述及他接受西方人道主义的具体时间和启蒙主义的初衷。鲁迅对西方文化一向采取"去其偏颇，得其神明"的批判选择态度，反对把陈旧于殊方的东西"举而纳之中国"，因此鲁迅人道主义思想虽然在西方人道主义思潮影响下发生，却有自己的独立品格。

---

① 转自尚钺：《怀念鲁迅先生》，见《鲁迅研究学术论著资料汇编》第2卷，中国文联出版公司1985年版，第1231页。

一、解放人性解放民众的目标

　　西方人道主义思潮的产生，一开始就和反对封建统治和基督教会的进步事业相联系。中世纪基督教文化的基本内容是神权中心和来世天国论。据说人类从亚当、夏娃偷食禁果以来就犯了原始罪孽而失去天国，人的现世生活永远是赎罪的过程，要想重返天国就得禁欲苦行，因为人类的一切肉体和情感的欲求都是罪恶之源。于是文艺复兴运动中，新兴资产阶级针对基督教的神道提出了人道，反对禁欲主义，肯定现世的幸福生活。法国大革命时期，启蒙思想家强调"天赋人权""人的价值"，认为人权是人"按其本性"生来就有的"自然的权利"，这些权利就是"平等，自由，安全和财产"（1793年法国《人权宣言》第二条）；不是上帝创造了人，而是人创造了上帝；人是一切价值中的最高价值，必须尊重人、爱护人，将人当人看。在17、18世纪资产阶级革命运动中，人道主义成为资产阶级反对专制政体和等级制度的一面旗帜。

　　鲁迅对人道主义在反封建斗争中的历史作用给予充分肯定。在《文化偏至论》和《摩罗诗力说》等早期著作中，他严厉抨击欧洲中世纪基督教对于学术思想、科学事业的压制，歌颂文艺复兴是人类历史的"曙光"，高度评18世纪法国大革命"扫荡门第，平一尊卑"，使"平等自由之念，社会民主之思，弥漫于人心"的历史功绩。他蔑视基督教的原始罪孽说，肯定那引诱亚当、夏娃偷食禁果的魔鬼是真理传布者，给世人以恩惠；他对拜伦、雪莱等摩罗诗人的发扬，也分明包含着对反抗专制统治，争取自由解放的人道主义精神的赞美。

　　鲁迅接受西方人道主义思潮影响，突出地表现为继承人道主义反封建的进步传统，反对一切非人道的封建暴政和社会罪恶。

　　封建专制主义的原则总的说来就是轻视人、蔑视人，将人不当人。所谓"天有十日，人有十等，下所以事上，上所以共神也。"（《左传》昭公七年）在专制统治下，社会上等级森严，君权与神权二位一体，中国人民身受的奴役和压迫在世界各民族中也是罕见的。正如鲁迅指出："自有历史以来，中国人是一向被同族和异族屠戮，奴隶，敲掠，刑辱，压迫下来的，非人类所能忍受的楚毒，也都身受过，每一考查，真教人觉得不像活在人间。"（《且介亭杂文·病后杂谈之余》）历史进入20世纪后，中国人的生存境况不仅毫无改善，反而更加悲惨。"三·一八"惨案后，鲁迅怒斥段祺瑞政府用大刀步枪虐杀数百名爱国青年的暴行："如此残虐险狠的行为，不但在禽兽中所未曾见，便是在人类中也极少有的，除却俄皇尼古拉二世使可萨克兵击杀民众的事，仅有一点相像。"《华盖集续编·无花的蔷薇之二》）30年代，鲁迅谴责国民政府用电刑拷问革命者："闻曾有连受七八次者，即幸而免死，亦从此牙齿皆摇动，神经亦变钝，不能复原。"同是一电，"福人用电气疗病，美容，而被压迫者却以此受苦，丧命也。"（《伪自由书·电的利弊》）鲁迅痛感旧社会不讲人道，兽道横行，"极人间之奇观，达兽道之极致"（《书信·180820致许寿裳》）；他直截了当地得出结论，封建社会的历史是一部"吃人，被吃"的历史，中国人在"一治一乱"的循环更迭中，"向来就没有争到过'人'的价格，至多不过是奴隶，到现在还如此。"（《坟·灯下漫笔》）

鲁迅早年特别重视法国大革命以来尊崇个性解放的人道主义传统。他在《文化偏至论》中写道："盖自法朗西大革命以来，平等自由，为凡事首，继而普通教育及国民教育，无不基是以遍施。久浴文化，则渐悟人类之尊严；既知自我，则顿识个性之价值。"作为启蒙思想家，鲁迅反对封建兽道，指出人道主义的目标是解放人性。所谓"致人性于全"（《坟·科学史教编》）包括两个方面：一是人的精神独立不倚，二是自然人性的和谐统一。早期他更为关注人的精神生活，强调人对于真理和事物规律性的理性把握。他所瞩望的"精神界战士"，就是自我意识觉醒的"明哲之士"，"不和众嚣，独具我见"之士，能够通达世界大势，评论人类文明，顽强地坚守真理，反抗舆言俗面。当初他走上弃医从文之路，意在传播人道主义，拯救"思想有病"的人们；后来提出改革国民性的命题，毕生躬行对群众的思想启蒙，也还是要"拔除人性的萧艾，培养人性的芝兰"

（茅盾评语）。"五四"前后，他一再强调："依据生物界的现象，一，要保存生命；二，要延续这生命；三，要发展这生命（就是进化）"（《坟·我们现在怎样做父亲》）。所谓"保存""延续"生命，就是肯定人的食欲性欲，肯定人的自然生存权利；所谓"发展"生命，主要表现为培养广博自由、独立自主的人格，满足人的精神生活需求。在"人性"问题上，他既重视人的自然属性，又重视人区别于动物的精神属性，比起早年单纯关注人的精神生活有了进展。

文艺复兴和法国大革命时期，个性解放的人道主义不失为反封建斗争的思想武器；但是即使在资产阶级上升时期，启蒙思想家讲的个性解放也带有强烈的个人主义倾向。等到资产阶级取得统治地位后，过细的资本主义分工将个人固定在狭窄的岗位上，残酷的自由竞争造成人与人的相互排斥、倾轧，就使得个人与社会日渐分离。19世纪后期，以个性解放为目标的人道主义逐渐褪去它那温情脉脉的面纱，越来越成为资产阶级利己主义的代名词。利己主义本是资产者的阶级属性，却被打扮成普遍人性。资产阶级响亮地提出个性解放、人性解放口号，实在只是假借全人类的名义谋求本阶级的私利，目的是以新的剥削制度代替封建剥削制度。

鲁迅人道主义思想尽管脱胎于西方人道主义，但不具有任何利己主义倾向。鲁迅青年时代就立下"我以我血荐轩辕"的志向，当初放弃"救个人和病人"的医学传播人道主义，也是替"大多数"人着想的。他那"人各有己，而群之大觉近矣"的名言，既强调人的个性意识觉醒，又期待着社会群体的觉醒。在鲁迅看来，如果社会群体中的所有个性都达到觉醒的程度，社会群体的觉醒也就指日可待了。他在这里非常精辟地宣告：个性解放孕育着新型的社会群体，而整个社会群体的素质提高了，"沙聚之邦，由是转为人国。人国既建，乃始雄厉无前，屹然独见于天下。"（《坟·文化偏至论》）"立人"和"立国"的理想是支撑鲁迅早期人道主义思想的两个杠杆，其间虽有主观浪漫成分，却涌动着一腔爱国主义激情。鲁迅对"精神界之战士"的呼唤，也不同于西方人道主义思想家，他不是肯定那种超凡绝俗、脱离一切社会关系的抽象个人，而是急切地寻求一种新型的社会关系，企盼着具有博大的人道主义胸怀的个性觉醒者，将民众从水深火热的封建桎梏下解放出来："有作至诚之声，致吾人于善美刚健者乎？有作温煦之声，援吾人出于荒寒者乎？"这真诚的人道主义呼声包含明确的社会内容，它和坚定的爱国主义立场、伟大的社会责任感紧密地联系在一起。

二、以幼者弱者为本位

"自由（liberté）、平等（égalité）、博爱（fraternité）"最早出现在法国大革命时期的国旗和纪念碑上，成为推动资产阶级革命的口号。"博爱"源自基督教的教义：人人都是上帝的儿女，在上帝面前大家都是兄弟姐妹，一律平等。本来是基督教死对头的人道主义，现在从它的敌人那里捡来"博爱"的旗帜保卫自己，已是极具讽刺意味的了。到19世纪西方资产阶级作家笔下，人道主义则完全转化成"慈善的博爱主义"。他们否定社会生活中对抗的必然性，他们"哲学中的最后一点革命性也消失了，留下的只是一个老调子：彼此相爱吧！不分性别，不分等级地互相拥抱吧，——大家一团和气地痛饮吧！"①说到底，自由、平等、博爱这些口号，主要还是反映了资本主义的生产关系，实际上在私有制条件下，不可能有全体人民真正的平等互爱。马克思指出：在资本主义的自由竞争中，"原来的货币所有者成了资本家，昂首前行；劳动力所有者成了他们的工人，尾随于后。一个笑容满面，雄心勃勃；一个战战兢兢，畏缩不前，像在市场上出卖了自己的皮一样，只有一个前途——让人家来鞣。"②

博爱主义对"五四"时期中国作家有普遍的影响。周作人"讲人道，爱人类"，冰心用母爱温暖社会，沟通人心，叶圣陶、王统照以"美"与

---

① 恩格斯：《路德维希·费尔巴哈与德国古典哲学的终结》，《马克思恩格斯选集》第4卷，人民出版社1972年版，第235页。

② 马克思：《资本论》，《马克思恩格斯全集》第23卷，人民出版社1972年版，第200页。

"爱"作为社会理想，都深深地打上博爱的印记。鲁迅也向往人类"相爱相助"的美好境界，所谓"人类最好是彼此不隔膜，相关心"（《且介亭杂文末编·〈呐喊〉捷克译本序言》），就是他的道德理想。不过鲁迅从不相信人人相爱的理想会成为现实，早年他批评托尔斯泰"和平主义"时就指出："故其所言，为理想诚善，而见诸事实，乃弗戾初志远矣。"（《集外集拾遗补编·破恶声论》）鲁迅提倡"爱"与"助"，是有原则性和倾向性的。

家庭伦理方面，鲁迅倡导"以幼者弱者为本位"的道德。他注意到自然界一个现象："动物界中除了生子数目太多——爱不周到的如鱼类之外，总是挚爱他的幼子，不但绝无利益心，甚或至于牺牲了自己，让他的将来的生命，去上那发展的长途。"从自然界的启示，鲁迅提出"心以为然"的伦理原则。但他并不认为自然界的安排尽善尽美，其中"不免也有缺点，但结合长幼的方法，却并无错误。"有的研究者将上述伦理原则视为单纯的生物学观点，似有误读。人类与动物的本质固然不同，人与自然却有着难以分割的联系，借鉴生物学的真理提出新的道德准则，并无不可。况且鲁迅提出上述原则不光有自然科学依据，还结合了他对人类社会历史的考察。他否定"三年无改于父之道可谓孝矣"的封建道德，肯定欧美家庭"大抵以幼者弱者为本位"道德的合理性、进步性。鲁迅从生物进化论和社会发展史的结合上提出的新的伦理原则，其革命意义是显而易见的。①

具体到长幼关系上，鲁迅提倡"用无我的爱，自己牺牲于后起新人"。他赞美村妇哺乳婴儿决不想到施恩那样"天性的爱"，赞美这"离绝了交换关系利害关系的爱，便是人伦的索子，便是所谓'纲'。"而圣人之徒所谓"父为子纲"则完全违反生物学的真理，是"逆天行事"，"长者本位与利己思想，权利思想很重，义务思想和责任心都很轻。"（《坟·我们现在怎样做父亲》）以"无我的爱"作为新道德之"纲"，与周作人倡导

---

① 此段引文均出自鲁迅：《坟·我们现在怎样做父亲》，《鲁迅全集》第1卷，人民文学出版社1981年版。

的"个人主义的人间本位主义"大异其趣。周作人不承认有"无我的爱",认为那种"抹杀个人而高唱人类爱"的人道主义"太渺茫"。他心目中"爱邻如己""推己及人"的爱,是"以个人为中心而推及于人类"的爱。①很明显,周作人的道德观是西方人道主义在"五四"文坛的一种投影。鲁迅摈弃一切利己主义的花言巧语,在第一篇白话小说《狂人日记》里,就借助一个极具象征意味的"吃人"故事,提出了对封建社会历史和旧道德的否定性意见,在"救救孩子"的呐喊中,抒发出深厚、博大的人道主义情怀。

在男人和女人的关系上,鲁迅特别关注压在社会底层的旧社会妇女的命运。历代统治者总是将亡国败家的罪过归咎于女人,就连愚蠢的未庄居民阿Q也染上"女人是害人的东西"这等东方古传的谬误思想。在男权封建社会里,"女子身旁,几乎布满了危险",她们丧失了个性意识和参与社会生活的能力,被关在"狭的笼"中成为一饮一啄都听命于人的鸟儿,或者安于贤妻良母的角色,或者连贤妻良母也做不稳当。鲁迅非常精辟地指出:"女人的天性中有母性,有女儿性;无妻性。妻性是逼成的,只是母性和女儿性的混合。"(《而已集·小杂感》)他认为中国女子的妻性是奴隶性的变形,而妻性则是"夫为妻纲"的社会逼出来的。鲁迅尤其猛烈抨击残害弱者的"节""烈"道德,认为节烈"极难,极苦",不利自他,不合人情,此类道德"都是旁人毫不负责,一味收拾幼者弱者的方法",多妻主义的男子更没有资格表彰女子的节烈。谈到理想的婚姻形式,鲁迅首肯欧美家庭"一夫一妻制",而"多妻主义,实能使人堕落"。在家庭中,夫妇双方应是"伴侣,是共同劳动者,又是新生命的创造者",所谓"阴阳内外之说,荒谬绝伦"。(《坟·我们现在怎样做父亲》)鲁迅呼吁男女"一律平等",两性在生理心理上的差别不应成为男尊女卑的借口,"必须地位同等之后,才会有真的女人和男人,才会消失了叹息和苦痛。"(《南腔北调集·关于妇女解放》)

---

① 周作人:《文学的讨论——致日葵》,《晨报副镌》1922年2月8日。

　　"以弱者为本位"道德推及广大的社会关系中，鲁迅表明了站在被压迫者（农民为主体）一边的坚定立场。他从小呼吸小百姓的空气，同情下层社会的不幸，后又从俄国文学明白了世界上分为压迫者和被压迫者两种人，确立了替被压迫者而呼号而战斗的立场。在最初的启蒙活动中，他特别推崇拜伦的人道主义精神："重独立而爱自由，苟奴隶立于前，衷悲而疾视，衷悲所以哀其不幸，疾视所以怒其不争。"（《坟·摩罗诗力说》）鲁迅对拜伦思想的描述，也是他自己对被压迫者人道主义关怀的真实写照。他的作品不仅广泛地描绘被压迫农民在"兵，匪，官，绅"压迫下物质生活的极端困苦，而且更为深刻地揭示出传统道德对阿Q、祥林嫂、七斤、爱姑这些"老中国的儿女"严重的精神戕害。鲁迅并没有板起面孔教训那些呻吟在生活底层的不幸人们，相反的在《一件小事》等作品中正面歌颂了劳动者人格的伟大，即使像阿Q这样灵魂扭曲的落后人物，也热情地掘发他那"农民式的质朴"的一面。鲁迅盛赞珂勒惠支教授的版画"是一切'被侮辱和被损害的'母亲的心的图像"，她不仅爱强壮有力的"中用的儿子"，更关怀陷于悲惨境地的"不中用的儿子"。（《且介亭杂文末编·写在深夜里》）鲁迅的作品也鲜明地表现出劳苦大众的悲惨境遇和思想人格，我们完全可以用同样美好的语言来称赞鲁迅对被压迫者的人道主义关怀。

　　在《摩罗诗力说》中，鲁迅意味深长地比较了尼采和拜伦的道德观：尼采"欲自强，而并颂强者"，拜伦"亦欲自强，而力抗强者，好恶至不同，特图强则一而已。"拜伦和尼采都具有"图强"的性格，但拜伦与尼采颂强凌弱的反人道态度截然不同，拜伦"贵力而尚强，尊己而好战，其战复不如野兽，为独立自由人道也。"鲁迅高度评价拜伦在人的解放旗帜下援助希腊独立运动的人道主义精神，这种助弱抗强的品格，也是鲁迅人道主义思想的一个重要特征。

　　在国家民族关系上，鲁迅提出了非常卓越的见解。他反对一切侵略战争，谴责侵略者"孤尊自国，蔑视异方，执进化留良之言，攻小弱以逞欲"，是为"兽性之爱国"。他满怀"兄弟眷属之情"，密切关注波兰、印度等被侵略的弱小民族国家，还提出"凡有危邦，咸与扶掖，先起友国，次及其他，令人间世，自繇具足"的主张，表达了对弱小民族国家同仇敌忾、休戚与共的真挚感情。（《集外集拾遗补编·破恶声论》）鲁迅早年按照生物学分类将爱国者分为"兽爱""人爱"并不科学，但他的人道主义思想一开始就具有反侵略反压迫的鲜明时代特征，和中国人民反帝反封建的大方向完全一致。

三、天上不会掉下人道来

人道主义者都有一个美妙的社会理想，所不同的是，西方人道主义者大抵追怀过去，鲁迅则指向未来。卢梭"回到自然"的口号就有厌恶近代文明而回到人的原始状态去的意向；巴尔扎克向往的是王政，狄更斯的是产业革命以前自给自足的农村生活，托尔斯泰的则是原始基督教精神的教区治下的农民生活。"巴尔扎克他们是据过去以批判现实，他们所神往的理想已不存在；……鲁迅对于过去却一无所取……他想象一个没有被旧社会'吃人'的教条所歪曲玷污了的人，在《狂人日记》中他称这样的人为'真的人'。"①鲁迅确信将来人道主义终将胜利，即使在陷于彷徨的"五四"后期，还激励中国青年"创造中国历史上未曾有过的第三样时代"。尽管他对"第三样时代"的憧憬还很朦胧，却非常强烈地表达了要结束"将人不当人"的旧时代历史的迫切愿望。

那么，怎样才能实现人道主义的社会理想呢？鲁迅和西方人道主义者提供了完全不同的方案。法国启蒙思想家将理想的实现诉诸人性或人的理性改善，认为只有通过教育和立法才能改善人的理性，从而变革非人道的封建社会制度。19世纪人道主义作家诉诸人类爱和人的善良天性，在他们看来"博爱"既是处理人与人关系的伦理原则，又是社会变革的巨大动力。比如雪莱在剧本《普罗米修斯的解放》中借主人公之口说：凭借爱的

① 茅盾：《论鲁迅的小说》，香港《小说月刊》第1卷第4期，1948年10月。

威力，阶级就会消灭，世界就会大同，"每个人都是管理他自己的皇帝，每个人都是公平、温柔和聪明。"雨果也在《幽灵的启示》中弹奏爱的音乐："这阴沉的宇宙，既冰冷而又沉重，它需要升华，万物升华通过火，人类升华通过爱。"托尔斯泰及其追随者则主张宽恕一切人，"勿以暴力抵抗邪恶"，他们把"博爱"作为医治社会痼疾，调和社会矛盾的灵丹妙药。

"爱的福音"直接源自基督教文化。按照"原罪"和"救赎"的教义，每个人在上帝面前都有罪，但谁也无权惩恶，唯有上帝来执行。耶稣告诫人们说："咒诅你们的要为他祝福，凌辱你们的要为他祷告。有人打你这边的脸，连那边的脸也由他打。有人夺你的外衣，连里衣也由他拿去。"（《路加福音》第六章）这股宽恕仇敌、以德报怨的人类爱思潮在"五四"文坛影响颇大。倡言性善说的周作人就认为人性无所谓恶，"与其说恶，不如说'不明'更切当"，他把人道主义的实现寄托在不劳而获的特殊阶级的"幡然改悔"上面。（《艺术与生活·日本的新村》）在冰心营造的爱的暖巢里，也有明显的宽恕仇敌倾向。她写一位军官在一场军阀战争中被打成重伤，临死前祈祷说："可怜的主战者呵！我不恨你们，只可怜你们！""我不记恨你，我只爱你！"（《一个军官的笔记》）

鲁迅对这种婆婆妈妈的人道主义不以为然，他主张热烈的爱，也主张热烈的憎，热爱人民，憎恶敌人。他总结专制时代人压迫人的历史教训："俄皇的皮鞭和绞架，拷问和西伯利亚，是不能造出对于怨敌也极仁爱的人民的。"（《集外集拾遗·〈争自由的波浪〉小引》）统治者用非人道的恶辣手段残害人民，人民当然不会对他们讲仁慈。面对旧社会剧烈的阶级对抗，他鼓吹："在现在这'可怜'的时代，能杀才能生，能憎才能爱"（《且介亭杂文二集·七论'文人相轻'——两伤》）。提倡憎与爱相统一，便是鲁迅人道主义抗争的情感基础。鲁迅后期运用阶级分析和唯物史观，清算了"人类之爱"的道德说教，指出："他们饱人大约是爱饿人的，但饿人却不爱饱人。""在帝国主义的主宰下，必不容训练大众个个有了'人类之爱'，然后笑嘻嘻地拱手变为'世界大同'。"（《二心集·非革命的激进革命论者》）"博爱主义"者试图以阶级调和手段消灭阶级，实现"世界大同"，只能是一厢情愿的幻想。

在一篇讨论人道主义的"随感录"中，鲁迅正面提出怎样"向人道前进"的问题，然后自答道：天上"不会掉下人道来。因为人道是要各人竭力挣来，培植，保养的，不是别人布施，捐助的"。（《热风·随感录六十一"不满"》）鲁迅一向反对乞求的人道主义，力倡战斗的人道主义，这是鲁迅人道主义思想和西方人道主义（尤其"博爱主义"）的原则区别。这种战斗的人道主义突出地表现为两个特点：主张暴力抗恶，反对宽恕仁慈。

专制暴君和酷吏对人民实行"酷的教育"，是人民奋起反抗，"踏着残酷前进"的现实根据。早在《摩罗诗力说》中，鲁迅就大力介绍反抗复仇的摩罗诗派的作品。他赞赏波兰诗人密茨凯维支《先人祭》第三卷中囚徒们高唱惩办沙皇、绞杀沙皇的反抗歌声，拜伦长诗《海盗》中康拉德的那首囚歌："渴血，渴血！复仇，复仇！仇吾屠伯！"也令青年鲁迅热血沸腾。被压迫者采取反抗、复仇的手段惩办侵略者和刽子手，拯救危难中的祖国和人民，是他们神圣的权利。

1925年，鲁迅在《春末闲谈》《杂忆》《论"费厄泼赖"应该缓行》等著名文章中，总结历史上血的教训，反复阐述改革者对反改革者不应抱有幻想，不能对敌人讲仁慈的主张。他重申"复仇是不足为奇的"观点，提出"打落水狗"的战斗口号。他告诫忠厚善良的人们：所谓"勿报复""仁恕""勿以恶抗恶"，是老实人对鬼蜮的慈悲，是纵恶，不但不能帮助好人，反而保护坏人。"三·一八"惨案后，他在《无花的蔷薇之二》中爆发出"血债要用同物偿还"的怒吼。稍后创作的历史小说《铸剑》，借黑色人帮助眉间尺复仇的神话故事，讴歌了被压迫者不屈不挠、锲而不舍的反抗斗争。小说没有一般地宣扬"仗义，同情"等人道主义思想和个人复仇，而是强调被压迫者自觉行动起来，反抗专制残暴的统治者。当眉间尺感激黑色人"同情"孤儿寡母并代为复仇的"义士"行为时，黑色人说："仗义，同情，那些东西先前曾干净过，现在却都成了放鬼债的资本。我的心里全没有你所谓的那些，我只不过要给你报仇！""你还不知道么，我怎么地善于报仇。你的就是我的，他也是我。我的灵魂上是有这么多的人我所加的伤，我已经憎恶了我自己！"黑色人不认为他帮助弱者复仇是廉价的捐助或布施，他和眉间尺及所有被压迫者有共同的仇恨和命运，他是代表被压迫者向专制国王讨还血债的。小说以高昂的浪漫主义激情描写三颗人头在滚沸的鼎中激战的壮烈场面，黑色人和眉间尺的头颅最终咬得王头满脸鳞伤，"只有出气，没有进气"，表达了被压迫者宁死不屈的精神。《铸剑》和《论"费厄泼赖"应该缓行》等篇章，标志鲁迅向历史唯物主义大步迈进了，他的革命人道主义思想这时发挥到昂扬的顶点，任何"非暴力"的人道主义作品无法与之相比。

四、人道主义也的确是无用的

我们还可从鲁迅对托尔斯泰人道主义的接受和扬弃，进一步论证鲁迅人道主义思想的发展。鲁迅对托尔斯泰同情人民、反对沙皇的人道主义立场倍加赞赏，称他是"轨道破坏者""偶像破坏的大人物""十九世纪俄国巨人"，指出他将土地分给农民，抨击封建农奴制度，上书沙皇并劝其改悔等行动都是"难得的"，"敢于向有势力的反动阶级抗争"。（《集外集·文艺与政治的歧途》）前期鲁迅接受托尔斯泰人道主义的影响是不争的事实，他把思想革命放在第一位，承认"平和的方法"进行社会改革"也是可贵的"（《坟·娜拉走后怎样》），期待"国民改革自己的坏根性"（《两地书·八》），等等，与托尔斯泰主张社会上对立势力和解，鼓吹道德自我完善的思想有明显的联系。

20年代后期，有"革命文学"论者将鲁迅和托尔斯泰绑在一起攻击，说鲁迅作品"反映的只是社会变革期中的落伍者的悲哀，无聊赖地跟他弟弟说几句人道主义的美丽的说话。隐循主义！好在他不效 L.Torstar 变为卑污的说教人。"[1]鲁迅反对这种将人道主义和托尔斯泰一棍子"打死"的粗

---

① 冯乃超：《艺术与社会生活》，《文化批判》创刊号，1928年1月。

暴态度，《"醉眼"中的朦胧》反驳道："惟有中国特别，知道跟着人称托尔斯泰为'卑污的说教人'了……知道人道主义不彻底了，但当'杀人如草不闻声'的时候，连人道主义式的抗争也没有。"鲁迅高度评价托尔斯泰"剥去政府的暴力，裁判行政的喜剧的假面"的勇气，认为"革命文学"家全盘否定托尔斯泰极不公正。他正确地分析了人道主义在现代中国产生的社会背景及其在社会斗争中的作用，明确指出"人道主义，在中国是因为白色恐怖而产生的，当它助善而抗恶的时候，它是有益无害的"。当帝国主义和军阀政客屠杀革命者、进步人士时，人道主义者挺身而出抗议其非人道行为，对无产阶级领导的革命斗争显然是一种助力。既然人道主义伦理原则在反帝反封建斗争中"有益无害"，极左论者轻率地"打死"人道主义当然是荒谬的。所以鲁迅慨叹："（人道主义）只可惜在中国是打死的过早了一些！"①

　　鲁迅肯定托尔斯泰为人道主义而抗争，并不苟同他不以暴力抗恶的说教。托尔斯泰奉行基督教"博爱主义"，认为暴力本身就是邪恶，暴力抗恶就是"以恶抗恶"，因此号召人民用博爱精神去抵抗以暴力为后援的统治者。在战争与和平问题上，他呼吁士兵停止作战，人民采取不合作主义，统治者被孤立了，天下就太平了。自《破恶声论》开始，鲁迅就对托尔斯泰的"和平主义"提出异议，后在《文艺与政治的歧途》中表达了类似观点。在译介苏联同路人作家雅各武莱夫的小说《农夫》《穷苦的人们》时，又对此类小说非暴力的博爱主义倾向提出尖锐批评。例如《农夫》描写第一次世界大战中一个俄国士兵到敌营执行侦察任务，碰上熟睡的奥地利哨兵，不忍将他杀死，只下了他的枪。鲁迅批评这类小说的基调是"博爱和良心""不但没有革命气，而且还带有十足的宗教气，托尔斯泰气"，如此厚道，必败无疑，因为"别人并不如此厚道，肯当你熟睡时，就不奉赠一枪刺。"（《译文序跋集·〈农夫〉译后附记》）对敌人一味大度、宽容，只能助长敌人的凶焰，瓦解自己营垒的斗志。其后对卢那

---

① 转自柳静文：《关于鲁迅先生》，《北新》第4卷第16期。

卡尔斯基的剧本《解放了的堂·吉诃德》所宣扬的"吉诃德主义"也提出类似的批评。吉诃德用谋略挽救了革命者，革命起来后，专制者入了牢狱，"可是这位人道主义者，这时忽又认国公们为被压迫者了，放蛇归壑，使他又能流毒，焚杀淫掠，远过于革命的牺牲。""博爱"的人道主义者无异于"放蛇归壑"，结果只能是"被奸人所利用，帮着使世界留在黑暗中。"（《集外集拾遗·〈解放了的堂·吉诃德〉后记》）

鲁迅的暴力抗恶论突破了西方人道主义框架，而当他接受马克思主义社会革命学说后，其人道主义思想发生了质的变化。对梁实秋"普遍人性""永久不变的人性"论批判，是现代思想史上一场有声有色的论争。鲁迅强调人的阶级性："若据性格、感情等，都'受支配于经济'（也可以说根据于经济组织或依存于经济组织）之说，则这些就一定都带着阶级性，但是'都带'，而非'只有'。"他还认为，社会地位不同的人所"带着"的人性是有明显差别的，以人人都会出汗这一现象加以分析，好像"可以算得较为'永久不变的人性'"了，然而"'弱不禁风'的小姐出的是'香汗'，'蠢笨如牛'的工人出的是'臭汗'。"足见人的阶级地位不同，出汗也会有"香""臭"之别，其他方面就更不用说了。（《而已集·文学和出汗》）在阶级社会里，人既不能免掉所属的阶级性，所谓"人类之爱"，是不可能存在的。鲁迅说："自然'喜怒哀乐，人之情也'，然而穷人决无开交易所折本的懊恼，煤油大王那会知道北京捡煤渣老婆子身受的酸辛，饥区的灾民，大约总不去种兰花，像阔人的老太爷一样，贾府上的焦大，也不爱林妹妹的。"（《二心集·"硬译"与"文学的阶级性"》）从人世间贫富对立的事实出发，鲁迅娴熟地运用辩证法，揭出人类各种感情的阶级实质，具有很强的说服力。

1929年，鲁迅和冯雪峰的一次谈话值得关注。他说人道主义有两种，一种"真的人道主义"，站在被压迫者一边向压迫者要人权，争自由，向"反革命者大屠杀革命者"提出抗议。这种人道主义可成为革命的同情者，有的还成为革命者；另一种站在压迫者一边向人民要人权，争自由，反对革命者杀反动的人。鲁迅认为，这后一种"人道主义也的确是无用的，要实行人道主义就不是人道主义者所主张的办法所能达到。除非也有刀在手里，但那样，岂不是大悖他们的主义，倒在实行阶级斗争了么？"可见，鲁迅后期在马克思主义世界观和历史观指导下，彻底否定了资产阶级人道主义历史观。他在谈话中再次肯定托尔斯泰敢于向反动统治阶级抗争，并指出：在帝国主义和无产阶级革命时代有些人也学"托尔斯泰样"，大搞博爱主义，反对暴力抗恶，这些人"只向革命者要求人道主义"，很"不高明"，"一代不如一代"。①稍后在《"硬译"和"文学的阶级性"》中进一步指出托尔斯泰人道主义产生的阶级根源："托尔斯泰正因为出身贵族，旧习荡涤不尽，所以只同情于贫民而不主张阶级斗争。"鲁迅运用阶级分析，对"托尔斯泰样"人道主义进行了清算。

提出两种人道主义并清算"托尔斯泰样"人道主义，表明鲁迅对人道主义问题的思考已经成熟，不再像早年那样抽象地谈论"人性之光""天性的爱"这类有关"人"的话题，而是承认阶级斗争，承认带有阶级性的人性；不再朦胧的向往人道主义"曙光"，而是确信人类的将来是经过无产阶级专政到达"无阶级社会"；不再把实行人道主义的希望寄托在单纯的思想革命，而是非常卓越地指出"人道主义的实现不是人道主义者所主张的办法所能达到"。事实证明，后期鲁迅抛弃了作为世界观历史观的资产阶级人道主义，已从革命人道主义进向无产阶级人道主义。

鲁迅人道主义思想是留给后代子孙极其宝贵的精神资源，对于我们今天揭露帝国主义和霸权主义者关于"人权"的欺骗宣传，惩治各种危害人类的社会罪恶，建设以共产主义道德为核心的社会主义精神文明，有借鉴意义。

[原载《鲁迅研究月刊》1997年第3期，中国人民大学书报资料中心《中国现代、当代文学研究》1997年第6期]

---

① 冯雪峰：《回忆鲁迅》人民文学出版社1953年版，第31页。

鲁迅"立人"思想和尼采学说

把鲁迅和尼采这两位生活在不同社会条件下、有着不同文化背景的思想家放在一块比较研究，是个"古老的课题"。但是，由于一向疏于介绍尼采学说的缘故，"鲁迅与尼采"之谜还没有完全揭开。至少有下面三个问题尚待深入研究：鲁迅早年为什么"醉心于尼采"？鲁迅在他思想发展的各个时期从尼采学说吸取了什么？鲁迅后期是不是"彻底否定"了尼采？

近年来尼采哲学研究的新进展，为我们进行鲁迅与尼采思想的比较研究提供了现实可能性。本文试图以鲁迅"立人"思想为切口，就上述问题谈一点不成熟的意见。

一、早年"醉心于尼采"

许多研究者依据许寿裳先生的回忆，认为鲁迅研究人性问题，自1902年在东京弘文学院读书开始，其实可以追溯到更早。少年时代大家庭的变故，"从小康人家而坠入困顿"所受到的冷遇，使他看见了"世人的真面目"（《呐喊·自序》）。世态炎凉的强烈刺激，使鲁迅过早地透视到人性恶的一面，从此迈向寻求人生意义的新旅程。留日初期和许寿裳讨论"怎样才是理想的人性""中国国民性中最缺乏的是什么""它的病根何在"等三个相关联的问题，标志鲁迅对人生问题的探索进入更加自觉的阶段。

由于受到洋务派、维新派理工、政法、军事救国思想的影响，鲁迅一度沉迷于科学救国的美梦。值得注意的是，鲁迅去仙台学医，不光为卒业后"救治"病人的疾苦，"战争时候便去当军医"，也为了"促进国人对于维新的信仰"（《呐喊·自序》）。可见鲁迅在科学救国的憧憬中早已萌生了启蒙主义要求。当资产阶级革命运动高涨起来，鲁迅破除了"昔日旧梦"，弃医从文，把目光转向思想启蒙。1907年，鲁迅在《文化偏至论》中否定了维新思潮，指出"竞言武事""立宪国会""制造商估"均非"根本之图"，"欧美之强""根抵在人"，并且明确提出："是故将生存两间，角逐列国是务，其首在立人，人立而后凡事举。"

鲁迅早年对世态人情的深切体验和20世纪初维新思潮的没落，是"立人"思想诞生的现实基础；而当时"尼采思想，乃至意志哲学，在日本学术界正磅礴着"[1]，则为"立人"思想的确立，提供了主要理论依据。周作人也有回忆，鲁迅在东京时很喜欢读尼采，《查拉图斯特拉如是说》一册常在案头[2]。鲁迅被尼采著作吸引，不光有语言背景方面的原因（鲁迅在日本"专学德文"），还有深刻的时代机运，明确的功利目的和某种感情因素的联系。

鲁迅称尼采为代表的欧洲现代文化思潮为"神思宗之至新者"，并以历史进化观点对它发生的时代原因，作了系统的分析。鲁迅看到，"文明莫不根旧迹而演来，亦以矫往事而生偏至"。欧洲资产阶级革命时期出现的"众治"是对专制独裁的矫正，而在自然科学发展基础上出现的"重物质"倾向，则是对中世纪宗教统治的矫正。可是到19世纪后半期，又出现了新的"偏至"。崇拜"众治"，便"以多数临天下而暴独特者"，不能容忍个人和天才；"重物质"也走向极端，发展到"惟客观之物质世界是趋"。在这种"现实"情况下，"神思新宗"应运而生，"言其本质，即以矫十九世纪文明而起耳"（《坟·文化偏至论》）。从鲁迅的观点看，20世纪初年，中国社会和19世纪后半期的欧洲颇有相似之处。清王朝统治者

---

① 参看郭沫若：《鲁迅与王国维》，《沫若文集》第12卷，人民文学出版社1957年版，第535页。

② 参看知堂：《〈关于鲁迅（二）〉》，《宇宙风》第30期（1936年12月）。

"宁蜷伏堕落而恶进取",一般群众"劳劳独躯壳之事是图,精神日就于荒落",而"诠才小慧之徒"(指维新派)又号召张皇"重杀之以物质而囿之以多数,个人之性,剥夺无余"。鲁迅的类比当然不很科学,他处在封建末世中国,实在是指望逾越旧的理论,找到一个矫正旧弊时俗的新的立足点。尼采学说正是作为一种最新思潮,作为"破中国之萧条"的"先觉之声",受到鲁迅欢迎。

有研究者说,鲁迅是"一个以现实为尺度去衡量一切哲学价值的人,他不用学者的眼光,而用社会改革者的眼光去审视尼采哲学"[1],这是很精辟的见解。鲁迅对于包括进化论、尼采学说在内的西方文化思想,一向以是否"可行诸中国"为去取的准则,凡"迁流偏至之物"则"去",凡"施之国中,翕合无间"者则"取",他对维新派"言非西方之理勿道,事非合西方之术勿行"(《坟·文化偏至论》)的全盘西化态度不以为然。鲁迅确实以尼采学说为"除旧弊之药石,造新生之津梁",作为社会改革之武器。不过,鲁迅并非全从"社会功能"的角度认识尼采学说,他探溯"神思新宗"的源流,介绍斯蒂纳尔、叔本华、克尔凯郭尔、尼采、易卜生学说思想的要旨,预言这股思潮将成为"二十世纪文化始基",足见鲁迅对尼采学说有过较为系统深入的研究。

尼采学说的对象是人,根本上是一种人生哲学。他自称"人生之辩护者"[2],又说他"毕生工作是为人类准备一个伟大的自觉时机",为人类带来一个"伟大巅峰"[3]。尼采执着人生的态度和积极寻求人生意义的奋斗者形象,为鲁迅所神往。鲁迅赞叹尼采为"个人主义之至雄杰者也",褒扬他反对19世纪文明之"伪"与"偏",突出其发现"个人"和反抗传统两大功绩。鲁迅似乎从尼采学说终于明白:"张大个人之人格""人生之第一义也""内部之生活强,则人生之意义亦愈邃"(《坟·文化偏至论》)。从鲁迅对尼采学说的介绍来看,他并没有采取"沾沾于用"的实

---

① 钱碧湘:《鲁迅与尼采哲学》,《中国社会科学》1982年第2期。
② 尼采:《查拉图斯特拉如是说》,尹溟译,文化艺术出版社1957年版,第260页。
③ 尼采:《瞧,这个人》,刘琦译,中国和平出版社1981年版,第72页。

用主义态度，而是在独立研究的基础上，把握住尼采学说的精髓。尼采关于人的哲学深化了鲁迅早已开始的对理想人性的思考，增强了改革社会、改良人生的信念，并成为他在1907年提出"立人"主张的最有分量的理论基石。

鲁迅当时"醉心于尼采"，还有感情上的共鸣因素。尼采学说是在19世纪末叶，欧洲资本主义社会发生重大转折、西方文化思想陷入严重危机前夕出现的一种人生哲学。自然科学的发展导致中世纪以来基督教信仰崩溃，尼采发出"上帝死了"的呼喊，并将由此而造成的价值空白指给全体欧洲人看。尼采自视为"正在来临的世纪的头生子和早生儿"，预言着"不久必将笼罩欧洲的阴影"（即现代资产阶级的精神危机）。尼采学说反映了西方一部分敏感的知识分子在世纪转折点上的内心冲突和悲怆情绪。"这种可以在尼采身上找到……的悲怆之情，看来是打动了善感的并带有某种辛辣意味的青年鲁迅"①。经历过人生坎坷的鲁迅创办《新生》杂志，如同"叫喊于生人之中"，感到悲哀无聊，无独有偶，尼采也有过类似的"可怕"经历，他那发自心灵深处的呼喊《查拉图斯特拉如是说》问世后，竟被埋葬在一种荒诞的沉默里。有着相似经历和可以沟通的心境，尼采弹奏的悲怆音乐，当然最能拨动鲁迅的心弦，使之共鸣。

二、非物质，重个人

鲁迅早期尼采观集中反映在《文化偏至论》《摩罗诗力说》和《破恶声论》里。从这些文章可以看出，鲁迅从尼采学说择取的主要思想是非物质，重个人。

尼采《查拉图斯特拉如是说·文化之邦》中，象征地嘲讽了19世纪后半期欧洲资本主义社会的物质文明。他说所谓"文化之邦"，不过是"一切颜料罐之家乡"，这里的人们没有"内脏"，一切"似乎是颜料与胶纸片

---

① 施瓦茨：《中国的知识界史——初步的反映》，转自乐黛云编：《国外鲁迅研究论集》，北京大学出版社1981年版，第54页注释②。

塑成的"，他们是一群"缺乏信仰""不生育"的人。《文化偏至论》转述
《文化之邦》的内容："（尼采）返而观夫今之世，文明之邦国矣，斑斓之
社会矣。特其为社会也，无确固之崇信；众庶之于知识也，无作始之性
质。邦国如是，奚能淹留？吾见放于父母之邦矣！聊可望者，独苗裔
耳。"鲁迅赞同尼采对近代西方物质文明的攻击，指斥"唯物极端，且杀
精神生活""使独创之力，归于槁枯"，他认为中国的出路不在办洋务，搞
维新，而在"立人"，其"道术"就是"尊个性而张精神"。

尼采失望于现代人，认定"人是一个桥梁，而不是一个目标"，他把
"新鲜的希望"指向遥远，他心目中的"人类峰颠"就是"超人"。什么是
超人？《查拉图斯特拉如是说》指出四个特征：（一）"人类是应当被超越
的"；（二）"超人是大地的意义"；（三）"他便是这大海，你们的大侮蔑可
以沉没在它的怀里。"（四）"他便是这闪电，这疯狂！"尼采眼里的人生全
是断片和残肢，只有他向往的超人具有"强壮而健全"的天赋；"超人"
本身就是真实，是肉体和灵魂的完美统一，具有"不竭的创造性的生命意
志"；"超人"具有旺盛的战斗精神，发挥着生命的极致，对抗群众的愚蠢
而毫无畏惧。

尼采"超人"说对鲁迅的主要影响是强化了"立人"主张的理想色
彩。鲁迅早年痛感清国的臣民"卑儒金啬，退让畏葸，无古民之朴野，有
末世之浇漓"，激情地发出"致人性于全"的呼号，他天真地相信"惟超
人出，世乃太平"。鲁迅所追寻的理想人性和超人，统一于他千呼万唤的
"精神界之战士"身上。这样的战士具有怎样超群卓绝的精神素质呢？
（一）他们是"不和众嚣，独具我见之士"，能够洞察世界之大势，善于评
论人类的文明，"举世誉之而不加劝，举世毁之而不加沮""使之孤立于
世，亦无慑也"；（二）他们是自我意识觉醒的"明哲之士"，执着于"个
性之尊严，人类之价值"，顽强地坚持自己的信仰，毫无顾忌地反抗舆言
俗囿；（三）他们是"有绝大意力之士"，立足于现实社会，具有勇猛奋斗
之才，"虽屡踣屡僵，终得现其理想"。鲁迅颂扬的这些理想品质，显然有
尼采"超人"的影子，他希望有这样善美刚健的"强者""健者""超人"

出世,"一导众从",改变国人的精神面貌。"立人"是为了"立国","人各有己,不随风波,而中国亦己立"。"人国既建,乃雄厉无前,屹然独见于天下"——这就是青年鲁迅的终极目标,他倡言个性主义根本上还是以爱国主义为出发点和最后归宿。

虽然鲁迅接受了尼采超人学说,但他心目中的"超人"和尼采的"超人"有本质不同。尼采的"超人"坐在遥远的"白云之乡",是"许多雕像之雕像"。它不是人类,因为"人比任何猿猴还像猿猴些",即使"最优良者也仍然是必须超越的一种东西"①。查拉图斯特拉身上"有属于明日后日与未来之物",也不是"超人"。在尼采看来,"超人还不曾存在过"。鲁迅的"超人"和尼采非现实的"超人"不同,是少数精神界之战士,他们具有生气勃勃、奋斗不息的个人精神,鲁迅指望他们唤起群众的自觉与心声。鲁迅的"超人"是拜伦、雪莱那样"立意在反抗,指归在动作"的摩罗诗人,是拜伦诗中意力轶众,"所向无不抗战"的海盗康拉德,是易卜生笔下"死守真理,以拒庸顽"的医生斯多克芒。鲁迅在早期著作中就看出尼采学说"宗教与幻想之臭味不脱",乃"几近神明之超人"(《坟·文化偏至论》),后来又多次指出尼采的超人"太渺茫",说明鲁迅思考"立人"问题,始终没有离开他生长的这片国土,自觉地排斥了尼采无根柢的寓言式空想。

尼采是等级制度的鼓吹者,他说:"正义告诉我,人类是不平等的"②,他把人分成"上等人"和"下等人",主要不是依据现实社会的等级划分,而是依据"权力意志"(强力意志),所谓"坚强的意志指挥软弱的意志""上等人有必要向群众宣战!"尼采向往着"遥远",蔑视大多数"平凡""多余""过剩"的群众,诅咒他们"死灭和凋落!"③尼采十分可笑地自炫为波兰贵族的后裔,透露出他内心深处庸俗的遗传偏见。这种反民主的贵族主义和庸俗的遗传偏见是尼采学说中的毒素。

---

① 尼采:《查拉图斯特拉如是说》,尹溟译,文化艺术出版社1957年版,第109页。
② 尼采:《查拉图斯特拉如是说》,尹溟译,文化艺术出版社1957年版,第119页。
③ 尼采:《查拉图斯特拉如是说》,尹溟译,文化艺术出版社1957年版,第14页。

　　鲁迅早期从尼采那里接受了人类不平等观念，认为"夷隆实陷""荡无高卑"，作为理想是很美的，若不考虑个人"殊特之性"，结果必然会使人们的"精神益趋于固陋"。政治生活中，鲁迅主张"是非不可公之众，公之则果不诚；政事不可公之众，公之则治不郅。"（《坟·文化偏至论》）他那"一导众从""置众人而希英哲"的主张，是尼采影响的消极面；客观上，它反映了辛亥革命时代有识之士力图避免中国走资本主义道路的愿望。

　　但是，对尼采"以愚民为本位，恶之不殊蛇蝎"的贵族主义偏见，鲁迅终其一生加以排拒。《摩罗诗力说》中，鲁迅转述拜伦诗剧《该隐》所记魔鬼卢希飞勒鼓动该隐（亚当之子）反抗上帝的故事，并比较魔鬼和尼采的道德观："尼怯欲自强，而并颂强者；此（指卢希飞勒——引者）则亦欲自强，而力抗强者，好恶至不同，特图强一而已。"鲁迅将貌似相同而实质大相径庭的两种道德观细心区别开来，接着在评论拜伦思想时，表明了个人的倾向："拜伦既喜拿破仑之毁世界，亦爱华盛顿之争自由，既心仪海贼之横行，亦孤援希腊之独立，压制反抗，兼以一人矣。虽然，自由在是，人道亦在是。"鲁迅颂扬拜伦个性主义和人道主义相交融的思想，典型地反映出深厚的人道主义精神，和尼采"颂强者'"用庸众作牺牲"的贵族主义态度判然有别。鲁迅瞩望超人，意在"立之为极，碑众观瞻，则人庶乎免沦没。"（《集外集拾遗补编·破恶声论》）可见，"颂强"与"抗强"，"灭众"与"救众"，是尼采超人学说和鲁迅"立人"思想的本质区别。鲁迅描绘拜伦对希腊民众的基本态度是"衷悲而疾视""哀其不幸，怒其不争"，其实也是青年鲁迅对被压迫民众感情风格的贴切写照。

　　鲁迅早期"立人"主张产生在旧民主主义革命时代，当时中国政治历史舞台上无产阶级尚未表现出强大的力量，中国资产阶级又是那样软弱无力，易于妥协，鲁迅感到如同置身于沙漠中似的寂寞。前进中的鲁迅，不肯向旧社会妥协，于是在自己的理想中"刻意求意力之人，冀倚为将来之柱石"。他那"非物质，重个人"的思想，从积极方面说，不是对唯物主义的反拨,而是抨击极端的物质主义;也不是反对真正的民主,而是对于借多数名义操纵社会生活的资产阶级民主提出抗议。从消极方面说,囿于尼采唯意志论的影响,夸大了社会改革中的精神作用,忽视了精神文明建设有赖于物质文明提高这一唯物主义命题。试图以尼采的个性主义达到解放个性的目标,以"天才大士"内心的光辉驱除黑暗,"致人性于全",这样天真的推理远不能构成正确答案。因此,鲁迅早期"立人"思想虽有丰富的理论价值,却罕有实践意义。

三、破坏偶像,反抗绝望

辛亥革命从胜利到失败的历史,破灭了鲁迅青年时代许多梦想,"五四"新文化运动又燃起他改革中国的热情。从理论与实践两方面看,鲁迅中期"立人"思想,有新的进展和突破。

新文化运动初期,鲁迅一些文章还有"非物质,重个人"思想的遗存。例如《随感录三十八》肯定"个人的自大",主张"对庸众宣战";《随感录五十九·"圣武"》赞美十月革命俄国人民的理想闪光,希望"没有什么思想主义"的中国人抬起头看那"新世纪的曙光",倘"不抬起头,便永远只能看见物质的闪光"。五四运动后社会斗争日益深化,鲁迅才逐渐抛弃了早期的浪漫观点。

在个人与群众的关系上,鲁迅的突破不在于看到民众的力量,(他在《摩罗诗力说》中就肯定了"国民"的力量:"败拿破仑者,不为国家,不为皇帝,不为兵刃,国民而已。")而在于承认天才来自民众,没有"可以使天才生长的民众","就没有天才";他希望人们不要"空等天赋的天才",要做"培养天才的泥土"(《坟·未有天才之前》),从而救正了过去把天才和民众完全对立起来的"置众人而希英哲"的观点。

在物质与精神的关系上,鲁迅从现实生活中越来越清醒地看到不同阶级和社会集团在物质利益上的尖锐冲突,开始认识到人的解放不能离开一定的物质生活条件。当"五四"文坛替娜拉出走同声欢呼时,鲁迅尖锐指出，娜拉除了带走一颗"觉醒的心"，别无所有，为娜拉计，"最要紧的"是争取"经济权"。鲁迅不再沉迷于"以意力开辟生路"的遐想，而把目光转向"经济制度"的"改革"（《坟·娜拉走后怎样》）。

从实践方面说，鲁迅中期"立人"的主要目标和主要工作是"寻找生力军，加多破坏论者"，攻打旧社会的病根，改革国民性。同早期对"精神界之战士"的呼唤比较起来，鲁迅中期所"立"之"人"，有着更为具体的界说和丰富的现实内容。1925年，他在《华盖集·通讯》中说："我想，现在的办法，首先还得用那几年以前的《新青年》上已经说过的'思想革命'。……而且还是准备'思想革命'的战士。"（《华盖集·通讯》）鲁迅的目标是培养"文明批评"和"社会批评"新战士，他之所以创办《莽原月刊》，"大半也就为了想由此引些新的这样一种批评者来"，"之所以主张'壕堑战'的原因，其实也无非想多留下几个战士，以取得更多的战绩。"当时他还"留心"地看到，中国居然也"有了几个不问成败而要战斗的人"，热望同他们结成"联合战线"（《两地书·一七》）。鲁迅对思想战士的殷切期待，同"五四"时代反对旧道德、提倡新道德的历史任务是一致的。

鲁迅着意寻找的新战士，不再是"超人"或英哲，而是现实的改革者、"偶像破坏者"。鲁迅希望他们对根深蒂固的旧文明"施行袭击，令其动摇"，无论古今人鬼、百宋千元、《三坟》《五典》，全部踏倒它，他们不单是破坏，而且是扫除，是大呼猛进，将碍脚的旧轨道一扫而空。鲁迅将破坏者分为两类："寇盗奴才"式的破坏者，借改革以营私，结果留下一片瓦砾，与建设无关，"我们需要革新的破坏者，因为他内心有理想的光。"（《坟·论雷峰塔的倒掉》）鲁迅对一切万古不变的信条实行整体性的反抗，和尼采"打倒偶像"的思想一脉相承。尼采在自传中说："打倒偶像非常接近我的工作"[1]，他反对一切偶像崇拜，尽管他狂妄地宣称"我是真理之声"，但从不希望别人立他为"新的偶像"，他总是命令别人

---

[1] 尼采：《瞧！这个人》，刘琦译，中国和平出版社1982年版，第2页。

"忘了我而找寻你们自己"。鲁迅对此极为赞赏,"五四"前后一直把达尔文、易卜生、托尔斯泰、尼采等人,誉为"轨道破坏者"和"偶像破坏的大人物"。可以说,尼采反偶像、"重估一切价值"的思想,成为鲁迅反抗旧社会、进行广泛的"社会批评"和"文明批评"的一个精神资源。

在反偶像的战斗中,尼采称颂强者品格。他说生命的本质不是消极的求生存,而是争优越,争扩展,争强力。强力意志(权力意志)才是生命的创造力,生命在对苦难的战胜和超越中,表现出欢欣与伟力。尼采喜欢"闹响,雷声与风暴的诅咒"的强者性格,在人群中最痛恨那些"不彻底者和踌躇不定的飞过的云"。1921年,鲁迅在《译了〈工人绥惠略夫〉之后》中指出,绥惠略夫身上显出了尼采的"强者的色彩,他用了力量和意志的全副,终身战争","用了炸弹和手枪,反抗而且沦灭"。鲁迅由此感叹中国只能看见"帐幔后的老男女和小贩商人",很不容易"搜索"到绥惠略夫式的人物。他显然希望中国的改革者兼有"破坏论者"和"强者"的品格。他赞美人之子"醒而且真"的声音,希望改革者"只是向上走",不必理会反改革者的冷笑和暗箭,他唾弃"做稳了奴隶"和"做奴隶而不得"的平庸性格,召唤青年们创造中国历史上未曾有过的"第三样时代"。

他在本时期塑造的一些文学形象,也分明染上"强者的色彩"。狂人发出"从来如此,便对么"的驳诘,预言"将来容不得吃人的人活在世上!"疯子一定要"吹灭"梁武帝时代传下来的长明灯,即使被关进黑屋子,还手扳木栅栏呼喊"我放火!"从狂人和疯子,我们看到革新的破坏者内心的真诚和刚强意志。《野草》中的"过客"虽然明知前路是坟而偏要走,表现出"反抗黑暗"的强韧意志,即便是《孤独者》中的魏连殳,面对社会黑暗,群众冷漠,绝望中也以自己的灭亡向社会复仇了。鲁迅说:"我以为绝望而反抗者难,比因希望而反抗者更勇猛,更悲壮。"(《书信·250411致赵其文》)过客和魏连殳"绝望的反抗",更接近于尼采式的强者反抗。

总结辛亥革命的历史教训,鲁迅深感到群众的精神负累太重且难以改变，直到1925年还强调："此后最要紧的是改革国民性"。鲁迅鞭挞最严厉的国民性弱点是"卑怯"，他认为唤起民众"有一个必要的条件，就是：国民是勇敢的"。而当时他看到的却是"怯弱的人民"，受强者的蹂躏，蕴藉着怨愤，"却不很向强者反抗，而反在弱者身上发泄"。卑怯的奴隶性格，正是"惰性"的"根柢"。鲁迅热望"点火的青年"着手于较为坚实的工作，努力去激发国民的"智""勇"，引导他们一往无前，战胜强敌。

鲁迅改革国民性思想受到尼采两种道德学说的影响。根据对德国人的观察，尼采指出"主人道德"和"奴隶道德"的根本对立。"主人道德"是创造者的道德，坚强勇敢，独立不羁；"奴隶道德"是侏儒道德，怯懦从俗，乐天安命。尼采反对"在诸神和神圣的步武之前卑躬，或在人类，在无智的人类舆论之前屈膝"，提倡"以必胜之心临恐惧，以矜高之情临深渊"的"决心"，和"以鹰的炯眼看透了深渊，以鹰的利爪紧抓着绝壑"的"勇敢"，毫不怜悯多数人的坠落和残败，甚至说："已经倒的，应当把它推落！"①尼采要求扫荡一切奴隶性格，人人做大地的主人。1918年鲁迅在《渡河与引路》中谈到尼采的道德观："耶稣说：见车要翻了，扶他一下，Nietzsche说，见车要翻了，推他一下，我自然是赞成耶稣的话；但以为倘若不愿你扶，便不必硬扶，听他罢了，此后能够不翻，自然很好；倘若终于翻倒，然后再来切切实实的帮他抬。""老兄，硬扶比抬更费力，更难见效。翻后再抬，比将翻便扶，于他们更为有益"。有研究者认为这段话是赞成耶稣，批判尼采，其实不然。鲁迅要求对那些守旧的人分两步做工作：先"扶"它一下，帮他前进；如果"不愿你扶"，则"不必硬扶"，各走自己的路，终于翻倒后再帮他抬。从人道主义立场出发，鲁迅不赞成尼采反人道的贵族主义；但他深知，旧思想、旧道德颓败之势无法改变，还是首肯尼采的观点，不如加快它坠毁和没落的速度，让新思想、新道德在死亡的废墟上获得新生。

五四运动后，由于马克思主义广泛传播，鲁迅世界观中逐渐增长了历

---

① 尼采：《查拉图斯特拉如是说》，尹溟译，文化艺术出版社1957年版，第251页。

史唯物主义因素，对尼采学说的怀疑增多了。对尼采超人的渺茫和颂强凌弱的贵族主义持否定态度，已如上述。1920年在《〈察拉图斯忒拉的序言〉译后附记》里，指出尼采这本书中"常见矛盾"；1921年肯定过绥惠略夫的尼采式强者品格，1926年便发现绥惠略夫"临末的思想太可怕"，否定他"一切皆仇仇，一切皆破坏"的虚无主义思想，还说他"不希望"中国有这样"破坏一切"的改革者。(《华盖集续编·记谈话》)鲁迅对尼采学说的怀疑，促使他去寻找"真正的社会科学"，超越尼采。

四、尼采的"超人"太渺茫

"立人"思想是鲁迅早期精神活动的产物，作为一种独立思路，它深深植根于鲁迅思想土壤里。直到30年代，"但愿有英哲处于中国之心未死"(《书信·300327致章廷谦》)。基于"无产文学，是无产阶级解放底一翼"这一新的认识，鲁迅仍希望"造出大群的新的战士"；之所以发起左翼作家联盟，倡导对文化遗产实行"拿来主义"，目的也还是塑造"新人"。(《二心集·对于左翼作家联盟的意见》)

鲁迅后期从现实的阶级关系看到"惟新兴的无产者才有将来"，不再遥指缥缈的天才英哲，而把立足点移到"广大劳苦群众"这方面来。他清醒地看到无产阶级革命文学的前驱者和革命的劳苦大众"受一样的压迫，一样的残杀，作一样的战斗"，不再单纯从人的精神领域寻找个性解放的通道，他明确指出："应该不自苟安于目前暂时的位置，而不断的为解放思想，经济而战斗。解放了社会，也就解放了自己。"(《南腔北调集·关于妇女解放》)他终于认识到物质生产的发展和社会制度的变革才是个性自由发展的前提，从而挣脱了形形色色的幻想锁链，把"立人"纳入无产阶级社会解放事业中去。

马克思主义帮助鲁迅清算了尼采学说中的消极因素。尼采以"给与的道德"为"最高的道德"，自称"太阳"和"火炬"，要以炽热的光线照亮尘世，而《查拉图斯特拉如是说》就是对人类的"最大赠与"。鲁迅早年受到"给与的道德"影响，但在《拿来主义》中，我们看到他对这种道德观的讽刺："尼采就自诩过他是太阳，光热无穷，只是给与，不想取得。然而尼采究竟不是太阳，他发了疯。"1935年在《〈中国新文学大系小说二集〉序》中谈到尼采对"狂飙社""浅草—沉钟社"的影响，又批判了尼采的虚无主义和感伤主义。他说，尼采学说曾是狂飙社进军的鼓角，但尼采的"超人"太渺茫，结果只能给他的追随者们留下一个空虚。或者是"安于空虚"，在黑暗中沉没，或者"反抗这空虚"，成为蔑视一切权威的虚无主义者。狂飙社仅止于虚无的反抗，以"半绥惠略夫式"的战叫表示着对社会的憎恶，不久就散了队。尼采学说的悲观主义阴影笼罩着浅草—沉钟社的成员，使他们沉浸在悲哀孤寂中，而终于放下了他们的箜篌。鲁迅把尼采和王尔德、波特莱尔、安德莱夫并称为"世纪末的果汁"，无疑是真知灼见。

说到鲁迅后期和尼采的关系，一个流行观点是鲁迅后期"彻底否定"了尼采，而且"无一赞辞"，这是不符合实际情况的。鲁迅对文化遗产众所周知的态度是：运用脑髓，放出眼光，立下存废的标准，"或使用，或存放，或毁灭"，对尼采学说岂有例外？绝不因其中含有毒汁，而采取"一把火烧光"的办法。其实，鲁迅后期对尼采学说中的积极因素并没有抛弃。1929年他回顾自己跟《语丝》的关系说："我的'彷徨'并不用许多时，因为那时还有一点读过尼采的《zarathustra》的余波，从我这里只要能挤出——虽然不过是挤出——文章来，就挤了去罢，从我这里只要能做出一点'炸药'来就拿去做了罢……"。（《三闲集·我和〈语丝〉的始终》）这里所说的"余波"，可理解为1920年译介尼采著作所受的影响。尼采自称"我是炸药"，鲁迅也说给《语丝》写稿是做"炸药"，可见鲁迅对尼采"为思想而战"还是肯定的，他甚至把《查拉图斯特拉如是说》的影响看成是帮他摆脱彷徨的一个因素。

同年，鲁迅翻译了板桓鹰穗的《近代美术史潮论》，创造社有人化名写信劝他不要"滥译"，还是"多创作"，鲁迅以公开信作答并提及尼采："我终于并不蔑视翻译，至于这一本书，自然绝非不朽之作，但也自立统系，言之成理的，现在还不能抹杀它的存在。我所选择的书，这样的就够了，虽然并非不知道有伟大的歌德，尼采，马克斯，但自省才力，还不能移译他们的书，所以也没有附他们之书……传名于世的大志。"（《集外集拾遗补编·致〈近代美术史潮论〉读者诸君》）鲁迅显然是从文化意义上肯定一本书的价值，也正是从文化伟人这个视角给予尼采很高的评价。倘说鲁迅这话仅仅是讽刺"崇创作，恶翻译"者，论据不足。勃兰兑斯称誉尼采"是一位高层次的思想家"，还说"尼采的价值在于：他是推动文化前进的工具之一"，"在最高的知识领域内，关于对和错的询问一般总是不恰当的，而对于它们的回答，相对来说，也常常是不太重要的。因此，关于尼采，我写下的第一行文字就是，他是值得研究和争论的。"①从文化史上看，尼采是西方近代文化向现代转变的一个关键人物，他的学说对西方哲学传统有彻底的批判性，而对20世纪的西方新思潮（如存在主义哲学和弗洛伊德精神分析学说）又有深刻的启示性。人生哲学成为西方现代哲学主潮，一定意义上要归功于尼采。鲁迅显然注意到尼采在文化史上有"研究"和"争论"的价值，所以1930年对中国只有"半部"尼采著作译本深表遗憾（当时只有郭沫若译《查拉图斯屈拉钞》第一部问世），他还想从日译本直译，"来填一填彻底的高谈中的空虚"（《二心集·'硬译'与'文学的阶级性'》）。亲自续译尼采著作的愿望虽未能实现，但直到1935年，他还关心、支持徐诗荃（梵澄）翻译《苏鲁支如是说》并推荐给郑振铎，让这部尼采代表作的全译本在当年和次年的《世界文库》上和中国读者见了面。

鲁迅后期"操马克思主义的批评枪法"，并不妨碍他在自己著作中有时也借鉴尼采。1933年，有感于中国文坛很少译出有价值的外国文艺，鲁迅在《由聋而哑》中谴责"聋哑制造者"堵塞了文化传播的航路，使得青年们缺少"精神食粮"。他说："用秕谷来养育青年，是决不会壮大的，将来的成就，且更要渺小，那模样，可看尼采所描写的'末人'。""他们要

---

① 勃兰兑斯：《尼采》，安延民译，工人出版社1985年版，第47、127页。

掩住青年们的耳朵，使之由聋而哑，枯涸渺小，成为'末人'"。查拉图斯特拉称基督教徒、善人为"末人"，意为"末路之开始"。末人和超人正相反，没有创造的愿望和能力，平庸畏葸，浅陋卑俗，他们以扼杀真理和未来为代价，维持自己的生存。鲁迅并不理会"末人"说所包含的对于社会主义者的攻击，取其对奴隶性格的深刻观察和生动具象，"拿来"作为营养不良，枯涸渺小之平庸性格的譬喻，表明他对"聋哑制造者"及平庸性格的厌弃。鲁迅后期尽管拒绝以尼采学说作为人生探索、社会改革的思想武器，但尼采某些观点对鲁迅仍有明灭可见的影响。比如，从鲁迅对"埋头苦干""拼命硬干""为民请命""舍身求法"的中国脊梁的讴歌，我们会联想到尼采对"强韧"性格的赞美；鲁迅在遗嘱中告诫亲属："损着别人的牙眼，却反对报复，主张宽容的人，万勿和他接近。"这和尼采所说："如果别人使你忍受了一个大不义，你们也立刻使别人忍受五个小不义吧！"在反对宽容、主张向敌人报复这一点上，两位思想家是否也有某种精神上的联系呢？

在鲁迅整个思想体系中，"立人"思想是中心线索，鲁迅毕生的工作，他与进化论、个性主义、马克思主义发生联系，都同"立人"事业相关联。也正是在人的问题上，鲁迅和尼采有过共鸣。

从最初接触尼采，鲁迅就鲜明地表现出开放性和独创性的思想家特色。为改革社会、改良人生，鲁迅对尼采学说实行"拿来主义"，选择、改造、扬弃，终于超越了尼采，在无产阶级社会解放事业中找到自己的位置。从总体上把握鲁迅思想的中心及其思想方法上开放与独创的特点，或有助于深入探究鲁迅和西方文化思潮之关系。

[原载《学习与探索》1989年第3期]

论鲁迅胡适对易卜生戏剧的文化选择

易卜生和我国新文化运动有着非同等闲的关系。1918年《新青年》推出《易卜生专号》后，他的《玩偶之家》《人民公敌》《群鬼》《社会支柱》等十多个剧本很快被翻译过来。"易卜生在当时的中国社会里，就引起了巨大的波澜，新的人没有一个不狂热的喜爱他，也几乎没有一种报刊不谈论他"[①]，"五四"新文化运动中，鲁迅、胡适等先驱者对易卜生戏剧的译介和借鉴，留下中外文化交流史上辉煌的一页。

一、时代机运和文学背景

易卜生在"五四"时期进入鲁迅、胡适等中国作家的接受视野，有深刻的时代原因。这不仅由于易卜生戏剧提出的尖锐的社会问题，契合了中国的社会现实和争取个性解放的历史要求，而且中国作家对易卜生的接受是在特殊文学背景上进行的。中国文学发展到"五四"时期，因其贵族化的陈旧内容和僵化的文言形式，已不再适应现代社会变革的要求。"暮气攻心，奄奄断气"（胡适语）的中国文学急需借助某种外力，剧烈地改变方向，以图新的崛起。中国作家对易卜生的选择正是社会转型期文学发展的迫切需要。新文学倡导者们摈弃了"说谎作伪"的旧文学和庸俗无聊的

---

① 阿英:《易卜生的作品在中国》，见《阿英文集》，生活·读书·新知三联书店1981年版，第741页。

"文明戏"，对曾经给予文明戏以相当影响的西方浪漫主义戏剧也表示冷淡。这种情况下，能够真实地描写社会人生，积极参与社会改革的易卜生问题剧，自然受到普遍的欢迎。

接受主体思想上的共鸣，则是鲁迅、胡适等人竭力推崇易卜生的内动力。从启蒙主义出发，鲁迅早年热切呼唤独具我见的"精神界之战士"，他在大力张扬"神思新宗"和"摩罗诗力"的同时，发现了易卜生。易卜生"示主观之极致""以变革为生命"的强者品格，和鲁迅当时提倡的"尊个性而张精神"的"立人"主张，取向完全一致。胡适在留美期间接受了杜威的实用哲学，形成民主主义思想和"一点一滴"改良的政治观点；"五四"新文化运动中，他用世界的眼光观察比较东西方文化，指出中国传统文化的"惰性"与"暮气"，竭力主张输入西方近代文明。他注意到易卜生问题剧的价值在于"专研究社会的种种问题"，尤为看重易卜生的怀疑精神和叛逆品格，要求引进易卜生戏剧来医治"不肯睁开眼睛来看世间的真实现状"的"人生的大病根"[①]。这些主张跟他提倡"多研究些问题，少谈些'主义'"的政治改良观点正相吻合。

20年代后期，日本学者青木正儿认为《新青年》于1918年推出"易卜生专号"的原因，是要建设西洋式的新剧，高扬戏剧到真的文学的地位，要以白话来兴散文剧。青木正儿揭出中国作家选择易卜生戏剧的文学背景，鲁迅在《〈奔流〉编校后记》中肯定他的上述意见。"但何以偏要选出 Ibsen 来呢？"鲁迅提出一个新见解："我想，也还因为 Ibsen 敢于攻击社会，敢于独战多数，那时的绍介者，恐怕是颇有以孤军而被包围于旧垒中之感的罢，现在细看墓碣，还可以觉到悲凉，然而意气是壮盛的。"鲁迅不仅看到介绍者与易卜生思想上的共鸣，而且从时代环境和情绪特点诸方面，剔抉出接受易卜生的深层原因。实际情况正像鲁迅所描述的那样，新文学运动初期，先驱者们"总觉得创作界很寂寞似的，作者固然不多，发

---

① 胡适：《易卜生主义》，《新青年》4卷6号，1918年6月。

表的机关也寥寥可数",难免会有"以孤军而被包围于旧垒中之感"。[①]在那样艰难险恶的环境中,易卜生卓尔不群、孤军独战的顽强斗志,对于鲁迅、胡适等中国作家,无疑是一个鼓舞。

二、价值取向的异同

鲁迅、胡适是受到易卜生影响的中国作家之突出代表。不过,由于两位作家思想倾向和美学思想有较大差异,他们绍介易卜生戏剧的价值取向,呈现出"同中有异,异中有同"的复杂情况。

法国批评家莱奈·杜密克说:易卜生最显著的特点是"爱好思想,也就是忧虑道德,关心良心问题,要求从一个共同的观点来看日常生活的一切现象。"[②]易卜生戏剧以深刻的思想性著称,它无情地揭露和鞭挞19世纪后期挪威社会的庸俗、虚伪和堕落,广泛地提出政治、法律、道德、宗教等重大社会问题。易卜生曾在一首诗体信中严厉批判资本主义社会,说它是一只载有腐烂尸体的船,那尸体就是早已过时的"自由""平等""博爱"口号,所以它的航行是不会顺利的。在《玩偶之家》中,易卜生借娜拉之口猛烈攻击"不讲理的法律"和"不合用"的宗教,提出"究竟是社会正确,还是我正确"的疑问。《群鬼》中的阿尔文太太亲历两代人的苦痛,终于明白"这世界上作怪害人的东西是法律和秩序"。他还在《青年同盟》《社会支柱》等剧作中抨击虚伪道德,那些所谓"人民的特选人物""社会支柱",原来是惯于钻营取巧的骗子手和利欲熏心、不管他人死活的吸血鬼。

鲁迅对易卜生敢于攻击社会的叛逆品格推崇备至。早在《文化偏至论》中就肯定易卜生"无间习惯信仰道德,苟有拘于虚而偏至者,无不加

---

① 茅盾:《〈中国新文学大系〉小说一集·导言》,《〈中国新文学大系〉小说一集》,上海良友图书公司1936年版,第4页。

② 转自普列汉诺夫:《亨里克·易卜生》,《易卜生评论集》,外语教学出版社1982年版,第144页。

之抵排”的社会批判思想，后又借用勃兰兑斯的话，称颂易卜生等人是
“轨道破坏者”，赞美他们“不单是破坏，而且是扫除，是大呼猛进，将碍
脚的旧轨道，不论整条或碎片，一扫而空。”（《坟·再论雷峰塔的倒
掉》）鲁迅在“五四”时期大大扩展了易卜生戏剧反抗传统、破坏偶像的
思想内涵，使之成为反封建思想革命的武器。

　　胡适留美期间接触到易卜生社会问题剧，注意到“每剧意在讨论今日
社会重要问题”。（《胡适留学日记》）易卜生“把社会种种腐败龌龊的实
在情形写出来叫大家仔细看”的社会写实态度，也促使胡适对中国社会现
实持清醒的批判态度：“明明是男盗女娼的社会，我们偏说是圣贤礼义之
邦；明明是脏官污吏的政治，我们偏要歌功颂德；明明是不可救药的大
病，我们偏说一点病都没有！”[①]他从改良的政治立场出发反对用革命手段
“根本解决”社会问题，他甚至提出“五鬼乱中华”的观点，说中国现在
要解决的问题，不是“资本主义”“帝国主义”，也不是“封建势力”，而
是贫穷、疾病、愚昧、贪污、扰乱这“五大恶魔”[②]。可见在社会批判方
面，胡适没有达到易卜生那样的广度和深度。

　　易卜生另一思想特点是所谓“个人精神的反叛”，勃兰兑斯将它解释
为“个人主义，以及对于多数的蔑视态度”。

　　在个人与社会的冲突中，易卜生站在个人一边，他那“个人主义”是
对坚强自我的追求。他崇尚“全有”或“俱无”精神，即不但拥有至高无
上的权力，特立独行，勇猛顽强，而且有完整的人格和不受旧道德束缚的
自由意志。布朗德牧师牺牲个人利益虔诚地为教区居民造福却不被群众理
解，最后在高山雪崩中丧生（《布朗德》，1866）；斯多克芒医生揭发被污
染的温泉浴场是疾病传染源，受到地方当局和一般群众敌视仍坚持真理，
不屈斗争（《人民公敌》，1882）。这两个形象体现出易卜生对理想人格的
追求，就像布朗德对信徒们说的那样：“你可以做你想做的人，但是要充
分，要完整，不是模棱两可，不是零零碎碎的！”易卜生的“个人主义”

_____

　　① 胡适：《易卜生主义》，《新青年》4卷6号，1918年6月。
　　② 胡适：《我们走那条路》，《新月》第2卷第10期，1929年12月。

道德缺少明确的社会内容，他号召人民向上再向上，可向何处去，不甚了了。他就像布朗德，带领信徒不断地向山上走，而目的何在？不得而知。空空的画面，向着寸草不生，荒无人烟，一无目标的顶峰前进。易卜生戏剧有明显的缺陷，却反映了一个和德国小市民社会有天渊之别的中小资产阶级世界；正因此，易卜生受到恩格斯的称赞："在这个世界里，人们还有自己的性格以及首创的和独立的精神。"①

易卜生给勃兰兑斯信中写道："我所最期望于你的是一种真实的纯粹的为我主义。……有的时候我真觉得全世界都像海上撞沉了船，最要紧的还是救出自己。"胡适在《易卜生主义》中引用这段话，认为易卜生提出了充分发展个性的"完全积极的主张"，其核心是"把自己铸造成了自由独立的人格"。他特别称赞娜拉"我是一个人"的反叛宣言和斯多克芒的独立特行精神。胡适把"易卜生主义"诠释为"健全的个人主义"（《介绍我自己的思想》），抓住了易卜生主义的精华；不过胡适把"救出自己"和孟轲的"穷则独善其身"混为一谈，又在《现代评论》杂志上借用易卜生的话，说学生闭户读书就是"救出你自己"，（《爱国运动与求学》）这就在理论和实际上模糊了"救出自己"和"利己主义"的界线，可见胡适还不是真实纯粹的易卜生主义者。鲁迅后来以调侃的笔调批评他引诱青年"进研究室用功"，不过是"依着易卜生博士的遗训正在'救出自己'"（《坟·从胡须说到牙齿》），可谓一语击中要害。

鲁迅介绍易卜生从来不用"救出自己"这个容易引起误解的短语，一开始他就认定西方"重个人"思潮并非"害人利己主义"（《坟·文化偏至论》），他说易卜生和他笔下的英雄们是"个人主义至雄杰者""忤万众不慑之强者"，他那"人各有己，不随风波"的主张和易卜生"须各人自己充分发展"的观点非常一致。他还直接从斯多克芒形象受到感悟，在"五四"思想革命中呼唤"有几分狂气"的"个人自大"的国民，相信一切新思想、新改革定会"从他们发端"（《热风·随感录三十八》）。鲁迅

---

① 恩格斯：《致保尔·恩斯特》，《易卜生评论集》，外语教学与研究出版社1982年版，第8页。

从启蒙主义大目标出发接受易卜生的"个人主义"思想，借以造成大群思想革命的战士。

在少数与多数的对立中，易卜生站在少数一边，宣称"少数永远是对的"，因为"少数是前进的，是把多数留在后面的"①。易卜生对少数的信仰，根源于他所生活的环境。19世纪后半期的挪威社会，工人阶级还没有形成强大的政治力量，庸俗保守的小市民势力犹如汪洋大海。易卜生的信仰代表少数知识分子要求进步的愿望，就像普列汉诺夫形容的，它"在一片荒凉的市侩气的沙漠里，仿佛是一块绿洲"。但易卜生的信仰在当时社会条件下，就像堂·吉诃德大战风车那样，带有几分天真的性质。斯多克芒在市民集会上竟然用"自然科学方法"论证"少数派总是对的"，他以动物打比方，说少数思想家是优秀狮子狗，"是从好几代高贵品种繁殖出来的"，"吃的是上等食物，听的是柔和悦耳的声音"，而平常人不过是"粗毛癞皮""没有教养"的杂种狗。当易卜生力图解释为什么少数正确而多数不正确的原因时，陷入贵族主义和遗传学的泥沼而不能自拔。

两位作家都接受过易卜生信仰少数的观点。胡适认为"一切维新革命，都是少数人发起的"，"大多数人总是守旧、麻木不仁的"（《易卜生主义》），敢说老实话的"人民公敌"斯多克芒一度成为胡适倡导文学革命的鼓舞力量；不过胡适终归是实验主义信徒，随着社会革命深入，他很快投向"少数"的怀抱，不屑于"多数"人所信仰的真理。鲁迅对易卜生信仰少数的观点则有一个从认同到扬弃的动态接受过程。早先受到尼采"超人"说影响，瞩望天才大士，特别推重斯多克芒那样"独具我见，不和众嚣"的强者品格，在"五四"前一个相当长时期，一再鼓吹"个人的自大"，"向庸众宣战"；不过他没有照搬易卜生的独战多数思想，而将这种思想影响（特别是其中包含的人道主义）纳入改革国民性的启蒙主义思路中去。鲁迅剔除了其中的贵族主义元素，其"任个人而排众数"的主张含有非常坚实的社会改革内容和明确的"立人"→"立国"目标。"五

---

① 转自普列汉诺夫：《亨里克·易卜生》，《易卜生评论集》，外语教学与研究出版社1982年版，第179页。

四"前后,易卜生独战多数的精神渗透到《狂人日记》《孤独者》和《复仇(其二)》《过客》等小说、散文诗创作里面,这些作品以憎恶和悲悯相交织的感情谴责了卑怯麻木的国民劣根性。再往后,鲁迅逐渐摆正了"天才"与"民众"的位置,认识到觉悟的知识者只是"大众中的一个人"。1934年,鲁迅因怀念逝去的韦素园又"记起了易卜生的《勃兰特》(即布朗德)",他敬仰这位孤身独战、为民立极的牧师,但惋惜他"命令过去的人,从新起来,却并无这种力,只将自己埋在崩雪下面"。显然,《忆韦素园》一文不止于批评易卜生,事实上也清算了"个人的精神的反叛"对于自己的负面影响。

三、娜拉走后怎样

易卜生极为关注挪威社会的婚姻家庭状况和妇女命运,他的作品以明确的态度批判社会丑恶,提出妇女解放问题。他说:"在现在社会,女人没有做人的权利,因为这是纯男性的社会,男人制造法律,用男人的眼光制定立法机构,用以判断妇女的行事。"①在男权社会里,女人不过是父亲或丈夫手中的"小鸟儿""泥娃娃"。娜拉瞒着丈夫,模仿父亲笔迹签字借钱,救活了病得要死的丈夫,却触犯了法律,丈夫骂她是"不讲道德"的"下贱女人"。阿尔文太太的丈夫酒色无度染上梅毒,家庭生活"是一片别人不知道的苦海",曼德牧师却规劝她恪守妇道,"靠紧上帝叫她靠紧的那个男人"。易卜生以《玩偶之家》和《群鬼》抨击资本主义男权社会的荒淫和虚伪,作品中的女主人公却是品德高尚的人。娜拉和阿尔文太太都是敢于负责,能够自我牺牲、独立思考的人,《社会支柱》里的博尼克太太以正直无私、宽容大度的美德感化作恶多端的丈夫,促使他悔过自新。在易卜生心目中,忠诚可靠的女性才是真正的"社会支柱"。

"五四"反封建思想革命中,鲁迅、胡适对宗法制度下残害女性的妇

① 转自茅于美:《易卜生和他的戏剧》,北京出版社1981年版,第92页。

教礼法发起攻击，他们反对"节烈""贞操"这类旧道德，对封建男权社会压迫下妇女的命运十分关切。在《玩偶之家》影响下，他们都用文学形式将各自对婚姻、家庭、妇女解放问题的见解发表出来。短篇小说《伤逝》和"游戏的喜剧"《终身大事》都创造了反叛的小资产阶级女性形象。子君说"我是我自己的，他们谁也没有干涉我的权利！"田亚梅说"这是孩儿的终身大事，孩儿应该自己决断！"女主人公这些火辣辣的灵魂告白，让我们联想到娜拉"我是一个人"的个性解放宣言。

在揭露男权社会罪恶，赞美女性人格觉醒上，两位作家和易卜生取得共识，但是在女性形象描写和探索妇女解放道路方面，鲁迅的观点与易卜生、胡适判然有别。易卜生关注中小资产阶级女性的生活和命运，胡适亦然。鲁迅不仅描写小资产阶级女性，还在《明天》《祝福》《离婚》等小说里描写劳动妇女在旧制度下的灾难和不幸。鲁迅对被压迫妇女不止于倾注人道主义同情，还深刻地揭出造成各种悲剧的社会历史根源。

易卜生笔下的觉醒女性大抵有两个精神特点：追求个性自由，自己担负责任。娜拉（《玩偶之家》）和艾梨达（《海上夫人》）就很有代表性。海尔茂把娜拉当作"泥娃娃"，不许她有自由意志，不让她承担家庭责任，所以她一旦觉醒就与丈夫海尔茂决裂，离家出走；艾梨达的丈夫房格尔越不给她自由，她越是渴望到海上去寻找自由。有一天房格尔对她说："现在你可以自由选择，自己负责了"，于是"一切完全改变"，她决定不跟人到海上去了。易卜生笔下的觉醒女性，沉浸在精神胜利的狂欢里，没有找到自己在社会上的位置，她们注定在抽象的精神荒野里作没有出路的流浪。

当娜拉出走的关门声在"五四"知识界引起普遍的激动时，鲁迅1923年的讲演中却提出"娜拉走后怎样"的疑问："她除了觉醒的心以外，还带了什么去？倘只有一条像诸君一样的紫红的绒绳的围巾，那可是无论宽到二尺或三尺，也完全是不中用，提包里有准备，直白地说，就是要有钱。"（《坟·娜拉走后怎样》）在鲁迅看来，娜拉那样缺少物质基础的个人反抗，免不掉"堕落"或"回来"，否则"饿死"了，谈不上什么出路。鲁迅的《伤逝》描写娜拉式的女主人公子君冲出家门、恋爱和同居，肯定了个性解放在反封建斗争中起到过积极作用；后来在旧道德的迫害和经济压力下，子君背负着贫困和空虚的重担，在"无爱的人间"走进了"连墓碑也没有的坟墓"。小说非常深刻地突显出个人精神反抗的危机。鲁迅的深刻之处在于：他把对个性解放的确认和对社会人生的关注紧密联系起来，从而否定了脱离社会物质条件的个人精神反抗。

　　一位挪威学者指责"鲁迅对易卜生的看法是相当不公正的"，论据是："易卜生实际上给他的女主人公提供了装着过夜必需品的箱子，一个居住的地方（与林德太太住在一起），易卜生还提供给他的女主人公下一步该做什么的想法。（娜拉说她打算去寻求她度过童年时代的地方，希望在那里找到职业。因为她曾经有过某种经历，她很可能会成功地找到一份工作。）"[①]这位挪威学者对鲁迅提出疑问的背景和意图其实是相当隔膜的。

　　第一，鲁迅把娜拉从易卜生戏剧的具体情境中移出来，移到东方中国来，他的"看法"是有现实根据的。经过"五四"思想革命冲击，包括传统女教在内的封建纲常礼法并未铲除，男尊女卑，男女有别，绝对从夫，贞节守礼等社会心理依然野蛮地践踏着妇女的人格，摧折她们的创造才能。鲁迅洞悉中国历史和现状，所以告诫人们："如果是一匹鸟，则笼子里固然不自由，而一出笼门，外面便又有鹰，有猫，以及别的什么东西之类；倘使已经关得麻痹了翅子，忘却了飞翔，也诚然是无路可以走。"（《坟·娜拉走后怎样》）子君的悲剧就是生动有力的证明，鲁迅的《伤逝》突出表现的正是娜拉式女性走向社会以后面临着千重危机，万般艰险。

　　第二，鲁迅是在创作界刮起"娜拉"旋风的文学背景上提出疑问的。《玩偶之家》传入中国后许多娜拉的变体形象先后被制造出来，胡适笔下的田亚梅就是影响最大的一个。在封建势力还很强大的中国，没人敢演私奔的田女士，说明娜拉形象和传统妇教礼法尖锐对立，证明胡适的剧本

――――――――
　　① 伊丽莎白·埃德：《鲁迅与易卜生》，《鲁迅研究月刊》1991年第9期。

《终身大事》也确实具有反封建的积极意义。但田亚梅坐上陈先生的汽车，是否就能"救出自己"呢？鲁迅认为："拿一匹小鸟关在笼中，或给站在竿子上，地位好像是改变了，其实还是一样地给别人做玩意，一饮一啄，都听命于别人。"（《南腔北调集·关于妇女解放》）走出家门的娜拉即使寻到职业，在没有实现男女地位平等的社会里，"救出自己"也依然是个空头的梦。既然胡适等中国式"娜拉"的制造者们不能给田亚梅们安排一条可走的路，鲁迅当然要继续探寻"娜拉"的出路，《伤逝》用子君"无路可以走"的社会悲剧，给"五四"文坛的娜拉热降降温。

第三，鲁迅并没有忽视易卜生给娜拉出走提供了什么条件，他认为娜拉即便手提着"箱子"，即使头脑里有多少对于将来的"想法"，"也完全不中用"，终归无法改变她"堕落"或者"回来"的命运。鲁迅发表《娜拉走后怎样》的讲演意在探寻妇女解放的道路，所以不恤用了夸张的语调来否定娜拉式的个人精神反抗。他主张用"剧烈的战斗"争取"较为切近的经济权，一面再想别的法。"《伤逝》的男主角涓生终于醒悟到"人必生活着，爱才有所附丽"，这是用"盲目的爱"苦味之杯换来的思想花果。"娜拉走后怎样"的疑问和涓生的醒悟，标志鲁迅深刻的自我反省，他立足于现实人生，扬弃了早年"非物质，重个人"的浪漫观点，越来越清醒地意识到，个性解放不能脱离社会"经济制度"的"改革"而单独实现。

易卜生试图用个人精神反抗的方案解决现代社会的婚姻、家庭和妇女问题，这就最后失去了找到正确道路的一切可能性，因此鲁迅对他的批评还是公正的。当然，鲁迅在"五四"时期也还不知道"经济权"如何取得，也曾设想用"平和的方法"譬如"用了亲权来解放自己的子女"；但他坚持探索前行，最终得出"解放了社会，也就解放了自己"（《南腔北调集·关于妇女解放》）的结论。

四、社会审美和艺术审美

从审美层面上看，鲁迅等先驱者特别看重易卜生戏剧的社会审美价值和写实性。胡适说："易卜生的文学，易卜生的人生观，只是一个写实主义。""易卜生把家庭社会的实在情形，都写了出来，叫人看了动心，叫人看了觉得我们的家庭社会，原来是如此黑暗腐败，叫人看了，觉得家庭社会，真正不得不维新革命，这就是'易卜生主义'"。（《易卜生主义》）他认为易卜生社会问题剧的价值在于，通过社会写实途径，达到批判现实变革社会的目的。

易卜生当然不止于写社会问题剧，早期作品取材于古代宗教传说，具有浪漫主义色彩，晚年还写过带有象征意味的心理戏剧，中国作家推重的是他极盛时期的社会问题剧。鲁迅很早就注意到《人民公敌》将"社会之象，宛然俱于是焉"的社会写实特征，"五四"时期介绍易卜生戏剧更其看重社会学和文化学价值。1921年，林纾将名剧《群鬼》译成小说《梅孽》，其"按语"云："此书用意甚微：盖劝告少年，勿作浪游，后披隐疾，肾宫一败，生子必不永年。"（鲁迅《集外集·〈奔流〉编校后记（三）》）鲁迅不赞成用病理学遗传学的观点解读易卜生戏剧，他指出："可怕的遗传，并不只是梅毒；另外有许多精神上体质上的缺点，也可传之子孙，且久而久之，连社会都蒙着影响。"（《坟·我们现在怎样做父亲》）鲁迅从反封建思想革命高度去理解易卜生戏剧的社会审美功能，表现出启蒙思想家的远见卓识。

易卜生宣称"我要制造的是现实的幻觉，要在读者心中引起这样的印象：他们看到的，在生活中确有其事。"[1]他的社会问题剧严格遵循按照生活本来面目真实地表现生活的艺术法则，对鲁迅现实主义审美观的形成产生了积极影响。鲁迅在"五四"时期严厉谴责不敢正视社会缺陷的"团圆主义"，认为凡事总要"团圆"的作品是"瞒和骗的文艺"，呼吁作家们"取下假面，真诚地，深入地，大胆地看取人生并且写出他的血肉来。"（《坟·论睁了眼看》）可以说，易卜生戏剧照亮了鲁迅对现实主义审美原则的思考，鲁迅这一震撼"五四"文坛的文学口号，对新文学现实主义

---

① 转自 j·w·麦克法兰：《亨利克·易卜生（1960）》，《易卜生评论集》，外语教学与研究出版社1982年版，第327页。

主潮的形成起到引路导航作用。

作为戏剧家，易卜生的价值当然不只是在剧本里提出了多少社会问题，而首先在于他杰出的戏剧艺术。当时的易卜生绍介者，往往偏重于社会思想的理性选择，而忽视易卜生精湛的戏剧艺术。胡适的《易卜生主义》不谈艺术审美，只论易卜生的个性思想和写实原则。《终身大事》的着眼点只是提出社会问题，艺术上是相当幼稚粗糙的。这个剧本借用《玩偶之家》的主题和题材，采用易卜生散文剧的白话文体，在初期话剧创作中值得称道；可是作者的创作灵感只是源自抽象理念，最后归宿也还是强调社会审美，所以剧本在主题、人物、情节方面都留下很深的模仿痕迹。向培良批评此剧"不过是《娜拉》的一个极笨拙的仿效罢了""田女士不过是一个极笨拙的没有生命的傀儡"。（《中国戏剧概评》）以《终身大事》为模式，"娜拉"型剧本和小说在"五四"文坛很快风行起来。学生出身的作者生活圈子过于狭小，他们的全部旨趣只是在作品中提出一个社会问题，而普遍地忽视了情节的生动性和人物性格的必然性。这些作品大都热衷于制造一个中国式的"娜拉"，表现个人觉醒与旧家庭旧伦理的冲突，最后无例外地都是离家出走。许多作品不仅把易卜生问题剧的思想，甚至连说故事的形式都一并模仿了，于是创作界出现了"艺术人生，因果倒置"的令人忧虑的倾向①，这在一定程度上妨碍了现实主义创作潮流的健康发展。

鲁迅也很少从审美角度评论易卜生，还说自己写小说的本意只不过想"提出一些问题而已"（《集外集拾遗·〈英译本短篇小说集〉自序》），这是否意味着鲁迅将艺术作品作为传播观念、负载思想的工具呢？不是的。鲁迅一向反对图解生活、"以意为之"的创作倾向，他在"讲演"中谈到易卜生创作意图时说过："（娜拉）走了以后怎样？易卜生并无解答；而且他已经死了。即使不死，他也不负解答的责任。因为易卜生是在做诗，不是为社会提出问题来而且代为解答。就如黄莺一样，因为他自己要唱

---

① 转自洪深：《〈中国新文学大系〉戏剧集导言》，《〈中国新文学大系〉戏剧集》，上海良友图书公司1936年版，第75页。

歌，所以他歌唱，不是要唱给人们听得有趣，有益。易卜生是很不通世故的，相传在许多妇女们一同招待他的筵宴上，代表者起来致谢他作了《傀儡家庭》，将女性的自觉，解放这些事，给人心以新的启示的时候，他却答道：'我写那篇却并不是这意思，我不过是做诗'。"（《坟·娜拉走后怎样》）有人认为鲁迅要求文学创作既要"提出问题"又要"解决问题"，其实是误解。鲁迅认为，创作是一种情感活动，"好的文艺作品，向来多是不受别人命令，不顾利害，自然而然地从心中流露的东西。"（《而已集·革命时代的文学》）易卜生戏剧并不故意提出问题，而是遵循艺术创作规律，将社会问题和诗意描写结合起来，从真实具体的情节和人物性格中"自然而然"地提出问题。从这意义上说，《娜拉走后怎样》的讲演恰恰是对《终身大事》等"娜拉"型作品忽视艺术的倾向进行批评与校正。

我们从《伤逝》可以清晰地看出鲁迅对易卜生戏剧多方面的艺术借鉴。易卜生说他创作的基本动机是描写"愿望与可能之间的对立"，因此他的作品染上明显的悲剧色彩。[①]例如娜拉总盼望着"奇迹"出现，可她的个人愿望没有任何客观依据，"奇迹"不可能出现，这就带有悲剧性。《伤逝》以易卜生的终点作为起点，构思了"五四"青年离家出走后的爱情悲剧。小说充分展开了个人与社会的冲突，表现男女主人公悲剧式的反抗和悲剧命运，从而艺术地提出"娜拉走后怎样"的社会问题。不过，鲁迅始终没有离开特定人物和情境凭空地追求问题解答，他描写涓生艰难地探寻"新的生路"，目的不是"教谕"人生，而是刻画真实的性格，艺术地提醒人生。就性格塑造而言，娜拉和子君都是觉醒女性，可她们性格完全不同。易卜生塑造热情勇敢的性格，意在歌颂个人精神反叛；鲁迅用心理剖析法细致描写涓生失业后子君表现出来的空虚、怯弱和丧失斗志等精神弱点。鲁迅塑造这个由无畏变得懦弱的性格，旨在揭示觉醒青年灵魂的缺陷，进而透视悲剧的主观原因。与田亚梅等"娜拉"型女性形象相比，子君性格内涵更丰富，个性更鲜明，她那悲剧式的反抗和不幸命运更具审

---

① 转自普列汉诺夫：《亨里克·易卜生（1906—1908）》，《易卜生评论集》，外语教学与研究出版社1982年版，第177页。

美魅力。

此外，《伤逝》还借鉴了易卜生戏剧的一些新技巧。易卜生喜欢用"回溯法"（倒叙），让戏剧在"面临危机"时揭幕，使结构紧凑，笔墨经济。《玩偶之家》一开场就写娜拉"回溯"往事，她曾伪造签字借了笔债，这件事成为推动情节发展的动力，娜拉和海尔茂的冲突因而很快展开并激化起来。《伤逝》也以涓生的回忆开头，倒叙悲剧全过程，制造悬念，避免了平铺直叙，并为小说定下"悔恨与悲哀"的基调。按照萧伯纳的评论，易卜生戏剧新技巧的精华是采用渗透了动作的"讨论方式"，他摈弃一切偶然事件和巧合情节，把挪威社会的"热点"问题用讨论性的构思和场面诗意盎然地指谪出来[①]。"讨论方式"将戏剧的论辩性、抒情性和写实性有机统一起来，收到既反映社会现实又不落入说教窠臼的良好效果。《伤逝》并未套用易卜生的"讨论方式"，而借鉴易卜生的现实主义创作原则，从日常生活中取材，把小说的情节和读者的生活体验结合起来，在爱情悲剧的娓娓叙述中，将读者最关心的社会问题艺术地提示出来。如果说《玩偶之家》以激烈的辩论惊世骇俗，《伤逝》则以热烈的抒情扣人心弦。易卜生在问题讨论中常出现精辟的警世格言，鲁迅的抒情则融入深刻的人生哲理，这些议论性、真理性极强的语言与人物性格、情节发展天衣无缝地结合起来，既启人心智，又提高了作品的美学品位。

以上比较分析可见，共同文化背景上的两位中国作家接受同一外国作家的影响，在价值取向和审美观点上有很大差异。胡适有过高扬易卜生主义旗帜的光荣，但他从实用主义哲学出发，表现出政治上的改良主义；他那"游戏的喜剧"创作，也背离了现实主义审美原则。鲁迅则依据现实的要求，在社会批评和艺术实践中大力弘扬易卜生的民主主义思想和现实主义精神，扬弃其中的贵族主义和改良主义成分，将批判现实主义发展为革命现实主义。两位作家接受易卜生影响的差异，说到底还

---

① 萧伯纳：《易卜生戏剧的新技巧》，《欧美古典作家论现实主义和浪漫主义》（一），中国社会科学出版社1980年版，第325页。

是由他们的立足点决定的。鲁迅曾以易卜生和萧伯纳作比较，说易卜生揭发绅士淑女的隐私又给他们"保存了面子"，萧伯纳撕掉他们的假面具却不给一点掩饰，"在这一点上，萧是和下等人相近的，而也就和上等人相远。"（《南腔北调集·"论语一年"》）"五四"时期的胡适与鲁迅，世界观和立足点并不相同，这是他们对易卜生戏剧文化选择发生差异的根本原因。纪念易卜生诞生 100 周年时候，鲁迅于追怀这位曾经震动世界的巨人之同时，批评易卜生和中国追随者们妥协倒退的行为："恰如 Ibsen 名成身退，向大众伸出和睦的手来一样，先前欣赏那汲 Ibsen 之流的剧本《终身大事》的英年，也多拜倒于《天女散花》《黛玉葬花》的台下了。"（《集外集·〈奔流〉编校后记（三）》）鲁迅始终和"下等人"相亲近，坚持"拿来主义"的文化立场，所以能够在社会变革和文化思潮的风云变幻中跟随时代一同前进，并以自己彪炳千秋的作品和业绩，立下批判地接受人类文化遗产的楷模。

［原载《学习与探索》1997 年第 2 期，中国人民大学书报资料中心《戏剧、戏曲研究》1997 年第 7 期］

鲁迅对阿尔志跋绥夫的接受与超越

阿尔志跋绥夫是俄国1905年革命失败后颓废派文学的典型代表之一，他在俄国文学史上的地位远不及托尔斯泰、高尔基伟大。1907年，他的长篇小说《沙宁》因为鼓吹肉欲、色情和个人无政府主义，受到高尔基、沃罗夫斯基的激烈批评。①鲁迅充分注意到阿氏思想和创作中的复杂矛盾。但他在1920年10月—1921年4月，不到半年内从德文转译了阿氏三篇小说，写了三篇介绍阿氏思想和作品的译后记。1926年9月又译出一篇杂文，还在十多篇文章和书信中论及阿氏及其作品。鲁迅对阿氏做出肯定性的评价："他的著作，自然不过是写实派，但表现的深刻，到他算达了极致。"（《译文序跋集·〈幸福〉译者后记》）本文意在通过中俄两位作家的比较研究，探究阿尔志跋绥夫对鲁迅的影响，以及鲁迅对阿氏的突破与超越。

一、衬出不可救药的社会

俄国1905年资产阶级民主革命失败后，社会的阶级矛盾和民族矛盾空前激化。工人阶级在革命处于低潮时期斗争仍在继续，沙皇政府派出讨伐

---

① 高尔基谴责沙宁："在精神贫困化的人们所走的路线上""恼人地而且无耻地走到极端"（《俄国文学史》第534页）；沃罗夫斯基指出："沙宁特征的总和，意味着对平民知识分子半个世纪的传统的背叛（《沃罗夫斯基论文学》第262页）。

队在全国实行疯狂的大屠杀，工农革命组织被袭击，革命者不加审讯就被枪决或绞死。《工人绥惠略夫》写到一个矿山铁匠控诉军警镇压罢工的惨象：他们"什么都做出来，皮鞭，枪毙，强奸女人……最苦的是委员部的同人……我们的图书管理员被一个哥萨克兵系在马鞍上，飞跑着猎进城去。"《医生》以一个人道主义者（医生）的眼光，披露沙皇政府煽动大俄罗斯民族主义情绪，疯狂虐杀犹太人的罪行。医生被叫去给杀害犹太人的警厅长治伤，可是近几日街头杀人的图像总是浮现在眼前：污秽的街道上撒满被凶徒击毙的犹太人的尸体，暴徒们撕开孕妇肚皮塞进床垫的翎毛，一个缺了脸的少年的尸体被运到医院，一个犹太少女被奸污后从窗洞摔到街面上……医生终于发出"我不能！"的咆哮，拒绝给杀人者治伤。在阿尔志跋绥夫笔下，整个俄国是座血腥的监狱和屠场，他的作品令人信服地揭出沙皇帝国是"以最残忍最野蛮的形式表现出来的各种压迫"的"策源地"（斯大林语），表现出反对俄国专制制度的鲜明倾向。

阿氏作品鼓吹向上层社会的"幸福者"反抗与复仇。他在杂文《巴什庚之死》中，要"三遍诅咒"那些"人生的帝王们，畜生们，死人们"，在他看来，诗人巴什庚临终前还坚持"对于一切，应该爱怜"的人道主义观点，"真是莫名其妙"。①但当他把目光转向"不幸者"的生活及其相互关系时，又痛惜不幸者也如幸福者一样糟蹋生活。《幸福》以雪地上一场"残酷的娱乐"写出不幸者的愚蠢可悲。妓女塞式加标致的时候以肉体供人娱乐，现在霉掉鼻子流落在冬夜街头，为了得到五个卢布，情愿脱光衣服供过路的仆人毒打取乐。阿氏以大胆深入的现实主义描写，揭出不幸者灵魂中的黑暗与污秽。不惟塞式加不是幸福者，过路的仆役也非幸福者，别有将他作为娱乐资料的人。

鲁迅早在少年时代就把他厌弃上层社会虚伪堕落，同情劳苦大众"毕生受着压迫，很多苦痛"的立场公之于世了。东京弘文学院读书时，和友人讨论过中国国民性的弱点及其病根问题，为改变国民精神，走上弃医从

---

① 见《鲁迅全集》第16卷，人民文学出版社1973年版，第812页。

文的启蒙主义道路。阿尔志跋绥夫为被压迫者而呼号的立场，当然会激起鲁迅强烈共鸣。他选译《幸福》《医生》等篇，正是希望中国也有人写出"为弱小民族主张正义的文章"（《译文序跋集·〈医生〉译后记》），他在《呐喊》《彷徨》中就深入地描写了封建宗法思想和制度对不幸者的欺压，以及不幸者之间的隔膜及其麻木健忘的精神悲剧。《阿Q正传》中，阿Q固然是不幸者，未庄的居民——无论小D、王胡、吴妈还是酒店的闲人、围观杀人的看客，都不过是"残酷的娱乐"的资料，他们都不是幸福者。《故乡》中杨二嫂对"我"的纠缠和闰土一定要水生叫"老爷"的态度，也共同地显现出"那人与人中间的不了解，隔膜"①。

　　阿氏描写俄国社会生活中各色人物，"借此衬出不可救药的社会"（《译文序跋集·译了〈工人绥惠略夫〉之后》），给鲁迅以积极影响。诚然，鲁迅对旧中国社会黑暗的揭露批判比阿氏深刻得多。他不去描写血的大戮和血的娱乐，在他看来，"人们灭亡于英雄的特别的悲剧者少，消磨于极平常的，或者简直近于没有事情的悲剧者却多。"（《且介亭杂文二集·几乎无事的悲剧》）他善于从"极平常"的生活取材，在人的精神领域构设悲剧，以众多"几乎无事的悲剧"写出乡土生活的停滞落后，画出"老中国的儿女"的苦难灵魂，借此衬出旧社会"不可救药"。鲁迅作品揭露封建宗法思想、制度的"吃人"本质，集中火力攻打旧社会的病根，《狂人日记》《故乡》《阿Q正传》《祝福》等作品，从不同角度揭出"中国固有文明"如何制造中国人精神上的苦痛，这是阿氏作品不可能达到的深度。

二、借借他人的酒杯罢

　　阿尔志跋绥夫的作品启示俄国社会改革的两条出路：或者像沙宁那样蔑视一切道德，追逐肉体享乐，或者像绥惠略夫那样"以非人间的憎恶"向社会复仇。阿氏是主观的作家，他说工人绥惠略夫的"故事"，"显示着

————————
　　① 茅盾：《评四五月的创作》，《茅盾文艺杂论集》，上海文艺出版社1981年版，第60页。

我的世界观的要素和我的最重要的观念"(《译文序跋集·译了〈工人绥惠略夫〉之后》),因此我们可以把绥惠略夫的观念视为作者的意见。绥惠略夫是一名被判死刑后死里逃生的无政府主义党人,为了许多不幸者,在工厂从事革命活动,"将一生中最宝贵的去做牺牲",可是不幸者并不理解他的牺牲,反而帮助军警追捕、迫害他。在无路可走的境地,他对不幸者也和对于幸福者一样地宣战了。绥惠略夫对群众的态度经历了爱人—憎人—(向社会)复仇三个阶段,他不相信爱、同情与无我是人类的天禀,以为"有一种权力比爱更要强——就是拼命的,不解的,究竟的憎。"

"五四"时期,鲁迅不倦地探索中国社会改革的出路,曾在《药》《阿Q正传》中艺术地描绘反封建的历史要求和群众缺少民主觉悟的尖锐矛盾。阿氏以小说形式诉说改革者不被群众理解的痛苦,自然拨动了鲁迅心中的弦索。谈到选译《工人绥惠略夫》动机时,他明白地说:"大概,觉得民国以前,以后,我们也有许多改革者,境遇和绥惠略夫很相像,所以借借他人的酒杯罢。"(《华盖集续编·记谈话》)

鲁迅描写旧时代改革者的小说,真实记录了孤独的精神战士"抉心自食"的内心矛盾和不被群众理解的痛苦。从狂人"救救孩子"的呐喊和夏瑜在狱中劝牢头造反,我们听到了"救众"的人道主义呼声;而在《头发的故事》里,我们开始听到改革者对群众不觉悟的抱怨。N先生痛心疾首地回想辛亥志士说:"他们都在社会的冷笑恶骂迫害倾陷里过了一生;现在他们的坟墓也早在忘却里平塌下去了。"待到《孤独者》,则写出被抛弃的魏连殳向社会的复仇。魏连殳一生也经历过绥惠略夫那样救众—憎人—复仇的心灵历程。早先怀抱着"救众"的热情,爱发些没有顾忌的"奇警"议论;在黑暗势力压迫下,受到小报的匿名攻击,失业后,穷得买邮票的钱也没有,他的客厅成了没人去的"冬天的花园",房东的两个孙子连他给的东西也不吃了,从此"看得人间太坏"。当仅有的一个朋友被敌人诱杀后,为了"偏要为不愿意我活下去的人们而活下去",去军阀门下当了顾问。此后他的客厅又有了新的馈赠、颂扬,新的磕头、钻营,最终以吐血和灭亡,实现了向社会复仇。魏连殳的复仇方式与绥惠略夫有所不同，但他从人道主义渐渐转向个人主义，陷于"爱憎的纠缠"，则分明地带有绥惠略夫那样尼采式的强悍个性特点。①

《野草》中许多篇章也显示出改革者内心矛盾和向社会复仇的强悍个性。《影的告别》中，人的"影"明知离开"人"将"彷徨于无地""在黑暗里沉没"，还要独自远行，艺术地展示出"绝望的抗战"的生命哲学。从《复仇（其二）》，我们听到耶稣受难时对色列人的悲悯与诅咒："钉杀了'人之子'的人们身上，比钉杀了'神之子'的尤其血污、血腥！"《颓败线的颤动》中那位年轻时以出卖肉体养育幼女的老妇人，却受到成年女儿全家的"冷骂毒笑"，绝望中独立于深夜荒野之上，"以颓败的身躯的全面的颤动"，显示出非人间的憎恶与复仇。这些作品都以象征的形象，从先觉个人与守旧群众的对立，凸现出反抗绝望的悲剧精神，从而有力地衬出"五四"后期中国天空乌云重叠，社会改革举步维艰的时代氛围。

不可否认，鲁迅前期一些作品笼罩着"群众不过如此"的悲观色彩，这是尼采、阿尔志跋绥夫蔑视群众的思想影响之消极面。不过，改革者"抉心自食"的苦痛，归根到底是一种时代症候。就像鲁迅后来回忆"五四"后期觉醒者的心境时所说："那时觉醒起来的智识青年的心情，是大抵热烈，然而悲凉的。即使寻到一点光明，'径一周三'，却更分明的看见了周围的无涯际的黑暗。"（《且介亭杂文二集·〈中国新文学大系〉小说二集序》）鲁迅前期作品就这样深深地留下那个时代改革者的心灵印迹。

探索社会改革道路时，鲁迅在若干重要观念上，显示出对阿氏的突破与超越。

阿氏奉行施蒂纳"自我就是一切，一切都是自我"的极端个人主义，要求自我扩张，绝对自由。他借绥惠略夫之口说："真理是，人的一切愿望，全不过猛兽本能。"沙宁的全部目的只在"满足自然的欲求。阿氏小说中的人物否定任何社会义务和社会理想，灵魂里布满黑暗和荒凉。鲁迅对所谓"人生下来就是卑鄙的""人是可憎的东西"一类说教不以为然，

---

① 关于鲁迅小说和尼采的关系，详见《鲁迅前期小说中的尼采影响》一文。

批评阿氏是"厌世主义的作家",斥责沙宁关于满足自然欲求的议论"不过一个败绩的颓唐的强者的不圆满的辩解。"(《译文序跋集·译了〈工人绥惠略夫〉之后》)鲁迅也重视独特个性和强韧精神,但他意在肯定个人自觉对于社会改革的意义,而非鼓吹利己主义和绝对自由。他对许广平说过:"我愤激的话多,有时几乎说:'宁我负人,毋人负我。'然而自己也往往觉得太过,实行上或者且正与所说的相反。人也不能将别人都作坏人看,能帮也还是帮……"(《两地书·七三》)从鲁迅的心灵自白,我们看到他和阿尔志跋绥夫的思想本质完全不同。

对阿氏探寻社会改革出路的偏差和失误,鲁迅一向采取批判态度。在《译了〈工人绥惠略夫〉之后》中,他批评沙宁和绥惠略夫堕入"颓唐"与"绝望"。1926年校阅《工人绥惠略夫》重印稿时又指出:"绥惠略夫临末的思想却太可怕","不希望"中国有这样"一切是仇仇,一切都破坏"的个人无政府主义者出现。1932年底,肯定阿氏是"为人生"作家之同时,再次指出他在人生探索中"堕入神秘,沦于颓唐"(《南腔北调集·〈竖琴〉前记》)。鲁迅前期创作对群众精神弱点的批判极严,但是出发点不是抛弃和消灭群众,而是"适如其分,发展各各的个性"(《两地书·四》),最终目标是实现群众的普遍自觉。值得注意的是,他那些描写改革者悲剧的小说和散文诗,把对群众愚昧落后的批评提高到对改革者自身弱点的批判,指出那些曾经是自觉的知识分子比别人更可悲。他要求改革者"必须先改造了自己,再改造社会,改造世界"(《热风·随感录六十二"恨恨而死"》)。正是这种清醒的现实主义态度,使他实现了对阿尔志跋绥夫的突破与超越。

三、质疑"黄金世界"理想

从阿尔志跋绥夫的作品,我们听到对于"黄金世界"理想的激烈抨击。《沙宁》的主人公揭破基督教"永久幸福的幻影""对于暴行无抵抗的宗教",绥惠略夫则以缝衣姑娘阿伦加被迫嫁给动物似的小贩商人的悲剧，严厉指斥人道主义作家亚拉籍夫："你，这梦想家，理想家，你要明白，你将怎样非人间的苦恼种在伊这里了。""你们将那黄金时代，预约给他们的后人，但你们却别有什么给这些人们自己呢？"对"黄金时代"理想的否定，反映出阿氏对于俄国社会改革前途的苦闷探索和对于"将来"与"现在"关系的独特思考。

鲁迅借绥惠略夫之口，否定将来会出现没有矛盾、没有痛苦的"幸福和自由的人间界"，还以历史进化观点指出："生存竞争是一条定律，他不会比生存更早的收场。""走到这将来，是应该经过多少鲜血的洪流呢！"阿氏混淆了生物进化与社会进化的不同性质，错误地解释了人类社会发展的动力，但他主张革新反对改良，肯定现实斗争，摈弃托尔斯泰式的将来的"梦想"，还是积极的。

绥惠略夫对"黄金世界"的诅咒及阿伦加"梦醒了无路可以走"的悲剧，震撼了鲁迅，他把对"黄金世界"的否定和辛亥革命失败的教训结合起来考察。就在动手翻译阿氏小说的1920年10月，他借N先生之口向"理想家"提出质疑："现在你们这些理想家，又在那里嚷什么女子剪发了，又要造出许多毫无所得而痛苦的人！""我要借了阿尔志跋绥夫的话问你们：你们将黄金世界的出现预约给这些人们的子孙了，但有什么给这些人们自己呢？"鲁迅所谴责的耽于幻想而不注重实际的"理想家"，在辛亥和"五四"时代并不少见。辛亥革命的胜利和失败，使鲁迅敏锐地看到"平等自由"这类理想十分空虚脆弱，"倘使伊记着些自由平等的话，便要苦痛一生世！"可以认为，从《头发的故事》开始，鲁迅把阿氏对"黄金世界"的否定上升为对资产阶级共和国理想的批判，从而表现出他和阿氏完全不同的革命民主主义立场。

此后鲁迅对"理想家"的批判一发而不可收。当"五四"文坛替娜拉"救出自己"同声欢呼时，鲁迅发表《娜拉走后怎样》的讲演，指出娜拉梦醒了也还是"无路可以走"；他还借用绥惠略夫的话批评中国的"理想家"，无非是"使人练敏了感觉来深切地感到自己的苦痛，叫起灵魂来目睹他自己腐烂的尸骸"；后来他又形象地讲述吕纬甫、魏连殳、子君和涓生的悲剧，深刻地揭出个人精神自由的理想在反封建斗争中多么软弱无能，不堪一击。《伤逝》中，子君被个性解放、自由平等的理想唤醒，大胆地喊出："我是我自己的，他们谁也没有干涉我的权利!"子君比阿伦加勇敢得多，甚至赢得和心爱的人同居的权利，可在黑暗势力和守旧群众的重压下，她的命运比阿伦加更加悲惨——她从旧家庭走出，又不得不返回旧家庭的牢笼，她坚持"盲目的爱"，结果走进连墓碑也没有的坟墓。子君梦醒了无路可走的悲剧，为"平等自由"的理想在中国破灭提供了形象有力的佐证。

阿氏关于"将来"与"现在"的观点鲜明地打上个人无政府主义印记，在现实生活中，他否定一切社会道德、理想对人类生活的制约，用生物学观点解释人的痛苦与不幸。他说："人的幸与不幸，并不因为有善或恶加在他的身上，却因为他生来带着感受苦恼或欢喜的机能。"又说人不能像"猪仔"一样活着，"唯有在人生的事实这本身中寻出欢喜者，可以活下去，倘若在那里什么也不见，他们其实倒不如死。"①怎样在现实中寻出欢喜呢?要么像沙宁放纵性欲，要么像绥惠略夫那样"歼灭仇敌，绞杀牺牲"。他所瞩望的"将来"，就像绥惠略夫期待的那样，有"正如他一般的人们"出现，这些人"决绝了人间"，沿着个人复仇之路前进。可见阿氏否定"黄金世界"的理想，也同时否定了人类享受正当权利的"将来"，陷入了悲观主义。

鲁迅和阿尔志跋绥夫不同，纵然有时也把社会看得太黑暗，对"将来"发生怀疑，但他总是努力从不断变革的现实中汲取鼓舞力量，克服"黑暗与虚无"的情绪。许广平说他"自己所感觉的是黑暗居多"，却"以悲观作不悲观，以无可为作可为，向前的走去。"(《两地书·五》)他"不要将来的梦"，可他确信"将来是永远要有的，并且总要光明起来。"他从不空谈"将来"的希望，格外看重"现在"，即使感到社会上事无大小都恶劣不堪也决不逃避现实。《幸福的家庭》以现实的艰窘嘲弄"作

---

① 转自鲁迅:《朝花夕拾·二十四孝图》,《鲁迅全集》第2卷,人民文学出版社1981年版,第253页。

家"的虚幻理想,《伤逝》也不写涓生悲观绝望,肯定他在梦醒之后"向着新的生络跨进第一步去"的决心,这些作品便是鲁迅执着"现在"的形象写照。鲁迅所理解的"现在",并非睡着的、昏着的、躺着的、玩着的青年的现在,而是醒着的"人之子"实行变革斗争的现在,他勉励青年:"你们所多的是生力,遇见森林,可以辟成平地的;遇见旷野,可以栽种树木的;遇见沙漠,可以开掘井泉的。"他希望大家"联合起来,同向着似乎可以生存的方向走。"(《华盖集·导师》)他要惊醒改革者"金黄色的好梦",引导他们记取旧民主革命的历史教训,在新的运动中从事真正行之有效的斗争;他不是引诱人们眺望海上遥远的幸福岛,而是鼓励他们为实现"经济制度"变革进行"深沉的韧性的战斗"。鲁迅前期的"将来"与"现在"观没有达到历史唯物主义高度,但它充盈着一种真诚的、战斗的、乐观的革命民主主义精神。

阿氏否定"黄金世界"的观点对鲁迅的影响相当强烈而持久,后期他还借用阿氏的语言反对各种"左"倾空谈和梦想。1929年,有人摘引《影的告别》的诗句:"有我不乐意的在你们将来的黄金世界里,我不愿去",指谪鲁迅"悲观""虚无",共产主义的黄金世界也不愿去了。鲁迅反驳说:"我倒要先问,真的只看将来的黄金世界么?这么早,这么容易将黄金世界预约给人们,可仍旧有些不确实,在我看来,就不免有些空虚,还是不大可靠!"①鲁迅借用阿氏的语言对"革命文学家"的"左"倾空谈进行反批评,表现出直面黑暗的勇气和执着"现在"的战斗精神。1933年《东方杂志》新年特大号征文,要大家谈谈"新年的梦想",许多应征者"梦想着将来的好社会"。鲁迅对诸多不切实际的梦想提出批评,卓然不群地指出:"虽然梦'大家有饭吃'者有人,梦'无阶级社会'者有人,梦'大同世界'者有人,而很少有人梦见建设这样社会以前的阶级斗争,白色恐怖,轰炸,虐杀,鼻子里灌辣椒水,电刑……倘不梦见这些,好社会是不会来的……"(《南腔北调集·听"说梦"》)这时,否定"黄金世

---

① 参看冯雪峰:《回忆鲁迅》,人民文学出版社1953年版,第15—20页。

界"的观点已融入马克思主义的思想体系，鲁迅从30年代残酷的现实斗争出发，尖锐地指出共产主义事业的艰巨性和长期性，对于那些忽视实际斗争，一味地教人进入"空头的梦境里面去"的急进革命论者，不失为一帖清醒剂。

四、"艺术家这一面"

阿尔志跋绥夫在人生探索中未能找到俄国社会改革的真正出路，他误入歧途，堕入颓唐，但他没有粉饰生活，没有掩盖沙皇专制下的社会矛盾和斗争。鲁迅在思想上始终拒绝阿氏"破坏一切"的个人无政府主义，而在艺术家这一面，则高度评价他的文学成就，充分肯定其独特的现实主义贡献，创作实践中还对阿氏成功的艺术描写方法广泛取用，并有所发展。

鲁迅对阿氏的艺术借鉴，首先是"如实描出"人物的艺术方法。被鲁迅誉为"纯艺术品"的《幸福》，没有精雕细绘塞式加的外貌体态，只是写她"霉掉的鼻子""伶仃的脊梁"，房东将她赶出旧寓，扣下她"最末的好看的腰带"几个细节，就神情毕肖地画出一个陷于"野兽的绝境"的丑妓形象。她未能忘怀昔日的美貌与欢娱，绝望中还在雪地上以肉体供人作残酷的娱乐，惊怖的声音和辗转的动态描尽了她被杖击的苦楚。作者的兴趣显然不在描摹人物外形，而以充满血污的大胆笔触，传达出人物的内面精神，无怪乎鲁迅赞曰："这一篇美丑泯绝；如看罗丹的雕刻！"（《译文序跋集·〈幸福〉译者后记》）

罗丹根据法国诗人维龙的诗《美丽的欧米哀尔》塑成欧米哀尔的雕像，这个老妓怀念青春与欢爱，如今却垂首悲哀皮囊的松弛颓败。罗丹雕刻的深刻之处在于：既表现老妓肉体上垂死的痛，又现出她灵魂里尚未熄灭的梦影与情炎，从现实与梦影的对比，显示出美丑泯绝。罗丹成功的秘密是他记取了老师的教诲："做雕刻的时候，千万不要看形的宽广，而要看形的深度。"应用这原则塑出的形象，"不是浮面的，而是好像生命本身一样，是自内至外的。"①阿尔志跋绥夫深谙这条艺术法则，不仅描绘出塞式加躯壳的干枯丑陋，还以肉体的苦痛和可悲的"幸福"感情相对照，显出性格的"深度"。和罗丹的雕刻一样，《幸福》也达到了"丑得如此精美"的很高艺术境界。

鲁迅小说写人从不细画须眉，往往几笔勾勒就传达出人物的内在精神。孔乙己穿长衫站着喝酒的神态和"多乎哉，不多也!"的语调，阿Q的黄辫子、癞头疮、瘦伶仃的身影，魏连殳在祖母灵前像受伤的狼在深夜荒野里嗥叫的哭声……都给我们留下难忘的印象。捉住人物本质的特征加以传神的描绘，显出性格的"深度"，这手法当然直接来自传统的白描、"画眼睛"，但无可否认，与罗丹、阿尔志跋绥夫的艺术也有密切的关系。

鲁迅对阿尔志跋绥夫"细致"的"心理剖析"也大加赞赏。那位人道主义医生最初对垂死的伤者和他可怜的妻子抱有同情，可当他看到警厅长的客厅里竟然那样奢侈，尤其当他眼前重现犹太人被虐杀、奸淫的一幕幕幻象，内心便爆发起一场"苦闷的隐藏的战争"，最后这位托尔斯泰之徒，憎恶之情战胜了哀矜之心，断然拒绝给杀人犯治伤。绥惠略夫看到机器工人沉重而单调的劳动，眼里"炎上"了"无可和解的铁一般的憎恶"，但在其间"又闪出真实的柔和的悲哀"。阿氏运用辩证的心灵解剖法，令人信服地描绘出改革者"爱憎不相离，不但不离而且相争"（《译文序跋集·〈幸福〉译者后记》）的复杂内心世界。

阿氏对不幸者的刻画，还用了善恶相间的心灵剖析法。《幸福》对俄国专制制度下不幸者灵魂深处的污秽揭露得淋漓尽致，不过塞式加灵魂里也不全是黑暗荒凉，她在绝境中顽强求生的欲望也被力透纸背地描绘出来。被房主人赶到荒郊雪野后，于冻饿中发生"生存的恐怖"，"没有人到来，说不出的感情，在伊只是增高增强起来，而且已经达了这境界，就是以为人们际此，便要陷入野兽的绝望，用了急迫的声音，狂叫起来。叫彻全原野，叫彻全世界。然而人是默着，只是痉挛地咬紧牙关。"作者分明

① 《罗丹艺术论》，人民美术出版社1978年版，第33页。

以愤激的语言肯定塞式加后来思想行为的某种合理性，发出向旧社会的强烈抗议。可见，阿氏解剖不幸者的灵魂时，也将自己"爱憎相纠缠""而这憎，又或根于更广大的爱"（《译文序跋集·〈幸福〉译者后记》）的复杂感情，浑然写出了。

鲁迅小说对人物的心灵解剖一向为人们所称道。魏连殳心灵图像的描绘受到《工人绥惠略夫》的深刻影响已如上述；描写不幸者，也能从灵魂深处善与恶的交战展现出性格的复杂性，阿Q形象塑造就是范例。现实的悲惨与精神的梦影相对立，显出精神胜利法的可笑可悲。尽管阿Q灵魂里有许多黑暗与污秽，有时也显出洁白与光辉。土谷祠的梦境不管有多少纠缠不清的观念，那神往"革命"的热情却分明可见；游街示众时羞愧自己竟没有唱几句戏文，可当他听到豺狼嗥叫般的喝彩声，终于把人世间的悲惨和饿狼追扑他的往事连成一片，灵魂里爆发出"救命……"的呼喊。

如所周知，运用心灵解剖法最为成功的俄罗斯古典作家是陀思妥耶夫斯基，他在《穷人》《罪与罚》等杰作中布置精神上的苦刑，一个个拉了不幸的人来，将他们的灵魂拷问给我们看。阿尔志跋绥夫思想上不赞成托尔斯泰和陀思妥耶夫斯基"勿抗恶"的教义，但他对托、陀二氏在"艺术家的这一面"非常"佩服"，并以他们作为自己的先生和文学导师。（《译文序跋集·译了〈工人绥惠略夫〉之后》）鲁迅也不赞成陀氏"忍从——对于横逆之来的真正的忍从"，但他对陀氏"穿凿着灵魂的深处"的艺术方法由衷赞叹。鲁迅对阿Q、闰土、祥林嫂这些不幸者灵魂解剖、详检，甚至赏鉴，就采用了陀氏的方法。不过，陀氏强调"显出灵魂的深"，鲁迅还要求显出人的灵魂之"全"（《集外集·〈穷人〉小引》）鲁迅与陀氏都是揭示人的灵魂奥秘的"高的意义上的现实主义"大师。鲁迅与阿尔志跋绥夫在艺术家这一面的接近，似不可忽视陀氏的伟大桥梁作用。

阿氏虽是写实派作家，他的作品却经常采用象征主义手法。塞式加被毒打后，"血污的手掌上，金圆像火花般灿烂""夜茶馆的明灯，忽然在伊面前辉煌起来"，《幸福》用暗示法显出塞式加一颗麻木的心和她并非"幸福者"的悲惨命运。《工人绥惠略夫》第12章，描写亚拉籍夫在军警包围大杂院的紧急关头，不肯交出朋友存放的炸弹和名单，终于违反"勿抗恶"的信仰，向警察开枪还击，这时警方一颗弹丸击中墙上挂的托尔斯泰肖像。真是一个绝妙的象征！暗示亚拉籍夫信仰的主义破了产，他和绥惠略夫的争论有了最后的答案。除了暗示法，阿氏还经常采用幻觉、梦境表现主人公的内心冲突。绥惠略夫在大杂院的最后一夜，眼前先后现出被绞死的妻子理莎和黑铁匠的幻影。前一幻影显示他灵魂深处的爱，后一幻影透出他爱憎相纠缠的隐情："你憎，就因为你心里有太多的爱！而且你的憎恶，便只是你的最高的牺牲！"作者以绥惠略夫幻觉中的"自心交争"，揭开他灵魂深部的秘密。后来绥惠略夫在逃亡的极度衰弱中还做过一个怪诞的梦，梦见两个黑色小精灵在那里争论不休。一个寂寞的小男人颂扬一切善，否定一切恶；另一个"丰腴裸露而淫纵"的女体要把人类引向自身，她是"生命的诱惑""世界的恶"；争论的结果，那小男人坠向深渊。这荒诞的梦境象征地暗示主人公在生命尽头灵魂深处的痛苦，也象征地表明阿氏对托尔斯泰主义和人类社会一切价值标准的无政府主义否定。

荷兰学者D·佛克马认为鲁迅选译阿尔志跋绥夫、安特莱夫等的作品，"表明他对象征主义的偏爱"。①从审美情趣方面说，此论不无道理。鲁迅确实称赞过安特莱夫的创作是"含有严肃的现实性及深刻的纤细，使象征印象主义与写实主义相调和"（《译文序跋集·〈黯淡的烟霭里〉译后记》）。在小说和散文诗创作中，鲁迅也大量采用象征主义。《狂人日记》中，古久先生的陈年流水簿子，赵家的狗，大哥形象，"救救孩子"的呐喊，《故乡》结尾"其实地上本来没有路，走的人多了，也便成了路"的议论，无不暗示出特定的社会性意蕴；《祝福》中那些歆享了牲醴香烟，却醉醺醺地在空中蹒跚的天地圣众，《在酒楼上》那飞了一圈又回到原地的蝇子，也无不包含有象征性哲理。散文诗《影的告别》《墓碣文》则采用了类似《工人绥惠略夫》的梦幻描写法。鲁迅以"影"与"人"，"我"与墓中"死尸"的对立，象征地写出作者对阴暗情绪的否定和"抉心自

---

① 转自乐黛云编：《国外鲁迅研究论集》，北京大学出版社1981年版，第285页。

食"的内心痛苦。此种二位一体描写法，掘发出人物内心活动的曲折隐微，加强了作品的表现力和感染力。

我们在艺术上充分肯定阿氏对鲁迅有积极影响时，当然不应忽视他是一位颓废派作家，他的思想本质、美学观点与鲁迅不同。《巴什庚之死》中，阿氏津津乐道于诗人巴什庚下葬的墓地之美："野鸽的群，白的冬天，白的棺木，静寂的悲哀，死掉了的巴什庚的心的忧惋的魅力，那各样的美。"①阿氏欣赏一种悲观、神秘的美，他主要还是写"人之死亡和人类通过在艺术中保存情感而永存的对比"。②鲁迅则倾向于伟美和崇高，他的作品是现实斗争的产物，洋溢着强烈的时代感，即使是彷徨期间展示内心矛盾之作，也写得沉雄悲壮，表现出上下求索，猛进不已的奋斗精神。佛克马认同贝尔辛一个观点，认为鲁迅选译阿尔志跋绥夫等外国作家的作品"并不取决于文学价值"，而首先取决于他只懂德语和日语，他只能从这两种文字选译；其次他对于产生这种文学的国家之复杂的社会条件似乎并不了解；再次，出于某种个人偏好，即他喜欢书里的插图。"③两位学者虽然注意到鲁迅译介阿氏作品的某些主客观条件，却忽视了一个基本事实：鲁迅选译外国文学的根本动因是"想利用它的力量来改良社会""所求的作品是叫喊和反抗"。(《南腔北调集·我怎么做起小说来》)鲁迅不仅注意到阿氏作品画出"时代的肖像"，具有"为弱小民族主张正义"的意义，还具有可资借鉴的文学价值。他对阿氏作品有保留的肯定和有选择的译介，表现出权衡较量，慎施去取的科学态度和放出眼光，实行"拿来主义"的雄大气魄。鲁迅还以丰硕的创作成果确切地证明：他不但是文学遗产的保存者，而且是伟大的开拓者和建设者。

[原载《鲁迅研究月刊》1991年第11期]

---

① 参看《鲁迅全集》第16卷，人民文学出版社1973年版，第812页。
②转自乐黛云编：《国外鲁迅研究论集》，北京大学出版社1981年版，第285页。
③转自乐黛云编：《国外鲁迅研究论集》，北京大学出版社1981年版，第286页。

鲁迅接受马克思主义的主观条件

关于鲁迅与马克思主义的讨论中，指出国内外重大时代事件对鲁迅思想的震撼和影响，无疑是正确的意见，但是如果仅仅局限于大谈国内外阶级斗争"事实的教训"和"马克思主义传播"等等外部条件的影响，而忽视接受者主体的研究，容易导致简单化和片面性。

鲁迅谈到十月革命后"新主义"能否在中国传播时形象地说："新主义宣传者是放火人么？也须别人有精神的燃料，才会着火；是弹琴人么，别人的心上也须有弦索，才会出声；是发声器么，别人也必须是发声器，才会共鸣。"（《热风·随感录五十九"圣武"》）在传播与接受关系的思考中，鲁迅强调接受者这一面要有丰富的"精神的燃料"（主观条件），否则和"新主义的宣传"毫不相干，这是非常精辟的意见。马克思也说过："从主观方面看，只有音乐才引起人的音乐感觉；对于非音乐的耳朵，最美的音乐也没有意义。"[①]生活在帝国主义和无产阶级革命时代的鲁迅，毕其一生都在上下求索，寻找真理，他对马克思主义的接受是主动、自觉的。当"新世纪的曙光"从地平线上升起，像一位从漫漫长夜走过来的独行旅客，他立刻抬起头，迎着真理之光走去。本文试从几个主要侧面，对鲁迅接受马克思主义的主观条件作些论析。

---

① 《马克思恩格斯论艺术》第1卷，人民文学出版社1960年版，第204页。

一、初期的情感积累

鲁迅少年时代，祖父因科场案发而被捕入狱，他饱尝家道中落的况味。家庭变故对鲁迅有两方面重大影响：一是体味到世态炎凉，二是接触到下层社会。从小和许多农民相亲近，他对农民"毕生受着压迫，很多苦痛"的生活发生强烈的感情关注，这种关注成为他日后考虑国家民族命运和社会问题的立足点。后来成为绅士阶级的逆子贰臣，接受马克思主义的思想影响，也是源自对农民和下层劳动者的挚爱深情。跟同时代知识分子一样，鲁迅从小接受封建正统教育，不过对他产生决定性影响的，并非全是古书和圣人的教训，还有那些有趣的课外读物。带图画的《山海经》中一些神话传说唤起少年鲁迅的想象力和求知激情；《二十四孝图》里面许多违背人情的教孝故事，激起他对封建礼教最初的不满和抗议；"三味书屋"读过的大量野史、笔记和古代小说，使他大开眼界，开始明白三千年古国统治者的横暴和残忍，逐步养成他追求真理、反抗强暴、渴望自由解放的叛逆性格，成为他后来接受马克思主义极为宝贵的精神燃料。

少年鲁迅生活在中国从闭关自守的封建社会沦为半封建半殖民地社会的时代。"强种鳞鳞，漫我四周，伸手如箕，垂涎成雨"的危急形势，使鲁迅产生很强的忧患意识。他立下"我以我血荐轩辕"的壮志，和许多先驱者一样踏上向西方寻找真理的途程。起初他相信科学救国，以为"日本维新是大半发端于医学"，便去日本专攻医学；后来感到"医学并非一件紧要事，凡是愚弱的国民，即使体格如何健全，如何茁壮，也只能做毫无意义的示众的材料和看客，病死多少是不必以为不幸的。所以我们的第一要著，是在改变他们的精神"（《呐喊·自序》）。1906年弃医从文，要借文艺的力量对民众实行思想启蒙。无论译介被压迫民族中的文学作品，辑印《域外小说集》，还是张扬"立意在反抗，指归在动作"的摩罗诗力，都洋溢着高昂的民族主义和爱国主义激情。

当资产阶级革命派和改良派分道扬镳时，鲁迅站到革命派一边。在

《文化偏至论》《破恶声论》等文中，明确地抨击了"竞言武事"和"制造商估，立宪国会"的改良主张，谴责这些人不过是"假力图富强之名，博志士之誉"，"掣维新之衣，用蔽其自私之体"。在东京，他赴会馆，往集会，听演讲，与章太炎、陶承章等革命党人频繁交往。后来他回忆和章太炎先生的关系说："我爱看这《民报》，但并非为了先生的文笔古奥，索解为难，或说佛法，谈'俱分进化'，是为了他和主张保皇的梁启超斗争……，真是所向披靡，令人神旺。前去听讲也在这时候，但又并非因为他是学者，却为了他是有学问的革命家，所以直到现在，先生的音容笑貌，还在目前，而所讲的《说文解字》，却一句也不记得了。"（《且介亭杂文末编·关于太炎先生二三事》）鲁迅和资产阶级革命派同声相应，同气相求，对章太炎敬佩之至，也是基于共同的爱国主义和民族主义立场。最初的生活体验，铸就鲁迅火焰般的叛逆性格和憎爱分明的思想感情，这是他能够永远跟随时代一同前进，最后选择马克思主义的原动力。

二、开放的文化态度

19世纪后半期，随着资本主义世界市场的开拓，一切国家的生产和消费都成为世界性的了。在愈演愈烈的中西方文化冲突中，先进的中国人面临着艰难的文化选择。康有为、梁启超等人试图在保存封建文化根底的前提下，吸取西方文化的某些优长，以实现富国强兵之梦。鲁迅依据"国之情状"的分析，认为当务之急不是引进西方先进技术或搬用西方社会制度，而是匡正文化观念的"偏至"。他提出："明哲之士，必洞达世界之大势，权衡校量，去其偏颇，得其神明，施之国中，翕合无间。外之既不后于世界之思潮，内之仍弗失固有之血脉。取今复古，别立新宗，人生意义，致之深邃。"就是说，要以开放的世界眼光面对中西文化的大撞击大融合，要立足本国现实对传统文化和西方文化进行双向选择；要创造性地建构中华民族新文化，以推进中国的社会改革。这种具有开放性和创造性的文化观念，表现出清醒的忧患意识和高度自觉的参与精神，与改良派的文化观相比较，不啻是一场深刻的革命。

鲁迅"少喜披览古说"，对传统文化所包含的毒素有切肤之痛，"正因为绝望于孔夫子和他的之徒"，才东渡扶桑去求学。青年时代他就严厉抨击旧文化束缚思想、摧残人性的消极面。他认为"中国之治，理想在不撄。"这样的文化理想，不能培育"强项敢死之民"，只能造就"不争之民"，它是国民精神"宁蜷伏堕落而恶进取"，社会走向停滞的根本原因。（《坟·摩罗诗力说》）"五四"新文化运动中，他以小说形式把"仁义道德""吃人"的"大发见"公之于世，后来更其明确地指出："所谓中国的文明者，其实不过是安排给阔人享用的人肉的筵宴"（《坟·灯下漫笔》）。把"中国的文明"归结为"人肉的筵宴"，"吃人"与"被吃"的文明，貌似偏激，但是揭开"仁义道德"的面纱，揭出传统文化中的封建主义毒素，从压制和摧残人性这一面抨击传统文化的弊害，在当时历史条件下，实在有石破天惊的意义。

从爱国主义和民族主义立场出发，鲁迅很早接受了进化论唯物主义，"物竞天择，适者生存"的学说帮助鲁迅形成"将来必胜于过去，青年必胜于老人"的进化论思路，对于鲁迅前期革命民主主义思想的确立，推动他一贯地追求真理、坚持革命，有积极意义。进化论的文化史观也是他不断突破西方文化思想藩篱，最终选择和接受马克思主义的重要思想动因。

在最初的文艺活动中，鲁迅把目光投向俄国、东欧和巴尔干诸国。他大量译介被压迫民族的作家作品，主旨是"传播被虐待者的苦痛的呼声和激发国人对于强权者的憎恶和愤怒"。从俄国文学里面，"看见了被压迫者的善良的灵魂，的酸辛，的挣扎……从文学里明白了一件大事，是世界上有两种人：压迫者和被压迫。"（《南腔北调集·祝中俄文字之交》）被压迫民族"叫喊和反抗"的文学，激活了鲁迅早已获得的对"小百姓"的深厚感情，所以他译介这些作品就感到和作者一起"燃烧"。从俄国文学获得的为被压迫者"而呼号，而战斗"的热情，也是他从革命民主主义走向马克思主义的强大动力。

要消解传统文化所蕴含的压抑人性的质素，近代西方文化所张扬的

"人的解放"思想，自然成为鲁迅文化选择的聚焦。在鲁迅看来，要有效地改变中国人的文化观念和精神面貌，就必须从西方近代文化中接受"非物质，重个人"的思想，于是19世纪后期兴起的西方现代思潮，特别是施蒂纳、叔本华、尼采"主我扬己而尊天才"的观点，便成为他1907年提出"立人"主张的理论基石。他渴望通过"尊个性而张精神"的途径，砸碎封建专制主义加在民众身上的精神枷锁，唤起个人价值和自我意识觉醒。由于受到尼采等的思想影响，鲁迅早年大力提倡"个性之尊严""人类之价值"，严厉谴责盲目崇拜西方物质文明的倾向，把改革的希望寄托在"天才大士"身上，而忽视了一般民众在社会变革中的作用，忽视了经济的或政治的契机，这当然是一种浪漫幻想。"然而在当时的中国，城市的工人阶级还没有成为巨大的自觉的政治力量，而农村的农民群众只有自发的不自觉的反抗斗争，大部分的市侩和守旧的庸众，替统治阶级保守着奴才主义，的确是改革进取的障碍。为着要光明，为着要征服自然界和旧社会的盲目力量，这种发展个性、思想自由，打破传统的呼声，客观上在当时还有相当的革命意义。"[1]

　　鲁迅早期对人的解放问题的哲学探索，让我联想起青年马克思对"人"的问题的思考。早在中学毕业作文《青年在选择职业时的考虑》中，马克思就提出人的解放问题，认为"人类的天性本身就是这样的：人们只有为同时代人的完美、为他们的幸福而工作，才能使自己过得完美。"后来在博士论文《德谟克利特的自然哲学与伊壁鸠鲁的自然哲学的差别》中，马克思把伊壁鸠鲁的"原子偏斜说"移用于人类社会，指出：如同原子"偏离运动打破命运的束缚"一样，个体生命也要在改造客观世界的同时实现"自我意识"的觉醒和精神自由。还说，人应当反抗命运，"我不会用自己的痛苦去换取奴隶的服役，我宁肯被缚住在崖石上，也不愿作宙斯的忠顺奴仆。"[2]在青年马克思那里，人的本质就是"自我意识"的觉醒，即精神获得自由；人的解放就是对精神自由的占有。他特别强调

　　① 瞿秋白：《〈鲁迅杂感选集〉序言》，《鲁迅杂感选集》上海出版公司1953年版。
　　② 马克思：《博士论文》，人民出版社1962年版，第20页。

个体精神自由的实现要和建立"自由人的联合体"的理想国家制度结合起来。马克思早年关于人的解放的理想和鲁迅早期"立人"→"立国"主张多有契合之点，青年马克思为同时代人的"完美"和"幸福"而工作，"使人类和每一个人都高尚起来"的目标，和鲁迅"人各有己，而群之大觉近矣"的憧憬，更有惊人的相似之处。青年鲁迅和青年马克思都把个体精神自由的实现作为人类真正得到解放的出发点，这就提供了一种可能性，鲁迅将会沿着马克思的思想发展轨迹前行。事实上，鲁迅早期对人的解放道路的探寻，成为他后来选择无产阶级社会革命学说并转变为马克思主义者的重要思想依据。

三、科学的怀疑精神

现实生活中许多苦楚的教训，使得鲁迅学会凡事问个为什么。论者常指谪鲁迅"多疑"，鲁迅也不否认。鲁迅的"多疑"，不是人与人之间的猜忌和寡信，而是思想者对于历史和现实、社会和人生进行审视的哲学品格。笛卡尔说："对每一件可以使我怀疑，可以使我不相信的事，都特别加以思考，同时把以前潜入我的心灵的一切错误都统通从我心中拔除干净。"他认为怀疑不是目的，而是"在科学上建立一些牢固的、经久的东西"的一种手段。①笛卡尔在17世纪教会制度统治下力倡怀疑精神，对宗教神学和经院哲学发起挑战，有力地推进了科学的发展。鲁迅《科学史教篇》中盛赞笛卡尔"屹然扇尊疑之大潮，信真理之存在"，可见，和笛卡尔"普遍怀疑"的品格一样，鲁迅的"多疑"从主导方面看是一种独立思考、锐意进取的科学精神，是向旧秩序的勇猛挑战，是向真理王国的进军。

《新青年》开始提倡"文学革命"的时候，鲁迅对这场新运动"其实并没有怎样的热情。见过辛亥革命，见过二次革命，见过袁世凯称帝，张

① 北京大学哲学系编译：《十六——十八世纪西欧各国哲学》，商务印书馆1975年版，第146页。

勋复辟，看来看去，就看得怀疑起来，于是失望，颓唐得很了。""不过我却又怀疑于自己的失望，因为我所见过的人们，事件，是有限得很的。这想头，就给了我提笔的力量。"(《南腔北调集·〈自选集〉自序》)鲁迅在文学革命运动发难初期的怀疑，交织着绝望与"反抗绝望"的心灵搏击，这一伟大的怀疑成为他扫除寂寞颓唐，投身新文化运动的契机，是他迎接"新世纪的曙光"，自觉接受马克思主义的内力。

鲁迅对十月革命的认识有一个过程，用他自己的话说，十月革命使他知道新社会的创造者是无产阶级，"但因为资本主义各国反宣传"，一开始对这革命"还有些冷淡，并且怀疑"。不过他没做永远的怀疑派，而是注重研究苏维埃政权下的社会情状，努力寻找正确的结论。经过一段时间的观察思考，他心悦诚服地说："现在苏联的存在和成功，使我确切地相信无阶级社会一定要出现，不但完全扫除了怀疑，而且增加许多勇气了。"(《且介亭杂文·答国际文学社问》)

从初步接触到真诚信仰马克思主义，也有一个过程。日本留学时，鲁迅就购买、收藏和阅读马克思主义著作，但他在1918年以前的文章和书信中从不谈论马克思、列宁。鲁迅最早谈论十月革命和马克思主义的著作，是1919年4—5月间发表在《新青年》"马克思主义专号"上的两篇随感录，即《"来了"》和《圣武》，鲁迅在二文中表达了对十月革命和马克思主义的欢迎态度，他反驳国内外反动派对"列宁政府"的诬蔑，赞扬俄国人民是"有主义的人民"。不过，这时他对马克思主义的理解还是初步的，他说："现在的外来思想，无论如何，总不免有些自由平等的气息，互助共存的气息"，他还分不清马克思主义和资产阶级学说的界限。1920年他称赞陈望道翻译《共产党宣言》"这个工作做得很好"，希望有人"切切实实地把这个'主义'真正介绍到国内来"，认为"这倒是当前最要紧的工作"。[①]可是同年，一封信里又怀疑"俄国思潮"未必能传染中国，因为"中国人无感染性，他国思潮，甚难移植"(《书信·200504致宋崇

[①]陈望道：《关于鲁迅先生的片断回忆》，转自《鲁迅研究资料》第1辑，第300页。

义》）。对马克思主义这种惶惑、矛盾的心态，妨碍鲁迅积极学习马克思主义。由此可见，鲁迅在"五四"初期对马克思主义还缺少很大热情和深入了解，只能说处于初步接触阶段。"五四"后期，鲁迅又经验了一回同一战阵中伙伴的分化，于寂寞和彷徨中，提出"新的战友在哪里？""新的生路在哪里？"的疑问。新的怀疑，促使他更自觉地学习马克思主义。1925年后，越来越多地购买、阅读有关马克思主义、无产阶级文艺和苏联文艺运动的书籍，在为《未名丛刊》几种译作撰写的前言、后记（例如《〈苏俄的文艺论战〉前记》《〈十二个〉后记》《〈争自由的波浪〉小引》里，表明了他对无产阶级艺术和马克思主义的兴趣。但总的来说，直到大革命前夜，鲁迅对马克思主义的了解还不够深入。"四·一二"大屠杀，促使鲁迅在反动势力十分猖獗的形势下，对马克思主义的态度发生了根本变化，"事实的教训"激发他系统地学习马克思主义的热情。以1928年"革命文学"论争为契机，他带着"先前的文学史家们说了一大堆，还是纠缠不清的疑问"，如饥似渴地学习"科学底文艺论"（《三闲集·序言》），并亲自动手翻译俄国早期马克思主义者普列汉诺夫及卢那卡尔斯基的著作和苏联文艺政策的汇编。他不但用真理之火来"煮自己的肉"，还热忱地帮助周围人学习，让真理之光照亮大众的心胸。他鼓励青年作家"致力于社会科学这大源泉"，要求他们"深通学说"，掌握"根抵"，不能满足于摘取"花果枝柯"（《译文序跋集·〈文艺与批评〉译后附记》）。在"杀人如草不闻声"的白色恐怖下，鲁迅以如此明白的语言激励知识分子追求真理，追求进步，表现出对马克思主义的真诚信仰。

在通向真理的道路上，怀疑是个可贵的起点。不过人不能"总是疑，而并不下断语"（《且介亭杂文·我要骗人》），而要"下断语"——无论是对旧学说的抛弃，还是对新学说的认同——都不可忽视社会实践活动。鲁迅是经历了四分之一世纪的战斗，带着丰富的斗争经验和光荣的革命传统，从民主主义进向共产主义的，他对中国历史和现实的了解，同时代作家无法比拟。他始而相信到终于"轰毁"进化论思路，始而怀疑到终于确信"马克思主义是最明快的哲学"，都以"实地经验"作为检验真理的唯一标准。列宁说："生活、实践的观点，应该是认识论的首先的和基本的观点。这种观点必然会导致唯物主义，而把教授的经院哲学的无数臆说一脚踢开。"①鲁迅和他所批评的那些"纸张上的革命家"不同，从不耽于幻想和空谈，一贯地坚持理论和实际相结合，社会实践是他从怀疑通向真理彼岸的伟大桥梁。

四、严格的自我解剖

在追求真理的长途中，鲁迅非常重视剖析自己的旧思想。"五四"新文化运动初期，他就卓越地提出："必须先改造了自己，再改造社会，改造世界。"（《热风·随感录六十二'恨恨而死'》）鲁迅"改造自己"的高度自觉性，在同时代作家中极为罕见。他还说："我知道我自己，我解剖自己并不比解剖别人留情面。"宁可忍受"抉心自食"的痛苦，也不肯掩饰思想上的矛盾、缺点和弱点。每当大的斗争之后或编辑个人文集时，总要在序言、后记或书信里公开披露自己灵魂里的"毒气和鬼气"。这种严于律己，认真改错的品格，不断推动鲁迅除旧布新，接近真理。选择马克思主义以前，鲁迅从西方资产阶级那里接受了既有民主性精华又有唯心史观缺陷的思想理论。可贵的是，在"五四"后期，他特别重视总结经验教训，努力修正旧理论对自己的消极影响。

在物质与精神的关系上，鲁迅早年以为通过"尊个性而张精神"的思想启蒙就能唤起人的自觉，建立"人国"，从《头发的故事》（1920）开始注意到社会改革的物质基础，和早期单纯思想启蒙相比较，显然有了进步。后来更加清醒地意识到物质在社会生活中的重要性。《娜拉走后怎样》（1923年）率先将目光转向"经济制度"的"变革"，1925年起又在《春末闲谈》《灯下漫笔》《论"费厄泼赖"应该缓行》和《革命时代的文学》等力作中，鼓吹被压迫者对于"阔人"的反抗，提出"扫荡食人者"

---

① 《列宁选集》第2卷，人民出版社1965年版，第142页。

"痛打落水狗""创造这中国历史上未曾有过的第三样时代"的社会革命口号。鲁迅认识到,单纯的思想革命不能实现对旧社会的改造,"中国现在的社会情状,止有实地的革命战争,一首诗吓不走孙传芳,一炮就把孙传芳轰走了。"强调以暴力手段进行社会革命,事实上是对单纯思想革命主张的修正,表明鲁迅向历史唯物主义大步迈进了。

鲁迅一向坚持"幼者本位"的进化论观点,但是1925年春以后,由于高长虹分裂《莽原》另立《狂飙》,特别是女师大事件的教训,鲁迅对"青年必胜于老年"的进化观作了修正。《华盖集·导师》指出:"青年又何能一概而论?有醒着的,有睡着的,有躺着的,有玩着的,此外还多。但是自然也有前进的。""三·一八"惨案后,他颂扬"为中国而死的中国青年"之勇毅和殒身不恤的爱国精神,揭破某些文艺青年的利己主义面孔:"我现在对于做文章的青年,实在有些失望;我看有希望的青年,恐怕大抵打仗去了,至于弄弄笔墨的,却还未遇着真有几分为社会的,他们多是挂新招牌的利己主义者。"(《两地书·八五》)1927年在中山大学目睹两大派青年激烈对抗,终于否定了进化论的青年观:"我一向是相信进化论的,总以为将来必胜于过去,青年必胜于老人,对于青年,我敬重之不暇,往往给我十刀,我只还他一箭。然而,后来我明白我倒是错了。这并非唯物史观的理论或革命文艺的作品蛊惑我的,我在广东,就目睹了同是青年,而分成两大阵营,或则投书告密,或则助官捕人的事实,我的思路由此轰毁,后来便时常用了怀疑的眼光去看青年,不再无条件的敬畏了。"(《三闲集·序言》)

后期鲁迅,对过去深受其影响的旧理论作了认真反思和清理。例如他谈道:"进化论对我还是有帮助的,究竟指示了一条路。明白自然淘汰,相信生存斗争,相信进步,总比不明白,不相信好些。就只不知道人类是有阶级斗争。"又说:"那时候(指1907年前后),相信精神革命,主张解放个性,简直是浪漫主义,也还是进化论的思想。"[1]进化论帮助鲁迅持久

———————————
[1] 冯雪峰:《回忆鲁迅》,人民文学出版社1953年版,第31—32页。

不断地进行反帝反封建斗争,又带来了"不知道人类是有阶级斗争"的困惑。鲁迅对进化论及其影响的检讨,不是从抽象定义出发,而从切身的痛苦经验出发,因而非常深刻透辟。恩格斯说过:"要明确地懂得理论,最好的道路就是从本身的错误中,从痛苦的经验中学习。"①鲁迅的思想道路表明:只有把潜入自己心灵的一切旧理论的错误拔除干净,才能成为"明确地懂得理论"的马克思主义者。

鲁迅的自我批判,不是封建文士闭门思过的"慎独"和"独善其身",也不是西方思想家"道德的自我完善",而是从一个阶级走向另一阶级的蜕变。这是脱胎换骨的改造,需要一个长期痛苦的过程,不可能忽然一个晚上就能"获得无产阶级意识",突变成为无产者。鲁迅反对某些"革命文学家"的"突变之说",认为思想感情的转变才是根本的转变,"感情不变,则懂得理论的度数,就不免和感情已变或略变者有些不同,而看法也就因此两样。"(《二心集·上海文艺之一瞥》)他明确认识到,思想感情的转变是懂得马克思主义的先决条件。

鲁迅承认:"我其实是'破落户子弟'",经常剖析"破落户子弟的装腔作势,和暴发户子弟之自鸣风雅",提醒自己"时常想到别人和将来",不要"自私自利"(《书信·350824致萧军》)。《二心集·序言》还从个人与大众的关系上解剖自己:"我时时说些自己的事情,怎样地在'碰壁',怎样地在做蜗牛,好像全世界的苦恼,萃于一身,在替大众受罪似的:也正是中产智识阶级分子的坏脾气。"鲁迅清醒地看到,知识分子在和民众结合的过程中,必须克服主观主义和个人主义"坏脾气","把旧阶级的脐带完全剪断"(冯雪峰语),才能将立足点转移到工农这方面来。

[原载《河北学刊》1993年第6期,原标题为《迎着新世纪的曙光——鲁迅接受马克思主义的主观条件》]

---

① 《马克思思格斯选集》第4卷,人民出版社1972年版,第458页。

第三编 「睁了眼看」的文学传统

鲁迅关于文艺真实性的辩证思考

在《什么是"讽刺"?》《漫谈"漫画"》等文中，鲁迅指出："'讽刺'的生命是真实""因为真实，所以也有力""漫画的第一件紧要事是诚实"。鲁迅十分重视文艺的真实性，认为文艺作品描写的生活内容只有真实可信，才能产生激动人心的艺术力量；反之，缺少真实性的作品，因其描写的人物事件随意编造，漏洞百出，肯定没有生命力的。

长期的文艺实践中，鲁迅对文艺真实性问题进行了深入思考，他对文艺与生活，艺术真实与生活真实，真实性和理想性的辩证关系发表过许多精辟独到的见解。今天我们回顾、总结鲁迅这份文艺遗产，对于社会主义文艺事业的健康发展，有重要的理论和实践意义。

一、从"现在生活的感受"出发

鲁迅的文艺真实论，是以哲学认识论为基础的现实主义真实论。他说过："我以为文艺大概由于现在生活的感受，亲身所感到的，便影印到文艺中去。"（《集外集·文艺与政治的歧途》）分析文艺家对于现实的审美关系时，他既强调文艺作品所描写的内容与现实生活的一致性，又强调创作主体对世界掌握或反映的能动性；既要求忠实地描写客观对象，又要求传达创作主体发自心灵深处的真情实感。他正确地揭出文艺创作的客观性和现实性，同一切主观的或心理的真实观划清了界限。

　　既然社会生活是文艺创作的对象和出发点，文艺真实性就只有通过对社会生活的"写实"来实现。鲁迅指出："非写实决不能成为所谓'讽刺'；非写实的讽刺，即使能有这样的东西，也不过是造谣和诬蔑而已。"（《且介亭杂文二集·论"讽刺"》）而所谓"写实"，就是描写客观存在的"事实"，所写的事情是公然的，常见的，平时是谁都不以为奇的，而且是谁都毫不注意的，但不是"造谣"和"诬蔑"，也不是"揭发阴私"或记录"奇闻""怪现象"。（《且介亭杂文二集·什么是"讽刺"?》）

　　鲁迅主张真实描写平常的普遍的社会生活，从那里面发现生活的意义。这就给文艺家提出一个要求：要熟悉生活，熟悉人，要从现实生活出发进行文艺创作。所以鲁迅一再要求青年作家"和实际的社会斗争接触"，不要"关在玻璃窗内做文章，研究问题"（《二心集·对于左翼作家联盟的意见》）。他还用自己从事创作的切身体会，说明丰富的生活经验对于创作多么重要。他说："我当做《阿Q正传》到阿Q被捉时，做不下去了，曾想装作酒醉去打巡警、得一点牢监里的经验。"（《书信·270808致章廷谦》）谈到后来为什么写不出以红军长征题材的新小说，主要原因便是"多年和社会隔绝了，自己不在漩涡的中心，所感觉到的就不免肤泛，写出来也不会好的。"（《书信·331105致姚克》）文艺家如果不熟悉生活，不了解特定时代的现实关系，怎能从客观事物的描写中，揭出沧海桑田，世事变幻的规律呢。

　　厨川白村在《苦闷的象征》中，对创作要有生活经验的观点提出质疑：作家之所描写，必得是自己经验过的么？他自答道：不必，因为他能够体察。所以要写偷，他不必亲自去做贼，要写通奸，他不必亲自去私通。鲁迅有保留地肯定了厨川的意见，并提出新的见解，认为文艺家对于现实生活有的可以"体察"，有的则"无能"，譬如读书人出身的左翼作家就"很不容易"写出"革命的实际"来。"我以为这是因为作家生长在旧社会里，熟悉了旧社会的情形，看惯了旧社会的人物的缘故，所以他能够体察；对于和他向来没有关系的无产阶级的情形和人物，他就会无能，或者弄成错误的描写了。"（《二心集·上海文艺之一瞥》）鲁迅指出心灵

"体察"论的缺陷，认为熟悉旧社会的作家可写出描写旧社会的作品，要表现新社会就无所作为。只有深切地了解变化与发展的现实，熟悉特定时代人间的现实关系，才能写出无愧于时代的作品来。

当年，有些"为艺术而艺术"的作家以为创作可以脱离社会生活，凭空创造。针对这种"天才创造"论，鲁迅指出："天才们无论怎样说大话，还是不能凭空创造。描神画鬼，毫无对证，本可以专靠了神思，所谓'天马行空'似的挥写了，然而他们挥写出来的，也不过是三只眼，长顶子，就是在常见的人体上增加眼睛一只，增长了颈子二三尺而已。这算什么本领？这算什么创造?"（《且介亭杂文·叶紫作〈丰收〉序》）乍看起来，"描神画鬼""天马行空"之作，所写人物和事件并非真人真事，其实这些浪漫之作绝不能写出现实生活中没有过的东西。鲁迅评论高尔基《俄罗斯的童话》："这种童话里所写的却全不像真的人，所以也不像事实，然而这是呼吸，是虱子，是疮痍，都是人所必有的，或者是会有的。"这部童话运用艺术夸张、变形手法，写出了"合于老俄国人的生态和病情"，而且"不只写出了老俄国人"，也是"世界的"。[①]浪漫主义和现实主义作品尽管在选材、表现对象、构成艺术形象的方式等方面很不相同，在反映生活真实的形式上也各有特点，但出发点是一致的，即：都必须从客观存在的社会生活出发进行艺术创造。

生活之树常青，优秀文艺总是扎根在社会生活的沃土中。曹雪芹作《红楼梦》，"闻见悉所经历"，"比较的敢于实写"（《坟·论睁了眼看》）；吴敬梓作《儒林外史》，"盖叙述皆存本真，闻见悉所经历，正因写实，转为新鲜"（《中国小说史略》）。法捷耶夫的《毁灭》为何能写出真实的活的人？主要还是作者熟悉士兵生活，亲身参加过战斗，"不但泰茄的景色，夜袭的情形，非身历者不能描写，即开枪和调马之术，……也都是得于实际的经验。"（《译文序跋集·〈毁灭〉后记》）相形之下，绥拉菲摩维奇的《铁流》，就写得比较空泛，主要原因是"作者那时并未在

---

① 鲁迅：《〈俄罗斯的童话〉广告》，见《中国现代化文艺资料丛刊》第1辑，上海文艺出版社1962年5月版。

场的缘故，虽然后来调查了一通，究竟和亲历不同。"（《书信·350628致胡风》）从鲁迅对中外文艺作品的评论可见，他特别重视"实际经验"及"敢于实写"，他甚至将这两点看作文艺创作成败的关键。说到底，他在反复提醒文艺家：不要隔岸观火，参加到社会里面去，才能创作出真实有力的作品来。

二、艺术真实非即历史真实

1933年，上海文坛发生过一场关于艺术真实和生活真实的论争，鲁迅发表意见说："艺术的真实非即历史上的真实，我们是听到过的，因为后者须有其事，而创作则可以缀合，抒写，只要逼真，不必实有其事也。然而他所以缀合，抒写者，无一非社会上的存在，从这些目前的人，的事，加以推断，使之发展下去，这便好像预言，因为后来此人，此事，却也正如所写。"（《书信·331220致徐懋庸》）鲁迅运用唯物辩证法，透辟地分析了艺术真实和历史真实（生活真实）的关系，指出艺术的特殊性及艺术与生活的一致性。

在鲁迅看来，生活真实是生活中的实有人事，是文艺创作的原料和基础，是自然形态的东西。艺术有自己的特殊形式，可以选择，加工，虚构，想象，如黑格尔所说："艺术家之所以为艺术家，全在于他认识到的真实，而且把真实放到正确的形式里，供我们观照，打动我们的情感。"[1]鲁迅所要求的，正是具有艺术典型形式的真实。艺术并不要求对历史上真实存在的事物作精确的描绘，成功的艺术家不在于复制生活原型或摹写生命的自然形态，他总是通过缀合，抒写，即艺术的典型化，将生命的灵魂和精神灌注到所描写的对象里面去。

《我怎么做起小说来》中，鲁迅谈及艺术典型化的经验说："所写的事迹，大抵有一点见过或听到过的缘由，但决不全用这事实，只是采取一

---

[1] 黑格尔：《美学》第1卷，商务印书馆1979年版，第352页。

端，加以改造，或生发开去，到足以几乎完全发表我的意见为止。"例如，用人血馒头治病本来是前清一种常见的迷信活动，鲁迅将这事放在辛亥革命的历史背景上描写，表现出一般民众用革命党人的鲜血治病是多么荒唐愚昧（《药》），从而深刻地揭出改变国民精神迫在眉睫。鲁迅小说的人物和事件，既非凭空臆造，又非历史上实有其事，而是取其一端，改造生发，这样的作品正是具有艺术典型形式真实的艺术佳构。

鲁迅强调指出：在艺术典型化过程中，"所据以缀合，抒写者，无一非社会上的存在"。现实主义作品固然要以客观事实作依据进行"逼真"的描绘，而非现实主义作品，尽管各有其独特的艺术表现形式，其艺术形象所包含的社会内容和精神底蕴，也是以现实生活为基础的。所谓"神魔皆有人情，精魅亦通世故"，纵使写的是妖怪，在人类中也会有人和他们精神上相像。《西游记》那样的神魔之作，尽管充满了奇特的幻想，浪漫的夸张，它的思想内容和精神本质归根到底还是和"社会上的存在"相通。

既强调艺术的特殊性，又重视艺术与生活的一致性，鲁迅的艺术真实论闪耀着辩证法的光辉。在文艺批评和创作实践中，鲁迅坚决反对两种不正确的真实观，即：艺术上的自然主义和主观主义。

自然主义者提出"妙肖自然"的口号，采用照相师的手法，复制生活原型或罗列日常生活现象。他们宁可牺牲抒写自由，标榜"忠实于客观"，其实他们所要求的客观真实，是违背生活规律的。艺术真实当然不排除自然形态描写，现实主义还要求细节的真实；但艺术真实还要求对自然形态进行加工改造，从人物和事件的描写中揭出事物之间相互的必然的联系。换句话说，艺术真实要求把自然形态的描写和典型形态的描写和谐地结合起来。歌德说："艺术家对于自然有着双重关系：他既是自然的主宰，又是自然的奴隶。他是自然的奴隶，因为他必须用人世间的材料来进行工作，才能使人理解；同时他又是自然的主宰，因为他使这种人世间的材料服从他的较高的意旨，并且为这较高的意旨服务。"①艺术家既"用人世间的材料"写出生活真实，又使这些材料服从他的"较高意旨"（创作目的），才能达到本质真实。

鲁迅深谙艺术创作规律，他对忠实记事或罗列生活现象的自然主义描写提出批评说："新闻的记事"也可以写成"文艺作品"的，不过那记事，那小说，却"并非文艺"，这种机械地记录事实的作品正是"不应该这样写"的"标本"。（《且介亭杂文二集·不应该那么写》）有一种观点认为，文艺作品是写真人真事的，论者常以有无事实根据作为评判作品真伪优劣的标准。清代文学家纪晓岚批评《聊斋志异》失去真实，其根据是："小说既述见闻，即属叙事，不比戏场关目，随意装点，……今燕妮之词，蝶押之态，细微曲折，摹绘如生，使出自信，似无此理；使出作者代言，则何从而闻见之，又所未解也。"②两个人说的悄悄话，主人公的心理活动，作者何以晓得这样精细呢？纪晓岚以为文艺作品全靠事实来取得真实性，所以作品中的描写一与事实不合，他就产生了幻灭之感。鲁迅指出，这种看法的偏颇就在于不懂得"这一切是创作，即是他个人的造作"，"只要知道作品大抵是作者借别人以叙自己，或以自己推测别人的东西，便不至于感到幻灭，即有时不合事实，然而还是真实。"（《三闲集·怎么写》）文艺作品毕竟不是新闻纪事，它在虚构的或根据生活原型改造的人物、事件中显出社会生活的真谛来。那些表面上全是事实，好像没有破绽的作品，牺牲了抒写自由，反而丧失了艺术真实。所谓"幻灭之来，多不在假中见真，而在真中见假"，实在是鲁迅对艺术与自然的辩证关系十分精彩的概括。

有一种流行的创作倾向，以为暴露社会黑暗的文艺作品可以自然主义地罗列丑恶，把黑暗势力代表人物写得无论怎样脏、乱、丑、怪皆无不可。表面上追求逼真，客观上等于展览丑恶，破坏了艺术美感和严肃性。

---

① 朱光潜译：《歌德谈话录》，人民文学出版社1978年版，第137页。
② 纪晓岚：《姑妄听之》，转自《鲁迅全集》第4卷，人民文学出版社1981年版，第27页。

在鲁迅看来，并非自然状态下的一切事物都可以写进文艺作品："世间实在还有写不进小说里面去的人。倘写进去，而又逼真，这小说便被毁坏。譬如画家，他画蛇，画鳄鱼，画龟，画果子壳，画字纸篓，画垃圾堆，但没有谁画毛毛虫，画癞头疮，画鼻涕，画大便，就是一样的道理。"（《且介亭杂文末编·半夏小集》）自然主义地描写恶德丑行，有很大的片面性，结果是越写得逼真，越是破坏了艺术真实，其社会效果绝对不会好的。

暴露黑暗的文艺作品怎样描写黑暗势力和丑恶现象呢？鲁迅小说给我们提供了有益启示。他塑造反面形象总是联系着广大的社会背景，一刻也不放松对旧制度和旧思想的批判，尤其深恶痛绝宋明以来理学家们所宣扬的旧礼教。他总是倾注全力解剖反面人物的灵魂，从他们言行相悖，表里不一，透视其凶残、虚伪、卑怯的本性，他不是自然主义地搜罗黑幕秽闻，陈列堕落丑行。小说中有时会出现反派人物的形象系列，构成对不幸者施加压迫的黑暗环境，从而令人信服地展示悲剧的社会历史根源。鲁迅笔下的群丑，无论鲁四老爷、赵太爷、四铭、高老夫子那样的绅士阶级，还是康大叔、陈老五、蓝皮阿五、半瓶雪花膏那样的帮凶，都写得神情毕肖，个性鲜明。这些精心刻画的黑暗势力代表人物，经过艺术折光，也具有审美价值。它把生活中复杂的矛盾和斗争，历史发展的曲折和反复，真实生动地描绘出来，从而帮助人们反思历史、审视现实，激发人们参与社会改革，以坚韧的斗争从黑暗势力桎梏下解放出来。

艺术上的主观主义突出地表现为虚假、矫情的描写。此类作品不是从客观存在的社会生活出发，而从主观愿望和幻想出发；不是依据现实生活进行合乎情理的想象虚构，而是随心所欲、自欺欺人地制造谎言。鲁迅指斥这类作品是"瞒和骗"的文艺。旧文艺中公式化的团圆主义就是一种典型的"瞒和骗"文艺，其要害在于"闭着眼睛便看见一切圆满"，"于是无问题，无缺陷，无不平，也就无解决，无改革，无反抗。因为凡事总要'团圆'，正无须我们焦躁，放心喝茶，睡觉大吉。"（《坟·论睁了眼看》）团圆主义用谎言掩盖真相，粉饰太平，对读者有很大的欺骗性和麻痹作用，严重地妨害人们看清社会生活中的缺陷和问题，阻遏社会改革的进程。

　　"瞒和骗"的文艺都有一种矫揉造作、虚情假意的特点。旧的连环画本《二十四孝图》中，老莱子"戏彩娱亲"那样的"艺术品"，就是虚伪说谎文艺的极致。七十岁的老莱子身着五色斑斓之衣，取水上堂，诈跌仆地，作婴儿啼，戏于父母之侧。鲁迅说："像这些图画上似的家庭里，我是一天也住不舒服的，你看这样一位七十岁的老太爷整年假惺惺地玩着一个'摇咕咚'。"（《朝花夕拾·后记》）孩子对父母撒娇，出于天性和真情，有一种自然真率之美；老莱子"戏舞学娇痴"，装佯作假，侮辱了孩子，又欺骗了读者，实在是将肉麻当有趣。"有真意，去粉饰"，乃艺术创作之要旨，倘以矫饰的伪情和虚假的作态来编造作品，注定会丧失艺术真实性。

　　"瞒和骗"的文艺有多种表现形态。粉饰太平、吟弄风月之作只是一种，而盲目地赞颂铁和血的作品也值得注意。他说："现在气象似乎一变，到处听不见歌吟风花雪月的声音了，代之而起的是铁和血的赞颂。然而倘以欺瞒的心，用欺瞒的嘴，则无论说 A 和 O，或 Y 和 Z，一样是虚假的；只可以吓哑了先前鄙薄花月的所谓批评家的嘴，满足地以为中国就要中兴。"（《坟·论睁了眼看》）此类赞美"铁和血"的文艺不敢正视革命斗争中的残酷和艰苦，或抱有革命的罗曼蒂克幻想，往往以狂热叫喊和廉价乐观自欺欺人。30 年代左翼文坛出现了一些刻画工农形象的作品，有些作者以为，凡革命艺术都应大刀阔斧，乱砍乱劈，画农民偏要涂上满脸血污，画工人故意画成斜视眼，拳头比脑袋还大，鲁迅对这种全凭主观想象，随意涂抹的恶劣倾向严肃批评："无产者的革命，乃是为了自己的解放消灭阶级，并非因为要杀人，……德国的无产阶级革命（虽然没有成功），并没有乱杀人；俄国不是连皇帝的宫殿都没有烧掉么？而我们的作者，却将革命的工农用笔涂成一个吓人的鬼脸，由我看来，真是鲁莽之极了。"（《南腔北调集·辱骂和恐吓决不是战斗》）随意涂抹工农和盲目赞颂革命的作品，表面雄壮威烈，实际上歪曲革命。这种"硬装前进"说假话的做法，"其实比直抒他固有的情绪还要坏，因为前者我们还可以看见

社会中某一部分人的心情的反映，后者便成为虚伪了。"（《书信·350616
致李桦》）

1925年，鲁迅在《论睁了眼看》中强烈声讨"瞒和骗"的文艺，并向
20世纪中国文坛大声疾呼："世界日日改变，我们的作家取下假面，真诚
地，深入地，大胆地看取人生并且写出他的血和肉来的时候早到了；早就
应该有一片崭新的文场，早就应该有几个凶猛的闯将!"鲁迅特别强调艺术
家的"真诚"。真正的艺术家都把"真诚"作为艺术创作最首要的条件，
托尔斯泰甚至认为："缺乏真诚的，执着的态度，那么就不可能产生艺术
作品"①。"真诚"之本质表现就是艺术家对描写对象的关怀和热爱，这种
爱促使艺术家敢于直面人生，大胆、深入地揭出社会矛盾和斗争，推动艺
术家去寻找最完美的形式，将生活中的真善美艺术地表现出来。鲁迅在这
里提出的"取下假面，真诚地，深入地，大胆地看取人生并且写出他的血
和肉来"的创作原则，对中国现实主义文艺的发展产生了不可估量的影
响，成为20世纪最为宝贵的文学传统。

三、真实性与理想性相一致

现实主义文艺要求按照生活本身的辩证法描写现实。作为创作主体的
文艺家，既要真实地反映现实，还要把对旧世界的揭露和对新世界的赞美
辩证地统一起来，把描写现实和表现理想辩证地结合起来。就像高尔基所
说的：文艺家"必须学习怎样在腐朽的垃圾的烟气腾腾的灰烬中看见未来
的火光爆发并燃烧起来。"②鲁迅在文艺实践中，不仅重视文艺的真实性，
也一贯强调文艺的理想性，主张真实性与理想性的统一。

灾难深重的年代，深深感受到民族哀痛的鲁迅，其作品主要是"和黑
暗捣乱"，但他并不认为文艺的旨趣单是"暴露"和"破坏"。《再论雷峰
塔的倒掉》中，他对"破坏"与"建设"的关系作了辩证阐述："无破坏

---

① 转自钱中文：《现实主义和现代主义》，人民文学出版社1987年版，第438页。
② 转自钱中文：《现实主义和现代主义》，人民文学出版社1987年版，第207页。

即无建设，大致是的；但有破坏即未必有新建设。"鲁迅希望文艺家像尼采、易卜生、卢梭那样做旧轨道的破坏者，但不认同"有破坏即有建设"那样极端化的观点。"破坏者"各有不同：有寇盗奴才式的破坏者，"志在掠夺或单是破坏"，企图从破坏中占一点小便宜，这种丧失理想的破坏，"结果只能留下一片瓦砾，与建设无关"；我们要"革新的破坏者"，因为他"内心有理想的光"，在新的社会理想指导下破坏，建设也就在其中了。鲁迅告诫改革者留心堕入"寇盗奴才式"的行列，特别强调"理想之光"在社会改革和文艺建设中的积极作用。

在20年代的革命文学论争中，鲁迅反复强调革命文学要有"对于将来的理想"，他说："旧社会将近崩坏之际，是常常会有近似革命性的文学作品出现的，然而其实并非真的革命文学。例如，或者憎恶旧社会，而只是憎恶，更没有对于将来的理想；或者也大呼改造社会，而问他要怎样的社会，却是不能实现的乌托邦。"（《三闲集·现今的新文学的概观》）只是憎恶、暴露旧社会的作品，和只是大呼改造社会的作品，因其缺少合乎社会发展规律的"对于将来的理想"，都不能称为"真的革命文学"，充其量不过是"近似革命性的文学作品"。

真实性与理想性相统一的观点，在鲁迅小说中有充分体现。他说新文艺运动的"主将是不主张消极的"，所以他便有意"删削些黑暗，装点些欢容，使作品比较的显出若干亮色"（《南腔北调集·〈自选集〉自序》）例如在《药》的瑜儿的坟上"凭空"添上一个花环，在《明天》里不叙单四嫂子竟没有做到看见儿子的梦，《在酒楼上》那废园里，几株老梅斗雪开放着满树的繁花，山茶的红花在雪中明得如火。鲁迅确信"希望在于将来"，不愿将自以为苦的寂寞传染给正在做着好梦的青年，无论环境怎样森然可怖，他的作品总能给人增添勇气和信心。狂人那天马行空，扫荡一切旧物的战斗意气和"容不得吃人的人活在世上"的社会理想，激动了多少"五四"青年的心。茅盾回忆他初读《狂人日记》的心情说："只觉得受到一种痛快的刺戟，犹如久处黑暗的人们骤然看见了绚丽的阳光"。①鲁迅当时还没有掌握科学的世界观，但他严格遵循现实主义创作法则，按照生活本身的辩证法描写现实，因此能够在作品中展现属于未来的因素，而对于属于未来的年青一代就有很大的召唤力。

当代文坛出现了一种片面追求"写真实"的倾向，好像文艺家从事创作既不要有"较高的意旨"，也无须前进的理想，有的作家甚至把才华用于展览社会生活中形形色色的丑闻秽行，用于颂扬暴力和色情。此类"逼真"的描写，除了满足一部分精神贫血的人们的好奇心，绝不能产生艺术的审美愉悦，反而降低了作品的艺术品位。女作家毕淑敏说得好："我并不拒绝描写生活的黑暗和冷酷，只是我不认为它有资格成为主导。生活本身是善恶不分的，但文学家是有善恶的，胸膛里应该跳动温暖的良心。在文学术语里，它被优雅地称为'审美'"②。她所说的"温暖的良心"，自然包含了对于理想之光的审美追求，真正的艺术家总是善恶分明地用生活中的美和属于未来的东西去点亮人心。

必须强调指出，现实主义文艺表现"理想之光"，并不要求文艺家描写根本不存在的现实，而是坚实地扎根在大地上，通过对客观生活过程合乎逻辑的描写，去表现现实中的理想。20年代，有的作家"要以他的理想和意志去补天然之缺陷"，试图凭空创造理想人物。典型形象创造中的这种"造神"倾向受到鲁迅批评。中篇小说《玉君》的作者杨振声精心编造曲折离奇的偶然性情节，将时代女性的理想品德集萃于主人公玉君身上，鲁迅评曰："他要'忠实于主观'，要用人工制造理想的人物。……然而这是一定的：不过一个傀儡，她的降生也就是死亡。我们此后也不再见这位作家的创作。"（《且介亭杂文二集·〈中国新文学大系〉小说二集序》）不是从社会生活出发，单凭主观幻想，从抽象的时代精神出发，人工制造理想人物，玉君这个新女性形象当然没有艺术生命力。

30年代，韩侍桁提出艺术典型可由作家根据"社会存在之可能"，随

---

① 《茅盾论创作》，上海文艺出版社1980年版，第105页。
② 转自《南方文坛》1998年第4期，第29页。

心所欲地创造出来，鲁迅指出这种论调的唯心实质："倘如韩先生所说，则小说上的典型人物，本无其人，乃是作者按照他在社会上有存在之可能，凭空造出，于是而社会上就发生了这种人物。他之不以唯心论者自居，盖在'存在之可能（二字妙极）'句，以为这是他顾及社会条件之处。其实这正是呓语。莫非大作家动笔，一定故意只看社会不看人（不涉及人，社会上又看什么），舍已有之典型而写可有的典型的么？倘其如此，那真是上帝，上帝创造"。（《书信·331220致徐懋庸》）在文学与社会的关系上，韩侍桁采用"诡辩"术否定文学描写社会生活的创作原则，企图动摇文学上的写实主义；鲁迅告诫作家不可"舍已有之典型而写可有之典型"，对脱离社会生活"凭空造出"理想人物的"造神"倾向提出尖锐批评，坚持了现实主义创作原则。

这种艺术上的"造神"理论对创作和批评均有不良影响。1929年，青年作家叶永蓁根据亲身经历发表自传体小说《小小十年》，尽管作品存在一些缺点，鲁迅还是热情肯定它真实地写出了"背着传统"的知识青年怎样艰难地走向革命。在为这部书所写的"小引"中，鲁迅说："我极欣幸能介绍这真实的作品于中国，还渴望'重上征途'以后之作的新吐的光芒。"（《三闲集·叶永蓁作〈小小十年〉小引》）小说出版后，受到"貌似彻底的革命者"的挑剔，指责作者所描写的革命"不是求民族复兴而是在个人求出路而已。"针对求全责备的论调，鲁迅又作《非革命的急进革命论者》予以反驳："倘说，凡大队的革命军，必须一切战士的意识，都十分正确，分明，这才是真的革命军，否则不值一晒，这言论，初看固然是很正当，彻底似的，然而这是不可能的难题，是空洞的高谈，是毒害革命的甜药。"革命军中每个战士的终极目的尽管不同，但无论个人主义者还是集团主义者，射出的子弹是一样地能够致敌于死命。"倘若要现在的战士都是意识正确，而且坚于钢铁之战士，不但是乌托邦的空想，也是出于情理之外的苛求。"鲁迅严厉谴责要求"描写美满的革命，完全的革命人"的"造神"理论，这种论调既违背生活逻辑，又不合艺术规律，对文艺创作贻害无穷。现代中国革命文艺运动的曲折发展，证明鲁迅上述意见实为历史性的预言，具有超越时空的意义。

真实性与理想性相统一的观点，是鲁迅评论文艺作品成败得失的重要视角。古典小说评论中，鲁迅指出《三国演义》的缺点是："写好的人，简直一点坏处都没有；而写不好的人，又是一点好处都没有。其实这在事实上是不对的，因为一个人不能事事全好，也不能事事全坏，譬如曹操他在政治上也有他的好处；而刘备，关羽等、也不能说全无可议，但是作者并不管它，只是任主观方面写去，往往成为出乎情理之外的人。"(《中国小说史略·附录 中国小说的历史的变迁》)鲁迅不反对正面人物写得完美些，反面人物写得丑陋些，但这种描写必须符合生活真实，不能"出乎情理之外"。《三国演义》作者只凭主观想象去写，结果"作者所表现的和作者所想象的，不能一致。如他要写曹操的奸，而结果倒好像是豪爽多智；要写孔明之智，而结果倒像狡猾。"人物描写方面，《红楼梦》则远胜一筹："和从前的小说叙好人完全是好，坏人完全是坏大不相同，所以其中所叙的人物，都是真的人物。"(《中国小说的历史的变迁》)

实际生活中，人的性格是复杂多样的，文艺作品不能按照"好人""坏人"的简单归类刻画人物，只有"好处说好，坏处说坏"，才能写出"真的人物"。鲁迅欣赏《毁灭》，认为这部小说写出了"真的活的人"。红军游击队长莱奋生是一位"铁的人物"，但不是完美无缺的革命者，他"不但有时动摇，有时失措，部队也终于受日本军和科尔却克军的围击，一百五十人只剩了十九人，可以说，是全部毁灭了。"这部书好就好在它真实地描写了斗争的残酷，革命事业的艰难，没有违背生活真实凭空造出"理想"人物。鲁迅幽默地说："这和现在世间通行的主角无不超绝，事业无不圆满的小说一比较，实在是一部令人扫兴的书。"(《译文序跋集·〈毁灭〉后记》)《毁灭》从一支游击队的毁灭，显现出新社会即将在血和火的洗礼中诞生的"理想之光"。鲁迅指出："革命有血，有污秽，但有婴孩。这个'溃灭'正是新生之前的一滴血，是实际战斗者献给现代人们的大教训。"(《译文序跋集·〈毁灭〉第一部一至三章译后记》)真实性和理想性统一，使这部小说成为俄罗斯"新文学中的一个大炬火"，具有很强的艺术生命力。

鲁迅关于文艺真实性的理论与实践最强烈地体现了20世纪中国文学的现实主义精神，它是救治当下文艺创作中各种时弊的药石，也是建设社会主义新文学最可宝贵的历史遗产。从伤痕文学开始的新时期文学，原是以现实主义崛起为旗帜的，后来由于西方现代主义思潮引入，现实主义文学面临严峻挑战。有人把现实主义当作过时的东西加以排拒，甚至公然提出"游戏人生""告别现实主义"口号，他们闭塞眼睛不去观察人生世情，不去关心民众生活和命运，热衷于虚构远古洪荒的传奇，或津津乐道于个人隐私、身边琐事。还有人祭起"写真实"的旗号，"告别革命""告别崇高"，狂热地制作贵族化、脂粉气和媚俗化的文艺，用萎靡颓废的情调煽动猥劣的情感，替社会上疯狂的物质欲望推波助澜。他们把现实主义文学直面人生，贴近现实，弘扬时代主旋律的优秀传统抛到九霄云外去了。

世纪之交的中国文坛呼唤鲁迅"为人生"的现实主义传统。百年中国文学发展的历史早已表明：中国作家过去没有逃避人生，现在不能告别现实，今后大抵也不能只是关在自己的花园里像小鸟一样啼唱。

［原载《安徽师范大学学报》（人文社会科学版）2000年第1期，原标题为《写出人生的血和肉来——鲁迅关于文艺真实性的辩证思考》］

鲁迅论文艺创作的自觉性

鲁迅早年在教育部担任佥事期间，为发展文艺事业，起草了《拟播布美术意见书》，继《摩罗诗力说》之后，集中阐释了早期文艺美学思想。鲁迅指出，美术有三要素："一曰天物，二曰思理，三曰美化。"所谓"天物"，就是生活真实，人世间的材料；所谓"思理"，就是艺术家的创作理性，思想情感；所谓"美化"，就是审美创造，艺术的形式和技巧。他还说："美术云者，即用思理美化天物之谓"。在三要素的关系分析中，鲁迅认为生活是创作的基本材料，又强调指出创作理性在艺术创作活动中的自觉能动作用，从而坚持了唯物主义的文艺美学观。

近年来，由于受到西方非理性主义文艺思潮影响，有些研究者热衷于炒作非理性、非自觉性的创作理论，片面夸大其表现范围，甚至否定文艺创作活动中创作理性的制约作用。研究鲁迅关于文艺创作自觉性的美学主张，深入分析文艺创作独具的表现特性，对于推动鲁迅文艺美学思想研究，匡正非理性主义文艺创作思潮的理论偏颇，有迫切的现实意义。

一、文章之于人生

作为一种社会存在，人的艺术活动同其他实践活动一样，是一种社会历史活动，即使是相对独立的意识活动也要受到各种物质的、社会的因素制约。人脱离一般动物界而成为社会生物，他与动物或野蛮人的重要区别就是具有自觉意识。列宁说："本能的人即野蛮人没有把自己同自然界区分开来，自觉的人则区分开来了。"①自觉的人具有自觉的能动性，有目的地能动地认识、掌握并改造世界，人的这种自觉能动性表现在人的一切活动领域。恩格斯说："在社会历史领域内进行活动时，全是具有意识的、经过思虑或凭激情行动的、追求某种目的的人，任何事情的发生都不是没有自觉的意图、没有预期的目的的。"②文艺创作活动是一种高层次的能动自觉活动，作家、艺术家总是自觉地以创作理性（首先是审美意识）为导向，以功利价值（社会价值和审美价值）为目的，能动地进行艺术创造活动。契诃夫指出："假如有个作家对我夸耀说，他写小说并没有事先想好的意图，而只是凭一时的兴会，那我就要说他疯子"。③契诃夫的话虽然未免辛辣，但他以自己的创作经验表明，无目的、无功利的艺术实际上是不存在的。

"五四"新文学运动前后，中国文坛流行着"消闲"的、"游戏"的、"为艺术而艺术"的文学观点。鸳鸯蝴蝶派的创作宗旨是将文艺当作茶余饭后的消遣品，他们一再强调文艺的趣味性、娱乐性和秘闻性。《礼拜六》周刊的《出版赘言》就大力鼓吹这种阅读消遣的趣味性："买笑耗金钱，觅醉碍卫生，顾曲苦喧嚣，不若读小说省俭而安乐也。……晴曦照窗，花香入座，一编在手，万虑俱忘，劳瘁一周，安闲此日，不亦快哉！……况小说之轻便有趣如《礼拜六》者乎？"④他们把创作视为纯粹的消遣、享乐活动，以为文艺关心社会人生是"卑琐""迂俗"的，只有言情、黑幕、神怪、武侠等等才是"脱俗""美丽"的。前期创造社则高张"为艺术而艺术"的旗帜，提出文艺无目的、无功利的理论主张。成仿吾在《新文学的使命》中表达的观点最有代表性："文学的创作，本来只要是出自内心的要求，原不必有什么预定的目的。"他要求作家"除去一切

---

① 列宁：《哲学笔记》，人民文学出版社1960年版，第90页。
② 《马克思恩格斯选集》第4卷，人民出版社1972年版，第243页。
③ 《外国作家谈创作经验》，山东人民出版社1980年版，第847页。
④ 《礼拜六》第1期，1914年6月6日出版。

功利的打算，专求文学上的全与美。"

　　跟当时文坛的唯美主义时尚相反，鲁迅一开始从事文艺创作，就公开宣告了用文艺实行思想启蒙的功利取向。1933年鲁迅回顾写小说的"主见"说："自然，做起小说来，总不免有些主见的，例如，说到'为什么'做小说罢，我仍抱着十多年前的'启蒙主义'，以为必须是'为人生'，而且要改良这人生。我深恶先前的称小说为'闲书'，而且将'为艺术而艺术'，看作不过是'消闲'的新式的别号。所以我的取材，多采自病态社会的不幸的人们中，意思是在揭出病苦，引起疗救的注意。"（《南腔北调集·我怎么做起小说来》）后来他在评论《新潮》作者群的创作倾向时又说过："（《新潮》）又有一种共同的趋向，是这时的作者们，没有一个以为小说是脱俗的文学，除了为艺术之外，一无所为的。他们每作一篇，都是'有所为'而发，是在用改革社会的器械。"（《且介亭杂文二集·〈中国新文学大系〉小说二集导言》）这是鲁迅关于文艺创作目的论最具经典意义的表述，鲁迅不仅阐明了"为人生"的创作主张，还否定了各种称小说为"闲书"的无目的、无功利的文艺观。

　　鲁迅所说的"人生""社会"，不是一个抽象概念，有着丰富的现实内容，包含有深刻的生命体验。他从自己的亲身经历和阅读俄国文学作品中，发现社会上存在着压迫者和被压迫者，意识到阶级压迫和民族压迫现象。正如后来他在《祝中俄文字之交》中所说："从现在看来，这是谁都明白，不足道的，但在那时，确是一个大发见，正不亚于古人的发见了火的可以照暗夜，煮东西。"从此立志要为被压迫者而呼号，而战斗。他所谓的"为人生""改革社会"，也不是一些空洞的启蒙主义口号，既有很强的现实针对性，又充盈着参与社会改革的巨大热情。在鲁迅看来，实行民族自我批判，创造历史上从未有过的"第三样时代"，正是文艺应当自觉承担的历史使命。

　　在早期著作中，鲁迅对文艺创作目的性和功利性发表了非常独到的见解。他认为"文章之于人生，其为用决不次于衣食，宫室，宗教，道德"（《坟·摩罗诗力说》），他研究各国文化盛衰和民族兴亡的历史，一再强调文艺和"邦国之存"有密切的关系。他说介绍外国文艺到中国来，"我当时的意思，不过要传播被虐待者的苦痛的呼声和激发国人对于强权者的憎恶和愤怒而已"（《坟·杂忆》）。他还说"讽刺画本可以针砭社会的痼疾"，给人们"指出确当的方向，引导社会"（《热风·随感录四十六》）。鲁迅重视文艺的功利价值，显然受到传统士大夫文学"文以载道"观念的影响；他批判老子的"不撄人心"，张扬"反抗挑战"的摩罗诗力，都是其社会功利观念的鲜明表达。不过，鲁迅关注文艺的社会功能，不好片面诠释为对政治宣传和道德教育简单、机械的配合，他一向反对"沾沾于用"的狭隘功利观。

他指出："一切美术之本质，皆在使观听之人，为之兴感怡悦。文章为美术之一，质当亦然。与个人暨邦国之存，无所系属，实利离尽，究理弗存。"（《坟·摩罗诗力说》）他还说："实则美术诚谛，固在发扬真美，以娱人情。比其见利致用，乃不期然之成果。沾沾于用，实嫌执持。"（《坟·拟播布美术意见书》）鲁迅指出了两点：其一是功利效用的间接性。文艺用形象来表达，而不是用科学学理来表达（"究理勿存"），它没有直接的功利目的（"实利离尽"）。它与个人生死、国家存亡没有直接关系。如果拘泥于实用功利，未免太过迂执了。其二是功利效果的多元性。文艺的本质在"发扬真美，以娱人情"，不仅具有间接的社会功利价值，而且具有丰富的审美价值，它通过审美趣味、审美知觉、审美理想、审美教育等一系列审美活动，使人的心灵受到撞击，滋养。文艺之力"足以渊邃人之性情，崇高人之好尚"，使人"高洁之情独存，邪秽之念不作"（《坟·拟播布美术意见书》）。在鲁迅看来，文艺的社会效果是融真、善、美和知、情、意为一体的综合整体效应，而不是单一的政治、道德教育作用。鲁迅在《摩罗诗力说》中提出的"文章不用之用"的美学观点，是对文艺功利作用的间接性及多元性的一种特殊表达。

二、用思理美化天物

关于创作自觉性的理论内涵，大抵从两方面界定：其一是作家须具有明确的创作目的性；其二是创作活动受到理性思维所控制。当我们把问题讨论引向第二个层面时，遇到了更多的困难。文艺史上许多作家和理论家认定文艺创作活动是清楚自明的能动自觉行为。比如黑格尔说："认为真正的艺术家不知道自己做什么，这是一个错误的想法。"①托尔斯泰也强调理智对于创作过程的支配作用："（我常常）反复地考虑我目前这部篇幅巨大的作品的未来人物可能遭遇到的一切。为了选择其中的百万分之一，要考虑数百万个可能的遭遇。"②另有一些同样伟大的作家和理论家却发出完全不同的声音。康德认为荷马和牛顿不同，"（诗人）自己并不知晓诸观念是怎样在他内心里成立的，也不受他的控制"。③普希金在短篇小说《埃及之夜》（第一章）中借一位即兴诗人之口，描述了创作过程中非自觉、无意识的行为状态："任何天才都说不出，雕刻家怎样在大理石中看到隐藏在里面的丘比特，并且用刀和锤打碎它的外壳，把它引导到世上来？为什么思想、诗句从诗人的头脑中跳出来时，已经以四韵武装着，带着匀称的节奏？除了他本人，别人无法理解为何印象传递得这样迅速，无法理解诗人的灵感同异己的外部意志之间如此紧密的联系……"这两种意见到底谁更正确呢？且听听鲁迅的意见罢。

在《拟播布美术意见书》中，鲁迅强调人有两种本性，即感受性和能动性："盖凡有人类，能具二性：一曰受，二曰作。受者譬如曙日出海，瑶草作花，若非白痴，莫不领会感动；既有领会感动，则一二才士，能使再现，以成新品，是谓作。"文艺创作活动中，鲁迅把"受"放在第一位，个人感受性是创作的前提；而"作"是"受"的结果，第二

---

① 黑格尔：《美学》第 1 卷，人民文学出版社 1962 年版，第 349 页。
② 参看《外国作家谈创作经验》，山东人民出版社 1980 年版，第 774 页。
③ 康德：《判断力批判》上卷，商务印书馆 1965 年版，第 153—154 页。

位的东西。他承认"曙日出海，瑶草作花"（自然界和社会生活）是文艺创作的源泉，作家受到外部世界的刺激，才能"领会感动"，进入"再现"生活的创作过程。后来在《文艺与政治的歧途》中又指出："我以为文艺大概由于现在生活的感受，亲身所感到的，便影印到文艺中去。"在主体与客体、物质与精神、人与自然的关系上，鲁迅一贯地坚持了唯物主义反映论。

鲁迅关于文艺是"现在生活的感受"的"影印"的论述，非常透辟地揭出艺术感受活动的本质。作为一种创作心理活动，艺术感受离不开想象和幻想，但它总有一个客观触发物，决非凭空玄想，与现实生活无涉。同时这种对客观事物的感受又总是通过作家的头脑反映出来，艺术感受还具有浓厚的主观色彩，深深地打上个人思想情感的印记。现代心理学家皮亚杰用"S→AT→R"图式来解释人类认识的发生，其中，S属于客体物质的范畴，R属于主体意识的范畴，AT是主客体交流的中介，具有同化和调节作用，来自客体的刺激要经过主体认知结构（A）的改造和扩展（T），然后生成主体的反应（R）。[1]皮亚杰的发生认识论强调主体意识对客观物体的反应不是机械被动的，而是自觉能动的反应。它虽不能像辩证唯物主义认识论那样明确提出物质第一性、意识第二性以及意识对于存在的反作用关系等理论主张，但在认识的规律和表现形式上，却有相通之处。鲁迅的上述论述与皮亚杰的主客体双向交流图式有许多相似点。鲁迅所说的"现在生活"颇类似于S，作家的"感受"类似于AT，"影印"则类似于R。在鲁迅看来，文艺创作的源泉是社会生活，文艺作品是作家的头脑对于社会生活能动自觉的反映的产物，艺术感受活动就其本质而言，是主体与客体相统一、感性与理性相统一的复杂心理活动。

关于创作过程，鲁迅在《出关的关》中曾以三言两语作了非常精当的描述："例如画家的画人物，也是静观默察，烂熟于心，然后凝神结想，一挥而就"。文艺创作过程是一个异常曲折复杂的审美心理过程，鲁迅结

---

① 参看《皮亚杰学说及其发展》，陈孝禅等译，湖南教育出版社1983年版。

合创作经验，将创作过程分为三个阶段，即（一）"静观默察，烂熟于心"。这是创作主体对社会生活的观察、体验、分析，审美信息的接受、筛选、加工阶段，在"领会感动"的基础上，初步进入艺术构思；（二）"凝神结想"。这是艺术构思的深化阶段，包括题材的选择，人物的塑造，情节的铺陈，主题的表达等等。这一阶段，创作主体从直观知觉过渡到理性思维，达到高级审美心理活动的水平；（三）"一挥而就"。构思成熟了，就要运用精湛的艺术技巧和圆熟的语言文字将构思的成果（形象或意象）外化或物化为艺术作品。在文艺创作的艺术表达阶段，创作主体往往进入情绪激动、豁然贯通、文思泉涌、一气呵成这样奇妙无比的创作佳境；即便如此，艺术创作仍然受到理性的支配。事实上，鲁迅所说"用思理美化天物"，已强调了创作过程各阶段中"思理"因素的能动自觉作用。

鲁迅"用思理美化天物"的创作过程论，具有充分的心理学和生理学根据。苏联心理学家Ａ・Ｐ・鲁利亚指出，人脑有三个主要机能结构：（一）调节张力与觉醒的机能结构；（二）信息接受、加工与保持的机能结构；（三）活动的程序编制、调节与控制机能结构。任何心理活动的实现，都必须有这三大机能结构参加，文艺创作中的审美心理活动当然也不例外。审美心理活动尽管有其自身的特性，但它不能离开作家头脑对外界审美信息的接受、加工、保持和对活动程序的编制、调节、控制等一系列生理机制；审美心理活动也只有在大脑皮质处于最佳觉醒和最佳张力状态下才能进行。文艺创作中的爱恨情仇、哲理思考和道德评价，如果不是清醒状态下的理性意蕴所支配，是不可想象的。[①]

鲁迅强调创作过程中理性思维的制约作用，同时也充分注意到创作思维过程的特殊性。他说："从我似的外行人看来，诗歌是本以发抒自己的热情的，发讫即罢……"（《集外集拾遗・诗歌之敌》）他还引述卢那卡尔斯基"从喷泉里出来的都是水，从血管里出来的都是血"的名句，描述创作活动中的情感活动规律（《而已集・革命文学》）。《娜拉走后怎样》

[①] 参看杜书瀛：《文学原理・创作论》，人民文学出版社2001年版，第274—277页。

中，他说易卜生"不过是做诗"，而不是有意识地提出问题来代为回答，"就如黄莺一样，因为他自己要歌唱，所以他歌唱，不是要唱给人们听得有趣，有益。"鲁迅这些意见，深刻揭示出创作过程中某些微妙的心理活动特点。在整个创作思维过程中，艺术家的注意中心是情感的升华和表达。当创作主体的感知兴奋完全被情感所占有，沉浸于充满了激情的创造活动时，他难以进行清醒的理智性思考，也不可能站在旁观者的地位冷静观察。就像普希金、康德和许多有成就的大作家所描述的那样，文艺创作过程中确实存在着与灵感相伴相生的无意识、非自觉的心理现象。

在与"为艺术而艺术"派的文艺论争中，鲁迅明确表示，文章是"挤"出来的，和什么高超的"烟土披离纯"（灵感）呀，"创作感兴"呀之类"不大有关系"（《华盖集·并非闲话（三）》）；后来在文艺大众化的讨论中又指出："以为艺术是艺术家的'灵感'的爆发，像鼻子发痒的人，只要打出喷嚏来就浑身舒服，一了百了的时候已经过去了。"（《且介亭杂文·论"旧形式的采用"》）。鲁迅对于把灵感神秘化，片面强调无意识、非自觉心理现象对创作起到决定性作用的观点，一向持反对态度。但他并不否定创作过程中确实存在着灵感、感兴这类心理现象，上文所述"一挥而就"的创作境界，其实就是鲁迅对创作过程中灵感现象最直白、最素朴的表达。鲁迅还说过，他不赞成"先前那样十步九回头的作文法"，作文"应该立定格局之后，一直写下去，不管修辞，也不要回头看。……在创作的途中，一面练字，真要把感兴打断的。"（《书信·351125致叶紫》）这里所说"立定格局"，是创作思维活动的主导，是"写下去"的前提，强调了创作理性的自觉性；而"一直写下去""感兴"，则类似于灵感的突发性和无意识心理活动的连续状态。可见，鲁迅对于灵感、感兴之类无意识、非自觉的审美心理现象采取了一种有条件的承认态度。在文艺创作过程中，灵感和感兴并不是一种毫无前因、无迹可寻的神秘心理现象，突然的意象闪现和心灵顿悟（无意识），源自对现实生活的"静观默察"，受制于呕心沥血、惨淡经营的"凝神结想"（意识活动），它是作家艺术家个人经验的积淀，它和创作主体在长期社会实践中自觉形成的心理定式密不可分。就像一位理论家所形容的："创作心理活动如同一条流动着的河，有意识的自觉的因素与无意识的非自觉的因素互相交融、翻滚着向前运动，——并且是在社会历史的河床规范下向前运动，表现出一种天然的状态。"①

三、"遵命文学"与创作自由

马克思主义认为，自觉自由的活动是人的本质特征，人们实践活动的自觉性和创造的自由性密切相关。马克思所说的自由，当然不是随心所欲的游戏人间，也不是滑稽玩世的调侃文学，而是指创造主体在认识并掌握事物内在规律之后的意志自由。因此，文艺创作的自觉性离不开创作的自由性，如果作家失掉了创作自由，就不能充分认识并遵循艺术审美规律进行自觉的创作活动。鲁迅的"遵命文学"观，就是对创作自觉和创作自由的关系之精辟表达。他说"既然是呐喊，则当然须听将令的了"，不过"我所遵奉的命令，不是皇上的圣旨，也不是金元和指挥刀，而是我自己愿意遵奉的命令。"（《呐喊·自序》）还说："好的文艺作品，向来多是不受别人命令，不顾厉害，自然而然地从心中流露的东西。"（《而已集·革命时代的文学》）《新青年》时代开始，鲁迅就以睿智而深刻的理性精神和强健而坚韧的自由意志从事文学活动，既坚持了符合艺术目的性的自觉的审美创造，又充分展开了以情感因素为旨归的自由的审美创造。

文艺创作是高度个性化的审美创造活动，创作自由是文学艺术永葆生命活力的基本保证。鲁迅熟谙文艺创作的内在规律，特别强调创作活动中情感因素"自然而然地从心中流露"，在各个时期的文艺论争中，他批判了狭隘的功利观和破坏创作情绪的不良倾向。革命文学论争中，他指斥那些"先有了'宣传'两个大字的题目，然后发出议论来的文艺作品"是"教训文学"（《三闲集·怎么写》）；"九·一八"事变后，上海画报上出

---

① 杜书瀛：《文学原理·创作论》，人民文学出版社2001年版，第319页。

现了"白长衫的看护服，或托枪的戎装的女士们"，而一些"远路的'文人学士'便大谈'乞丐杀敌'，'屠夫成仁'，'奇女子救国'一流传奇式古典，想一声锣响，出于意料之外的人物来'为国争光'"，鲁迅称之为"玩把戏"的文艺（《二心集·新的"女将"》）；他还告诫左翼作家："无须在作品的后面有意的插一条民族革命战争的尾巴，翘起来当作旗子"；当文艺堕入某种观念的传声筒或某项具体政策的图解时，"那全部作品中真实的生活，生龙活虎的战斗，跳动着的脉搏，思想和热情"便荡然无存。（《且介亭杂文末编·论现在我们的文学新运动》）

在鲁迅看来，好的文艺作品是自然而然、情不自禁地创造出来的，如果一味强调创作理性的有意识的控制，那样的作品就会矫情，就会失真。给友人的信中，鲁迅写道："文人作文，农夫掘锄，本是平平常常，若照相之际，文人偏要装作粗人，玩什么'荷锄带笠'图，农夫则在柳下捧一本书，装作'深柳读书图'之类，就要令人肉麻。"（《书信·340602致郑振铎》）他特别反感于《二十四孝图》中的"老莱子娱亲"图，讥评曰："讽刺和冷嘲只相隔一层纸，我以为有趣和肉麻也一样。"文艺创作犹如童心复活与再现，本来应是自然、纯真的感情流露，倘若有意为之，往往事与愿违。鲁迅用做梦和说梦的不同来说明这个道理："做梦，是自由的，说梦，就不自由。做梦，是做真梦的，说梦，就难免说谎。"（《南腔北调集·听说梦》）文艺创作就像做梦似的，作家一任自己的感情自然流淌，从而获得艺术的真实。"变戏法"的艺术也是一样，倘若有意而为，就会虚假；如果无心而作，反而有真。"幻灭之来，多不在假中见真，而在真中见假。"（《三闲集·怎么写》）有意为之、装腔作势之作，最易引起读者大众的幻灭之感。

感情不能直接作注意的对象，"感情一经注意，则立即消失或变为别的东西。"这是一条普遍的心理学规律。"我们正在快感的时候，去注意，去内省，要想分析这种快乐是怎样的性质，此时所谓快感本身即逃去。因为内省之态度与快或不快之感情，是不两立的。"①现代心理分析派作家安图·伊伦茨维格在《艺术中隐藏的秩序》一书中讲述过一则关于蜈蚣的寓言："当人们问它是如何使自己上百只腿同时动起来时，这个可怜的动物便开始认真思考和回想它自己的动作，谁知这样一来，却再也不能像原来那样使上百只腿一起动了。"②这一寓言说明，当器官聚精会神于自己对象的时候，就会失掉自己；文艺创作过程中如果注意力集中于某一点进行有意识的控制和思考，往往不能同时控制审美创造中同时出现的诸多因素。

张扬创作过程中的自由意志，并不意味着可以放弃作家的社会责任和使命意识。因为，"人是社会存在物"（马克思语），没有任何个人不是以社会成员的身份出现的，社会性是人深层心理的本质属性，社会责任感是作家发自心灵深处的高尚情感之真诚、自由的表现。别林斯基认为艺术应该为社会服务："夺去艺术为社会利益服务的权利，这是贬抑它，却不是提高它，因为这意味着夺去它底最泼辣的力量，即思想；使之成为消闲享乐之物，游手好闲的懒人玩具。"③歌德认为诗人应该表现民族的灵魂："一个伟大的戏剧体诗人如果同时具有创造才能和内在的强烈而高尚的思想情感，并把它渗透到他的全部作品里，就可以使他的剧本中所表现的灵魂变成民族的灵魂。我相信这是值得辛苦经营的事业。"④跟艺术史上那些伟大作家、理论家一样，鲁迅从弃医从文那时起，就把他意识到的"改变国民精神"的历史使命宣告于世了。

鲁迅认为，真正的艺术家应该具有"进步的思想和高尚的人格"，从事革命文学创作的作家艺术家要做"革命人"。他说："我以为根本问题是在作者可是一个'革命人'，倘是的，则无论写的是什么事件，用的是什么材料，即都是'革命文学'。从喷泉里出来的都是水，从血管里出来的都是血。"（《而已集·革命文学》）革命作家在个人的自由创造中，只有

① 魏肇基：《心理学概论》，世界书局民国21年版，第121—122页。

② 转自滕守尧：《审美心理描述》，中国社会科学出版社1985年版，第421页。

③ 别林斯基：《1847年俄国文学的一瞥》，《别林斯基选集》第2卷，上海译文出版社1979年版，第427—428页。

④ 《歌德谈话录》，人民文学出版社1978年版，第128页。

融合了深厚的革命情感和进步的社会意识，才能写出革命文学。人不能在一刹那中命令自己具有某种情感或不具有某种情感，人的情感是在长期社会实践中积淀而成的，它像喷泉里的水，血管里的血，于创作过程中自然而然地流淌出来。因此，从事革命文学创作的作家，必须在革命的血管里面流淌它几年。

　　总之，文艺创作活动中个人自由意志的追求和社会责任感、历史使命感的追求应该是相融合、相一致的，脱离人的社会实践本性来讨论创作自由和自觉，往往会陷入片面性。有研究者指出："文学创作既需要自由同时又必须有社会责任感，关键是要在这二者之间保持适度的张力，既不能听任自由排斥责任感，又不能以责任感扼制自由，应像一些伟大作家那样，自然地体现出责任感，使责任感化为一种心灵的自由。"①这是对文艺创作活动中个性自由和社会责任二者关系切中肯綮的分析。

　　　　［原载《穿越时空的对话——鲁迅的当代意义》，安徽教育出版社2004年版］

---

　　① 饶德江、秦志希：《论文学创作的自发性与自觉性》，见《武汉大学学报》（社会科学版）1990年第3期。

理论与方法：鲁迅小说批评的实践

在现代文艺批评史上，鲁迅的文艺批评是一道独特风景。从最初选择文学事业那时起，鲁迅就无意于做一个理论批评家，但他的整个文学生命从未离开过文艺批评。他是一位创造美的作家，其小说和杂文都蕴有批评意味；他又是一位以文学参与社会变革的启蒙思想家，他的诸多文章、书信、序跋都带有文艺批评性质，他以作家和启蒙思想家的双重身份参与文艺批评，并以作家、启蒙思想家的方式和眼光进行文艺批评活动。作为现代中国一位杰出的小说家，鲁迅无意于建构小说诗学，但他在小说理论批评实践中留下了带有鲜明个性特点的大量著述，这份遗产无疑是新文学批评传统中最为珍贵的部分，对于当下文艺批评实践和理论建设，具有方法论的启迪意义。

一、以"真实"为核心内容的批评标准

1934年，鲁迅在《批评家的批评家》一文中提出问题："我们曾经在批评史上见过没有一定圈子的批评家吗？"他自答道："都有的，或者是美的圈，或者是真实的圈，或者是前进的圈。没有一定圈子的批评家，那才是怪汉子呢。"所谓"圈子"，可以解释为思想倾向和艺术主张大体相同的批评家群体，也可理解为文艺批评的标准和尺度。鲁迅所说的"真实的圈""前进的圈""美的圈"，其实是彼此相关的三个美学评价尺度，文艺

创作脱离了"真实的圈""前进的圈",就不可能达到"美的圈"。《什么是"讽刺"》中,鲁迅强调"'讽刺'的生命是真实","因为真实,所以才有力",可见他特别看重文艺的真实性;在《我们要批评家》《对于批评家的希望》等文中,他还要求批评家"真懂得社会科学及其文艺理论",以"催促"文艺"向正确,前进的路",希望批评家从文艺中"发掘美点""扇起文艺的火焰来"。鲁迅重视艺术的"真"("真实的圈"),也不忽视艺术的"善"("前进的圈")与"美"("美的圈"),真、善、美是鲁迅全面衡量文艺作品美学价值的三个标尺,"真实"是鲁迅视为艺术"生命"的评价标准。

鲁迅所要求的"真实",当然不是生活原型的复制和模仿,不是"忠实于客观"的自然主义描写,因为"世间实在还有写不进小说里面去的人。倘写进去,而又逼真,这小说便被破坏。"(《且介亭杂文末编·半夏小集》)这"真实"也决非虚伪的粉饰或矫情的作态,他严厉批评旧文艺中公式化的"团圆主义"和《二十四孝图》中老莱子"戏彩娱亲"一类教孝故事是"瞒和骗"的文艺。鲁迅所要求的"真实",是"可以缀合,抒写者,只要逼真,不必实有其事"(《书信·331220致徐懋庸》)的艺术典型形式的真实,就像黑格尔所说的:"艺术家之所以为艺术家",全在于他"把真实放到正确的形式里,供我们观照,打动我们的情感。"①

20世纪20年代,新潮社作家杨振声宣称要"忠实于主观","要以他的理想与意志去补天然之缺陷",要用"说假话"的方法制造理想人物。依照这法则,他在中篇小说《玉君》中塑造了时代女性玉君形象。不是从现实生活出发,按照生活本身的逻辑塑造人物,而是全凭"想象力",精心编造曲折奇巧的情节,"用人工制造理想人物"。鲁迅批评玉君这样的女性形象"不过一个傀儡,她的降生也就是死亡。"(《且介亭杂文二集·〈中国新文学大系〉小说二集序》)"革命文学"论争中,有些革命文学论者向文艺要求"政治价值对艺术价值的统治权",初期革命文学创作出现了

---

① 黑格尔:《美学》第1卷,商务印书馆1979年版,第352页。

相当普遍的公式化、概念化和标语口号式倾向，为了矫正这种忽视艺术创作规律的文坛弊端，鲁迅提出"写真的活的人"的创作主张。他盛赞《红楼梦》"和从前的小说叙好人完全是好的，坏人完全是坏的，大不相同，所以其中所叙的人物，都是真的人物。"[①]肯定法捷耶夫的《毁灭》是一部"和现在世间通行的主角无不超绝，事业无不圆满的小说"完全不同的书，因为它写了"真的活的人"。红军游击队长莱奋生是大众的"先驱"，"铁的人物"，但他"有时动摇，有时失措"，并非是完美无缺的英雄，他的部队也终于受到日本军和白匪军的围歼而全部毁灭。在《〈毁灭〉第二部一至三章译后记》中，鲁迅针对当时中国文坛的"造神"风气提出尖锐批评："中国的革命文学家和批评家常在要求描写美满的革命，完全的革命人，意见固然是高超完善之极了，但他们也因此终于是乌托邦主义者。"鲁迅如此严厉地谴责"造神"论者，因为他们完全无视革命事业的艰难，现实生活的多变，人物性格的复杂性；艺术上的"造神"论调既违背生活逻辑，也不合艺术规律，它对文艺创作的危害早已为历史所证明。

二、社会学批评与美学批评的有机结合

20世纪初，鲁迅为提倡文艺运动发表的《文化偏至论》《摩罗诗力说》等文，并非纯粹的文学评论，带有社会文化批评性质；后来从事小说创作，也没有将小说抬进文苑的意思，不过是想借它的力量实行思想启蒙。作为小说家，鲁迅从事小说批评的目的、视角和方法，跟同时代许多职业批评家不同。他没有接受过严格的专业化的文艺理论与批评训练，他的批评视野不限于文学艺术，广泛地涉及社会、人生、历史、文化领域。他的小说批评密切关注作家作品与社会人生的联系，关注作品所传达的时代精神和社会心理，着重阐发作品的社会意义和道德价值，因此鲁迅的小说理论批评本质上是一种社会学的文艺批评。

---

① 鲁迅：《中国小说的历史变迁》，《鲁迅全集》第9卷，人民文学出版社1981年版，第338—323页。

作为现实主义作家，鲁迅在批评活动中特别关注作品的题材选择和主题倾向。他指出，《八月的乡村》是一部"说述关于东三省被占的事情的小说"，它写出东三省被日军侵占后民众的觉醒和义勇军的抗战，"显示着中国的一份和全部，现在和未来，死路和活路。"（《田军作〈八月的乡村〉序》）他着重评述了小说的思想性和社会反省意义。叶永蓁的自传体长篇《小小十年》写一个从旧家庭走向革命的青年十年间的思想和生活，鲁迅说它的艺术"生命"正在于"描出了背着传统，又为世界思潮所激荡的一部分的青年的心"，"至少，将为现在作一面明镜，为将来留一种记录"。（《三闲集·叶永蓁作〈小小十年〉小引》）冯沅君的《旅行》也是"五四"以后"毅然和传统战斗，而又怕敢和传统战斗，遂不得不复活其'缠绵徘恻之情'的青年们的真实的写照"；（《且介亭杂文二集·〈中国新文学大系〉小说二集序》）后两篇（部）小说因其真实地写出一部分青年的时代情绪和社会心理，得到鲁迅肯定性的评价。

运用社会学方法评述小说文本时，鲁迅并不忽视艺术的审美特性。《对于批评家的希望》中，他对混淆文学和非文学的区别，"到文坛上来践踏"的批评家提出异议："愿其有一点常识，例如知道裸体画和春画的区别"；他还以厨子和食客的关系比喻作家和批评家的关系，希望吃菜的没有"嗜痂之癖"，没有喝醉了酒责怪厨子"何以不去做裁缝或去造房子"。

艺术典型形式的真实性，是鲁迅艺术批评的一个聚焦点。鲁迅认为："在小说里可以发见社会，也可以发见我们自己"，（《集外集·文艺与政治的歧途》）因而作家必须"参加到社会里去"，依据现实生活提供的材料进行艺术加工、艺术概括，创造出社会上"已有之典型"，而不是"可有的典型"。（《书信·331220致徐懋庸》）他欣赏《小小十年》写出一个"现代的活的青年"，"旧的传统和新的思潮，纷纭于他的一身，爱与憎的纠缠，感情和理智的冲突，缠绵和决撒的迭代，欢欣和绝望的起伏，都逐着这'小小十年'而开展"；（《三闲集·叶永蓁作〈小小十年〉小引》）而葛琴的短篇小说集《总退却》描写的"人物并非英雄，风光也不旖旎，然而将中国的眼睛点出来了"（《南腔北调集·〈总退却〉序》）；他还向中国读者推荐果戈理的《死魂灵》,高度评价作者把"五个地主的典型"写得"真是生动极了","直到现在,纵使时代不同,国度不同,也还使我们像是遇见了有些熟识的人物"。(《且介亭杂文二集·几乎无事的悲剧》)鲁迅首肯两位中国作家人物描写和环境描写的典型性,而果戈理则技高一筹,他用"平常事,平常话"深刻地写出俄国社会生活中"几乎无事的悲剧"。鲁迅自己的小说创作,则运用"杂取种种人,合成一个"的典型化方法,创造出阿Q、祥林嫂、孔乙己、吕纬甫、魏连殳这样一些"老中国的儿女",经久不衰的艺术典型。

　　鲁迅熟谙艺术的审美规律,他能够十分精细地品味、分析各种小说文本艺术上的独创性。《中国小说史略》评述《儒林外史》的独特风格是"戚而能谐,婉而多讽",作者之所描写"多据自所闻见,而笔又足以达之,故能烛幽索隐,物无遁形",特别是人物描写,"声态并作,使彼世相,如在目前";全书"虽非巨幅,而时见珍异,因亦娱心,使人刮目矣。"他还指出《金瓶梅》的"作者之于世情,盖诚极通达",小说艺术表现上的特点是"凡所形容,或条畅,或曲折,或刻露而尽相,或幽伏而含讥,或一时并写两面,使之相形,变幻之情,随在显见"。这类确切而中肯的艺术分析,可见出鲁迅很强的审美感受力和审美判断力。后来为柔石《二月》和萧红《生死场》所作的两篇序文,也能看出他的审美批评特色。柔石作〈二月〉小引》深入剖析了主人公萧涧秋性格的复杂性及其生存境遇,"他极想有为,怀着热爱,而有所顾惜,过于矜持",他终于决心遁走,"恐怕是胃弱而禁食的了"。鲁迅认为萧涧秋是近代青年的"一种典型","周遭的人物,也都生动",小说的技术是"工妙"的。《萧红作〈生死场〉序》则以精美的文字评论《生死场》艺术和精神的特点:"这自然不过是略图,叙事和写景,胜于人物的描写,然而北方人民的对于生的坚强,对于死的挣扎,却往往已经力透纸背;女性作者的细致的观察和越轨的笔致,又增加了不少明丽和新鲜。"两篇序文不仅充分肯定了二位左翼作家长篇新作的艺术成就,而且透辟地阐明了作品的思想价值和时代意义,真正做到了社会学批评和美学批评的完美统一。

三、历史的观点和辩证思维方法

早期论文《文化偏至论》中鲁迅就提出，研究和批评特定时代的文化思想或文学现象，必须做到"稽求既往，相度方来"，探究"其原安在，其实若何，其力之及于将来也又奚若"。后来在《上海文艺之一瞥》中又重申上述观点："惟有明白旧的，看到新的，了解过去，推断将来，我们的文学的发展才有希望。"在鲁迅看来，文艺批评家应有自觉的历史意识，考察错杂纷纭的文学现象，不能割断历史。

他的开山大著《中国小说史略》提供了运用历史的、发展的观点探索文学发展规律的范本。该著对中国小说的历史发展有一宏观描述，认为汉以前的小说多用以"喻道""论政"，魏晋志怪以"幻设为文""为赏心而作""远实用而近娱乐"，鲁迅对魏晋小说的艺术进步是重视的。唐之传奇源出于志怪，但风气大变，"虽尚不离于搜奇记逸，然叙述婉转，文辞华艳"；演进到宋代，"文人之为志怪，既平实而乏文采，其传奇又多托往事而避近闻，拟古且远不逮，更无独创之可言矣"。宋传奇的成就和影响远不如唐传奇，唐传奇对元、明的影响只及于戏曲，清代犹存"拟晋唐小说及其支流"。鲁迅对历代小说审美特征和来龙去脉的描述，可谓透辟之至。该书每章的首段都有关于社会风尚或文化气氛的介绍，寥寥数百字，为小说的文体变迁提供了背景，交代了根由。例如，为什么南朝、宋代出现《世说新语》，而六朝志怪会转变为清谈小说呢？鲁迅认为，其一是魏晋以来，文人以清谈为高尚，凭名士风度即可进身，于是记录名士言行的《世说新语》应运而生；其二是那时释教、老庄大盛，佛老面目为二，本质则一，"相拒而实相扇，终乃汗漫而为清谈"，是为清谈小说之所以产生的文化哲学基础，这就深刻地揭示出《世说新语》产生的社会历史原因。《〈中国新文学大系〉小说二集序》是鲁迅评论20年代文学研究会、创造社、太阳社之外小说创作的长篇导论，该文以历史顺序梳理近十年的小说创作，从流派视角评论了思想倾向和艺术风格相近或相异的作家作品。作者尤为关注文学与社会思潮的联系，并从社团、流派的起伏消长，展现第一个十年小说发展的大体轮廓。作家作品评论既顾及流派特征，又不忽视个人风格，既突出重点，又不废全面，真正做到了全面与重点相结合。该文"史"的梳理有条不紊，流派兴衰演变和作家作品评论也极精到恰当，堪称运用历史观点和辩证思维方法进行小说理论批评的经典大文。

　　具体到作家作品评论，鲁迅认为"至少要知道作者的环境、经历和著作"（《而已集·魏晋风度及文章与药及酒之关系》）；"倘要论文，最好是顾及全篇，并且顾及作者全人，以及他所处的社会状态，这才较为确凿。"（《且介亭杂文二集·"题未定"草（六至九）》）"三顾及"就是运用历史观点和辩证思维方法评论作家作品的方法。《金瓶梅》被世人视为"淫书"，鲁迅联系明代"万事不纲"的社会背景和"不以纵谈闺帏方药为耻"的世俗颓风，脱去表象，析其真谛，做出客观公允的评价："作者之于世情，盖诚极洞达"，"至谓此书之作，专以写市井间淫夫荡妇，则与本文殊不符，缘西门庆故称世家，为缙绅，不惟交通权贵，即士类亦与周旋，著此一家，即骂尽诸色"。[①] 30年代，叶紫《丰收》中的六个短篇写出了"太平世界的奇闻"，为什么叶紫不写静穆幽远之作，而要写"战斗"的作品呢？鲁迅指出："他的经历，却抵得太平天下的顺民的一世纪的经历，在转辗的生活中，要他'为艺术而艺术'，是办不到的。"（《且介亭杂文二集·叶紫作〈丰收〉序》）从社会状态和作者个人经历两个层面探究原因，就较为确凿有力。即使是标榜"为艺术而艺术"的作家作品，鲁迅也不一概排斥。他说弥洒社的作品"大抵很致力于优美"，但赵景云的《阿美》"好像不能'无所为'，却强有力的写出了连敏感的作者们也忘却的'丫头'的悲惨短促的一世。"浅草—沉钟社发表过《沉自己的船》那样"绝处求生"的好作品，此外的许多作品则低唱"春非我春，秋非我秋"的断肠之曲，这是"那时觉醒起来的知识青年的心情"的真实反映；加以他们从域外摄取来的营养又是"'世纪末'的果汁"，于是只好悲哀

① 鲁迅：《中国小说史略》，《鲁迅全集》第9卷，人民文学出版社1981年版，第180页。

孤寂地放下了他们的箜篌。(《且介亭杂文二集·〈中国新文学大系〉小说二集序》)鲁迅早年特别欣赏勃兰兑斯对西欧、波兰和俄国文学的批评,而勃兰兑斯文学思想的一个来源便是丹纳的种族、环境、时代三元素说,这种特别关注地域环境、文化气氛、种族色彩和作家心态的批评方法,显然得到鲁迅的重视并运用于批评实践。他不赞成"就事论事"的论文,而提倡"知人论世",既是中国古代批评方法的传承,也和西方批评理念一脉相承,他在中西方批评理论之间找到了一个很好的契合点。

在文艺批评活动中,鲁迅倡导开放的眼光和比较研究方法。他认为批评家应有广博的世界识见和开阔的理论视野,"批评以英美老先生学说为主,自然是悉听尊便的,但尤希望知道世界上不止英美两国"(《热风·对于批评家的希望》),他主张多看社会科学及其文艺理论的书。早在《科学史教篇》里他就提出了比较分析的批评方法:"盖凡论往古人之文,加之轩轾,必取他种人与是相当之时劫,相度其所能至而较量之,决论之出,斯近正矣。"《摩罗诗力说》最早显露出鲁迅的比较文学才能,他以西方摩罗诗人作参照,表达了中国出现"精神界之战士"的渴望。运用比较文学方法进行小说理论批评,多有创造性的发现和精彩评论。《〈中国新文学大系〉小说二集序》以勃兰兑斯所说的"侨民文学"作参照,评述蹇先艾、许钦文、王鲁彦等人的小说,不是照搬外来概念,而是重新命名为"乡土文学"。他说这些人的作品无论主观或客观,从北京方面说只是"侨寓文学",因为"侨寓的只是作者自己,却不是这作者所写的文章,因此也只见隐现着乡愁,很难有异域情调来开拓读者的心胸,或者炫耀他的眼界。"他从地域特点、思想情绪和艺术风格等方面界定了"乡土文学"的流派特征,在研究史上颇具开创性意义。评论向培良的作品,也注意到西方思潮的影响。向培良的小说《我离开十字街头》发出"虚无的反抗者"响亮的战叫,"在强有力的憎恶后面,发现更强有力的爱"。人们在这里"听到了尼采声",而这正是狂飙社进军的鼓角,其战叫也"说明着半绥惠略夫(Sheveriov)式的'憎恶'的前途。"这里,联系尼采虚无哲学对狂飙社产生的消极影响,剖析了向培良小说的复杂倾向,一针见血地指出作者由当初"很革命"而终至走向没落颓唐的思想根源。为柔石、叶紫、萧军等人的小说作序时,也常以外国作家做比照,突现出左翼青年作家的文学贡献。比如说《八月的乡村》在主旨和构图上受到《毁灭》的影响,但其"结构和描写人物的手段,也不能比法捷耶夫的《毁灭》",于比较中阐明了小说的文学史价值和对于"现在的中国"的意义。

鲁迅在《作文秘诀》一文中指出,传统白描技法的特点是"有真意,去粉饰,少做作,勿卖弄",与骗人的障眼法反一调。"白描"式的求真、求实是作文的法则,也是文艺批评家应具备的基本品质。批评家要尽到剪除恶草,灌溉佳花的社会责任,就必须坚持"好处说好,坏处说坏"的辩证法,不为尊者贤者讳,只为实事求是言。《三国演义》是一部有"相当价值"的文学经典,鲁迅却指出它的三个缺点,其中之一就是"写好的人,简直一点坏处都没有;而写不好的人,又是一点好处也没有。……只是任主观方面写去,往往成为出乎情理之外的人。"[1]被世人诟骂的《金瓶梅》,鲁迅则为之辩诬,认为"同时说部,无以上之",充分肯定了它在小说史上的地位。[2]鲁迅不赞成"用一个一定的圈子向作品上面套,合就好,不合就坏"的批评态度,尤其反对那种合于私意的就"捧着它上天",不合私意的就"捺它到地里去"的粗暴作风。(《花边文学·批评家的批评家》)1929年《小小十年》出版后,《申报》上有人发表文章,说书中主角从军"目的不是求民族复兴而是在个人求得出路而已"。鲁迅对这种吹毛求疵的求全责备论极其反感,发表反驳文章《非革命的急进革命论者》,指出《小小十年》虽有"说理之处过于多"的缺点,却是一部有生命力的书,而那些"貌似彻底的革命论者,其实是极不革命或有害革命的个人主义的论客"。

鲁迅一生为培养文学新人倾注了大量心血,他对新人新作的批评,既

---

[1] 鲁迅:《中国小说的历史变迁》,《鲁迅全集》第9卷,人民文学出版社1981年版,第338—323页。

[2] 鲁迅:《中国小说史略》,《鲁迅全集》第9卷,人民文学出版社1981年版,第180、234页。

热情呵护，又严格要求，一向坚持"好处说好，坏处说坏"的原则。例如，看完《八月的乡村》初稿，他觉得"有些地方写得太露骨，头绪也太纷繁"，希望作者删去"说明而非描写的地方"。（《书信·350412致萧军》）《萧红作〈生死场〉序》中有"叙事写景，胜于描写人物"句，鲁迅后来说这句话"也可解作描写人物并不怎么好"；为什么在序文中不明说呢，"因为做序文，也要顾及销路，所以只得说的弯曲一点。"（《书信·351116致萧军、萧红》）他还指出张天翼早年的小说"有时失之油滑"，现在"切实起来了"，但有时"伤之冗长"，建议作者删去一些无损于全局的文字，让作品"更有精彩"。（《书信·330201致张天翼》）这些披肝沥胆、语重心长的批评建议，让我们触摸到鲁迅强烈的社会责任感和一颗温暖的艺术良心。

四、"评点"式文体和"主客融合"的境界

从文体来看，鲁迅小说理论批评和明清之际的古代小说评点有着一脉相承的联系。古代评点派一般不追求近代专题论著那样的独立性、系统性和严格的科学性，通常以零散的、感性的、具体的点评附于原作之中，在具体的品评中表达对作品、作家、时代和文学本体的鉴赏评议。鲁迅的批评文本，形式多样，精彩纷呈。除了《中国小说史略》和《中国小说的历史变迁》等专题论著之外，常见于他的许多序跋、杂感和书信。他并不着意于构筑小说诗学的理论大厦，而致力于实际的批评活动，以解决关系到文学事业发展的现实问题，他往往在中外作家作品的切实介绍和品评中，随感式地发表对于文学创作和社会人生的意见。这些批评文字既发扬了古代小说评点的优良传统，又汲取了西方现实主义、浪漫主义和现代主义文学批评的丰富营养。鲁迅"评点"式的批评文体，概括起来有如下几个特点：

一是从事实出发探究作品的动机和意义。

传统的小说评点要求一切评论都要从原著出发，为原著服务，而不是

从主观意旨或臆想出发。评点的目的是探究作者的创作动机和作品本身的意义与价值,只有从事实出发的批评才能于读者有益,单凭主观想象评论作品的是非曲直,往往将读者引入迷途。《红楼梦》批评史上,就出现过不少"经学家看见《易》,道学家看见淫"的主观主义批评家,闹出许多笑话。脂砚斋主人点明作者的动机"是欲天下人共来哭此'情'字",而世人"常把淫字当作情字,殊不知淫里无情,情里无淫"①;鲁迅联系世态人情和作者经历,点明被许多读者忽略了的地方:"盖叙述皆存本真,闻见悉所经历,正因写实,转成新鲜。"②俄国作家阿尔志跋绥夫的长篇小说《赛宁》因为描写性欲而遭到许多批评家抨击,鲁迅则依据原著所描写的主人公的言行,结合1905年革命前出现的"性欲运动"思潮,指出敏锐的作者"早在社会里觉到这一种倾向",遂写出"以性欲为第一义的典型人物来",批评家谴责作者"教俄国青年向堕落里走",其实是"武断"的;这种性欲描写倾向虽说是"人性的趋势,但总不免是颓唐。"(《译文序跋集·译了〈工人绥惠略夫〉之后》)这篇译后记实事求是地评述了《赛宁》思想倾向的复杂性及其在俄国文学史上的价值。

二是多样自由的形式和精粹优美的语言。

在文体样式上,古代小说评点通常是三言两语,"一语点破",自然也有长达十、百、千言的,往往以页眉评、行间评或双行夹评的方式附于作品之中,显得活泼、自由。古代小说评点的理论观点往往是经验性、具体化的,而评论文字则要求文学的精炼性。鲁迅小说理论批评汲取传统评点文体的优长,形式多样,长短不拘,不去追求专题论文那样缜密的逻辑性和严格的科学性,既有鸟瞰某个时段小说创作面貌的长篇导言,也有评介一两部(篇)作品的序跋或杂感,还有与友人讨论文学问题或作家作品的书信,等等。他总是看准批评对象的某些关节点,以精粹、优美的文字进行多层次、多角度的品评。

---

① 脂砚斋评:甲戌本《石头记》第八回。

② 鲁迅:《中国小说史略》,《鲁迅全集》第9卷,人民文学出版社1981年版,第234页。

我们先来欣赏《柔石作〈二月〉小引》开头的一段文字："冲锋的战士，天真的孤儿，年青的寡妇，热情的女人，各有主义的新式公子们，死气沉沉而交头结耳的旧社会……"鲁迅运用诗意的语言抒写个人的阅读感受，评述了《二月》所描绘的如蜘蛛网似的"无聊的社会"，然后点评小说主人公萧涧秋这个典型："浊浪在拍岸，站在山冈上者和飞沫不相干，弄潮儿则于涛头且不在意，惟有衣履尚整，徘徊海边的人，一溅水花，便觉得有所沾湿，狼狈起来。"鲁迅说萧涧秋正落在这境遇里，"他其实并不能成为一小齿轮，跟着大齿轮转动，他仅是外来的一粒石子，所以轧了几下，发几声响，便被挤到女佛山——上海去了。他幸而还坚硬，没有变成润泽齿轮的油。"这里，鲁迅运用丰富的比喻，鲜活的形象，传达出批评主旨，可谓"思理入妙，要言不烦"，真正做到哲理思辨和诗性语言的完美统一。《田军作〈八月的乡村〉序》则是另一类批评文体。先以多半篇文字叙述中国历史和现状，用以印证爱伦堡批评法国上流社会的名言："一方面是庄严的工作，一方面却是荒淫与无耻！"然后仅以一小段文字点评田军小说的主题和意义，最后再以它"当然不容于中华民国"来反证"这是一部好书"。爱伦堡的名言在序文中反复出现三次，可见这部抗日小说不同凡响的时代意义。这篇鲁迅自称为"不像序"的序文显然不合一般批评文字的样式，而批判性的命意，随想性的结构，讽刺性的语言，分明呈现出杂文的文体特征。

三是"主客融合"的艺术批评境界。

文艺批评必须坚持从客观事实出发的认知逻辑，反对凭空臆造的主观主义，但不意味着主体和客体可以完全分开。按照现代哲学观点，"人不仅仅是认识的主体，而且是知、情、意等的统一体，人不应当仅仅把事物当作自己的外部对象而加以认识，而且原始地是和万物一体相通的；人在有了主客二分的自我意识之后，还能进而超越主客二分，在更高的水平上回复和进入主客融合、物我两忘的高远境界。"① 就是说，批评家和批评对象的关系，不应是主客二分的关系，而是主客融为一体的关系。

就批评旨趣而言，古代小说评点者常常将自己的评点视为一种再创造活动，他们往往把个人的审美趣味和思想感情融入批评对象之中，体现出很强的主观性。张竹坡甚至说："我自做我之《金瓶梅》，我何暇与人批《金瓶梅》也哉。"② 金圣叹腰斩、改编《水浒》，也强烈地表现出这种主观的批评精神。

鲁迅的小说批评文本主体性也强，但他不赞成全凭主观改制作品，而主张批评家"于解剖裁判别人的作品之前，先将自己的精神解剖裁判一回"。(《热风·对于批评家的希望》) 在与批评对象的心灵交流或文化对话中，他总是把自己的生命体验融入批评对象之中，真正进入了"主客融合"的高远境界。例如，《萧红作〈生死场〉序》指明萧红作品的"精神是健全的"，它给人民以"坚强和挣扎的力气"，文末突然笔锋陡转，袒露自己的心情："然而我的心现在好像古井中的水，不生微波，麻木地写了以上那些字。这正是奴隶的心！"但这作品终究还是"搅乱了读者的心"，证明了"我们还决不是奴才"。鲁迅把自己的生命体验忠实地传达给读者，以真诚的精神自剖，给读者以巨大的激励和鼓舞。这类文字显然达到了知、情、意相统一的境界。

在文学翻译活动中，鲁迅写过许多序跋，其中也不乏臻于"主客融合"境界的精粹之作。阿尔志跋绥夫的短篇《幸福》，写雪地上沦落的妓女和色情狂的仆人，揭露俄国社会黑暗和群众愚昧落后，鲁迅在《〈幸福〉译后记》里点评阿氏"如实描出"，"美丑泯绝"的写实本领；然后联系中国国情，感慨系之曰："人们偶然见'夜茶馆的明灯在面前辉煌'便忘记了雪地上的毒打，这也正是使有血的文人趋向厌世的主我的一种原

---

① 张世英：《序》，见严平：《走向解释学的真理——伽达默尔哲学述评》，东方出版社1998年版。

② 张竹坡：《竹坡闲话》，见方铭：《金瓶梅资料记录》，黄山书社1986年版，第178页。

因。"鲁迅由小说主人公的麻木健忘而鞭挞中国人相似的精神弱点并且透视出国内文艺思潮嬗变的社会思想根源。《〈爱罗先珂童话集〉序》和《〈狭的笼〉译后记》也是一流的序、跋，二文指出俄国盲诗人爱罗先珂童话的中心思想是"无所不爱，然而不得所爱的悲哀"，其中一些作品展现出作者纯洁美好的理想。鲁迅的序跋赞美了爱罗先珂为自由而斗争的"俄国式的大旷野的精神"，"深感谢"作者的"赤子之心"，热情希望"作者不要出离了这童心的美的梦，而且还要招呼人们进向这梦中，看定了真实的虹，我们不至于是梦游者（Somnambulist）"。在跨文化对话中，鲁迅以诗意的语言抒写出和爱罗先珂一样的爱恨情愁，表达了执着于现实斗争的意志和对作者的亲切关怀，创造出批评主体和客体"一体相通"的艺术境界。

当代一位批评家论及鲁迅文艺批评的文体说："他的方式应该说是传统的，而却到处闪烁着现代的光芒，因而多少像点评的行装，借着他一针见血的功力，洗尽了酸腐儒士的尘埃，晶莹剔透得叫人瞠目。"①这是中肯的意见。诚然，鲁迅个性化的小说理论批评在"传统"与"现代"之间架设了一座桥梁；它以深沉的历史感和洞若观火、追魂摄魄的艺术力量，为后世批评家提供了经典文本，它无疑也会成为"现在"通向"将来"的伟大桥梁。

---

① 许道明：《中国现代文学批评史》，江苏文艺出版社1995年版，第219页。

鲁迅与沈从文：文学观念和审美取向比较论

20世纪30年代群星璀璨的文艺家中，鲁迅和沈从文分别是"为人生"派和"为艺术"派的杰出代表。他们差不多在同一时段居住在北京和上海，可彼此从未谋面，从未交往，且多次发生争论；他们之间有过误会，但在30年代波谲云诡的文艺论争中，也有过默契，有过声援，还以非常确定的语言互相肯定彼此的文学成就。这种时有论辩而又彼此认同的微妙关系，跟他们的个人经历、文化背景、政治态度和文学思想有着密不可分的关系。本文就两位大师的文学思想和审美取向做些比较。

一、"启蒙主义"和"美与爱"的文学观

鲁迅当初是带着毁坏"铁屋子"的要求开始文学创作的。1933年，当普罗文学家标举"阶级斗争"旗帜时，他在《我怎么做起小说来》中，依然重申"十多年前的启蒙主义，以为必须是'为人生'，而且要改良这人生。"鲁迅的小说观念是对儒家为代表的"文以载道"的文学传统的现代传承，它公开承认文学的社会功利性和以深刻的理性精神参与社会改革历史进程的作用。当然它不是为圣人"立言"，而是向"病态社会的不幸的人们"启蒙，也不是天道不变、停滞僵化的观念，而要求改良和创新，表现出昂扬的反传统姿态。鲁迅小说创作的"第一关怀"是国民精神的改造，《呐喊》《彷徨》突显出"改革国民性"的文学主题。"启蒙主义"文

学思路的形成跟鲁迅少年时代"家道中落"的人生体验密切相关。"从小康坠入困顿"的经验使他较早地感受到世态炎凉,深刻地悟彻"人性恶"的一面,从此他从"逆子贰臣"的角度看取人生,批判现实,就像瞿秋白所形容的那样:"他是野兽的奶汁所喂养大的""他从他自己的道路回到了狼的怀抱"。①

沈从文在山高林密、蛮野荒僻的湘西边城度过了人生的金色岁月,血管里流淌着汉、苗、土家族的血液,苗族好侠尚义、勇武强悍的民风让他心仪。他从小最爱习读凤凰城内外"由自然和人事写成的那本大书",倾心于自然与现世微妙的光,稀奇的色,并且以独特的思索和想象去穷究万汇百物的动静。15岁进入湘西土著部队,在湘西、川东一带服役五年,经年所见都是流血漂杵的场面,仅一次怀化清乡,就亲见700人被杀,这份经验使他萌生了"乡下人"的强烈主体意识。他感悟到:"自然既极博大,也极残忍,战胜一切,孕育万生,蝼蚁蚍蜉,伟人巨匠,一样在他怀抱中,和光同尘。"山水自然的风华将沈从文塑成只为生命沉迷与痴狂的歌者,他希望释放所有的生命热情和创造力,为"神性"的生命著书立传,像伟大诗人但丁和曹雪芹那样,"能用文字,在一切有生陆续失去意义,本身亦因死亡毫无意义时,使生命之光,煜煜照人,如烛如金。"②沈从文以"乡下人"的眼光看世界,一再声称他"对政治无知识,对生命极关心",一个作者"不懂商业或政治,且极可能把作品也写得像样些"。③探究生命意义和人性光辉,是沈从文艺术创作的终极关怀。

倘说鲁迅是启蒙主义者或许并不全面,事实上鲁迅和沈从文一样,同是生命意志和悲剧生命的探究者。鲁迅早年接受过尼采、叔本华"生命意志"学说,极为重视个体生命的价值和尊严,特别强调人对于自然和社会的能动性、创造力。他考察历史和中国人的现实生存状况,在《我们现在

---

① 瞿秋白:《〈鲁迅杂感选集〉序言》,《鲁迅杂感选集》,上海出版公司1953年版,第3页。

② 沈从文:《烛虚》,《沈从文文集》第11卷,花城出版社1984年版,第265—277页。

③ 沈从文:《短篇小说》,《沈从文文集》第12卷,花城出版社1984年版,第114—126页。

怎样做父亲》中提出了"生命第一义"的观点："依据生物界的现象，一要保存生命；二要延续这生命；三要发展这生命（就是进化）。"这种建立在生物学基础上的"生命哲学"，成为"五四"时期鲁迅批判封建主义文明和资本主义文明的思想武器。后来在《两地书·二十四》中，他用"人道主义和个人主义相消长"来描述自己在"五四"退潮期的思想矛盾。所谓"个人主义"，不止于狂飙时代求人性解放、个性自由的昂扬意识，也充满着黑暗与虚无的生命体验和"梦醒了无路可以走"的悲怆情怀。鲁迅的文学创作既是直面人生的启蒙文学，也是直面自我的心灵传记，并没有停留在启蒙理性的认知层面上，而是向生命美学层面突进了。

沈从文通常被视为表现人性、倾心艺术的作家，其实他对文学与人生的关系还是有所肯定的。他认为作家对人生要有深厚的同情和悲悯，要有"特殊敏感"，才能"从一般平凡哀乐得失景象上，触着所谓'人生'"[1]。他并不认为文学可以脱离人生，只是不肯苟同"为人生"派强调文学对人生的绝对制约作用，不能赞同作家要抱着为人生的目的去创作，不同意作品内容要以是否符合人生来衡量。和鲁迅、茅盾等"为人生"派作家偏重于表现人的社会生活状态不同，沈从文着意于表现人的自然生命状态："我只想造希腊小庙。选山地作基础，用坚硬石头堆砌它。精致，结实，匀称，形体虽小而不纤巧，是我理想的建筑。这种庙供奉的是'人性'。"[2]沈从文的艺术观是超功利的，却不是超现实的；他要求文学挣脱"政治""宗教"和"商业"束缚，追求人性的美好和人类生存价值的明悟。他所憧憬的艺术，是高于人生、超脱人生的生命艺术；是一种把实用人生转化为审美人生，和人生接触又从人生中升华起来的人类精神想象的艺术。

沈从文视文学为人生的感悟和解脱，反对将文学作为实用工具，并不

---

① 沈从文：《短篇小说》，《沈从文文集》第12卷，花城出版社1984年版，第114—126页。

② 沈从文：《〈从文小说习作选〉代序》，《沈从文文集》第11卷，花城出版社1984年版，第49页。

否认文学具有美善人的情操，提升人类道德的社会功能。他梦想以文学进行"经典的重造"，"相信一切由庸俗腐败小气自私市侩人生观建筑的有形社会和无形观念，都可以用文字作为工具，去摧毁重建"。①他明确提出用小说进行"民族品德的重造"，还希望自己的工作"在历史上能负一点儿责任"。苏雪林从他的作品看出了拳拳爱国之心和挥之不去的社会责任，肯定他"想借文学的力量，把野蛮人的血液注射到老态龙钟，颓废腐败的中华民族身体里去，使他们兴奋起来，年轻起来，好在20世纪舞台上与别个民族争生存的权利"。②

诚然，沈从文给出的通常是"生命""人性"、"爱"与"美"这样一些抽象原则，他渴望兴起一场"美与爱"的新宗教以激发青年人对于生命"神性"的搜寻，他对于人类美好未来的种种设计，带有人道主义的空想色彩，在那个风沙扑面、狼虎成群的时代，他的文学梦想是无法实现的。沈从文自己也看出这剂药方不过是一个过于认真的"傻头傻脑的乡下人的打算"，他时常嘲弄自己好像"发了疯"，"简直是在同人类本来惰性争斗，同上帝争斗"。③

二、"拷问灵魂"和"美在生命"的审美取向

情志各异的文学观，使得鲁迅与沈从文的创作在审美取向、悲剧艺术等方面呈现出截然不同的特点。

鲁迅是带着对于"人性恶"的灰色记忆离开故乡，去寻找"别样的人们"的。在长期的精神漂泊中，他对"家族制度和礼教的弊害"以及人性异化的苦痛感同身受，他的肩上承载着中国知识分子过于沉重的忧患意识和社会责任。创作目的既然是"揭出病苦，引起疗救的注意"，作品便带有极其浓厚的社会批评和文明批评色彩。揭露社会黑暗，拷问人的灵魂，

---

① 沈从文：《长庚》，《沈从文文集》第11卷，花城出版社1984年版，第291页。

② 苏雪林：《苏雪林选集》，安徽文艺出版社1989年版，第456页。

③ 沈从文：《烛虚》，《沈从文文集》第11卷，花城出版社1984年版，第265—277页。

惊醒和召唤人们去创造没有人吃人的新的时代，成为《呐喊》《彷徨》的启蒙主题。在浙东"鲁镇"和"未庄"的社会背景上，鲁迅着力描写农民和知识分子的弱点和不幸，其本意并非蓄意展览污秽与丑陋，而是无情面地揭发国民性的自私、巧滑、卑劣，进而追问这些人性弱点产生的思想文化根源。《故乡》中的"我"痛心地发现人与人之间有一道"厚障壁"，阿Q欺侮小尼姑后"飘飘然的似乎要飞去了"，作者苦涩地指出："这或者是中国精神文明冠于全球的一个证据了"，他用反讽的笔调揭出古传的思想、等级制遗风正是人人之间有一道"高墙"的根源，也是闰土、阿Q们奴隶根性的由来。《狂人日记》《伤逝》《在酒楼上》《孤独者》等描写知识分子的小说，与其说是彰显先觉者的启蒙功业，毋宁说是对于启蒙主义本身的拷问和质疑。在《头发的故事》中，鲁迅借N先生之口质问"理想家"："你们将黄金时代的出现预约给这些人们的子孙了，但有什么给这些人们自己呢？"透露出鲁迅对启蒙主体精神弱点的历史沉思。

有论者正确指出鲁迅作品"没有具体现实的美的坐标"，但是否可以由此断定鲁迅生活里"没有爱，也没有诗"，"心几近于死"呢？鲁迅写过散文诗《好的故事》，他说这故事"美丽，幽雅，有趣，而且分明。青天上面，有无数美的人和美的事，我一一看见，我一一知道。"这故事"在昏沉的夜"里瞬间撕成碎片，不过眼前还留有"几点霓虹色的碎影"。这一篇象征地写出鲁迅对于美好人事、美好社会的诗意向往，事实上他从不放弃对理想人性的探寻。他笔下的小人物无论怎样落后庸愚，也总是透出蓬勃的生命力和灵魂里的洁白与光辉。鲁迅怀着憎与爱相交织的"大爱"感情，将丑恶指点给人看，召唤人们在"审丑"的艺术感悟中，更清醒地看到社会黑暗，从而"化丑为美"，达到净化人的灵魂，提升国民精神境界的目的。

沈从文则不同，他说："我过于爱有生的一切……在有生中我发现了美"[①]；"不管是故事还是人生，一切都应当美一些！丑的东西虽不全是罪

---

① 沈从文：《烛虚》，《沈从文文集》第11卷，花城出版社1984年版，第265—277页。

恶，总不能使人愉快，也无从令人由痛苦见出生命的庄严，产生那个高尚情操。"①他提出"美在生命"的美学命题，他所憧憬的文学建筑是供奉"人性"的希腊小庙。古希腊人在城邦民主制下形成了相对独立的人格和人类童年期所独具的对于"美的宗教"的单纯信仰，人们像天真的孩童那样以天国之美为最高境界，甚至像宗教徒似的顶礼膜拜。沈从文与古希腊人显然发生了共鸣，他不去写大丑大恶，而倾心于美的创造，他要用美妙的理想去"占有这一世纪所有青年的心"。《边城》里的翠翠，《三三》里的三三，《长河》里的夭夭，都是作者"美"的理想的化身，她们美丽，纯洁，智慧，从外表到内心都姣好无比。沈从文认为："好的文学作品除了使人获得'真美'感觉外，还有一种引人'向善'的力量。"②在他看来，"美就是善的一种形式"，美的极致就是善的极致，而"爱"则是美、善在审美形式上的集中呈现。围绕翠翠和傩送、天保的爱情故事，《边城》展开了湘西边地祖孙父子兄弟相亲，人人真诚友爱向善的世风民情。不仅老船夫勤劳本分，慈爱善良，边城居民重感情，轻钱物，是非分明，任侠仗义，也蔚然成风。翠翠的爱超越了任何世俗功利，这个情窦初开的少女的爱意，像山间溪水那样清澈透明，它是人类向善、爱美天性的自然流露，是人性美和人情美的极致。《边城》向世人展现了一种"优美，健康，自然，而又不悖乎人性的人生形式"，生命价值的美和善在这里得到最充分的肯定。京派批评家李健吾至为赞赏沈从文对生命美的追求："他热情地崇拜美。在他艺术的制作里，他表现一段具体的生命，……大多数人可以欣赏他的作品，因为它所涵有的理想，是人人可以接受，融化在各自的生命里的。"③

沈从文崇拜朝气，关心自由，赞美胆气大而强有力的人，鄙弃拘

---

① 沈从文：《看虹摘星录·后记》，《沈从文文集》第 11 卷，花城出版社 1984 年版，第 48—53 页。

② 沈从文：《短篇小说》，《沈从文文集》第 12 卷，花城出版社 1984 年版，第 114—126 页。

③ 李健吾：《边城》，《李健吾文学评论选》，宁夏人民出版社 1983 年版，第 52 页。

谨、小气、生殖力不足的萎靡生命；他带着新鲜热烈的山野气息登上文坛，热情讴歌健康、强悍、自然之美，尤其热衷于描写深山大泽中充满世俗欲望、放浪无忌的原始情爱行为。《雨后》把一对情侣"醉到不知人事"的快乐置放在云雨掩映、草木葱茏的野山之中，优美的自然环境和人物的浪漫行为配置得极为优美和谐。《旅店》表现女主人公黑猫"一种突起的不端方的愿望"，运用心理分析法细腻地书写了生命本能的情欲涌动过程。《柏子》叙述泊船上的水手与吊脚楼妓女的畸形恋，照样倾注出一腔热情，柏子白天爬桅杆夜晚睡女人，他心甘情愿地把铜钱和精力倾倒在一个妇人身上。在湘西人眼里，性爱是一种天赋的不可予夺的权利，是一尊和大自然一样庄严无比的神；沈从文看重的是性爱最为本质的层面：明朗自由，强悍有力，即使是畸形恋也自有一股刚健清新、生猛活泼的生命气息。

鲁迅和沈从文的审美理想颇有相通之处。在《摩罗诗力说》里，他希望借诗歌的力量"移人性情，使即于诚善美伟强力敢为之域"，他由衷赞美古代先民勇武战斗、前仆后继的原始生命力，高度评价拜伦、雪莱为代表的摩罗诗派"刚健抗拒破坏挑战之声"。可见二位作家都极力张扬生命的强力意志，鄙弃衰弱、疲惫的生命；所不同的是，鲁迅心仪反抗破坏的强力意志，沈从文神往优美和谐的生命形式。鲁迅也首肯性欲在人类生活中的合理性，认为"性欲是保存后裔，保存永久生命的事""饮食并非罪恶，并非不净；性欲也就并非罪恶，并非不净"。（《坟·我们现在怎样做父亲》）不过，鲁迅从来不写男女交欢，即使涉笔性欲和情爱，也与沈从文大相径庭。《肥皂》《高老夫子》从伦理道德层面揭露新、老国粹派潜意识里的邪恶欲望，精选的细节，深入的心理剖析，达到"无一字褒贬而情伪毕露"的艺术佳境。鲁迅仅有的一篇爱情题材小说《伤逝》，除了一句"我也渐渐清醒地读遍了她的身体，她的灵魂"有"性"的暗示，通篇不见性行为描写；却以浓浓的抒情笔调，叙述了一个撼动人心的爱情悲剧，对"五四"一代启蒙知识分子的精神弱点作了深刻反思。历史小说《补天》含蓄地表现女娲"性的发动",运用弗洛伊德学说解释人类始祖女娲创造力的源泉,既有对性欲的肯定,又注入了歌颂劳动、创造的时代生活内容。可见,鲁迅涉笔情爱的作品和沈从文大异其趣,他不屑于呈现形而下的性爱行为,只是透过性欲或情爱描写,艺术地表达启蒙主义的时代要求;沈从文则采取一种浪漫的广场化的方式,让天地万物、晨昏雨露、流水青山来见证湘西情侣生猛活脱、率性而为的性爱狂欢,他倾心于生命的美丽、自由与雄强。

三、"几乎无事的悲剧"和"心灵冲突的悲剧"

鲁迅和沈从文都是杰出的悲剧作家,都从普通人的日常生活取材,用悲剧性的人物和事件表现下层社会的苦难与不幸,他们的悲剧观和悲剧创作却呈现出不同的风貌。鲁迅晚年译介俄国"为人生"派作品《死魂灵》时发现:"人们灭亡于英雄的特别的悲剧者少,消磨于极平常的或者简直近乎没有事情的悲剧者却多。"(《且介亭杂文二集·几乎无事的悲剧》)所谓"几乎无事的悲剧",既有一般悲剧"将人生有价值的东西毁灭给人看"的审美特征,又触及悲剧的深层结构,即在一种冷静客观的平常人事的叙述中,抒写作者内心深处对于历史和人生的感悟与哀痛。《风波》叙述张勋复辟在偏僻乡村的一场"风波":"皇帝坐龙庭"的谣传引起被剪了辫子的农民七斤全家恐慌,地主赵七爷喜形于色,村民们幸灾乐祸,可是复辟"风波"一过,乡村又恢复了往日的贫穷与静寂。作者从普通人的灵魂深处构设悲剧,绘出一幅沉滞悲凉的乡村社会风俗画。此外,《故乡》《阿Q正传》《孔乙己》《示众》《伤逝》等也都是典型的"几乎无事的悲剧"。这些作品有别于古典"英雄悲剧"和"命运悲剧",它不是描写英雄人物的悲壮抗争,也没有展开两种力量剧烈的矛盾冲突,而是表现普通人在现实生活中观念和行为的对抗;它不像古典悲剧那样能够唤起人们"悲壮""崇高"的情感,而像果戈理小说那样,"以不可见之泪痕悲色,振其邦人"（《坟·摩罗诗力说》），或者像鲁迅所爱重的凯绥·珂勒惠支的版画那样，"用无声的描线，侵入心髓，如一种惨苦的呼声，希腊和罗马时候却没有听到过的呼声"（霍普德曼评语），使人们严肃地考虑问题而坐卧不安。

　　和鲁迅强调悲剧的社会性不同，沈从文更为关注心灵的冲突。他认为悲剧"不是死亡，不是流血，有时并且流泪也不是悲剧。悲剧应当微笑，处处皆是无可奈何的微笑。"悲剧的构成在于个体有一颗"顽固的心"，当事业或欲望受挫时，虽"能在新的道德观念内做一个新人，然而自己又处处看出勉强"，这种"心"的冲突就是悲剧。[1]在他看来，主体性意志受挫或毁灭就会酿成悲剧。《边城》集中体现了沈从文对于生命和人生的悲剧思考。天保自沉水底，傩送不知所终，老渔夫风雨之夜溘然长逝，翠翠在渡口茫然期待，清溪的白塔突然坍塌，……这一切无疑演绎了一出心灵悲剧，透露出作者内心"隐伏的悲痛"，也是作者面对理想与现实难解的矛盾而创设的一个遥远梦境。沈从文说，这里的"一切充满了善，然而到处是不凑巧。既然是不凑巧，因之素朴的善终难免产生悲剧。"[2]鲁迅意在揭示悲剧的历史必然性，而沈从文关于悲剧缘于素朴的善、"不凑巧"而受挫的说法，提示了悲剧的偶然性。

　　两位作家的悲剧创作，也因悲剧观的异趣而有所不同。就审美内容而言，鲁迅要求从"现在生活的感受"出发，写出人生的"血和肉"来；沈从文却说："神圣伟大的悲哀不一定有一滩血一把眼泪，一个聪明作家写人类痛苦或许是用微笑表现的。"[3]如果说鲁迅的悲剧作品是"严峻"人生，"苦难"审美，沈从文的作品则是"微笑"人生，"距离"审美，既然信仰"一切有生皆美"，就能以哀而不伤、悲而不绝的态度，诗化社会给

---

　　① 转自谢昉：《沈从文悲剧观的现代性体认》，《辽宁师范大学学报》（社会科学版）2008年第1期。

　　② 沈从文：《水云》，《沈从文文集》第10卷，花城出版社1984年版，第265—280页。

　　③ 沈从文：《废邮存底·给一个写诗的》，《沈从文文集》第11卷，花城出版社1984年版，第303页。

人造成的痛苦而发出"微笑"。

从"揭出病苦,引起疗救"的启蒙视角出发,鲁迅小说着意于人物性格塑造,质疑社会,追问根源,悲剧的指向性和批判的逻辑性很强,悲剧发生既有社会原因,又有性格原因。《祝福》中祥林嫂死了丈夫和阿毛,没有压垮她,"好女不嫁二夫"的妇教礼法和阴间对不贞妇女的酷刑,让她失去了活下去的勇气;祥林嫂的"逃""撞""捐""问",固然有抗争意义,但她以旧的道德规范反抗命运,则显出愚昧、保守,她最终的忍耐和忍从,是悲剧的主观原因。《孤独者》以魏连殳"救众"—"憎人"—"复仇"的人生三部曲,写出旧时代知识者的生存困境和"梦醒了之后无路可以走"的悲剧。社会的黑暗,群众的守旧和启蒙者的精神弱点,都有深刻的揭示。鲁迅的悲剧作品以沉郁顿挫的风格,独具个性的人物形象,力透纸背的描写,产生巨大的社会效应和经久不衰的艺术魅力。

沈从文的名言是"美丽总令人忧愁,然而还受用"[1],其悲剧性作品《边城》《萧萧》《月下小景》《媚金·豹子与那羊》等,无不回荡着"美丽"而"忧愁"的基调。他的小说不注重人物个性和内心世界刻画,情节安排也不以人物为中心,人物性格大抵恒定不变。通常他从两个方向探索悲剧根源:一是近代文明异化了人性;二是民俗禁忌和乡风陋习酿成悲剧,这两类作品都具有文化批判意义。

深深体味到城市文明对于人性的戕害,是沈从文小说创作的逻辑起点。他认为"人固然产生了近代文明,然而近代文明也就大规模毁灭人的生命(战胜者同样毁灭)。"[2]近代文明的最大流弊是"人对于自然之违反",他的一些以城市为背景的小说,如《绅士的太太》《八骏图》《大小阮》《某夫妇》等,便不遗余力地鞭挞近代文明的堕落和荒诞性。当他回过头来反观湘西社会时,惊讶地发现:"'现代'二字已到了湘西"![3]记忆中淳朴、静美的湘西蜕变了,连仅有的煤油灯和抒情气氛也消失了,代

---

① 沈从文:《烛虚》,《沈从文文集》第11卷,花城出版社1984年版,第265—277页。
② 沈从文:《烛虚》,《沈从文文集》第11卷,花城出版社1984年版,第265—277页。
③ 沈从文:《〈长河〉题记》,《沈从文文集》第7卷,花城出版社1984年版,第2页。

之而起的是"实际社会培养成功的一种唯实唯利庸俗人生观"。《丈夫》讲述湘西一种类似"典妻"的奇异习俗，两性关系的商品化，典型地揭出近代文明怎样扭曲了边地淳朴的乡风和自然人性。"丈夫"无法忍受水保、醉兵和巡官对妻子非人践踏，终于把钞票撒了一地，带妻子回乡下去了。小说诚然赞美了生命在痛苦中的醒悟，湘西历史变迁中无法阻挡的堕落趋势，还是令人"忧愁"的悲剧。我们从《夫妇》《七个野人与最后一个迎春节》等篇，也能听到作者"进步了，沦落了"的无可奈何的叹息。

在沈从文的悲剧作品里，习焉不察的民俗禁忌和乡风陋习也会成为悲剧的制造者。《媚金·豹子与那羊》将一个古代青年殉情的故事重新演绎一回：豹子为了送给心爱的姑娘媚金一只小白羊，第一次约会就意外地迟到了，媚金以为受骗而自杀，豹子在说出真相后也拔刀殉情。按照少数民族习俗，恋人间失约是要受到惩罚的，一场误会让纯情的少男少女丢了性命，作者为人间"诚"与"爱"谱写了一曲悲歌，悲剧起因于民俗禁忌和误会，纯属偶然。《萧萧》则以一个平常女人的一生，写出乡土社会习以为常的道德习俗对人性的戕害。偷食禁果的童养媳萧萧侥幸没被沉潭或被发卖，但她的理性世界混沌一片，她早已丧失了追求自由幸福的意志，灵魂永安于这种静如死水的道德和生活。萧萧悲剧的独特性不仅在于揭出保守的乡土社会的荒谬与悲哀，而且从乡土生活的"常"与"变"中洞察出人性被压抑被扭曲的可悲现实。

就创作方法和审美形式而言，两位作家的悲剧创作也有明显差异。鲁迅通常以严格的现实主义态度，直面人生，构设悲剧。通常是在特定的历史、文化背景上展开悲剧人物的命运，如《阿Q正传》《药》《风波》《头发的故事》在辛亥革命背景上表现群众的愚昧和革命者的悲哀；《在酒楼上》《孤独者》《伤逝》《幸福的家庭》对"五四"思想革命运动的历史沉思；这些作品抓住时代脉搏，揭出社会改革历史进程中悲剧冲突的必然性，把艺术真实和历史真实紧密地结合起来。鲁迅尤擅长于从人与社会、人与人、人与自身的精神冲突，创造出具有很高美学价值的现代悲剧。物质上一贫如洗，社会地位卑贱如尘芥，固然是阿Q的不幸；而不敢正视现实，用"瞒"和"骗"麻醉自己，灵魂永远迷失在精神胜利的幻影里，则是阿Q更为深重的悲剧。《阿Q正传》采用悲喜剧相交融的笔法，表现一个精神奴隶的辛酸和挣扎，阿Q悲剧具有震慑人心的审美功效。

鲁迅视"真实"为创作的生命，沈从文的审美追求与其说是"真"，毋宁说是"美"，他认为"一切艺术都容许作者注入一种诗的抒情，短篇小说也不例外。"①他的绝大多数作品并不注重真实地描绘现实，有时甚至为了"美"而淡化"真"。他并不完全赞同唯美派大师王尔德关于"叙述美而不真之事物，乃艺术之正务"的观点，但是承认自己的文字中有它的"回音与反光"。②从创作方法看，沈从文与鲁迅最明显的差异在于：其一，他的小说创作"充满了传奇性而又富于现实性"③，他希望通过"现实和梦境两种成分的混合"来抒写自己的情绪和理想，"现实"即"社会现象"，指人与人的种种关系，"梦境"系指"人的心或意识"的种种活动。因此即使是悲剧作品，也洋溢着一种讴歌爱与美的浪漫主义精神和田园诗情调。其二，他倾心于"感觉与事象"的捕捉与描写："我除了用文字捕捉感觉与事象以外，俨然与外界绝缘，不相粘附"；④"我就是个不想明白道理却永远为现象所倾心的人"。⑤由此可见沈从文追求客观化、场景化的自觉性，他善于调动各种感官去捕捉感觉印象，重感性而淡化理性的创作个性使他的作品更加贴近自然真实。

沈从文的悲剧创作通常从现实人生和民间故事传说中汲取题材，即便是现实题材的作品，如《边城》，也与现实生活保持距离，醉心于"创造

① 沈从文：《短篇小说》，《沈从文文集》第12卷，花城出版社1984年版，第114—126页。

② 沈从文：《看虹摘星录·后记》，《沈从文文集》第11卷，花城出版社1984年版，第48—53页。

③ 沈从文：《新废邮存底·二十五》，《沈从文文集》第12卷，花城出版社1984年版，第74页。

④ 沈从文：《〈从文小说习作选〉代序》，《沈从文文集》第11卷，花城出版社1984年版，第49，42页。

⑤ 沈从文：《从文自传·女难》，《沈从文文集》第7卷，花城出版社1984年版，第179页。

一点纯粹的诗，与生活不相粘附的诗"。①而取材自民间故事和传说的作品，如《媚金·豹子与那羊》《七个野人与最后一个迎春节》《月光小景》等，更具浪漫传奇色彩。《月光小景》讲述生命受到压抑进行拼死突围和反抗的故事，是少数民族民间故事的现代演绎。为了抗议女子不准和初恋情人永结同心，而只能和第二个恋人结婚的"魔鬼习俗"，一对情人在月光下野合后双双服毒自尽了。这是一支歌唱生命与自由的恋歌，然而战胜命运却只有死亡这条路，生存的意义结束在死亡里！悲剧的字里行间充满了对"魔鬼习俗"的抗争情绪，它显然不同于鲁迅争天拒俗、反抗挑战的呐喊，而满蕴着"美丽"和"忧愁"的浪漫情愫。沈从文说："我不大能领会伦理的美。接近人生时，我永远是个艺术家的感情，却绝不是所谓道德君子的感情。"②他的悲剧作品不是启示我们分清美恶，奋起抗争，而是给我们一些色彩，一些音乐，一些传奇，引领我们脱离苦难，向爱与美的佳境驰骋。

作为艺术家，沈从文对大自然情有独钟，当他单独"默会"自然景物时，无不"感觉到生命的智慧和力量"。③在他看来，自然是一个有生命有思想的"神性"存在，从那里面可以感悟到生命的丰富、伟大，可以找到爱与美相交融的情感，这种以泛神论为核心的泛自然审美观，在其创作中突出表现为人与自然的相互映衬、相互融合，体现出人与自然、人与社会环境的高度和谐统一。在他笔下，山川田畴，草木灵兽，日月星辰，四时八节，与小说主人公任侠仗义的自由意志和醉酒狂欢的生命精神总是共存共生，辉映成趣。他的小说不以人物性格成长作为情节发展轴心，而采用诗化、散文化的叙事结构，追求自然流畅、整体和谐的节奏，他说自己的创作是"情绪的体操""抽象的抒情"。在《边城》《萧萧》《月下小景》等悲剧作品里，他用平和的笔调抒写内心隐痛，此类作品便获得一种痛定思

① 沈从文：《水云》，《沈从文文集》第10卷，花城出版社1984年版，第265—280页。
② 沈从文：《从文自传·女难》，《沈从文文集》第7卷，花城出版社1984年版，第179页。
③ 沈从文：《水云》，《沈从文文集》第10卷，花城出版社1984年版，第265—280页。

痛的艺术魅力。

沈从文酣畅淋漓地描写大自然，和鲁迅有意规避大自然描写的艺术方法判然有别。据王士菁《鲁迅传》记载，鲁迅曾对李霁野说过："我的文章里找不出两样东西，一是恋爱，一是自然。要在用一点自然的时候，我不喜欢大段的描写，总是拖出月亮来一用罢了。"事实正是这样，鲁迅从不大段描写自然环境，即使不可免地偶尔用到，也只是"今天晚上，很好的月光"（《狂人日记》），或是"我的心地就轻松起来，坦然地在潮湿的石路上走，月光底下"罢了（《孤独者》），意在透出一种社会氛围，或是衬出主人公的某种心境。

四、"异途同归"的文学寻梦者

文学观点和审美取向不同，并不妨碍鲁迅与沈从文在各自的文学道路上创造出精美辉煌的艺术品，鲁迅现实批判的力度和沈从文艺术表现的纯美，达到很高的境界。可是，当他们在30年代风云际会的文坛相遇时，就难免会发生擦枪走火的事。论争原因当然不止于文学观点的分歧，跟他们的政治态度也不无关系。他们不仅辩论文学问题，还涉及"禁书问题"、文坛"争斗"、作家的"商业"化和"政治"化等敏感问题，这些问题跟他们对"无产阶级革命文学运动"和"社会革命"的看法密不可分。30年代的鲁迅从绅士阶级的"逆子贰臣"进向无产阶级的诤友和战士，倡导无产阶级革命文学运动并成为左翼文坛盟主，对国民党文化专制进行了不屈的斗争；沈从文不赞成"共产革命"和"无产文学"，坚守反战、和平的立场，反对左、右两翼作家把文学政治化，醉心于美善、博爱、道德、自由与和平。二人立足点如此不同，相互指摘和论辩势不可免。明乎此，二人关系研究中有些纠缠不清的疑问也就迎刃而解了。在鲁迅与其他作家的比较研究中，回避政治，淡化是非，将社会历史运动降解为私人事件，把"公怨"转化为"私仇"，把公共政治改换为个人品德，都是不足取的。

比较阅读两位作家在30年代的著作我们会发现，即使在争论中他们也有彼此声援和互相肯定。例如1930年，鲁迅在《硬译与文学的阶级性》中批评沈从文的作品同徐志摩的诗、凌淑华的小说一样，是"读了会'落个爽快'的东西"；同年，沈从文在《论中国创作小说》中赞赏鲁迅《呐喊》《彷徨》的"超越"和"完美"，给了读者"一种精神的食粮"。1933年关于"京派"与"海派"的论争中，二人互有指摘，但在抨击上海商业文化的种种丑怪现象（如"'名士才情'与'商业竞卖'相结合"的"白相"文学，颓废的才子和低级趣味的新礼拜六派，"幽默"风气和剽窃作风等）上，二人观点非常接近。沈从文1980年和美籍学者金介甫的谈话中还提到这场论争："鲁迅批判的人正是我指摘的那些人，但鲁迅批评他们，那完全合理，我指摘他们那便完全不合理。"①同年，沈从文又在《鲁迅的战斗》中肯定鲁迅是"勇敢的战士"，并批评鲁迅的"天真"和"带有某种颓废、病态的任性"。1934年，沈从文发表《禁书问题》，批评政府当局查禁书刊、"压迫和摧残"作家是"野蛮人的行为"，官方报纸《社会新闻》攻击他"站在反革命的立场"上说话，鲁迅对沈从文在文章中表白"我是个欢喜秩序的乡下人，我同意一切真正对于这个民族健康关心的处置"有所不满，便在《隔膜》一文中揶揄沈从文"忠而获咎"；同年，鲁迅却在给友人的书信中，对当局删节沈从文《记丁玲》一文打抱不平。（《书信·340901致赵家璧》）1935年，沈从文在《读〈中国新文学大系〉》中批评鲁迅的小说选本有"抑彼扬此"的缺点，在《谈谈上海的刊物》中把鲁迅和林语堂关于小品文的论争说成是"私骂"性的"争斗"；鲁迅作《七论"文人相轻"—两伤》，批评沈从文"无是非曲直之分"的错误态度，同年又赞扬文化生活出版社编辑出版沈从文、巴金等12位作家创作集的主意"并不坏"。（《书信·340910致萧军》）在文艺论争中，年轻的沈从文始终表现出对鲁迅的尊重，保持独立的见解和节制、平和的风度，鲁迅对持有不同意见的青年作家，则坚持"好处说好，坏处说坏"的求实态度。

---

① 金介甫：《凤凰之子：沈从文传》，中国友谊出版公司2000年版，第337—341页。

1936年，鲁迅在和埃德加·斯诺的一次谈话中说："自从新文学运动以来，茅盾、丁玲女士、郭沫若、张天翼、郁达夫、沈从文和田军（萧军）大概是所出现的最好的作家。这里包括了最好的短篇和长篇小说家。沈从文、郁达夫、老舍等人的'小说'实际上只是中篇小说或长的短篇小说，他们是以短篇而闻名的，不是由于他们对长篇小说的尝试。"①鲁迅把沈从文誉为中国新文学界"最好的作家"，对沈从文的文学才华和文学史地位评价很高。鲁迅逝世后，沈从文在为纪念鲁迅逝世11周年而作的《学鲁迅》中，从鲁迅对古文学研究和整理的功绩，鲁迅杂文对现实社会和民族精神弱点的深刻批判，以及鲁迅是乡土文学发轫的功臣和"领路者"等三方面，全面客观地评价了鲁迅"奠基性"的文学成就；还认为"先驱者"鲁迅"天真诚恳""素朴无华"的人品"尤足为后来者示范取法"。

鲁迅和沈从文从误解、争论到彼此有保留的肯定、认同，成为中国新文学史上的一段佳话。他们二位都是有"梦"的作家，鲁迅"国民性改造"的"梦"和沈从文"民族品德重造"的"梦"相互辉映；鲁迅经历过"梦醒了无路可以走"的痛苦，从没有路的地方走出一条路来，沈从文通过"现实和梦境两种成分的混合"，书写自己爱与美的理想。不管他们在文学思想和政治态度上有多大距离，无论他们有过多少误会、分歧和相互批评，都没有妨碍他们对彼此艺术造诣的欣赏和客观公正的评价。他们共同的对于"生命意志"的张扬和对于生命价值的关怀，他们共同的对于"人性解放"的向往和对法西斯文化专制主义的揭露，他们对30年代海上文坛"商业化"弊端和浮靡、虚伪风气的抨击，还有一脉相承的对于乡土文学的开拓、探索与创新，表明他们在文学寻"梦"的道路上总是大方向一致，文心相通。沈从文说得好："每个文学者不一定是社会改革者，不一定是思想家，但他的理想，却常常与他们异途同归。他必具有宗教的热情，勇于进取，超乎习惯与俗见而向前。一个伟大作品，总是表现人性最

---

① 妮姆·威尔斯：《现代中国文学运动》，载埃德加·斯诺编：《活的中国》（附录一），文洁若译，湖南人民出版社1983年版，第355页。

真切的愿望!——对于当前黑暗社会的否认,对于未来光明的向往。"①鲁迅和沈从文的"异途同归",不仅给我们留下了宝贵的历史记忆,也给新世纪中国文学和文化建设的健康发展提供了极为有益的思考。

[原载《言说不尽的鲁迅与五四》,中国社会科学出版社2011年7月版]

---

① 沈从文:《给志在写作者》,《沈从文文集》第12卷,花城出版社1984年版,第110页。

鲁迅对现代中国精神文明建设的理论探索

　　鲁迅全部文化活动一个鲜明特点，就是对精神文明建设的关注，从青年时代弃医从文提倡"立人"，到后来研究国民性问题，可谓毕生从事精神文明建设的理论与实践活动。他从中国人的生存状况出发，强调精神文明的重要性，批判国民性弱点并攻打病根，在探索中逐渐形成现代中国人的主体素质目标模式，提出精神文明建设的实施方案，这一切都是留给我们的珍贵精神遗产。发掘和研究这份资源，对于提高全民族素质，推进21世纪精神文明建设和人的现代化事业，意义深远。

一、两个相关的理论命题

　　早期鲁迅的文化思想经历了一个从相信物质文明到重视精神文明的演变过程。去南京学海军学矿务，日本学医学，表现出对"兴业振兵"说的热情；1906年弃医从文及其后发表的几篇论文，可以看出他对兴业振兵说的否定和对精神文明建设的关注。他说："兴业振兵之说，……按其实则仅眩于当前之物，而未得其真谛"（《坟·科学史教篇》）。"精神现象实人类生活之极颠，非发挥其辉光，于人生为无当；而张大个人之人格，又人生之第一义也"（《坟·文化偏至论》）。后来在《渡河与引路》《〈呐喊〉自序》等文中一再阐述"改良思想，是第一事""第一要著，是在改变他们的精神"等观点。可见，关注人的精神生活，希望借重文艺的力量建设精神文明，是鲁迅启蒙主义的一个中心。

亡国灭种的危机感是鲁迅早期文化思想发生变化的现实依据，从封建末世的社会生活中，鲁迅敏感到列强瓜分中国的危机迫在眉睫。《中国地质略论》述及列强"群起夺地，倏忽瓜分"的危急形势："列强领土之中，既将告罄，而中国乃直当其解决盛衰问题之冲，列国将来工业之盛衰，几一系于占领支那之得失，遂攘臂而起，惧为人先，复以不能越势力平均之范围，乃相率而谈分割，血眼欲裂，直睨炭田。"（《集外集拾遗补编·中国地质略论》）而"老病昏聩的政府"，却"麻木网觉"，无力挫其锋。在这种"二患交伐"，内外交困的形势下，中国"本根"受到创伤，"神气"彷徨不定。令人更为忧惧的是："中国的精神文明，早被枪炮打败了，经过许多经验，已经要证明所有的还是一无所有"（《华盖集·忽然想到（十一）》）。现实的刺激，促使鲁迅思考中国人怎样才能避免"从'世界人'中挤出"（《热风·随感录三十六》），于是他把目光从实业救国转向精神启蒙。

转向启蒙的另一动因是西方现代思潮影响。研究西方社会和文明迁流曼延的历史，鲁迅看到19世纪后期西方社会已成为"诸凡事物，无不质化"的物质社会，"人惟客观物质世界是趋"，一切诈伪罪恶因此萌生，人的"性灵之光"愈益黯淡。（《坟·文化偏至论》）西方文明已跌进物质与精神相错位的怪圈，而以尼采为宗主的"崇奉主观""张皇意力"的新理想主义崛起，给近代西方文明的发展注入新生命。于是斯蒂纳尔"谓真进步在于己之足下"，契开迦尔的"惟发挥个性，为至高之道德"，叔本华的"主我扬己而尊天才"，特别是尼采的"超人"学说和"唯意志"论，成为青年鲁迅营构精神文明建设新思路的理论元素。

1908年，鲁迅在《河南》月刊先后发表《文化偏至论》和《摩罗诗力说》二文，差不多同时提出"立人"和"国民性"两个相关的理论命题，这是鲁迅早期确立精神文明建设新思路的重要标志。

"立人"主张有一个较为完整的理论构架。人与物（社会）的关系上，鲁迅认为"欧美之强，根柢在人"，"其首在立人，人立而后凡事举"，强调人的价值和人在社会改革中的地位和作用。在物质与精神的关系上，他说："人各有己，不随风波，中国亦已立""吾未绝大冀于方来，则思聆听知者之心声而相观其内曜"，"心声"即心灵的至诚之声，"内曜"即内心的智慧之光，可见他极为重视人的个性自觉、精神自由和内部建设，特别强调社会生活中精神对于物质的巨大改造力量。鲁迅也不忽视"个体"和"群体"的矛盾，所谓"人各有己，而群之大觉近矣"，分明是将个性觉醒视为群体觉醒的先决条件，而个体觉醒的终极目标是要达到群体觉醒。鲁迅早期的"立人"纲领，讨论"为何"立人，立"什么"人，多有卓特见解。至于"如何"立人，他提出"尊个性而张精神"的实施方案。青年鲁迅虽有强烈的理想愿望和峻急的青春热情，却不懂得一切社会问题的发生发展和最后解决，都有赖于政治经济制度变革，脱离社会政治经济制度来解决问题的任何理论和方法，不过是乌托邦空想。

"国民性"一词最早出现在《摩罗诗力说》中。1823年，英国诗人拜伦援助希腊独立运动，却遇到希腊军心不齐，将士内讧，给"希腊独立政府总督"拜伦添了许多麻烦。于是，曾经歌唱过古希腊文明的拜伦，愤而"极诋彼国民性之陋劣"，痛斥希腊人是"世袭之奴"，不可卒救。鲁迅绍介拜伦的时候，事实上已提出改造国民性的命题。

"立人"主张和"国民性"思想，是意义相关的两个理论命题。"立人"强调人是目的，"国民性"探讨精神文明建设之手段。前者偏重理论探讨，后者理论与实践相结合，尤注重实际运作。"目的"与"手段"相辅相成，通过精神文明建设"致人性于全"，实现传统人向现代人的转变。有研究者认为"国民性"和"立人"是一个问题的两个相反方面，"国民性"以否定形式强调批判改造，"立人"以肯定形式表达正面追求向往，这样理解未免绝对化了。鲁迅国民性思想的要义是讨论"三个相关的问题：怎样才是理想的人性？中国国民性中最缺乏的是什么？它的病根何在？"[①]显然，"国民性"既有批判也有建设，"立人"也当作如是观，从鲁

---

① 许寿裳：《我所认识的鲁迅》，人民文学出版社1954年版，第8页。

迅早期著作可看出，"立人"主张既有对"精神界之战士"的积极追寻，也有对庸凡凉薄、顽愚伪诈的世道人心严厉鞭挞。

20世纪初年，鲁迅提出以"立人"和改造"国民性"为标志的精神文明建设新思路，带有主观浪漫性，但它从中西文化相交汇的宏阔背景上提出问题，是在中华民族生死存亡的危急时刻发出警号，因而具有迫切的现实性和深远意义。它向世界表明：中华民族决心奋发图强，争存天下，步入世界先进民族之林。在近、现代思想史上，它是一道亮丽的人文风景，标志现代中国个人性和主体性意识的苏醒，它是呼唤20世纪精神文明建设的第一声春雷。

二、"首在审己"的特色

《文化偏至论》开篇，鲁迅谴责传统士大夫"益自尊大"的文化心态，他们念念不忘中华帝国"屹然出中央而无校雠""宝自有而傲睨万物"，这种自欺欺人的盲目自大心理，是振兴中华的绊脚石。一个缺乏自我批判能力，连别人的优点与长处都不肯学习的民族，是没有前途的。鲁迅告诫国人："欲扬宗邦之真大，首在审己"（《坟·摩罗诗力说》）。要发扬我们民族的伟大精神，最要紧的是认识自己，勇于自我审视、自我批判的民族，才能克服夜郎自大情绪，满怀信心地走向自我更新之路。

鲁迅建设精神文明新思路的一个重要特色，就是坚持实行民族自我批判。他考察国民性问题，没有采取主要是发扬优点的态度，而是无情面地揭发批判弱点，他希望有人师法传说中的蜀中高僧"布袋和尚"，将"布袋"里的东西统统倒出来让大家看看（《书信·230612致孙伏园》）。实行自我批判，就不能只说好话，"无论是好的，坏的，像样的，丢脸的，可耻的，可悲的"，无须遮掩，全给揭出，这才可以计划别样的工作。（《华盖集·忽然想到（十一）》）鲁迅对于一味赞赏中国的外国人非常反感，而对那些说"坏话"，批判中国的外国人却表示真诚的感谢和敬意。《灯下漫笔》写道："我常常想，凡有来到中国的，倘能疾首蹙额而憎恶中国，我敢诚恳地奉献我的感谢，因为他一定是不愿意吃中国人的肉的。"甚至日本友人内山完造在《活的中国的姿态》中说了中国人许多好话，他也不赞成："多说中国的优点的倾向，这是和我的意见相反的"（《且介亭杂文二集·〈活中国的姿态〉序》）。为什么不赞成多说好话呢？因为"那么样，不但会滋长中国人自负的根性，还要使革命后退，所以是不行的"。①显然，他从是否有利于中国人精神觉醒和社会进步这个高度考虑问题的。

憎恶外人"说好话"而感谢他们"说坏话"的观点，折射出一部伤心的中国近代外交史。鲁迅说："我记得'拳乱'时候的外人，多说中国坏，现在却常听他们赞赏中国的古文明。中国成为他们恣意享乐的乐土的时候，似乎快要临头了；我憎恶那些赞赏。"（《译文序跋集·〈出了象牙之塔〉后记》）这个奇警而特别的观点，反映出鲁迅实行民族自我批判的决心和坚强的民族自信力。当然，对外国人称赞中国如何好，要作些分析，如果赞美中国社会的进步发展，值得尊重和感谢；如果别有用心地一味赏玩中国的所谓"国粹"和野蛮文化，越落后、越原始的东西越好，那就得听听鲁迅的意见，看这外国人是否包藏着要"吃中国人的肉"的祸心。

鲁迅对民族根性和国民弱点的反省、批判广泛而深刻，他的着眼点不只是个人道德完善，也不囿于家庭伦理重建，他特别重视国民公德批判与建设。道德就其本质而言，是加强社会群体的凝聚力，而最能加强凝聚力的就是国民公德。鲁迅所抨击的妄自尊大，因循守旧，冷漠旁观，自欺欺人，卑怯贪婪，安于命运，毫无特操，等等国民性弱点，大抵是对国民公德剖析，而且归根到底都联系着中国社会改革的成败得失。例如他说，中国人患有一种"十景病"，凡事追求"十全十美"，陶醉于虚假的圆满，不敢正视现实，此种病症的直接危害是"不但卢梭他们似的疯子决不产生，并且也决不产生一个悲剧作家或讽刺诗人"，它使中国沉沦于"十全停滞

---

① 内山完造：《鲁迅先生》，载《1913—1983鲁迅研究学术论著资料汇编》第2卷（1936—1939），中国文联出版社1983年版，第162页。

的生活"(《坟·再论雷峰塔的倒掉》)。他批判"不为最先"的处世哲学："中国人不但'不为戎首','不为祸始',甚至于'不为福先',所以凡事都不容易有改革；前驱和闯将，谁也怕得做。"(《华盖集·这个与那个》)他还以生动的比喻剖析中国人"喜欢调和，折中"的社会心理："譬如你说，这屋子太暗，须在这里开一个窗，大家一定不允许的。但如果你主张拆掉屋顶．他们就会来调和，愿意开窗了。没有更激烈的主张，他们连平和的改革也不肯行。"(《三闲集·无声的中国》)以上数例可见，鲁迅揭发国民性弱点，根本上还是要提高社会群体的公德水准，以加快社会改革进程。

梁启超在《新民说》中提出一个观点，即"吾中国道德之发达，不可谓不早，虽然，偏于私德，而公德殆阙如"。何谓私德、公德？"人人独善其身者谓之私德，人人相善其群者谓之公德"。重私德而轻公德的观念，造成中国传统道德一大"缺憾"："若中国之五伦，则惟于家族伦理较为完整，至社会国家伦理，不备滋多"。由于社会上"束身寡过之善士太多"，而志在"报群报国"的"有血气"的国民太少，所以中国日渐衰落。梁启超处于清末救亡图存时代，极重视重建国民公德，他呼吁"此缺憾必当补之者也"。①

鲁迅特别重视国民公德问题，固然反映了"修身齐家治国平天下"的儒家道德影响，也是梁启超"新民"道德观的承传与发扬。鲁迅对国民公德要求甚高，并且身体力行，他非常鄙视知识界那些只享用权利而不肯尽义务的利己主义者："我看中国有许多智识分子，嘴里用各种学说和道理，来粉饰自己的行为，其实却只顾自己一个的便利和舒服，凡有被他遇见的，都用作生活的材料，一路吃过去，像白蚁一样，而遗留下来的，却只是一条排泄的粪。社会上这样的东西一多，社会是要糟的。"(《书信·350423致萧军萧红》)鲁迅以毕生努力和独标高格的追求，弥补传统道德中国民公德不备之缺憾。

---

① 《梁启超选集》，上海人民出版社1984年版，第213、217页。

　　实行民族自我批判，仅止于揭发国民性弱点和民族精神创伤还不够，必须追问造成国民精神萎缩的原因，摸清病症，探明病源，才有"疗救"和"改革"的希望。鲁迅认为："中国的改革，第一著自然是扫荡废物，以造成一个使新生命得能诞生的机运。"（《译文序跋集·〈出了象牙之塔〉后记》）要建设20世纪新的精神文明，必须下大力气扫荡两种伪文明，即"中国固有的精神文明"和西方传来的资本主义文明。

　　就本质而言，封建主义文化是"侍奉主子"和制造奴隶的文化，这种以君臣父子、长幼尊卑为序列的文化形态，除了起到延续历代封建王朝统治的作用，还有麻醉灵魂，使人丧失个性意识和创造精神的职能。鲁迅说："中国的文化，都是侍奉主子的文化，是用很多人的痛苦换来的。无论是中国人，外国人，凡是称赞中国文化的，都只是以主子自居的一部分。"（《集外集拾遗·老调子已经唱完》）这种"侍奉主子"的文化，不能培育高尚圆满，健康向上的现代人格，只能结出病态的精神之果。"主子"文化长期浸染，使得"人民在欺骗和压制下，失了力量，哑了声音"，"就只好永远箝口结舌，相率被杀，被奴"（《且介亭杂文二集·田军作〈八月的乡村〉序》）。《阿Q正传》的主人公受尽欺凌，精神上却是"永远得意"的；针对阿Q精神胜利法，鲁迅沉重地说："这或者也是中国精神文明冠于全球的一个证据了。"阿Q典型的社会反省意义正在于，非常深刻地剖示出卑怯的奴隶性格及其赖以生长的思想文化土壤。

　　鲁迅对资本主义文明的流弊及其对现代中国人的精神腐蚀，也进行了持久不断的批判揭发。《文化偏至论》就谈到西方19世纪末叶文明的式微和偏至，他说法国大革命以来的民主政治在反对封建主义的斗争中发挥了巨大作用，但它发展为对于"众数"的崇拜，就必然隐伏着"托言众治""借众以凌寡"的危险；物质文明到了"诸凡事物，无不质化"的地步，人人都成为商品和金钱的奴隶，势必导致"个人特殊之性"的丧失。鲁迅对西方民主政治和物质崇拜的批判，反映了辛亥革命时代先进中国人避免中国走资本主义道路的强烈愿望，也流露出与西方文明相遇时那种矛盾惶惑的心态，先驱者对西方文明的认识还是很不成熟的。

到了30年代，鲁迅对现代都市文明如何束缚人的精神自由有了更深的体验。他指出："美国已成了产业主义社会，个性都铸在一个模子里，不能再主张自我了。如果主张，就要受到迫害。"（《二心集·〈夏娃日记〉小引》）在现代文明之风熏染下，许多优秀人才受到压制和迫害。无权无势的当红影星阮玲玉难以忍受新闻传媒的无故伤害而自杀，短跑明星孙桂云和绰号"美人鱼"的泳坛女将杨秀琼，则被"捧"起来"摔得粉碎"，社会上此类事件层出不穷。鲁迅感慨系之曰："我觉得中国有时是极爱平等的国度，有什么稍稍变得特出，就有人拿了长刀来削平它。"（《且介亭杂文·徐懋庸〈打杂集〉序》）当时上海涌现出一批"商定"文豪，此类作者"前周作稿，次周登报，上月剪贴，下月出书"，大抵只为了稿费，产品不可谓不丰，却毫无社会价值。"商定"文豪是现代商业文化的产物，这些人的头衔任由商家封定，稿子印好后，倘若封建得势，商家广告就说作者是封建文豪，革命行时便是革命文豪，由于"根子在卖钱"，其"价值"一跌再跌，"后来的书价，就不免指出文豪们的真价值，照价二折，五角一堆，也说不定的"（《准风月谈·"商定"文豪》）。

近代以来，西方殖民主义者在文化渗透活动中大肆推销淫靡腐朽的生活方式，制造西方种族天下第一的神话，肆意践踏中国人的民族自尊心。鲁迅在一篇讨论西方电影的文章中，曾这样描述欧美风情浪漫影片的"功效"："那些影片，本非以中国人为对象而作，所以运入中国的目的，也就和制作时候的用意不同，只如将陈旧枪炮，卖给武人一样，多吸收一些金钱而已。……然而，冥冥中也还有功效在，看见他们'勇壮武侠'的战事巨片，不意中也会觉得主人如此英武，自己只好做奴才；看见他们'非常风情浪漫'的爱情巨片，便觉得太太如此'肉感'，真没有法子办——自惭形秽，虽然嫖白俄妓女以自慰，现在是还可以做到的。非洲土人顶喜欢白人的洋枪，美洲黑人常要强奸白人的妇女，虽遭火刑，也不能吓绝，就因看了他们的实际上的'巨片'的缘故。"（《二心集·〈现代电影与有产阶级〉译者附记》）这里说的是西方电影，实际上戳穿了殖民主义者的司马昭之心。以西方电影为中心的殖民文化，是西方列强对中国进行文化侵略的工具。

　　西方资本主义文明在中国的渗透和传播，没有将中国人从奴隶状态拯救出来，相反地，和"中国固有精神文明"恶性嫁接，使国人陷于更加悲惨的奴隶境地。鲁迅无情面地揭发国民性的弱点并追问病根，其本意"并非要捺这一群到水底下"，而是"希望他们改善"（《且介亭杂文二集·什么是讽刺？》）。1936年，他在一封书信中指出："日本国民性，的确很好，但最大的天惠，是未受蒙古之侵入；我们生于大陆，早营农业，遂历受游牧民族之害，历史上满是血痕，却竟支持以至今日，其实是伟大的。但我们还要揭发自己的缺点，这是意在复兴，在改善。"（《书信·350304致尤炳圻》）鲁迅对中华民族之"伟大"，充满了民族自豪感；当然他主要还是强调"揭发自己的缺点"，而实行民族自我批判的最终目的是要唤醒国民自觉，使他们对自己的耻辱大吃一惊，从而实现全民族的"改善"和"复兴"。

三、"致人性于全"的目标

　　青年时代，鲁迅就积极思考"怎样才是理想的人性"，渴望"致人性于全"（《坟·科学史教篇》），造就全面发展的新人。在精神文明建设的总体工程中，他把造就全面发展的新人视为一项长期战略任务。社会改革进程中，鲁迅对人的全面发展的思考，也有深化和发展。

　　鲁迅早年崇仰的"精神界之战士"，主体素质受到近代欧洲"重个人"思潮影响，有极浓厚的尼采色调。他说近代欧洲的人性"绝异其前"，"入于自识，趣于我执，刚愎主己，于庸俗无所顾忌"；他心目中的"精神界之战士"是自我意识觉醒的"超人"，是具有独立个性和坚强人格的"性解"（天才）之士。此类人物的"思想行为，必以己为中枢，亦以己为终极，即立我性为绝对之自由者也"（《坟·文化偏至论》）。这些人或者像尼采、易卜生那样"意力绝世""示主观之极至""多力善斗，即忤万众不慑之强者"；或者像拜伦、雪莱等摩罗诗人那样"所遇常抗，所向必动，贵力而尚强，尊己而好战"（《坟·摩罗诗力说》）。鲁迅早年所推崇的"精神界之战士"大抵具有尊己主我、贵力尚强的主体素质，且显露出"上则以抗天帝，下则以力制众生"的特立独行气质。所有这些杰出个人，都以追求"我性""绝对之自由"为最高境界，显然未能脱出起源于欧洲的"扬己主我尊天才"模式。

人是一切社会关系的总和，将人的本质仅仅理解为绝对精神自由是远远不够的。个人作为社会存在，不仅要获得从事创造性活动的精神自由，还须全身心地投入到自己身在其中的社会实践活动；个人要在全面和丰富的社会关系中，均衡、充分地发展自身的全部特性，形成健全的自我意识和个性意识，实现对社会、对他人的融合，对自我的超越。马克思指出："任何一种解放都是把人的世界和人的关系还给自己"[1]，个人的全面发展不是作为类存在物的人之抽象、孤独的发展，而是将自身发展自觉地纳入社会整体发展的轨道。青年鲁迅热情呼唤"致人性于全"，却以实现个人精神自由为圭臬，陷入了片面性。

后来由于事实的教训，鲁迅逐渐克服了"唯意志"论的浪漫主义，足踏到大地上，对人的全面发展有了新的认识。这个变化是在"五四"新文化运动中发生的。《呐喊·自序》述及《新生》杂志流产给他很强的刺激："我感到未尝经验的无聊"，"……这经验使我反省，看见自己了，就是我决不是一个振臂一呼应者云集的英雄。"他对青年时代尼采式的慷慨激昂和高蹈幻想有自我批评。《狂人日记》则在丰富、全面的社会关系中写出一个和早期"精神界之战士"判然有别的新的自我，它"对起源于欧洲的自我，大胆地作了检讨"。[2]由此可见，鲁迅对人的本质的理解在"五四"前后发生了转折性的变化，此后他一直坚持从丰富和全面的社会关系中探索"新人"应具备的品质，逐步明确了现代中国人的主体素质目标。

鲁迅认为，现代中国人最迫切需要建构的精神素质和行为素质，主

---

① 《马克思恩格斯全集》第 1 卷，人民出版社 1972 年版，第 443 页。

② 藤井省三：《鲁迅与安德莱夫》，载《鲁迅比较研究》，陈福康译，上海外语教育出版社 1997 年版，第 70 页。

要是:

第一，自主和参与意识。

人作为自由存在物，最要紧的是具有创造主体的自觉意识。鲁迅要求"人各有己，不随风波"，"张大个人之人格，又人生之第一义"，就是强调独立自主的人格精神。不阿世媚俗，不随波逐流，能够主宰自己的命运，拥有行动上选择的自由。鲁迅感叹："中国一向就少有失败的英雄，少有韧性的反抗，少有敢单身鏖战的武人，少有敢抚哭叛徒的吊客，见胜兆则纷纷聚集，见败兆则纷纷逃亡。"（《华盖集·这个与那个》）这是他对现代中国人缺乏独立人格的焦灼呼唤。鲁迅张扬个人意志，却不首肯独善其身，尤其反对"害人利己主义"（《坟·文化偏至论》），他认为每个社会成员都应有社会责任感，都要热爱"吾美丽可爱之中国"，都要关心国家的命运和前途，积极参与社会改革，都要"随时为大家想想，谋点利益"（《书信·351214致周剑英》）。他希望现代人在公与私、个人与大众的关系上找到一个正确位置，既尊重大众也尊重自己，既不盲从当奴隶，又不以主子自居。真正的个性觉醒者应当明白："他只是大众中的一个人"（《且介亭杂文·门外文谈》），只有这样，才能在大众的事业中发挥个人聪明智慧，做社会改革的促进派。

第二，开放和创造的品格。

鲁迅认为世界上没有"止于至善"的东西，社会改革犹如长江大河的奔流，不可遏止。他一贯主张吐故纳新，开拓进取，反对故步自封，因袭传统。《文化偏至论》和《拿来主义》等文，提出著名的"拿来主义"原则，对于外来文化，"外之不后于世界之思潮，内之仍不失固有之血脉"，去其偏颇，得其神明，"运用脑髓，放出眼光，自己来拿"。他非常卓越地阐明了一种自由选择和独立创造的文化态度。

发扬创造精神，是鲁迅"立人"思想的核心内容。现代心理学指出："自我实现的创造性强调的是性格上的品质，如大胆、勇敢、自由、自发性、明晰、整合、自我认可，……或者说是强调创造性的态度，创造性的人。"①鲁迅早年大力张扬敢于反抗、勇于进取的摩罗诗力，后来盛赞汉唐时代取用外来事物"将彼俘来""自由驱使"的宏大气魄，都是对创造精神的歌唱。人的创造性诸品质中，鲁迅特别提倡"深沉的韧性的战斗"，他说"要治这麻木状态的国度，只有一法，就是'韧'，也就是'锲而不舍'。"（《两地书·北京（十二）》）他希望现代中国人具有"勇猛奋斗之才"，"虽屡踣屡僵，终得现其理想"。为了民族振兴，他还主张竞争中发扬"敢为最先"和"不耻最后"的强者品格。《关于太炎先生二三事》中，他称颂章太炎"七被追捕，三入牢狱，而革命之志，终不屈挠者，并世亦无第二人；这才是先哲的精神，后生的模范"，鲁迅崇高的人格理想，可见一斑。

第三，确信和理想。

传统中国士大夫的精神缺陷是"无特操""无确固之崇信"（《坟·文化偏至论》），尊孔的名儒，一面拜佛，信甲的战士，明日信丁。30年代一些"翻着筋斗"的文学家就是这号人，他们可以随时拿了各派理论来武装自己，要人帮忙时用克鲁泡特金的互助论，和人争闹时用达尔文生存竞争说。鲁迅对社会上的"骑墙"派，"二重思想"者，"极巧妙的随风倒"的人群，以及形形色色的"无特操"者，进行了严厉针砭。他指出："人类总有一种理想，一种希望。虽然高下不同，必须有个意义。"（《坟·我之节烈观》）凭借这种形而上的追求，才能领悟到人生的目的和生命的价值。旧社会崩溃之时，通常会出现两种人：一种"寇盗奴才式的破坏者"，他们只看到"物质的闪光"，志在掠夺或占些小便宜；一种"革新的破坏者"，"他内心有理想的光"，这才是真正的"新建设者"，鲁迅希望多有后一种人出现。十月革命后，他在随感录《"圣武"》中赞美俄国人民创造新世纪的精神闪光："他们因为所信的主义，牺牲了别的一切，用骨肉碰钝了锋刃，血液浇灭了烟焰，在刀光火色的衰微中，看出一种薄明的天色，便是新世纪的曙光。"当30年代社会革命不断深入的时候，他又从

---

① A·H·马斯诺著：《存在心理学探索》，李文湉译，云南人民出版社1987年版，第131页。

新兴无产阶级及其政党身上看到"理想之光"："他们有确信，不自欺，他们在前仆后继地战斗。"(《且介亭杂文·中国人失掉自信力了吗?》)后期鲁迅"确切地相信无阶级社会一定要出现"，对于新社会的崇高理想激励他冲破黑暗走向光明。

第四，求真务实的科学精神。

鲁迅高度评价科学对于人类幸福和社会发展的重大作用，尤其看重科学精神力挽狂澜，鼓舞人心（"遏末流而生感动"）的巨大威力。在鲁迅那里，科学精神就是探索真理，求真求实。他说杰出的科学家"盖仅以知真理为惟一之仪的，扩脑海之波澜，扫学区之荒废，因举其身心时力，日探自然之大法而已。"(《坟·科学史教篇》)而要探求、发现真理，首先必须尊重事实，按照事物本来面貌反映事物。他憎恶歪曲事实，弄虚作假，"做戏的虚无党"，主张做人、作文都要"有真意，去粉饰，勿卖弄"。他要求改革者敢于正视现实，直面人生，深入了解实际，"必须敢于正视，这才可望敢想敢说，敢作敢为。倘使并正视而不敢，此外还能成什么气候。"(《坟·论睁了眼看》)

在探求真理的道路上，鲁迅推重"认真"的品质，他说"中国有许多事情都只剩下一个空名和假样，就为了不认真的缘故。"(《花边文学·〈如此广州〉读后感》)所谓认真，就是"切切实实，点点滴滴做下去的意志"，像未名社的韦素园那样，甘愿做建筑高楼的一块石材，或园中的一撮泥土。他谆谆告诫左翼青年作家，革命尤其是现实的事，需要各种卑贱的麻烦的工作，决不如诗人所想象的那般浪漫。革命会有流血和污秽，通向真理的道路崎岖不平，只有埋头苦干拼命硬干，舍身求法的人才能发现真理。直到生命垂危之际，鲁迅还要求四万万中国人一定要治好"马马虎虎"的病，不治好这个病，就不能救中国。他说日本人"做事是做事，做戏是做戏"，所以明治维新后他们发展很快，希望中国人"吃下日本人所具有的那种求实的药"，"即使是排斥掉整个日本，也应该买下那种求实的药"。① 在中日两国战云密布的时代条件下，鲁迅语重心长地提醒中国人克服"马马虎虎"坏毛病，甚至要求学习日本的长处，其深广的爱国感情，敢于向敌人学习的宏大气魄，为我们树立了榜样。

鲁迅对现代中国人主体素质目标的探讨，内容精彩纷呈，以上仅就几个主要方面作一些论述。他还对现代人的思维能力，审美情操，全面的实践能力以及健康文明的生活方式等等多有论议，兹不一一列举。这些目标素质的形成，主要是三个来源：一是吸取传统伦理道德的精华，弘扬民族精神；二是融合西方现代精神的优长；三是从人民大众和现代无产阶级那里汲取精神力量。所有这些素质目标，都从中国国情出发，反映了历史转型期中国社会变革的要求，也是伟大民族精神在20世纪的发扬，对于重塑现代国人的灵魂，促进中国社会由传统向现代转换，具有深远的历史意义和现实意义。

四、改革的途径与方略

以提高人的素质为目标的精神文明建设，是社会改革的伟大工程，决非"振臂一呼""应者云集"。这项"改革"能否见效？鲁迅有所怀疑："吾辈诊同胞病，颇得七八，而治之有二难焉，未知下药，一也；牙关紧闭，二也。"(《书信·180104致许寿裳》)《药》《风波》《阿Q正传》《示众》等小说，就流露出对群众不觉悟的焦灼、悲怆情绪。鲁迅的可贵在于，知其不可为而为，以悲观作不悲观，明知"中国国民性的堕落……是历久养成的，一时不容易去掉"，还是"不想放手"地"攻打病根"，坚韧地探寻改革国民性的道路（《两地书·北京（十）》）。

他最初提出"立人"的"道术"是"尊个性而张精神"，以为精神文明建设可以超越社会制度变革单独实现。他还不懂得："解放，是一种历史的活动，而不是思想的活动"，"只要人们还不能使自己吃、喝、住、穿

---

① 内山完造：《回忆鲁迅先生》，《文艺报》1956年第5期。

在质上和量上得到充分供应，就根本不能使人获得解放。"① "五四"以后才渐渐明白，物质生产发展和经济制度变革是人的解放必要的物质基础，至于如何实行经济制度变革，他还是很迷惘。

后期鲁迅接受了"真正的社会科学"，学会运用唯物史观解释人类的精神生产。他在《〈艺术论〉译本序》中指出："倘只就艺术而言，则是人类的美底感情的存在的可能性（种的概念），是被那为它移向现实的条件（历史的概念）所提高的。这条件，自然便是该社会的生产力的发展阶段。"他通过翻译普列汉诺夫艺术理论，学会了从"生产力和生产关系的矛盾，以及阶级间的矛盾"来分析不同时代精神生产的各别形态，并且透过现象看本质，揭出人类精神堕落的社会根源。

30年代初，有人将卖淫的罪过归咎于女性的奢侈和淫靡，鲁迅反驳说："奢侈和淫靡只是一种社会崩溃腐化的现象，决不是原因。私有制度的社会，本来把女人也当做私产，当做商品，一切国家，一切宗教都有许多稀奇古怪的规条，把女人看做一种不吉利的动物，威吓她，使她奴隶般的服从；同时又要她做高等阶级的玩具。""买卖是双方的。没有买淫的嫖男，那里会有卖淫的娼女。所以问题还在买淫的社会根源。这根源存在一天，也就是主动的买者存在一天，那所谓女人的淫靡和奢侈就一天不会消灭。"（《南腔北调集·关于女人》）鲁迅透辟地分析了私有制度下女人的不幸，私有制度不消灭，罪恶的卖淫制度就不可能消灭。他实际上确认，只有消灭私有制，才能实现人的解放。

前期鲁迅主张"必须先改造了自己，再改造社会"（《热风·六十二'恨恨而死'》），后期提出"解放了社会，也就解放了自己"（《南腔北调集，关于妇女解放》），由此不难看出鲁迅从思想启蒙到社会革命的思想发展，他挣脱了个人精神解放的幻想锁链，在马克思主义真理之光照耀下找到了精神文明建设和"人的解放"之正确道路。前后期主张有质的差别，内在逻辑上却有一贯性，他始终关注个人自觉和个体内部建设，他否

---

① 马克思：《〈德意志意识形态〉手稿片断》，转自李泽厚著《批判哲学的批判》，人民出版社1979年版，第119、200页。

定的只是脱离社会解放的个人精神自由，强调个性解放必须在社会政治经济制度根本改变的条件下才能实现。

鲁迅对精神文明建设的具体实施方案，进行了积极探索。他颇为重视科学和文艺的作用，认为科学可以增进人间生活的幸福，而其"洪波浩然，精神亦以振，国民风气，因而一新"（《坟·科学史教篇》），他希望用"科学"这味药来医治中国人精神上的"昏乱病"（《热风·随感录三十八》）。在物质文明漫衍，国民精神委顿的时代，他主张以"美术"（文化艺术）"辅翼道德"，"其力足以渊邃人之性情，崇高人之好尚"（《集外集拾遗补编·拟播布美术意见书》）。他力倡科学与文艺携手联姻，共同增进国民的智慧和道德，培养优美高尚的感情；他要求中国出现牛顿，康德，达尔文等科学家，也希望出现莎士比亚，拉斐尔和贝多芬等文化巨匠，这样才能"致人性于全"，辉煌"今日之文明"。

"五四"新文化运动中，鲁迅高瞻远瞩地提出"普及教育"的方案。他非常重视儿童、青少年教育，倡言"父母对于子女，应该健全的产生，尽力的教育，完全的解放"。为人父母者应以全副精力培养子女耐劳作的体力，纯洁高尚的道德，广博自由能容纳新思潮的精神，也就是"能在世界新潮流中游泳，不被淹没的力量"，使之成为"一个独立的人"（《坟·我们现在怎样做父亲》）。健全的家庭教育和学校教育，对于培养青少年的独立人格，社会风气的改良，意义极大。1925年，北洋政府通令取缔"各女校学生游逛"，以免发生"有伤风化事"，鲁迅指斥这种"收起来"的办法是教育上的"坚壁清野主义"，"要风化好，是在解放人性，普及教育，尤其是性教育，这正是教育者所当为之事。"（《坟·坚壁清野主义》）普遍施行健全的教育，克服中国人"精神上体质上的缺点"，根除奴隶性格的遗传，关系到中国将来的命运。

后期鲁迅接受列宁的观点，认为文化领域内的"风俗"与"习惯"的改革，关系到革命成败。"倘不将这些改革，则这革命即等于无成，如沙上建塔，顷刻倒坏。"他希望改革者不要关在书斋里高谈宏议，浪漫古典，而要"深入民众的大层中，于他们的风俗习惯，加以研究，解剖，分别好坏，立存废的标准，而于存于废，都慎选施行的方法。"（《二心集·习惯与改革》）在改革者与民众关系上，鲁迅越来越重视"以民众为主体"，而不是"以自己为中心"（《集外集拾遗·老调子已经唱完》），他完全抛弃了早年"一导众从""置众人而希英哲"的浪漫观点。风俗与习惯的改革，是精神文明建设的重要内容，大多数社会成员的文化道德素质提高了，必将大大促进社会的全面进步。

鲁迅对精神文明建设提出了许多真知灼见，但他生前未能看到民族素质明显改善，他流露出悲怆情绪。不过他清醒地看到，"在革命者所反抗的势力下，也决不容用言论与行动，使大多数人统得到正确的认识。"（《二心集·非革命的急进革命论者》）精神文明建设还须有"政治之力"的参与和推动，才能大规模的施行。新中国成立50年来，我国人民的科学文化素质和思想道德素质有了很大提高，但是国民的"劣根性"仍未铲除，市场经济追逐物质利益的负面效应，还束缚着人的精神发展。鲁迅的理论探索成果斐然，启示很多，而要解决当代中国问题全靠我们自己。社会主义精神文明建设任重而道远，除了记取鲁迅的遗嘱，"共同抗拒，改革，奋斗"，一代一代地做下去，实在也"没有更快的捷径"（《华盖集·忽然想到（十）》）。

［原载《鲁迅与五四新文化精神》，广东人民出版社2001年版］

第四编 「为人生」的文学经典

《呐喊》《彷徨》的时代剪影和灵魂摄像

中外文学史上，不缺少鲁迅这样卓越的艺术天才，但是能够像鲁迅那样，以深刻的理性参与社会历史发展的文学巨匠，就寥寥可数了。1933年，鲁迅谈到做小说的动机说："说到'为什么'做小说罢，我仍抱着十多年前的'启蒙主义'，以为必须是'为人生'，而且要改良这人生。我深恶先前的称小说为'闲书'，而且将'为艺术的艺术'，看作不过是'消闲'的新式的别号。所以我的取材，多采自病态社会的不幸的人们中，意思是在揭出病苦，引起疗救的注意。"（《南腔北调集·我怎么做起小说来》）"为人生"的文学是对儒家"文以载道"文学观的承传，表现出昂扬的反传统意识和要求变革创新的姿态，开创了20世纪中国新文学的传统。

鲁迅深恶一切打着"为艺术""消闲""脱俗"的新式旗号的文学，高度评价《新潮》作家以文学作为"改革社会的器械"的写作态度，肯定他们有一种"共同前进的趋向"（《且介亭杂文二集·〈中国新文学大系〉小说二集序》）。"五四"前夜，在《新青年》编者和"文学革命"新思潮推动下，鲁迅走上小说创作道路。他无意于咀嚼个人生活的小悲欢，不屑以廉价的乐观态度描写"好的人"和"好的社会"，他严格遵守从现实生活出发的现实主义创作原则，将意识到的思想内容和历史的必然要求结合起来，提出历史转型期许多重大的时代课题。

一、反封建的主旋律

《呐喊》《彷徨》诞生在"五四"思想解放运动中，这个运动把"民主"与"科学"的口号写在自己的旗帜上，向一切"旧伦理""旧政治""旧艺术""旧宗教"，向着"国粹和旧文学"发起冲击。[①]从发表第一篇现代白话小说《狂人日记》开始，鲁迅就把创作自觉地纳入反对封建专制主义、蒙昧主义轨道。

狂人是有迫害狂心理和反封建意志的青年知识者，鲁迅借助狂人形象表达了对历史和现实的批判，即"暴露家族制度和礼教的弊害"（《且介亭杂文二集·〈中国新文学大系〉小说二集序》）。自吴虞《吃人与礼教》发表后，许多研究者论析《狂人日记》暴露"礼教吃人"的深刻命意，而对"暴露家族制度"的创作意图少有探究。

《新潮》编者曾就《狂人日记》创作方法发表一个观点："《狂人日记》用写实笔法，达寄托（Symbolism）之旨，诚然是中国近来第一篇好小说。"[②]所谓"寄托"，不是"托物寄意"，而是Symbolism，即象征主义。《新潮》编者敏锐地指出《狂人日记》采用"写实"方法刻画狂人心理，而以"象征"手法折射出狂人反封建意志；以写实和象征相结合的观点去读作品，就能透过狂人的病态，看出他对旧道德和整个宗法制度的否定。

狂人有两个"大发见"，其一"仁义道德"吃人："我翻开历史一查，这历史没有年代，歪歪斜斜的每页上都写着'仁义道德'几个字。我横竖睡不着，仔细看了半夜，才从字缝里看出字来，满本都写着两个字是'吃人'！"历代统治者总是把"仁义道德"描绘成唯一合理和公认的思想，以礼教作为社会群体共同遵守的道德规范，鲁迅却把"吃人"的内容，"仁义道德"表面和戴着礼教假面的吃人伎俩看得清清楚楚。吴虞说："我们如今应该明白了！吃人的就是讲礼教的！讲礼教的就是吃人的

[①] 陈独秀：《本志罪案之答辩书》，《新青年》第6卷，第1号（1919年1月）。

[②] 《新青年杂志》（书报介绍），见《新潮》第1卷，第2号（1919年2月）。

呀!"①经过吴虞发挥,"礼教吃人"成为"五四"时代反封建斗争的响亮口号。其二是"大哥"吃人:"合伙吃我的人,便是我的哥哥!"可爱可怜的五岁的"妹子是被大哥吃了","我未必无意之中,不吃了我妹子的几片肉,现在也轮到我自己……"。通过狂人对大哥的揭露、"劝转"和抗争,狂人揭破了宗法制度下"吃人"的家族关系。"大哥吃人"的发现,象征地揭出个体生命被家族制度吞噬之无法抗拒的宿命和恐惧。这个大发现标志狂人对旧道德的批判上升为对君父一体的家族制度——封建社会制度基础构造的批判。

恩格斯在《家庭、私有制和国家的起源》中指出:"个体家庭"是一种"社会经济单位",是"自文明时代起分裂为各个阶级的社会在其中运动着,但是既不能解决又不能克服的那些对立和矛盾的一幅缩图。"李大钊也曾指出:"大家族制度在中国特别发达""大家族制度,就是中国的农业经济组织,就是二千年社会的基础构造。"而一切思想、主义、哲学、宗教、道德、法制、风俗、习惯都是建立在这个基础之上的"表层构造"②。也就是说,个体家族是封建社会政治经济形态的一幅缩图,而建立在封建土地所有制上的大家族制度,则是封建社会的基础,是封建专制主义和蒙昧主义的病根。鲁迅赞同"中国的国家以家族为基础"的见解,认为"家庭为中国之基本",统治者"对于老家,却总是死也不肯放"(《南腔北调集·家庭为中国之基本》)。鲁迅当时虽未探明中国政治经济制度的实质,但在文学创作中将矛头对准封建主义上层建筑(旧礼教)及其基础构造(家族制度)的,他是新文学史上第一人。他在这里提出的启蒙主义课题,因其和毁坏"铁屋子"的社会革命愿望结合一起,在"五四"时代产生很大的震撼力。

《孔乙己》和《药》两篇,从不同侧面描写封建主义阴影下贫苦书生和小市民的不幸,让我们看到旧社会的冷漠和残忍。心地善良的孔乙己

---

① 吴虞:《吃人与礼教》,《新青年》第6卷,第6号(1919年11月)。

② 李大钊:《由经济上解释中国近代思想变动的原因》,《李大钊文集》下卷,人民出版社1984年版,第178页。

在酒客中"品行比谁都好",闲人们却要嘲笑他,被丁举人毒打后,从冰冷的人间悄然消失。《药》在社会革命背景上考察群众愚昧对革命的危害多么大,革命者被杀害了,愚昧的群众却上演了吃人血的惨剧。《狂人日记》等三篇作品,描写旧社会、旧道德"吃人"的悲剧,其中也有对叛逆猛士(狂人、夏瑜)的赞美。一种流行观点是批判夏瑜"严重脱离群众,不重视思想启蒙",导致革命失败。这个推理在作品中很难找到根据,事实上夏瑜在狱中还劝牢头造反:"这大清的天下是我们大家的!"他倒是很注意抓住时机向群众宣传革命。冯雪峰在《鲁迅的文学道路·药》中写道:"在当时的封建势力笼罩着的黑暗社会里,(夏瑜)简直像一个火把投到铁桶般的黑暗屋子里去一样,这确实是黑暗中的一线光明,或者像作者在《呐喊》自序中说的那样,是对于铁屋子里面昏睡的人们一声清醒的叫喊。"《药》描写"群众的愚昧和革命者的悲哀",实在是不能再高地赞美夏瑜了,作者痛惜包括夏瑜母亲在内的群众并不理解革命者所从事的事业。

"五四"反封建斗争的一项重要内容是破除迷信和落后习俗。当时一般人不懂科学,社会上生出许多怪诞传说来,整个社会充斥着"妖气"。《长明灯》是用小说形式抨击神权迷信的力作,"疯子"的目标是"吹熄"社庙里从梁武帝时代遗传至今的长明灯。吉光屯迷信风水八字、佛祖菩萨的人们说:"那灯一灭,这里就要变海,我们就都要变泥鳅。"对长明灯的迷信,象征对专制权力崇拜的普遍社会心理。疯子说:"吹熄,我们就不会有蝗虫,不会有猪嘴瘟。""吹熄"长明灯和"我放火"的呼喊,见出这位反封建思想斗士不妥协的反抗及其性格发展。鲁迅早年指望用"科学"这味药来医治"中国的昏乱病",以为"即使不能立即奏效,也可把那些病毒略略羼淡。"(《热风·随感录三十八》)直到"五四"后期,妖气和病毒仍到处扩散。鲁迅从实际生活中悟彻单纯"思想革命"无济于事,疯子欲以"放火"的方式毁坏旧世界,暗示鲁迅对于破毁"铁屋子"物质力量的期待,较之狂人"救救孩子"的呐喊,疯子的抗争坚实有力得多。不过,疯子式的孤军独战究竟透出寂寞与悲凉。小说结尾,关在西厢房的疯子高喊"我放火!"孩子们在院子里合唱一支随口编派的歌:"白篷船,对岸歇一歇。此刻熄,自己熄。戏文唱一出。我放火!哈哈哈!火火火,点心吃一些。戏文唱一出。"儿歌中随意插入疯子的话语和"哈哈哈"的笑声,见出疯子不被群众理解的孤独和痛苦,先觉者在"五四"后期幻灭与追求、热烈而悲凉的心态,在这里表现得达了极致。

《呐喊》《彷徨》塑造了众多封建势力代表人物形象,这里有掌握政治经济大权,公开维护旧道德的赵太爷、赵七爷、鲁四老爷、七大人之流,鲁迅着力刻画这伙"吃人者""狮子似的凶心,兔子的怯弱,狐狸的狡猾";还联系"五四"后期思想文化领域的斗争,在《肥皂》《高老夫子》里面,画出新老国粹派的鬼脸。四铭光绪年间提倡开办学堂,拥护"百日维新",新文化运动兴起后摇身一变,反对"自由""解放",攻击一切改革,鼓吹"专重圣经",保存"国粹"。高干亭本来就是个喝酒、追女人的文痞,因为附庸风雅,穿上"学贯中西""融化新知"的衣装,发表"整理国故"的大文,竟以"有名学者"自居了。小说借助典型事件和细节,捉住新老国粹派言行相悖、名实不符、前后矛盾的伪君子特征,运用喜剧性的白描和夸张,淋漓尽致地剖露了这类"伶俐人"的卑污灵魂。鲁迅还在杂文《十四年的"读经"》中,揭露章士钊的"读经救国论":"只有几个糊涂透顶的笨牛,真会诚心诚意地来主张读经",而"阔人"绝不是笨牛,他们从读经知道"怎样敷衍,偷生,献媚,弄权,自私,然而能够假借大义,窃取美名";"读经不足以救国",不过是他们"要把戏偶尔用到的工具"。《肥皂》和《高老夫子》两篇杰作,正是"五四"后期辛辣讽刺新老国粹派的色彩极其浓烈的时代剪影。

二、把农民生活的全体做背景

新文学运动头几年,中国创作界普遍存在两个缺点:"第一是几乎看不到全般的社会现象,只有个人生活的小小的一角;第二是观念化",特别是"描写农村生活和城市劳动者生活的作品更其观念化得厉害"。①学生出身的作者对下层社会缺少亲身体验，见闻也有限，在寥若晨星的描写农民和其他劳动者的篇什中，充斥着"无经验的非科学的描写"，其中一个流弊就是"进了乡村便只见自然美，不见农家苦"。②鲁迅对这种粉饰太平的创作倾向大为反感，所以第一篇以农民为主角的小说《风波》开篇，就借九斤老太的唠叨，不客气地嘲讽了那些酒船上大发诗兴，雅赏"田家乐"的文人："但文豪的话有些不合事实，就因为他们没有听到九斤老太的话。这时候，九斤老太正在大怒，拿破芭蕉扇敲着凳脚说："我活到七十九岁了，活够了，不愿意眼见这些败家相"，"真是一代不如一代！"当时即便较好的作品，像杨振声的《渔家》，汪敬熙的《瘸子王二的驴》，虽然接触到"民间疾苦"或"苦人的灾难"，仍不免伸缩于描写身边琐事和小民生活之间。鲁迅说此类描写"下层人物"的作品，"所谓客观其实是楼上的冷眼，所谓同情不过是空虚的布施"（《二心集·关于小说题材的通讯》）。跟这些作者不同，鲁迅在《风波》《故乡》等农民题材作品里，"把农民生活的全体做创作背景，把他们的思想感情强烈地表现出来"了。③

鲁迅对农民生活的认识也有个过程，他说："我生长于都市的大家庭里，从小就受着古书和师傅的教训，所以也看得劳苦大众和花鸟一样。有时感到所谓上流社会的虚伪和腐败时，我还羡慕他们的安乐。但我母亲的母家是农村，使我能够间或和许多农民相亲近，逐渐知道他们是毕生受着压迫，很多苦痛，和花鸟不一样了。"（《集外集拾遗·英译本〈短篇小说选集〉自序》）这个过程在《故乡》中有过投影。"我"不是羡慕少年闰土雪天捕鸟，月下刺猹的田园诗生活吗？20年后回故乡看到农村破产，才有新的感悟。鲁迅也写民间疾苦和苦人灾难，但不是皮相的描写，而着意

①茅盾：《〈中国新文学大系〉小说一集导言》，见赵家璧主编《〈中国新文学大系〉小说一集》，上海良友图书印刷公司1935年版。

②郎损：《评四五六月的创作》，《小说月报》，第12卷第8期（1921年）。

③郎损：《评四五六月的创作》，《小说月报》，第12卷第8期（1921年）。

于劳动者经济上受剥削、政治上受压迫、精神上受奴役的根源。例如《故乡》写道："母亲和我都叹息他（指闰土—笔者注）的景况：多子，饥荒，苛税，兵，匪，官，绅，都苦得他像一个木偶人了。"

从劳动者的精神生活构设悲剧，描写传统生产方式和传统思想怎样毒化、侵蚀劳动者的灵魂，是《呐喊》《彷徨》的显著特色。小生产者由于受零散的、不发达的生产方式所支配，容易产生因循守旧，盲目服从，自私自利，事不关己心理，鲁迅小说对这种普遍的社会心理作了深入描绘。祥林嫂跟别的劳动妇女一样，勤劳，善良，坚韧地追求最起码的生存权利。丧夫失子，却使她饱受精神上的苦刑。由于礼教和迷信的毒害，她以为寡妇再嫁有罪，死后在阴间里会有两个男人用暴力争抢她，于是用历来积存的工钱捐一条庙门槛给"千人踏，万人跨"，以求赎罪，可是终究没得到鬼神宽宥。临死时关于魂灵有无的疑问包含了抗争的意义，不过她对被奴役的命运，终归还是忍耐和忍从。《离婚》中爱姑被认为是鲁迅笔下最富于反抗性的女性，不堪忍受丈夫另有新欢赶她回娘家（离婚），她要闹得"小畜牲"家败人亡；可她对"知书达礼"的七大人却抱有幻想，以为此人会替她主持公道，旧礼教的束缚和畏惧强权，使她丧失了斗志，败得很惨。因此与其说小说赞美爱姑的"野性"和"生命力之旺盛"，不如说透视到她灵魂深处，剔抉出那根源于传统生产方式的"鄙俗气"。

短命的张勋复辟在《风波》中留下痕迹，农民的保守、愚昧和彼此隔膜，表现得达了极致。九斤老太永远有"一代不如一代"的唠叨，"很知道些时事"的航船七斤津津有味地传播"什么地方雷公劈死了蜈蚣精，什么地方闺女生了个夜叉"的谣言。听说"皇帝坐了龙庭""留头不留发，留发不留头"，进城被人剪了辫子的七斤就像"受了死刑宣告似的"。土场上看热闹的村民们听说七斤"犯了皇法"，非但不替他排忧解难，反倒幸灾乐祸，"觉得有些畅快"。张勋复辟引起乡村一阵骚动，而"风波"一过，土场上又恢复了往日的宁静："现在的七斤，是七斤嫂和村人又都早给他相当的尊敬，相当的待遇了。到夏天，他们仍旧在自家门口的土场上吃饭，大家见了，都笑嘻嘻的招呼。九斤老太早已做过八十大寿，仍旧不平而且康健。六斤的双丫角，已经变成一支大辫子了；伊虽然新近裹脚，却还能帮同七斤嫂做事，捧着十八个铜钉的饭碗，在土场上一瘸一拐的往来。"依旧是贫穷、愚昧、保守和迷信，一幅多么苍凉、沉滞的社会风俗画呵！小小一场"辫子"风波，试出乡村隔绝状态下农民对于无论革命还是复辟都漠不关心。群众政治上的冷漠态度，正是专制制度"强有力的支柱"（恩格斯语），也是中国社会改革裹足不前的一个重要原因。

《阿Q正传》意在"暴露国民的弱点"（《伪自由书·再谈保留》），它聚焦于精神胜利法为主要特征的奴性心理。阿Q不敢正视现实，物质上一无所有，精神上常处优胜；挨了赵太爷的嘴巴，假洋鬼子的"哭丧棒"，却把怒火发泄到比他更卑更弱的小尼姑头上。向吴妈求爱闯了祸，挨了秀才的竹杠，很快忘却肉体的疼痛；旧社会精神奴役的创伤妨碍阿Q理解革命，土谷祠的革命幻想折射出封建时代大小丈夫对于"威福，子女，玉帛"的渴望。这个贫苦而又愚蠢的农民身上，鲁迅看到万劫不复的奴隶性格种种表现，还揭示出奴性人格形成的社会历史根源。《阿Q正传》的深刻性在于：将暴露国民性的弱点同攻打以封建等级制为核心的"中国精神文明"结合了起来。小说讲述阿Q欺侮小尼姑后，插入一段抒情性议论，指出阿Q的"永远得意"，"这或者也是中国精神文明冠于全球的一个证据了"（第四章）。

鲁迅后来谈到《阿Q正传》的创作意图时，也着重指出传统文化思想对国人社会心理的负面影响："别人我不得而知，在我自己，总仿佛觉得我们人人之间各有一道高墙，将各个分离，使大家的心无从相印。这就是我们古代的聪明人，即所谓圣贤，将人们分为十等，说是高下各不相同。其名目现在虽然不用了，但那鬼魂却依然存在，并且，变本加厉，连一个人的身体也有了等差，使手对于足也不免视为下等的异类。造化生人，已经非常巧妙，使一个人不会感到别人的肉体上的痛苦了，我们的圣人和圣人之徒却又补了造化之缺，并且使人们不再会感到别人的精神上的痛苦。"（《集外集·俄文译本〈阿Q正传〉序及著者自叙传略》）古往今来，"圣人和圣人之徒"用封建等级观念蛊惑人心，这种无所不在的奴性心理，使得劳动者不能理解自己的切身利益，不懂得应当和谁联合起来进行变革和斗争。

鲁迅对农民和其他劳动者的基本态度是"较永久地悲悯他们的前途，然而仇视他们的现在。"（《野草·复仇》）他严厉揭发劳动者的缺点和病根，并不忽视其灵魂深处坚韧的生命力和人性光辉。《明天》中的青年寡妇勤劳，刻苦，本分，靠纺纱养活自己和三岁的宝宝。生活中没有一人肯真心帮她，蓝皮阿五、红鼻子老拱们只是从她孤苦的生活中揩油，取乐。宝儿被迷信和庸医夺去生命后，她坚忍地期待"明天"在梦里"会她的宝儿"。作者从这个"粗笨的女人"的苦难中，发现她朴厚、高贵的灵魂和反抗命运的旺盛生命力。《社戏》以明朗的色调描绘乡村大自然的明丽，怀着亲切感情赞美"野孩子"们水晶似的心灵。并于对比中写出上层社会的虚伪堕落，从农民孩子和乡村生活见出"理想的人性"。即便是土谷祠里落后农民阿Q，因为时常肚子饿，受屈辱，总有"愤愤不平"。当看到革命使得百里闻名的举人老爷也"这样怕"，他舒服得像六月天喝了"雪水"，幻觉中认定"第一个该死的"，是赵太爷、赵秀才、假洋鬼子这些"死对头"，当然还有跟他打过"龙虎斗"的小D。周恩来在《在鲁迅逝世两周年纪念会上的讲话》中说得好："即使在反映中国社会腐朽的《阿Q正传》上，也显出伟大的奋斗前途，而鼓励着大众反抗腐恶势力。"鲁迅小说不是悲观的作品，在冷峻的文字下面，潜藏着巨大的思想力和理想主义激情。

鲁迅对他所"悲悯"的人物，用了陀思妥耶夫斯基"审问"灵魂的方法。他写道："凡是人的灵魂的伟大审问者，同时也一定是伟大的犯人。审问者在堂上举劾着他的恶，犯人在阶下陈述他自己的善；审问者在灵魂中揭发污秽，犯人在所揭发的污秽中阐明那埋藏的光耀。这样，就显出灵魂的深。"（《集外集·〈穷人〉小引》）人的灵魂千差万别，人的内心活动有极大随意性和隐蔽性，真实想法不易发见，非经过反复探索、迂回、审问，不能画出灵魂的"真"，非经过辩证解剖、详检、赏鉴，难以显示灵魂的"深"，阿Q形象塑造，便是这种艺术辩证法的成功实践。阿Q穷得只剩下一条"万不可脱"的裤子，却时时"转败为胜"，奏出精神上的凯旋。鲁迅无情面的举劾他的缺点（精神胜利法），又还记得他是质朴愚蠢的农民。阿Q土谷祠幻想革命的梦境，掺杂了许多污秽和杂质，那热烈向往革命的精神光耀却很分明。阿Q画花押时羞愧自己圈而不圆，游街示众又羞愧竟没有唱几句戏文；而当他听到豺狼嗥叫一般的喝彩声，他战栗了，把人世的悲惨同四年前饿狼要吃他的往事连成一片，终于在生死攸关时刻迸发出"救命"的呼喊。阿Q似乎走向苏生的路，然而他死灭了。鲁迅用拷问灵魂的方法，以"完全的写实主义"刻画出阿Q的复杂性格。

阿Q、祥林嫂、闰土、爱姑……，这些"老中国儿女"的悲剧，表现出20世纪初中国农民生活的"全体"，艺术地摄下劳动者麻木而不觉悟、坚韧而不屈服的灵魂，曲折地反映了我们民族历史上的斑斑血痕，充盈着对于民族复兴事业的希望和热情。从革命与农民关系的角度艺术地考察农民问题，鲁迅小说尤有开创意义。

三、沉思于改革者的悲剧

茅盾对1921年4—6月的小说做过统计，120多篇中，描写"男女恋爱关系的最多，共得七十余篇"；而其他题材的作品"实际上大多数还是把恋爱作为中心"，所以"描写男女恋爱的小说占了全数的百分之九十八"。①虽说只是三个月统计，很能说明新文学运动初期中国文坛出现了一个"争写着恋爱的悲欢"的文学景观。恋爱之作层出不穷，从主导方面看，反映了知识青年个性的觉醒，和冲破封建礼教罗网争取婚姻自由的时代呼声。但由于学生出身的作者生活空间过于狭窄，社会意识相当朦胧，许多作品不仅见解和态度相同，写法也类似，不是诉说婚姻不自由的苦痛，就是写没有办法的三角恋爱，社会意义大大削弱了。

《呐喊》《彷徨》中最多的题材，除了农民就是知识分子。鲁迅写知

---

① 郎损：《评四五六月的创作》，《小说月报》第12卷第8期（1921年）。

识分子并不着眼于恋爱悲欢，而沉思于时代悲剧，其中特别令人耳目一新的，乃是联系着旧民主革命失败或"五四"后期思想文化界大分化而作的改革者的悲剧。由于鲁迅选取了新的角度，使得传统知识分子题材获得新的生命。

当初鲁迅曾把改革的希望寄托在"精神界之战士"（先觉知识分子）身上，辛亥和"五四"后思想文化界两次大分化，越来越清晰地看出历次革命运动的流弊。因此，这些描写改革者悲剧的作品，既揭露反改革者对于改革者"无以复加"的压迫，更注重审视改革者的致命弱点。

《药》和《头发的故事》特别关注改革者所处社会环境。夏瑜为实现反清的政治理想献出生命，精神麻木的群众对他为之献身的事业却茫然无知，看戏似的赏鉴他的被杀或者取他的鲜血当药用。《头发的故事》中，N先生在清末留学时剪了辫子，由此招来"无辫之灾"，不仅受到清朝监督怒斥，也受到盘辫子同学的攻击，回国后不得已装上假辫子，又招来旁人的冷笑恶骂。辛亥革命推翻了清王朝，N先生才有了露顶之乐，所以他在革命后特别怀念创立民国的革命者，而对"忘却了纪念"的国民表示憎恶。

如果说，《药》揭示改革者与群众的隔膜和对立，《头发的故事》对悲剧根源的思考更进一层。当年，寄住在鲁迅寓里一位小姐因为剪发而被高等师范学校除名，鲁迅由此明白："虽然已是民国九年，而有些人之嫉视剪发的女子，竟和清朝末年之嫉视剪发的男子相同"，于是"感慨系之"，"呻吟了一篇《头发的故事》"（《坟·从胡须说到牙齿》）。"五四"后期社会依然守旧的严酷现实，唤起鲁迅对"无辫之灾"的痛苦回忆。N先生说出一番惊世骇俗的话来："现在你们这些理想家，又在那里嚷什么女子剪发了，又要造出许多毫无所得而痛苦的人！……改革么，武器在那里？工读么，工厂在哪里？……我要借了阿尔志跋绥夫的话问你们：你们将黄金时代的出现预约给这些人们的子孙了，但有什么给这些人们自己呢？阿，造物的皮鞭没有到中国的脊梁上时，中国永远是这样一个中国，决不肯自己改变一支毫毛！你们的嘴里既然并无毒牙，何以偏要在额上贴起

'蝮蛇'两个大字，引乞丐来打杀？"有的研究者认为 N 先生是"悲观主义者"，辛亥革命后"对前途完全丧失了信心"。其实 N 先生虽然沉重，却不悲观，他看得明白：不痛不痒的如剪发之类形式主义改良"毫无所得"，已为历史和现实所证明；旧的理想不能解决现代中国的实际问题，实行社会改革应具备强大的物质基础；旧社会极难改变，须进行深沉、韧性的战斗。N 先生实在是一位寻路者，旧的理想破灭了，新的理想尚未确立，退回原路又不甘心，于是产生焦灼、愤激之情；他苦于不能忘却辛亥革命的历史教训，因此特别激烈地反对一切关于"自由平等"的空谈，而主张切实可行的改革。

"五四"后期，鲁迅十分关注社会改革的趋向和潮流，他谴责"经验家"的保守、顽固，"理想家"的幻想、空谈："这与众不同的中国，却依然不是理想的住家"（《热风·随感录三十九》）。他告诫改革者须"鉴于前车""充足实力"（《两地书·十二》）。鲁迅对"美国法国式的共和"（《坟·杂忆》）深表怀疑，急切地想要寻一条新路。他借 N 先生之口，抒发辛亥革命"不堪纪念"的寂寞之感，谴责那些耽于幻想而不务实际的空头"理想家"。N 先生不是鲁迅，其性格和经历却有鲁迅的影子，他那些"乖张""不合时宜"的话语，传达出鲁迅对历史、现实的沉思和对于将来的预言。

《在酒楼上》和《孤独者》是以辛亥革命为背景，描写改革者生存状态、生存方式的作品。吕纬甫早年怀抱"改革中国"的理想，敏捷精干，奋发向上，十年辛苦辗转，"预想的事"没有一件如意，变得"敷敷衍衍，模模糊糊"了。他不愿重温"旧日的梦"，也不想打破别人的好梦，顺从母亲遗愿，回家乡办了两件无聊的事：给三岁上死去的小兄弟迁葬，给船家女阿顺送去两朵她喜欢的剪绒花，而对阿顺被包办婚姻逼死却没有抗议和不平。愈是热心做这些琐事，愈见出他的空虚、无聊。吕纬甫形容自己的境况就像蜜蜂或蝇子"飞了一个小圈子，便又回来停在原地点"一样可笑。这个羸弱的灵魂终究不能摆脱古老鬼魂的纠缠，回头教起"子曰诗云"来。魏连殳也曾有坚强的人道主义理想，相信孩子总是好的，常说家庭应该破坏，别人称他是吃"洋教"的新党。辛亥革命后由于旧社会迫害，被逼到"几乎求乞"的境地。强烈的求生意志使他"觉得偏要为不愿意我活下去的人们而活下去"，他用了毁灭自己的方法向社会和群众报复，放弃过去的信仰和主张，在孤傲和惨伤中走完人生长途。吕、魏的悲剧提供了颓唐的改革者两种不幸的人生选择，无论吕纬甫式的敷衍人生，还是魏连殳式的向社会复仇，都是改革者的自取灭亡。两个寓言式的悲剧让我们看到旧的"理想"（"美国法国式的共和"）如何不堪一击，主人公最终饮下了自己酿造的苦酒。

《幸福的家庭》和《伤逝》写婚姻自由、家庭改革，鲁迅这类题材的处理非常新颖独特。他从当时许多作者挣扎奋斗的终点——获得了"婚姻自由"写起，将主人公幻想的破灭，幸运的恶化，呈现在我们面前。两篇作品的主人公都受到"五四"思想解放运动鼓舞，在"平等，自由"旗帜下"反抗一切阻碍"，赢得某种程度的婚姻自由。在这里，鲁迅形象地描绘昔日理想曾经怎样激励青年一代改革者反抗家庭专制，取得一些成果，可是"安宁和幸福"并不久长。"为艺术而艺术"的作家想望中"非常平等，十分自由"的"幸福的家庭"在国内竟然找不到安放之所，现实中的作家夫妇逃不脱白菜、劈柴之类头疼问题，"理想"毕竟不能慰藉经济上的苦闷。子君和涓生同居后也受到旧社会的经济制裁，弄到"饭也不够吃"的地步，涓生苦恼地说他在阿随和油鸡之间找到了个人位置。倘说"作家"还缺乏正视现实的勇气，麻木地负荷那"恋爱的重担"，涓生则从生活压迫的苦痛进向了信仰危机，他否定了"盲目的爱"，开始懂得"人必生活着，爱才有所附丽"的道理。倘说《幸福的家庭》写出"现实怎样地嘲弄理想"[①]，《伤逝》则分明向"理想"挑战了。昔日"理想"被沉重的现实车轮辗得粉碎，像子君那样死抱住理想，一切"只为了爱——盲目的爱"，只能回到老路上去。鲁迅说："人不能饿着静候理想世界的到来，至少也得留一点残喘，正如涸辙之鲋，急谋升斗之水一样，就要这较为切

---

① 《茅盾论创作》，上海文艺出版社1980年版，第136页。

近的经济权，一面再想别的法。"（《坟·娜拉走后怎样》）"五四"后期，鲁迅在社会批评和文明批评实践中，逐渐抛弃了早年"非物质"的浪漫观点，开始深入到社会经济制度的考察，虽然没有明确提出经济权问题或别的什么解决办法，但以子君、涓生和"作家"的悲剧，启示我们从社会历史方面找到旧的理想破灭的原因。

《娜拉走后怎样》的讲演中，鲁迅意味深长地说："人生最苦痛的是梦醒了之后无路可以走"，《伤逝》艺术地描绘出鲁迅的寻路意识。最初反抗家庭专制的斗争中，子君的表现非常勇敢，喊出"我是我自己的，他们谁也没有干涉我的权利！"她以为争得"同居"权利就获得了一切，从此苟安于平庸生活，心甘情愿地成为捶着涓生衣角生活的家庭主妇，将"别的人生要义"统忘却了；一旦失去涓生的爱，便无可奈何地退回父亲那里去，独自负荷虚空的爱的重担，走完人生的长途。从根本上说，"盲目的爱"（理想）酿成了子君的悲剧。和子君相比，涓生善于思索，比较清醒。同居以后，对社会压迫时有预感，也没有失去人生意义的追求，他确信"世界上并非没有为了奋斗者而开的活路"，失业后也还是努力而切实地工作。不过他时常沉入"新的生路"的幻想："在通俗图书馆里往往瞥见一闪的光明，新的生路横在前面。……"涓生是"热情的向光明的人物"[1]，也是有明显缺陷的青年，敏感而卑怯，奋发而自私，向上又多幻想，张开翅子却不知飞向何方，他抛开子君也没能救出自己。通过子君和涓生的悲剧，作者分析了改革者队伍发生大分化的思想根源，涓生形象折射出"五四"后期鲁迅对知识分子前进道路的苦闷探索、执着追求。

总之，《呐喊》《彷徨》把知识分子作为社会改革一支重要力量来考察。鲁迅充分肯定知识分子在改革进程中的启蒙作用，更注重解剖他们的精神弱点，揭发新文化阵营大分化的思想根源。萧红说得好：鲁迅往往

---

① 茅盾：《论鲁迅的〈呐喊〉和〈彷徨〉》（1945年）。茅盾对涓生既有批评，也有肯定。有研究者片面摘引茅盾《鲁迅论》（1927）中的意见，说茅盾认为涓生其实是一个"卑怯"者，"这个神经质的青年大概不会有什么新的生活的"，借以支持自己的观点，这样做容易误导读者。

"从高处悲悯他的人物",指出那些"曾经是自觉的知识分子"的人物"比别人更可悲"。[①]至于知识分子向何处去?鲁迅尚不明确,但他在《一件小事》中通过人物形象的对比描写,衬出车夫的高大和"我"的渺小,素朴地表达了向劳动者学习的真诚愿望和亲切感情。这,或许正是鲁迅给十字街头苦苦"寻路"的青年们最可宝贵的人生启示。

[原载《寻找精神家园——思想者鲁迅论》,学苑出版社2000年版,原标题为《新文学中的一个大炬火——〈呐喊〉〈彷徨〉的时代性》]

[①] 转自聂绀弩:《我和萧红的一次谈话》,《新文学史料》,1981年第1期。

《示众》的文学渊源和艺术创造

　　近代中国启蒙思想家对社会心理和群众精神状态的解剖和批评，一向是他们考察社会改革问题的重要课题。1900年，梁启超在《呵旁观者文》中，对"各人自扫门前雪，不管他人瓦上霜"的旁观派经典口号猛烈抨击，指出"天下最可厌、可憎、可鄙之人，莫过于旁观者。""'旁观'二字代表吾全国人之性质也，是即'无血性'三字为吾全国人所专有物也。"①鲁迅在仙台学医时从幻灯片上看到一个群众围观示众的场面，受到强烈刺戟，醒悟到医学并非一件紧要事，凡是愚弱的国民，即使体格如何健全，如何茁壮，也只能做毫无意义的示众的材料和看客，病死多少是不必以为不幸的。"（《呐喊·自序》）鲁迅对旁观者的激烈谴责与梁启超一脉相承，他从"看与被看"形式上的对立，发现"示众的材料"和"看客"在本质上毫无二致。这一发现推动鲁迅迅速地走上改变国民精神的启蒙主义道路，而且成为他后来创作短篇小说的最初契机。

　　经历了辛亥革命和五四运动这样全国规模的社会变革，鲁迅痛感到帝制招牌虽然改换成民国，国民的劣根性并未根本改变。他总是不能拂去沉淀在脑海里那一幅幅看与被看的社会生活影像，每遇新的刺戟，示众的图画便浮现出来。1923年，他在一篇讲演中指出："群众，——尤其是中国的，——永远是戏剧的看客。……北京的羊肉铺前常有几个人张着嘴看剥

---

　　① 梁启超：《呵旁观者文》，《梁启超选集》，上海人民出版社1984年版，第128页。

羊，仿佛颇愉快，人的牺牲能给与他们的益处，也不过如此。"（《坟·娜拉走后怎样》）女师大学潮中，鲁迅和学生自治会成员受到章士钊、杨荫榆的迫害，许多教员作壁上观，"只见暗中活动之鬼，而竟没有站出来说话的人。"鲁迅感叹地说："群众不过如此""牺牲为群众祈福，祀了神道之后，群众就分了他的肉，散祚。"（《两地书·北京（二二）》）。可见1925年前后，对旁观者的剖析与批评仍然是鲁迅思考社会问题的焦点。

他曾在《狂人日记》《药》《风波》《阿Q正传》等小说中描写过群众围观的场面，勾勒出"示众的材料"和"看客"各种可悲的形象。例如《药》，夏瑜被害的时间尽管已是"秋天的后半夜"，围观者在丁字街口竟然"簇成一个半圆"。作者以华老栓的眼光描绘出示众的图画："老栓也向那边看，却只见一堆人的后背；颈项都伸得很长，仿佛许多鸭，被无形的手捏住了的，向上提着。静了一会，似乎有点声音，便又动摇起来，轰的一声，都向后退；一直散到老栓立着的地方，几乎将他挤倒了。"他在这里辛辣地讽刺了看客的冷漠、无聊。

如果说《药》所记述的示众场面积淀着鲁迅青年时代对于旁观者精神弱点的思索，那么他在1920年开始译介阿尔志跋绥夫的中篇小说《工人绥惠略夫》之后，更加激活、强化了这一思考。

《工人绥惠略夫》从先觉个人与社会群众尖锐冲突的角度，描写俄国1905年革命失败后社会黑暗和群众不觉悟。其中第13章，叙述了一个和鲁迅小说《示众》非常相似的场面。

这一章写无政府主义者绥惠略夫逃亡在彼得堡街市、公园、码头，他在自己逃出的大杂院门边看到一个群众赏鉴流血惨案的可怕场面。"示众的材料"是人道主义作家亚拉籍夫的死尸，本来他并不是沙皇军警搜捕对象，后来在军警砸门、性命攸关时刻，为了保存朋友存放的炸弹和名单，才开枪拒捕，激战中饮弹身亡。"看客"是一大群拥挤在大杂院门口的群众。一个画匠伙计从这边转到那边，兴致勃勃地讲述事情经过；一个胖绅士煞有介事地问这问那，"仿佛他受有恢复秩序的委托"似的；一个描画过眼睛的太太掺杂着问话，一个少年军官向这标致女人献媚；又听谁说：

"很好,他们枪毙了他!别人也可以小心些,竟成了时风了,放炸弹。"人群中只有一个青年姑娘"含着激昂与轻蔑向那众人看",低声说:"鬼知道,……这太过";和她做伴的一位大学生则激愤地说,这样死法总比被绞死好。

阿尔志跋绥夫笔下的"示众"场面虽然只是一个情节片断,和鲁迅的《示众》却有诸多可比之处。通过比较可以看出二者的文学联系,也可看出鲁迅独特的艺术创造。

从题材选择来看。

中俄两位作家都注目于围观示众题材。阿氏的"示众",除在场军警、宪兵而外,写了八个围观者。群众看死尸,绥惠略夫看所有在场的人物,看与被看在这里带有双重含义。鲁迅笔下的"示众"盛典,共写了18人,群众看示众者,示众者也看群众。在这所有人物后面,没有出场的叙述人(作者)审视着全体,看与被看在这里具有双重含义。两位作者都写了两种人:一是芸芸众生,包括"示众的材料"和"看客";二是社会改革者;在看与被看的场面叙述中,隐藏着两位作者的悲愤。

不过,鲁迅没写亚拉籍夫那样的英雄悲剧,他写的只是社会生活中极为平常的人事和场景。"示众的材料"只是一个"穿蓝布大衫上罩白背心的男人",他姓啥名谁,犯了什么法,谁也不知道。"看客"却围了大半圈,不断地有人加入,偶尔有人指指点点地说:"阿,阿,看呀!多么好看哪!"在鲁迅看来,"人们灭亡于英雄的特别的悲剧者少,消磨于极平常的,或者简直近于没有事情的悲剧者却多。"(《且介亭杂文二集·几乎无事的悲剧》)。鲁迅不写血的大戮,而将旧社会街头巷尾时常可见的围观场面用小说形式展示出来,他画出社会的众生相。与阿氏的"示众"情节相比,自然更具有典型性和普遍意义。

从主题表达来看。

阿尔志跋绥夫是主观的作家,他的观点是通过主人公绥惠略夫的观点来表达的。绥惠略夫混入围观的人群,"他那冰冷的眼睛只是慢慢的几乎不能分辨的从这一个脸移到别个的看。"他默默地听着人们兴奋的谈话,心想："人们并不互相关联，来分担那些可怕的可悲的消息。……他那被凄惨和绝望的无声的叫唤抽作一团的心，已给碎裂了的那可怕的苦痛，全没有相关的人。"绥惠略夫过去曾为救大众"将一生中最宝贵的去做牺牲"，可他的牺牲却不为大众所理解，人们反而帮助沙皇军警追捕、迫害他。现在看到人们对为救大众而牺牲的亚拉籍夫冷漠无情，犹如置身于明亮而荒凉的沙漠和雪野之上，感到无可隐蔽，格外孤单。彼得堡大街上"示众"的大悲剧，促使绥惠略夫潜入剧院的包厢，对"不幸者"也如对"幸福者"一样的开枪复仇。阿氏笔下的"示众"情节为主人公的性格发展提供了依据，作者的本意在于肯定向社会复仇的个人无政府主义观点。

鲁迅并不一般地反对向社会复仇。女师大事件中，由于受到段祺瑞政府和《现代评论》派"正人君子"的压迫，他说："我总觉得复仇是不足为奇的，虽然也并不想诬无抵抗主义者为无人格。但有时也想：报复，谁来裁判，怎能公平呢？便又立刻自答：自己裁判，自己执行；既没有上帝来主持，人便不妨以目偿头，也不妨以头偿目。"（《坟·杂忆》）。他在这一时期写了向旧社会和压迫者复仇的小说《孤独者》《铸剑》，《野草》中也有向保守落后群众复仇的散文诗《复仇》《复仇（其二）》。后来在《〈野草〉英文译本序》中述及《复仇》的写作意图是"因为憎恶社会上旁观者之多"。小说《示众》旨在鞭挞社会上的旁观者，也可以说是一篇以复仇为主题的作品。

《示众》借鉴《工人绥惠略夫》的主题，但中俄两位作家对群众的态度截然不同。阿尔志跋绥夫赞美绥惠略夫"抱了凉血的残暴的欢喜"，向剧院的观众开枪复仇。鲁迅则反对"一切是仇仇，一切都破坏"的个人无政府主义观点，他指出："绥惠略夫临末的思想却太可怕。……中国这样破坏一切的人还不见有，大约也不会有的，我也并不希望其有。"（《华盖集续编·记谈话》）"憎恶社会上旁观者之多"，归根到底还是一个启蒙课题。作为启蒙思想家，鲁迅"复仇"哲学的终极目的并非歼灭群众，而是拯救不幸的人们。《示众》对旁观者的态度是冷峻的，但是透过冰冷的语言外壳，我们深切地感受到作者对群众觉醒的那种热切的努力，坚韧地表达了迫切要求变革的人道主义精神。《复仇（其二）》写到耶稣被钉死前毫无畏惧，反而"玩味"围观的群众，"永久地悲悯他们的前途，然而仇恨他们的现在"，这句话正可以作为《示众》"复仇"基调的形象化注释。

瑞典学者雷纳特·兰德伯格谈到鲁迅对俄国文学的借鉴时说得好："鲁迅不止一次地从别的作家那儿借鉴主题，但是他总是独立地进行创造。通常是他的作品的主题和人物比他借鉴的原型更具有普遍性。"①《示众》虽然借鉴了阿尔志跋绥夫作品的人物和主题，但鲁迅扬弃了阿氏的个人无政府主义观点，提出了唤醒民众这一中国反封建思想革命中的重大启蒙主题。

从场面描写来看。

《工人绥惠略夫》全书充斥着争论的对话和带有宣传气息的说教，精彩的场面描写不多，第13章的"示众"场面算是例外。作者始终以绥惠略夫作内视点，审视那"一大堆乌黑的激动的群集"，倾听人们七嘴八舌的议论，看来作者描写"示众"场面的主要意图还是为了刻画主要人物，表现改革者不被群众理解的内心苦痛。作者采用点与面相结合的方法描写人事和环境。惨案现场"密排着警察的黑形相和灰色外套的区长"，人们"从背脊和肩膀缝里，伸上那因为好奇而发亮的脸来"；当死尸被抬上红十字马车，人群渐渐散去，还有些人"用了不知所以的好奇心向门口看"。这里，一般的场景描写透露出沙皇专制下社会黑暗的时代气氛，重点描写那个喋喋不休的画匠伙计及发出不和谐音调的男女大学生，形成色调的明暗对比，增加了场面的立体感。

作为一篇完整的短篇小说，鲁迅的《示众》，场面更加摇曳多姿，富于独创性。

首先，采用居高临下的视角，将全场的人事和环境尽收眼底。作者以极俭省的文字画出18个人物的肖像，尽管我们说不出这些萍水相逢的陌路人姓氏来历，白背心和红鼻子，胖孩子和小学生，椭圆脸和死妒鱼，秃头

---

① 雷纳特·兰德伯格：《鲁迅与俄国文学》，王家平、穆小琳译，《鲁迅研究月刊》1993年第9期。

的老头子和抱小孩的老妈子，等等，我们不会混淆。这些连白背心上的文字也读不通的人物，说话自然不多，默默无言地呆看和相互推挤，是他们共同的动作，由此透视出他们内心的空虚和荒凉。作者还用俯视镜头摄下了盛夏正午马路边的自然景观：火炎炎的太阳下，狗拖出舌头，连树上的乌鸦也张嘴喘气；远处隐隐传来两个铜盏击打的金属音，近处是胖小孩叫卖"热的包子"的尖音，……酷热、单调、寂静的自然气候，传达出北洋军阀统治下令人窒息的时代气氛。作者采用俯视的构图法，高瞻远瞩，洞幽察微，显出场面的空间广度和深度。

其次，《示众》也用了点、面结合的方法叙述人事。那么多浑浑噩噩的看客中，只有"一个工人似的粗人"提出疑问："他，犯了什么事啦？……"众人都睁了眼睛看定他，"他于是仿佛犯了罪似的局促起来"，退出人圈。旁观者只要看热闹，根本不屑于弄清楚是非曲直，这"工人似的粗人"提出疑问反被视为异类，可见人们的灵魂麻痹症已无可救药。小说的叙述角度不是固定不变的，作者运用视点转换、交叉的表现手法细绘出看客们的情态、心理特征。先是以胖小孩的眼光研究被示众的白背心，那白背心正在研究发亮的秃头，胖小孩也便跟着去研究秃头；又以胖大汉的眼光去看白背心的脸，发现白背心仰面看他的胸脯，于是低头看自己的胸脯，拂去两乳间的一片汗；而胖大汉和巡警却斜了眼，研究老妈子钩刀般的鞋尖……。采用点面结合和视点转换技法，加深了画面的明暗凹凸对比，在有限的平面上复现出现实生活的三维空间。

再次，《示众》所描写的场面不是静止不变的，而是随着时间推移，不断流动、变化的。正当看客们互相呆看得乏味，什么地方传来了喝彩声，于是看客们错落地去马路上看那跌倒的车夫。等到目送车夫远去，马路复归闲静，人们终于无戏可以看。那胖大汉只能在树荫下看那一起一落的狗肚皮，老妈子抱着孩子从屋檐下蹩回去了，马路边只留下胖孩子"热的包子！"的叫卖声。新的场景暗示出人物、事件的时空转换过程，实现了鲁迅向无聊的看客"复仇"的创作意图，给读者留下一个生生不息的想象空间。

　　《示众》通过纵横交错的场面描写将人事和环境结合起来，不仅描绘出"老中国"的社会众生相，而且折射出畸形社会的经济文化背景和时代氛围。它不以情节描写和人物刻画见长，而侧重于展现特定的时代环境，就文体而论，它是一篇氛围小说。

　　小说艺术在发展的流程中，逐渐改变了情节、人物、环境三要素在描写中的比重，环境气氛描写在一部分作品中占有越来越重要的地位。19世纪末20世纪初，氛围小说在欧洲一度盛行。阿尔志跋绥夫虽然重视环境气氛描写，他的小说主要还是刻画人物，还不是氛围小说。另一位俄国作家契诃夫却写过很有名的氛围小说，《示众》的创作可能受到契诃夫短篇《苦恼》的影响。

　　《苦恼》写马车夫姚纳·波达波夫向每一个遇见的人诉说他最近失去儿子的苦恼。向乘车的军官说，军官"闭着眼睛"不愿听。向三个青年乘客说，遭到一阵嘲笑和鞭打。看门人不等他开口就把他赶开，夜间向一个起来喝水的青年车夫说，那小伙子很快蒙头大睡了。"人群匆匆地来去，没有人理会他和他的苦恼。"最后只好把心里话讲给小母马听……这篇小说虽有一个主角，作者本意却不在刻画人物，而要写出金钱社会冷漠的时代气氛。在主题开掘、气氛渲染上，《示众》与《苦恼》很相似。甚至在意象选择、借景显情的表现手法上，也汲取了《苦恼》的许多长处。鲁迅说过"柴可夫是我顶喜欢的作者"①，他的小说创作在思想、艺术上受到契诃夫多方面的滋润。《示众》在文体形式上对《苦恼》的借鉴，为我们研究鲁迅和契诃夫的艺术联系提供了一个例证。

[原载《鲁迅研究月刊》1994年第10期]

---

　　① 参看李何林：《鲁迅论》，上海北新书局1930年版，第146页。

《孤独者》与《工人绥惠略夫》比较论

　　鲁迅1921年4月从德文转译了俄国作家阿尔志跋绥夫的中篇小说《工人绥惠略夫》，1925年10月，创作短篇小说《孤独者》。中俄两篇作品在背景、人物和主题等方面多有可比之处。通过比较，可见出阿氏对鲁迅的影响，以及鲁迅小说主题的深刻性和艺术的创造性。

一

　　《工人绥惠略夫》以彼得堡为中心，在广阔的背景上，描写十月革命前俄国的社会生活。20世纪初，俄国工人阶级就作为一支独立的政治力量与沙皇政府相对峙。1905年的资产阶级民主革命虽然遭受挫折，俄国社会各种矛盾却日益尖锐化。小说中的彼得堡，市面萧条，物价飞涨，都会里"无业的人"就有"一两万"。革命暂处于低潮，彼得堡及外地工人运动此伏彼起，资本家伙同沙皇军警在各地残酷压迫革命者。一个矿山里的铁匠，向主人公诉说政府镇压同盟罢工的惨象："开到了三连的兵，又架起一台机关枪"，他们"什么都做出来，皮鞭，枪毙，强奸女人……最苦的是委员部的同人……"。绥惠略夫就是一个参加过总同盟罢工、被判死刑、押解途中乘隙逃到彼得堡的无政府党人，他的妻子在总同盟罢工失败后被绞死在"污秽的绞索里"。

　　在《孤独者》中，我们看到"五四"退潮和革命高潮到来之前中国南方城镇和乡村的面影。寒石山是座连小学也没有的小山村，全村惟一"出外游学的学生"魏连殳，便成了村里人眼中的"异类""外国人"和"吃洋教"的"新党"。山里没有医生，连殳的祖母死在痢疾流行的时疫中。魏连殳爱发些关于社会和历史的"奇警"议论，便受到S城绅士办的小报匿名攻击，学界也常有关于他的流言。在山阳执教的"我"，也难逃守旧小报的纠缠。两位主人公先后饱尝失业的况味，连殳的几个朋友也"被敌人诱杀了"。

《孤独者》描写的社会情状与《工人绥惠略夫》颇相似，这种相似并不违背两国在特定历史阶段的基本国情。毛泽东说过："中国有许多事情和十月革命以前的俄国相同，或者近似。封建主义的压迫，这是相同的。经济和文化落后，这是近似的。两个国家都落后，中国则更落后。先进的人们，为了使国家复兴，不惜艰苦奋斗，寻找革命真理，这是相同的。"[1]所不同的是，阿尔志跋绥夫描绘出资产阶级和沙皇制度沆瀣一气共同压迫改革者的社会图画，鲁迅笔下则展现出比俄国"更落后"，封建主义气息更浓厚的社会风貌。

阿尔志跋绥夫将他审视俄国现实生活的着眼点放在改革者与群众的关系上。《工人绥惠略夫》中出现了许多奉行无抵抗主义的糊涂而麻木的群众。这里有挣扎在灰尘、潮湿、伤风和死亡线上的机器工人及"充满着求恳和忧虑"的失业者，有轻信、驯良、信奉上帝的农民和要求丈夫"沉默""忍耐"的穷教员的肺病妻子，有只知道"上戏园，追逐漂亮姑娘"的动物一样的小贩，还有绥惠略夫的奴性十足的房东——"帐幔后边的老男女"。穷教员顶撞上司被撤了职，这对老男女非但毫无同情心，反而像腐肉里的蛆虫似的低声絮语："对着官员放肆了……人就不能更卑下些？""小百姓应该都忍耐"。老女人还傲然地说出她年轻时候当使女，被主人打了三个嘴巴、断了两枚牙齿，后来主人明白她受了冤屈，重赏100卢布的故事。她还得意地自夸："倘使那时我不打熬，我就得不到伯爵的赏了。"

---

① 《毛泽东选集》第4卷，人民出版社1960年版，第1368页。

这些毫无智识的群众对改革者为"救大众"而进行的斗争漠不关心，反而"快活"而"好奇"地围观、赏鉴改革者喋血的现场，绥惠略夫被侦探和警察追捕，也无人肯隐匿他，或让给他一条路。在如此沉默的国民中，孤独的改革者实在难以逃脱无路可走的悲剧。

辛亥革命失败后一个很长时期内，鲁迅也经常思考改革者与群众的关系问题。"五四"初期他在《药》《头发的故事》中，实际上已透露出夏瑜和华老栓父子、N先生与一般市民的关系，表现出群众的愚昧麻木和改革者的愤懑悲哀。"五四"后期他之所以译介《工人绥惠略夫》，也是"觉得民国以前，以后，我们也有许多改革者，境遇和绥惠略夫很相像。"不但"改革者的受迫，代表的吃苦"相像，"便是教人要安本份的老婆子，也正如我们的文人学士一般"。（《华盖继续编·记谈话》）显然，阿尔志跋绥夫审视现实的独特角度，激起鲁迅强烈而持久的共鸣。1921年到1925年间，他又先后发表《示众》《长明灯》《孤独者》和《伤逝》等作品，逐步深化了改革者与群众关系的思考。

《孤独者》中与魏连殳对立的，是各种黑暗势力和落后群众。黑暗势力施加的压迫，是作为背景材料侧面交代的；小说着力表现的还是魏连殳和亲戚本家、房东老太婆的冲突。

祖母过世后，连殳的本家排成阵势，互相策应，强迫他照旧章程办丧事。为了侵夺祖传老屋，一个堂兄追到S城，硬要将小儿子过继给他。魏连殳临死前三天说不出话了，"十三大人"还从乡下赶来向他索要存款。明争暗夺，不讲情义，可见乡村宗族势力对"和我们不一样的"人多么冷酷无情。房东老太婆在连殳失业时不准两个孙子吃他的东西，而在连殳"交运"后又忙不迭地让出正屋，自己移住厢房，还眉飞色舞地向客人夸耀"魏大人"如何阔气："你知道，他先前不是像一个哑子，叫我老太太的么？后来就叫'老家伙'。唉唉，真是有趣。"世态的炎凉，国民性的卑怯，表现得淋漓尽致。这个形象的构思和描写，显然受到阿氏"帐幔后的老男女"的启示。鲁迅在《译了〈工人绥惠略夫〉之后》中说过："我们试在本国一搜索，恐怕除了帐幔后的老男女和小贩商人以外，很不容易见到别的人物。"如此痛切的感叹和众多落后群众形象的创造，表明作者在"五四"后期对群众有过悲观估计。

我们从社会背景方面比较了两篇作品的相似点，由于黑暗势力的压迫和落后群众对改革者的冷漠态度，绥惠略夫和魏连殳的悲剧是很难避免的。"五四"后期中国的天空"充塞着重叠的黑云"（《华盖继续编·碰壁之后》），比十月革命前的俄国更黑暗、更落后。在根深蒂固的封建宗法制度下，中国改革者进行反封建斗争的道路布满了危崖和荆棘。

二

环绕改革者与群众关系这个轴心，两篇作品在各自背景上，描绘出主人公复杂的心理过程和性格发展史。

绥惠略夫对群众的态度经历了三阶段：从爱出发，到憎人厌世，终至向社会复仇。他在大学毕业后抱着爱人类的理想在工厂做工五年，那时他"充满着勇气和确信""对于最后的胜利满抱着热烈的自信"。自从罢工失败"最宝贵的"人被绞死后，他变得憎恶人类，不相信人的天性是向善："倘使爱、同情与无我真是天禀，饱汉也不会旁观，看那肚饿的人怎样死，也不该有主人和仆人，因为大家都互相牺牲，大家都平等了。"他仇视胖绅士和一切压迫者，他那躁动的灵魂常常压抑不住狂暴的愤怒和复仇的欲望，看到不幸者也是那样的怯弱、昏迷，像"猪一般的互相吞噬"，"听任凶残的棍徒嚼吃他们的血"，他发誓向幸福者与不幸者"一样的报仇"。尽管对不幸者的哀矜尚未泯灭，比如看到机器后面工人们单调而沉重的劳动，眼里"极锐利地炎上了无可和解的铁一般的憎恶"，其间又"闪出真实的柔和的悲哀"。可当他目睹亚拉藉夫陈尸街衢供人赏鉴，自己被追蹑在人群中如置身于荒凉的沙漠雪野，于恐怖、绝望中他潜入剧院的楼厢，向观众狂乱地开枪复仇了。

魏连殳的心灵历程与绥惠略夫相似。早年他学动物学，做历史教员，平时对人爱理不理的，却亲近失意的人，喜欢管别人闲事，常说"家庭应该破坏"孩子总是好的",中国的希望"只在这一点"。他的客厅里"常常围绕着忧郁慷慨的青年,怀才不遇的奇士和腌臜吵闹的孩子们",他经常发表文章抨击时弊。从"爱人"转变为"憎人",是有深刻的社会原因的。街头一个很小的孩子拿一片芦叶指着他喊"杀",使他产生幻灭的悲哀;堂兄和侄儿公然抢夺祖传老屋,使他十分厌恶;失业后,房东两个孙子连他给的东西都不吃了,他的客厅成了"冬天的公园",迫使他离群索居,陷于贫穷孤独。在魏连殳眼里,社会群众像毒蜘蛛,吐出长长的"丝",布下无所不在的"网",将他死死地裹在"独头茧"里。他的孤独不是消极遁世的孤独,而是启蒙者的孤独。即使被压迫到几乎"求乞",他还愿"有所为",哪怕"为此冻馁,为此寂寞,为此辛苦",在所不惜。唯一的朋友被敌人诱杀了,彻底改变了连殳的人生态度:"偏要为不愿意我活下去的人们而活下去"。为了复仇,他做了军阀杜师长门下的顾问,从此躬行先前所憎恶、所反对的一切,拒斥先前所崇仰、所主张的一切,他终于在孤独的复仇和绝望的抗战中毁灭了自己。爱人—憎人—复仇,正是"五四"后期一部分首先觉醒、终至颓唐的思想战士心灵历程的典型写照。这一形象的塑造显然受到绥惠略夫形象的影响。

1925年3月,鲁迅谈到绥惠略夫一类改革者的命运:他们"要救群众,而反被群众所迫害,终至于成了单身,忿激之余,一转而仇视一切,无论对谁都开枪,自己也归于毁灭。"(《两地书·四》)这段话给我们提示了比较绥惠略夫和魏连殳性格的新思路。其一,他们不被群众理解,反受迫害,陷于孤立境地。在先觉个人与社会群众的尖锐对立中,绥惠略夫"憎恶人类",魏连殳也"看得人间太坏",如此激烈的谴责固然有特定历史条件下群众愚昧落后及其对社会改革态度冷漠作背景,但从两个人物怆痛的灵魂呼喊,我们听到了尼采"人比任何猿猴还象猿猴些"的声音[1]。其二,在无路可以走的境遇里,他们不能不寻出一条可走的道路来,于是"一转而仇视一切",对于不幸者也和对于幸福者一样的宣战了。绥惠略夫

---

[1] 尼采:《查拉图斯特拉如是说》,尹溟译,文化艺术出版社1987年版,第6页。

"终身战争，就是用了炸弹和手枪，反抗而且沦灭"。(《译文序跋集·译了〈工人绥惠略夫〉之后》) 魏连殳向社会报复的方式与绥惠略夫不同，性质却一致。当顾问后他"水似的花钱"，不留一点积蓄，把别人送的东西摔到院子里，叫"老家伙"拿去吃，甚至要孩子装一声狗叫，或者磕一个响头，才给买东西……。鲁迅说："我常说惟'黑暗与虚无'，乃是'实有'，却偏要向这些作绝望的抗战，……因为我终于不能证实，惟黑暗与虚无乃是实有。"(《两地书·四》) 魏连殳、绥惠略夫绝望的抗战和尼采的强力意志，"报仇精神"，具有一脉相承的联系。

尽管阿尔志跋绥夫写给德国人毕拉特的信里一再否认他的创作受到尼采影响，鲁迅还是确认"绥惠略夫却确乎显出尼采式的强者的色彩来。"所谓"尼采式的强者的色彩"，不仅表现为对人类堕落的愤激，还表现为对敢于独战多数的强韧个性的呼唤，这两点上，鲁迅认为绥惠略夫是"伟大"的。(《译文序跋集·译了〈工人绥惠略夫〉之后》) 魏连殳以自己的灭亡向黑暗势力、愚昧群众作"绝望的抗战"，同样显出尼采式的强者色彩。鲁迅说过，走人生的长途，如果遇见老虎，就爬上树去，倘若没有树，只好请老虎吃了，但也不妨"咬它一口"。(《两地书·二》) 魏连殳在黑暗势力的汪洋大海中成了孤军，最后背水一战，反"咬"一口，以自己的灭亡作"绝望的抗战"，不正是鲁迅所弘扬的强韧个性么。有研究者指斥他在敌人压迫下"变节投降"了，甚至说"反动势力通过杜师长这个封建军阀出八十元月薪收买他，这八十元是魏连殳出卖灵魂的标价。"这个推论太远于事理，它脱离了原作所提供的情节和场面，忽视了魏连殳与阿尔志跋绥夫及尼采的内在联系，在方法论上重蹈了鲁迅所批评的"摘句法"的覆辙。

鲁迅并不反对向社会复仇。他说："我总觉得复仇是不足为奇的，……既没有上帝来主持，人便不妨以目偿头，也不妨以头偿目。"(《坟·杂忆》)"五四"后期，他在散文诗《复仇》《复仇（其二）》和新编历史小说《铸剑》中，就强烈地表达了对黑暗势力憎恶和复仇的意志。当然，鲁迅不主张破坏一切地盲目复仇，他说："绥惠略夫临末的思想却太可怕，……一切皆仇仇，一切皆破坏。中国这样破坏一切的人还不见有，大约也不会有的，我也并不希望其有。"（《华盖集续编·记谈话》）他在这里清算了敌视社会、蔑视和否定群众的个人无政府主义态度。关于这一点，下文在分析"我"与魏连殳形象的对比关系时还要论证。

三

运用对比的方法和人物之间争论性对话揭示主人公心灵深处的矛盾冲突，是两篇作品在艺术构思和主题表达上的共同特色。

跟绥惠略夫相对比的艺术形象是大学生亚拉籍夫。这位人道主义作家、托尔斯泰"勿抗恶"的信徒"只相信自己的理想，宛然那农民对于上帝似的。"他和绥惠略夫发生过两次激烈争论，其焦点是：（一）真理是什么？亚拉籍夫相信人的天性向"善"，把"爱""同情""自己牺牲"奉为真理，绥惠略夫认为"人的天性是可恶的"，"真理是，人的一切欲望，全不过猛兽的本能"；（二）理想与现实的关系。亚拉籍夫宣扬"爱"与"忍耐"，把黄金时代的理想描绘给人们看，他要"救助"不幸的人，例如帮助穷教员付了一个月房租，还借书给天真的少女阿伦加看，可是阿伦加被迫嫁给俗不可耐的小贩商人他却束手无策，只有"悲恸"和"畏惧"。绥惠略夫质问他："你们将那黄金时代，预约给他们的后人，但你们却别有什么给这些人们呢？"二人争论的实质是"爱人"与"憎人"，理性与非理性，"勿抗恶"与"复仇"，争论中拉开了人物的心理距离，鲜明地揭出不同的思想性格。亚拉籍夫不赞成无政府党人用炸弹"杀人"，认为只有"爱"与"忍耐"最终能够从历史上驱除"强权和压制"，后来却为了不交出朋友存放的炸弹和名单，开枪拒捕，饮弹牺牲了。亚拉籍夫最终抛弃了"黄金世界"的理想，用生命和鲜血显示了"非人间的憎恶"，两位改革者的争论最后有了明白的答案。

为了揭示魏连殳的内心冲突，《孤独者》也对比地刻画了另一改革者

"我"的形象。"我"吃过失业的苦头，受过《学理周报》的匿名攻击（所谓"呼朋引类""挑剔风潮"），对黑暗势力"向来如此"的丑恶和群众的愚昧有清醒认识。两位主人公有过三次争论性的对话：（一）魏连殳说"孩子总是好的，他们全是天真"，后来的坏是"环境教坏"的，"我"则认为孩子是"先天的坏"，"如果孩子中没有坏根苗，大起来怎么会有坏花果？"（二）魏连殳讨厌本家"不像人"，"我"说他们不过"思想略旧一点"，劝连殳不必"自寻烦恼"，不要"亲手造了独头茧，将自己裹在里面。"（三）最后一个朋友被谋杀后，连殳说"我还得活几天"，为自己，为不愿我活下去的人；"我"则发出"无端的"追问："为什么呢？"连自己都觉得可笑。"我"的这些带有世俗气味和先验色彩的话语，同连殳激烈的辩白形成对照，连殳内心深处的爱憎纠缠及复仇渴望在争论中得以多侧面的显现。

小说结尾，细致地剖析了"我"告别死的连殳时极为复杂的心理活动。在"死一般静"的客厅（灵堂）里，"我"难忍亲戚本家虚伪的哭声及其守旧、丑陋的表演，对连殳当初骂他们"不像人"有了现场体验。死者已矣，了无牵挂，不再受苦，而生者"我"觉得很无聊，"怎样的悲哀倒没有"。接下去，连殳入殓的一幕更其"令我意外"：入棺时，连殳很不妥帖地躺着，脚边放一双黄皮鞋，腰边放一柄纸糊的指挥刀，骨瘦如柴的灰黑的脸旁，是一顶金边的军帽。……他在不妥帖的衣冠中，安静地躺着，合了眼，闭着嘴，口角间仿佛含着冰冷的微笑，冷笑着这可笑的死尸。多么悲凉、多么惨伤的图景呵！这位曾经立志改革中国，特立独行的启蒙者，在无涯际黑暗的袭击中，终于孤独地走向复仇的不归路。小说给魏连殳安排下大悲剧结局，"不妥帖地""纸糊的""冰冷的""可笑的"——这些带有贬抑和讽刺意味的词语，透出作者复杂的情感和分明的倾向性。

敲钉的声音一响，"我"即退出大门。所谓"我快步走着，仿佛要从一种沉重的东西中冲出"，其实是对魏连殳命运的反思，那压在心头的"沉重的东西"，既控诉社会（群众）压迫之"沉重"，也有对魏连殳反抗绝望而终至灭亡的悲悯之情。幻觉中隐约听到"一匹受伤的狼""在深夜荒野中的嗥叫",可理解为孤独的精神战士尼采式的抗争。鲁迅说:"在进取的国民中,性急是好的,但生在麻木如中国的地方,却容易吃亏,纵使如何牺牲,也无非毁灭自己,于国度没有影响。"(《两地书·一二》)"进取"的魏连殳因"性急"而自我毁灭的反抗,"我"并不认同。至于诀别连殳后,"我的心地就轻松起来,坦然地在潮湿的石路上走,月光底下",一说"悲愤宣泄出来,就感到轻松了",一说"批评魏连殳",都不准确。鲁迅说过:"我是诅咒'人间苦'而不嫌'死'的,因为'苦'可以设法减轻,而'死'是必然的事,虽曰'尽头',也不足悲哀。"又说:"同我有关的活着,我倒不放心,死了我就安心"(《两地书·二四》)。友人已死,不再受苦,所以我心地"轻松"起来;为生者计,诀别连殳,"淡然地"走上一条似乎可走的路;这个结尾曲折地抒写出一种积极达观的人生态度,传达出一种交织着爱与憎,超越了生与死,执着于现实与未来的悲剧精神。

以上分析可见,"我"与亚拉籍夫性格发展趋向大不同。亚拉籍夫以拒捕和牺牲表示对托尔斯泰无抵抗主义的否定和对个人无政府主义的皈依,"我"则以替连殳送殓,实现了对黑暗社会、落后群众及绥惠略夫式盲目复仇的双重批判。"我"的前途虽不好测定,但在小说结尾处留下了希望之光。

"我"和魏连殳是各具个性又密切相关的人物,二者都不是鲁迅,又各自折射出鲁迅思想和生活的某些侧面,试图分辨出作者赞同或反对谁,没有多大的意义。这是两个彼此映衬、相互对比的"二位一体"形象,二者的性格冲突或联结,表现出鲁迅与旧思想艰难而痛苦的诀别。小说中两种声音的争论带有丰富的象征隐喻意义,鲁迅将他对进化论的相信和怀疑,对群众的同情与憎恶,对个人无政府主义的肯定与否定,以及对于生命本质、生存状态、生命意义的探寻,具象为两个人物了。这种"二位一体"构思法显然受到弗洛伊德的影响,弗洛伊德说:现代作家"通过自我观察,把他的自我分裂成许多局部的自我,其结果是将他自己精神生活的几

股冲突之流，在几个主人公身上表现出来。"(《创造性作家与昼梦》)

此种二位一体的构思法或择取自《工人绥惠略夫》。阿尔志跋绥夫不独对比地描写了绥惠略夫和亚拉籍夫，还运用艺术的象征手法，设计了绥惠略夫与幻觉中的黑铁匠（即"奇怪的影子"）对话。黑铁匠的幻影揭破了绥惠略夫"憎"的根苗："你憎，就因为你心中有太多的爱!"用鲁迅的话说，这场争论实际上是主人公"自心的交争"。绥惠略夫后来在逃亡的极度衰弱中还做了一个奇怪的梦，梦见两个黑色精灵争论不休。其中一个寂寞的"小男人"颂扬一切善，攻击一切恶；另一个"丰肤、裸露而淫纵"的女性的躯体则要把人类引向她自身，她是"生命的诱惑""世界的恶"。这梦境也用了二位一体的构思法，象征地剖示出主人公在生命尽头内心深处的矛盾和痛苦，梦幻中小男人终于坠向深渊，从而否定了禁欲家和"救世者"虚伪的谎言。阿尔志跋绥夫借助二位一体构思法、幻觉与梦境，探明了绥惠略夫的深层心理，显示爱憎纠缠的内心矛盾和个人无政府主义、非理性主义的社会改革观念。鲁迅曾在散文诗《影的告别》《过客》《墓碣文》中运用二位一体构思法绘出自己"具象化的心象"（厨川白村语），现在又以"我"与魏连殳的对比描写，透出人物内心交战和《孤独者》的创作意图。

四

至于小说的创作意图，影响较大的说法是批判知识分子"个人主义的生活方式和思想方式"，或曰指出"'骄傲'和'玩世'疗法的末路"。此类意见注意到作者"五四"后期对知识分子弱点和命运的思考，有其合理性，但是忽略了思想文化背景的考察，带有片面性。我以为，讨论《孤独者》创作意图，不可不关注下列三点：

其一，鲁迅是在"四面碰壁"的境况中写《孤独者》的。女师大风潮中，因为反对当局压迫学生，受到"正人君子"的流言攻击，还被段祺瑞政府非法免去教育部佥事之职。他感叹"群众不过如此，由来久矣，将来恐怕也不过如此。……女师大的教员也太可怜了，只见暗中活动之鬼，而竟没有站出来说话的人。"（《两地书·二二》）鲁迅将他对社会、群众的不满和失望，通过魏连殳对"黑暗与虚无"的抗战，艺术地传达出来了。在启蒙者与社会群众的思想战争中，鲁迅的同情显然在孤独者一边；但他"不是用'社会群众'的标准测试那些知识分子的个人思想的优长与短缺，而是用这些知识分子的命运检验着社会思想的发展程度和现实面貌。"①

其二，新文化阵营在"五四"后期的又一回大分化，促使鲁迅深入改革者内心，探寻大分化的思想根源。他解剖自己灵魂里的"毒气和鬼气"，"极憎恶他，想除去他，而不能。"（《书信·240924致李秉中》）这种焦灼、痛苦、矛盾的心态在两位主人公的对话中，得到充分体现。魏连殳原先相信进化论，爱孩子，救大众，反被群众迫害，"忽而爱人，忽而憎人"，爱中有憎，而"憎，又或根于广大的爱"（《译文序跋集·〈医生〉译者附记》）鲁迅称这种矛盾心态是"人道主义与个人主义这两种思想的消长起伏"（《两地书·二四》），它的具象化便是魏连殳的虚无、偏激与复仇。鲁迅早年赞美过"向庸众宣战"的"个人的自大"，而在"五四"后期，则以魏连殳"可笑的死尸"昭示"个人的自大"无有前途。

其三，鲁迅彷徨时期的苦闷，实质上是旧的理想幻灭，新的理想尚未确立的一种困惑感。但他并不消沉，而以"韧"战的态度反抗绝望。他说："除了再想法子来改革以外，也再没有别的路。""我"离开灵堂时虽则迟疑于今后所走的路，耳中挣扎出一匹受伤的狼在旷野中的嗥叫，终竟还是"轻松""坦然"地走向"月光下"。这个象征性结尾，折射出鲁迅"以悲观作不悲观，以无可为作可为"（许广平评语）的上下求索态度。

在以上三重意义上，《孤独者》成为鲁迅彷徨期最具代表性的作品之一，它的主题远比《工人绥惠略夫》深广。阿尔志跋绥夫把沙皇专制制度"无可救药"的事实揭示出来，提出向社会复仇的个人无政府主义方案：

---

① 王富仁语，见《鲁迅研究》第9辑，中国社会科学出版社1984年版，第25页。

鲁迅小说却具有双重的批判意义：既鞭挞军阀官僚政治黑暗、国民性落后，又否定个人无政府主义反抗方式，在人物关系对比描写中，还表达了弃旧图新的积极意向。如果说《工人绥惠略夫》是"一本被绝望所包围的书"（《译文序跋集·译了〈工人绥惠略夫〉之后》），那么《孤独者》是透露出光明与希望的作品。

阿尔志跋绥夫的文学成就在俄国文学史上不及托尔斯泰、果戈理伟大，然而他是"俄国新兴文学的典型的代表作家的一人"。他的创作虽不免主观，却是"时代的肖像"。他的作品"毫不多费笔墨"，人物"如实描出"，擅长"心理剖析"，《工人绥惠略夫》还"看出微微的传奇派色彩来"。鲁迅称赞他的小说是"出色的纯艺术品""表现之深刻在侪辈中算是达到了极致。"（《译文序跋集·〈幸福〉译后记》）鲁迅特别看重阿氏卓越的表现法。《孤独者》及《示众》《伤逝》等作品，在反映现实生活，环境描写，人物刻画和心理剖析方面，或隐或显地受到阿氏影响。

这种影响对提高鲁迅小说的艺术表现力很有意义，然而鲁迅创作之根还是扎在中华民族的深厚文化土壤里。"外之不后于世界之思潮，内之仍不失固有之血脉"，才能写出《孤独者》这样的创新之作。从连殳形象固然可见绥惠略夫、查拉斯图拉的影像，也不难发现他与嵇康、阮籍的血缘联系。嵇、阮二人"刚肠疾恶，轻肆直言""非汤武而薄周孔"（嵇康：《与山巨源绝交书》），"傲然独得""任性不羁""不拘礼教"（《晋书·阮籍传》）等叛逆品格素为鲁迅所爱重，或许正是这些性格因素才积淀成魏连殳独特的个性气质。鲁迅从阿尔志跋绥夫借鉴了"心理剖析"法，但扬弃了阿氏带有宣传气息的反抗无抵抗主义和鼓吹非理性主义的说教，鲁迅小说里看不到连篇累牍的对话和心理描写，他善于运用白描手法刻画人物肖像、语言、动作，将人物的内心动态外化或反衬出来。魏连殳替祖母送殓的场面，就是传统白描与心理剖析相融合的典范篇章。在艺术结构上，《工人绥惠略夫》谨严而精密，开头结尾尤其用力。《孤独者》取其所长，并根据短篇体裁的要求，写得紧凑而集中。全篇"以送殓始，以送殓终"，选取若干生活片断表现主人公性格。魏连殳当顾问后的复仇，不作正面铺叙，而用书信方式侧面文代，结尾则于幻听中"挣扎"出一声"受伤的狼"的嚎叫，照应全篇，意味深长。

鲁迅后来在《〈中国新文学大系〉小说二集序》里谈到他的小说创作有一发展过程。他说《狂人日记》等最初的创作"分明地"受到"欧洲大陆文学"的影响，而后来的作品则"脱离了外国作家的影响"。所谓"脱离"，自然不是拒绝、排除外来影响，而是融合中外，别立新宗的意思。在我看来，《孤独者》就是一篇"取法"于外国作家，又"脱离"了外国作家影响的作品，它对外国文学的借鉴，不像《狂人日记》那样"幼稚"而"逼促"，是鲁迅称之为"技巧稍为圆熟，刻画也稍加深切"的作品之一。（《书信·190416致傅斯年》）它的成功，是鲁迅在现实主义道路上不断吸纳新潮、锐意创新的证明。

[原载《中国文学研究》1989年第3期]

鲁迅前期小说中的尼采影响

　　"五四"时期，尼采哲学和马克思、克鲁泡特金的学说一起在中国知识界广为传播，一时出现了如鲁迅所说的"大谈尼采"的文化现象，许多新文化战士把尼采哲学作为反封建斗争的一种思想武器。鲁迅在20世纪初就注意绍介尼采，称许尼采是"个人主义至雄杰者也"，1918年以文言部分地翻译了《察拉图斯忒拉的序言》，1920年又用白话全译了这篇"序言"，他的前期小说中，或隐或显地回响着尼采声音。

　　鲁迅心目中，尼采首先是否定旧传统的思想战士，他说尼采、易卜生诸人是"轨道破坏者""偶像破坏的大人物"，希望改革者发扬尼采"打倒偶像""重估一切价值"的叛逆精神，突破传统思想禁锢，对中国社会和旧文明毫无忌惮地加以批评。作为不同民族的思想家，鲁迅与尼采所处历史条件、文化背景不同，因此他们反传统的具体内容也有不同。尼采在自由资本主义时代猛烈攻击理性、基督教道德和"向来被称为真理的一切东西"，鲁迅则主要抨击封建社会制度及其传统思想；但这种不同并不妨碍鲁迅借鉴尼采，对旧文化旧道德实行整体性的反抗。

　　在"五四"反封建斗争中，鲁迅要求改革者对旧传统"不单是破坏，而且是扫除，是大呼猛进，将碍脚的旧轨道，不论整条或碎片，一扫而空。"（《坟·再论雷峰塔的倒掉》）前期小说中塑造的"狂人""疯子"形象，就寄寓着对于尼采、易卜生那样的"轨道破坏者"的热切期望。

　　狂人揭出中华民族的文明史是一部"吃人"历史，向旧道德维护者发出"从来如此，便对么？"的诘问，从而撼动了千百年来被视为绝对真理的封建偶像的根基。疯子要"吹熄"象征封建制度和迷信习俗的"长明灯"，要"放火"烧掉供奉"长明灯"的社庙，反叛传统的意志比狂人更坚定、更富于行动性。这两个形象的诞生，突出表明鲁迅前期小说创作与除旧布新的时代要求是一致的。

尼采"重估一切价值"的重点是重估基督教道德的价值。他把道德价值视为最高价值，谴责基督教是"人性的欠缺"，是一种与生命相敌对的伦理，所以发誓要把基督教道德从至高无上的宝座上拉下来。尼采"反道德"的思想含有两个否定："第一，我否定以往被称为最高者那种型态的人——即善良的、仁慈的、宽厚的人；第二，我否定普遍承认的所谓道德本身的那种道德——即颓废的道德。"①鲁迅从《狂人日记》开始"一发而不可收"的20多篇小说（前期），对旧道德（礼教）的批判特别集中猛烈。他塑造了鲁四老爷、四铭、高老夫子等旧道德维护者的形象，撕开他们言行不一、名实不符、前后矛盾的虚伪道德面纱，且以闰土、祥林嫂、阿Q等"不幸的人们"的沉沦，揭露旧礼教"本身"如何违反自然，摧残人性，失去存在价值。鲁迅注重伦理道德批判，固然有赫胥黎进化伦理观的启示，尼采"反道德"学说的影响也分明可见。

反对旧道德旧传统，根本上是要创造新道德新价值。尼采用"超人"来填补"上帝死了"后欧洲出现的价值空白。他失望于现代人，认为人是一座桥梁，不是目标，人只有实现自我超越才能达到超人的目标。查拉斯图拉对人们说："你们跑完了由虫到人的长途，但是在许多方面你们还是虫。从前你们是猿猴，便是现在，人比任何猿猴还像猿猴些。"《狂人日记》中，狂人借尼采这段话劝说大哥不要"吃人"，学做"真的人"。看来，在人类应当"超越了自己，超越了过去"这点上，鲁迅赞同尼采的观点，"确信将来总有尤为高尚尤近圆满的人类出现"，②希望大家都朝着

___

① 尼采：《瞧!这个人》，刘崎译，中国和平出版社1986年版，第111页。
② 尼采：《查拉图斯特拉如是说》，尹溟译，文化艺术出版社1987年版，第6页，第90页。

"容不得吃人的人活在世上"的人类未来迈进，鲁迅显然以伦理进化的观点解释尼采的超人说。其实，尼采超人说并非进化论学说。依尼采的观点，普遍进化规律不利于杰出个人发展，反有利于庸众和贱氓的繁衍，超人不是进化的结果，它只是人类自我超越的一个目标。鲁迅把尼采超人说理解为进化论学说，有悖于尼采的初衷，是一个时代的误会。鲁迅笔下"真的人"和尼采"超人"也不是一码事。超人是尼采对人类的憧憬，是尚未出世的一种人的类型之象征，它是高悬于空中的虹影，过去不曾有过这样的人，将来也不会有，鲁迅多次批评尼采的超人"几近神明""太觉渺茫"。而鲁迅所瞩望的"真的人"，则必定是可以实现的理想人类，只要扫荡了封建主义旧成法，实现了社会和人的大解放，将来就会有更健康、更高尚、更幸福的"觉醒的人"出现，鲁迅自评《狂人日记》"也不如尼采的超人的渺茫"（《且介亭杂文二集·〈中国新文学大系〉小说二集序》），是符合实际的。

改造国民性是鲁迅前期思想的中心。早期国民性思想偏重于对理想人性呼唤，"五四"时期则致力于揭发国民性的弱点和攻打病根。到1926年，鲁迅还以辛亥革命、五四运动的历史经验告诫青年："此后最要紧的是改革国民性，否则，无论是专制，是共和，是什么什么，招牌虽换，货色照旧，全不行的。"（《两地书·八》）鲁迅改造国民性思想显然受到尼采"强力意志"（权力意志）和"两种道德"学说的影响。尼采称颂强者性格，认为生命的本质不在求生存，而在争强力，求扩展，生命在对苦难的战胜和超越中表现出欢欣与伟力。根据对德国人的观察，尼采指出两种道德的对立，赞美超人的"主人道德"，攻击侏儒的"奴隶道德"，尤其鄙视怯懦从俗、枯涸渺小、走向末路的"末人"。鲁迅在"五四"时代向中国读者推荐阿尔志跋绥夫小说的主人公绥惠略夫，肯定其"用了力量和意志的全付，终身战争""显出尼采式的强者的色彩"，感叹中国很难"搜索"到绥惠略夫这样强悍性格，而只能看到"帐幔后的老男女和小贩商人"那样的庸众（《译文序跋集·译了〈工人绥惠略夫〉之后》），分明以探寻新的价值标准为鹄的，热望中国人改变卑怯的奴隶性格，人人做大地的主人。

改造国民性也是鲁迅前期小说创作的一个重要母题。他描写阿Q、祥林嫂、闰土等愚昧落后的国民，让他们饱受精神的苦刑，鞭挞"怯弱，懒惰，而又巧滑"的奴隶性格。他还塑造首先觉醒的知识分子和古代神话传说中的英雄形象，从其中一些人物身上，可以看到作者对尼采式强者个性的憧憬与追寻。

鲁迅早年提倡过"个人的自大"，他说"个人的自大，就是独异，是对庸众宣战。"（《热风·随感录三十八》）这样的人大抵有"几分狂气"，鲁迅笔下首先觉醒的知识分子就有一点超凡脱俗的狂气。狂人、疯子蔑视礼教迷信，全然不顾庸众的围攻孤立，那股子不达目的誓不罢休的狂劲、疯劲分明可见；夏瑜关在牢房里还劝牢头造反，茶客们说他简直"发了'疯'"；魏连殳在村民眼里是"吃洋教的新党""古怪的异类"，与疯子没有两样；便是子君，当初在争取恋爱自由时，敢于傲视舆言俗见，昂然喊出"我是我自己的，他们谁也没有干涉我的权利！"何尝没有"几分狂气"？这些卓尔不群的个人自大的国民，"他们必定自己觉得思想见识高出庸众之上，又为庸众所不懂，所以愤世嫉俗，渐渐变成厌世家，或'国民之敌'，但一切新思想，多从他们出来，政治上宗教上道德上的改革，也从他们发端。"（《热风·随感录三十八》）鲁迅赞美先觉战士的狂气，也就是肯定其具有个人自由意志和反封建战斗精神的强者个性。这类狂人型知识分子形象塑造，除受到果戈理《狂人日记》等作品影响外，尼采的启示也不应忽视。尼采说任何新思想新观念的产生，"几乎全由疯狂替这种思想开导先路，打破习惯与迷信的陈规。"他在《快乐的知识》（125节）中，写一个狂人在明亮的早晨点一盏灯笼"寻找上帝"，狂人找不到上帝便呼叫道："是我们把他杀死的——你们和我！……上帝死了，难道我们自己不能做上帝？"查拉斯图拉到市场去宣讲超人哲学时，周围群众冲着他讪笑，狂喊，把他看成可笑可恶的"疯人"和"洪水猛兽"。尼采这些观点和形象描绘，也是鲁迅塑造狂人型知识分子形象的一种契机。

现实世界里，鲁迅很少看到具有强者性格的人物，于是到古代神话传说中搜寻。新编历史小说《补天》《铸剑》所创造的女娲和黑色人形象，便是作者理想中"美伟强力"的个性，这两篇作品的形象构思与尼采笔下的查拉斯图拉有神似之处。查拉斯图拉是传说中古代波斯拜火教教主，终生与高傲的鹰、智慧的蛇住在高山洞府里，他云游四海，传经布道，是先知先觉的美伟形象。梦中，他立于天之涯，地之角，用一杆天秤称量世界，对弟子们说："兄弟们!……让一切价值因你们而重新估定罢!所以你们要是争斗者!你们要是创造者!"[1] "创造"与"争斗"，是尼采式强者的主要性格特征。鲁迅新编人类母亲抟土造人、炼石补天的神话，和黑色人帮助眉间尺抗暴复仇的传说，表现伟大创造力和"予及汝偕亡"的血战气概，根本上也是呼唤"创造"与"争斗"，激励国民独立图强，以强者姿态投身于民族民主革命运动。

同样主张图强，鲁迅和尼采对强与弱的道德评价迥然不同。尼采鼓吹"坚强的意志指挥软弱的意志""上等人有必要向群众宣战!"他颂强凌弱，蔑视群众，幻想在"遥远"的海上出现一个少数人支配多数人的"幸福岛"。鲁迅摈弃尼采"欲自强而并颂强者"的贵族主义偏见，所谓"强者愤怒，抽刃向更强者，怯者愤怒，抽刃向更弱者"，分明是提倡扶助弱小，反抗强权的道德。鲁迅前期小说深刻地揭发"沉默的国民"萎靡麻木的精神弱点，但每篇都渗透着拯救群众的深厚人道主义精神，"哀其不幸，怒其不争"，正是鲁迅对被压迫者"爱与憎相纠缠""又根于广大的爱"的感情风格之贴切写照，他希望弱国子民自强不息，联合奋斗，扫除地上的昏迷和强暴，创造永远不再做奴隶的"第三样时代"。

作为启蒙思想家，鲁迅和尼采在气质上都有孤独的特征。尼采说："孤独像条鲸鱼，吞噬着我!"鲁迅说："这寂寞又一天一天的长大起来，如大毒蛇，缠住了我的灵魂。"二者的作品也都流露出浓重的孤独感。尼采自称《查拉图斯特拉如是说》整个是"一曲孤独者之颂歌"，鲁迅表现启蒙知识分子的作品也回荡着孤独寂寞情调。狂人怀疑大哥、医生和周围

---

[1] 尼采：《查拉图斯特拉如是说》，尹溟译，文化艺术出版社1987年版，第90页。

的人"吃人",连赵家的狗、碗中的鱼也睁着"吃人"的眼睛,狂人苦恼自己也未必不在无意中吃了妹子几片肉;疯子被众人关进木栅栏还要"放火!"这时只有几个孩子在外边合唱随口编派的儿歌,疯子和狂人一样在孤独中抗争,处境极其悲凉。魏连殳本是怀抱理想、心忧大众的,可周围人拿他当异教徒和外国人看,一个很小的孩子也竟拿一片芦叶指着他喊"杀!"他终于变成向社会复仇的孤独者了。《药》《头发的故事》《在酒楼上》和《伤逝》等,也都笼罩着战士的孤独与悲凉。这孤独,当然不是遁世者隐居山林、逃避现实的孤独,而是"忠实于大地"的强者孤独,在孤独中战斗,在孤独中发展,就像尼采说的那样:"孤独者啊!走向你自己的途程!……走向创造者的路上!"①

这孤独,属于一个时代。"五四"新文化运动初始阶段,参加者仅限于知识分子,"当时还没有可能普及到工农群众中去",知识分子出身的觉醒者远离民众,面对强大的封建势力,总不免有以孤军而被包围在旧垒中之感,鲁迅后来在《〈中国新文学大系小说二集〉序》中说:"那时觉醒过来的知识青年的心情,是大抵热烈,然而悲凉的,即使看到一点光明,'径一周三',却是分明的看见了周围的无涯际的黑暗。""五四"退潮后,像鲁迅这样要求战斗而又暂时找不到"新的战友"的思想战士,也深陷于"两间余一卒,荷戟独彷徨"的孤独中。可见,小说中流露出悲凉、孤独感不是作者的个人情绪,而是一种时代症候。

这孤独,又分明地现出尼采、易卜生的影子。"五四"时期,封建传统思想往往不是以几个人的面目出现,而以庞大的社会群体出现。先觉战士面对的是整个社会和群众,就像《这样的战士》所写的:战士面对"无物之阵",举起了投枪,"正中了他们的心窝",然而"只有一件外套","无物之物"还是胜利者。随着社会改革的深化,觉醒个人与社会群众的冲突日趋尖锐化,这种情势下,尼采、易卜生的"独战"精神对鲁迅反封建斗争显然具有鼓舞作用。比如新文化运动初期,鲁迅曾希望中国改革者

---

① 转自陈鼓应:《悲剧哲学家尼采》,生活·读书·新知三联书店1987年版,第72页。

学尼采的超人，要像"大海"那样能够容纳"大侮蔑"，不必理会世俗的冷笑与暗箭，"都只是向上走"（《热风·随感录四十六》），又曾引用易卜生戏剧的台词："世界上最强壮有力的人，就是那孤立的个人"，勉励中国青年树立"确固不拔的自信"，不理会偶像保护者的嘲骂。

鲁迅笔下首先觉醒者的悲剧，明显地看出这种影响。魏连殳（《孤独者》）对社会黑暗"愤怒"，对群众愚昧"悲哀"，在孩子们对他"敬而远之"，最后一个朋友被敌人"诱杀"后，绝望中当上杜师长的顾问，以偏激的行动向社会和一切"凡人"复仇。鲁迅对这种"一切皆仇仇，一切皆破坏"的绥惠略夫式的盲目复仇不以为然，"不希望"中国有这样"破坏一切"的人物出现。但他并不否定改革者偏要向黑暗与虚无"作绝望的抗战"的强者个性和独战意志，在他看来，"绝望而反抗者难，比因希望而战者更勇猛，更悲壮。"（《书信·250411致赵其文》）当然，尼采的反庸众思想对鲁迅也有消极影响，一旦受到现实刺激，鲁迅对群众就会有不满，比如女师大学潮中，看到多数教员只在"暗中活动"，不肯站出来替学生说话，便失望地说："群众不过如此，由来久矣，将来恐怕也不过如此。"（《两地书·二二》）我们从《示众》《孤独者》等作品，也能体味到一种谴责群众的悲愤情绪。

从鲁迅前期小说与尼采思想的比较可以看出，尼采对鲁迅前期思想和创作的影响，主导方面是积极的。鲁迅后来回忆《语丝》时期的思想和写作活动说："但我这里只要能挤出——虽然不过是指出——文章来，就拿了去罢，从我这里只要能做出'炸药'来，就拿去做了罢，于是也就决定，还是照旧投稿了……"（《三闲集·我和〈语丝〉的始终》）把写作比做"炸药"，正是借用尼采"我是炸药"的说法。鲁迅把尼采哲学作为一种反抗旧传统、"炸"毁铁屋子的思想武器，甚至认为尼采是帮助他摆脱"彷徨"的一个思想因素。我们没有理由忽视鲁迅的反思，尼采的个性主义确系鲁迅前期反封建的重要思想武器；当然，尼采的虚无主义和反庸众思想，也是鲁迅"荷戟独彷徨"的一个思想根源，相当长时期内，他低估了群众的智慧和创造力，夸大了主观战斗精神和个人作用。这种消极影响加剧了鲁迅"抉心自食"的痛苦，妨碍他迅速地把目光投向工农大众。鲁迅彷徨期间也曾试图挣脱尼采的消极影响，《伤逝》表现子君和涓生"娜拉"式的个人反抗悲剧，描写涓生在梦醒了之后奋力地探寻"新的生路"，就是一个证明。

〔原载《人文杂志》1989年第5期，中国人民大学书报资料中心《鲁迅研究》1989年第4期〕

鲁迅：关于文艺民族形式的理论与实践

　　鲁迅是一位开放型的文学家和思想家，他发扬中国文学的优秀传统，以"拿来主义"的态度接受西方文学影响，开创了中国现代文学的新形式，他的小说"一篇有一篇的形式"（茅盾语），他的杂文、散文和散文诗也具有中国作风和中国气派。

　　鲁迅主张文艺创作应表现民族特性，当年他推荐陶元庆、司徒乔的绘画和"一八艺社"等一批青年作家的木刻，就注意到它们具有民族性和地方特色。他说：陶元庆的绘画"以新的形，尤其是新的色来写出他自己的世界，而其中仍有中国向来的魂灵——要字面免得流于玄虚，则就是：民族性。"（《而已集·当陶元庆君的绘画展览时》）在致青年木刻家的一封信里，他要求木刻的"构图和刻法"应该"竭力使人物显出中国人的特点来，使观者一看便知道这是中国人和中国事，在现在，艺术上是要地方色彩的。"（《书信331219·致何白涛》）

　　为什么特别强调文艺民族特性和地方特色呢？鲁迅举出两方面原因：其一，可避免艺术的公式化倾向。"地方色彩，也能增画的美和力"，"现在的世界，环境不同，艺术上也必须有地方色彩，庶不至于千篇一律。"（《书信340108·致何白涛》）愈有民族特性和地方色彩的作品，社会意义和审美价值愈高。其二，具有民族特性的作品才有世界意义。"现在的文学也一样，有地方色彩的，倒容易成为世界的，即为别国所注意。打出世界上去，即于中国之活动有利。"（《书信340419·致陈烟桥》）譬如地方风景，动植物，风俗习惯，"自己生长其地，看惯了，或者不觉得什么，但在别的地方人，看起来是觉得非常开拓眼界，增加知识的。"（《书信331226·致罗清桢》）按照别林斯基的观点，"那是民族特性的烙印，民族精神和民族生活的标记。"①当代华裔画家丁绍光也说："我作为一个东方画家，我的根在中国，强调我的民族性……我以为，只有靠我的'根'，我才能站住脚，立足世界。"他的以西双版纳大自然为背景，吸取了西方浪漫主义精神的仕女画博得了世界声誉，被国际美术学界誉为"代表现代浪漫主义的权威性艺术家"。②这位画家成功的秘密就在于：坚守艺术的民族特性，在东西方文化交融的背景上，以具有现代性的中国仕女画走向世界。

所谓艺术的民族性，内容与形式二者缺一不可。作品的民族内容，例如民族生活、心理、精神、文化等等，唯有深入到本民族社会生活中去才能获取。而民族形式的创新，则有两条路："采用外国的良规，加以发挥，使我们的作品更加丰满是一条路；择取中国的遗产，融合新机，使将来的作品别开生面也是一条路。"（《且介亭杂文·〈木刻纪程〉小引》）以开放、包容的态度接受西方文化，反对闭关自守主义，又在传统的基础上加以拓展，反对民族虚无主义；既"采用外国的良规"，又不忽视"择取中国的遗产"，才能创造和发展新的民族形式。

鲁迅心仪汉唐艺术，称汉唐"魄力究竟雄大，人民具有不至于为异族奴隶的自信心。"汉唐人"取用外来事物的时候，就如将彼俘来一样，自由驱使，绝不介怀"，而非神经"衰弱过敏"，"每遇外国东西，便觉得彼来俘我一样，推拒，惶恐，退缩，逃避，抖成一团"。海马葡萄镜是汉代的一面古铜镜，用了西域的动植物作装饰，非常考究，颇能反映当时人民的生活和精神，鲁迅极为珍视，"宛如见了隔世的东西了"。到了唐代，由于吸取波斯、印度、阿拉伯文化，更添异彩。鲁迅还称赞"长安的昭陵

---

① 别林斯基：《别林斯基选集》第1卷，满涛译，人民文学出版社1958年版，第107页。

② 丁绍光：《中国现代绘画在世界的地位和前途》，《文艺研究》1999年第1期。

上，却刻着带箭的骏马，还有一匹鸵鸟，则办法简直前无古人。"(《坟·看镜有感》)昭陵是唐太宗的陵寝，"带箭的骏马"是殿内六匹马的浮雕之一，将异域的骏马和鸵鸟引进壁画石刻，见出唐人可贵的创新精神。

鲁迅的创作之"根"深扎在民族生活土壤里，他以雄大气魄吸收外国文学新颖的艺术形式和优秀的表现手法，冲破传统的思想和手法，开创了新型的中国现代小说，在小说民族形式的探求上，取得了非常卓越的成就。他说《狂人日记》的写作"大约所仰仗的全在先前看过的百来篇外国作品和一点医学上的知识"，可见他最初从事小说创作，所取法的"大抵是外国作家"。(《南腔北调集·我怎么做起小说来》)经过一个时期探索，他把外国小说的艺术形式、表现手法与传统文学融合起来，创造了新的民族形式。在《〈中国新文学大系〉小说二集序》里，他说《肥皂》《离婚》等稍后的作品，"脱离了外国作家的影响，技巧稍为圆熟，刻画也稍加深切。"鲁迅的创作实践表明，新的民族形式创造，有一个探索、创新和逐渐走向"圆熟"的过程。

鲁迅小说(以《呐喊》《彷徨》为例)民族形式的探索和创新，突出地表现在如下几个方面。

首先是深切地表现现代民族生活。

《呐喊》《彷徨》所描写的，是古代中国向现代中国转型期的风云变幻。鲁迅说他写小说是要"提出一些问题"，依据对民族历史和现实的深刻观察，他把民族生活中刚刚发生的，一般民众尚未觉察的问题提出来，例如反封建的主题，改造国民性的主题，农民和知识分子问题，辛亥革命的历史教训，等等，从而开创了"五四"文学新的主题，新的局面。

过去的文艺描写帝王将相，才子佳人，侠盗妓女，于普通人生活相去甚远；鲁迅则从一般民众的日常生活取材，描写"老中国儿女们的灰色人生"(茅盾语)，特别是农民、知识分子和劳动妇女的悲欢离合。鲁迅小说不囿于描写普通男女与生存环境的冲突，而是深入人的内心，在人的精神领域构设悲剧。他不去描写欧风美雨中的大都会，而写闭塞的乡间生活，展示传统的"静的文明"所造成的令人窒息的生活节奏。《故乡》展现了没有一些活气的萧索的荒村,《风波》描写农民对于革命和复辟的无知和恐惧,"临河的土场上"发生的悲喜剧,分明是"老中国"农村的缩图。鲁迅不相信农民的生活"像花鸟一样",所以在《风波》的开篇很不屑地讽刺了站在酒船上大发诗兴,叹赏"田家乐"的文人:"文豪的话有些不合事实"。倘再仔细观察一下鲁镇或未庄的风物和习俗,我们就不能不为鲁迅的真实描写所折服:鲁四老爷书房墙壁上的半副对联"事理通达心气和平"(下联"品节详明德行坚定")和一堆未必完全的《康熙字典》;祥林嫂相信再嫁的寡妇死后到阎王那里要被锯成两半分给两个死鬼男人(《祝福》);被剪了辫子的航船七斤只晓得传布"什么地方雷公劈死了蜈蚣精,什么地方闺女生了一个夜叉"之类讹传,听说"皇帝坐了龙庭""留发不留头,留头不留发",吓得如同死刑宣告似的(《风波》)……旧中国农村的现实关系和文化精神,无智识农民的愚昧麻木——"中国向来的灵魂",入木三分地剖示出来。《明天》中单四嫂子虽是"粗笨的女人",对自己的亲骨肉却倾注了天性的爱,当她深夜里抱着生病的孩子看中医时,隔壁咸亨酒店一群酒友正在高兴地吃喝,何小仙和药店掌柜毫不留情地刮尽她纺纱的全部积蓄,小混混蓝皮阿五厚颜无耻地欺辱一个举目无亲的寡妇,宝儿死后她觉着屋子"太静,太大,太空"……《明天》带有一种单调、凝重、苦涩的韵味,于地道的中国乡镇生活平淡无奇的描写中,深切地刻画出民族生活的停滞和悲哀。茅盾对鲁迅小说的民族个性赞叹不已:"我们只觉得这是中国的,这正是中国现在百分之九十九的人们的思想和生活,这正是围绕在我们的'小世界'外的大中国的人生!"[①]

其次,开创了现代小说特别的"格式"。

茅盾1923年指出:"在中国新文坛上,鲁迅君常常是创造'新形式'的先锋;《呐喊》里的十多篇小说几乎一篇有一篇的形式,而这些新形式又莫不给青年作者以极大的影响。"[②]这里所说的"新形式",即鲁迅后来

---

① 茅盾:《鲁迅论》,《茅盾论创作》,上海文艺出版社1980年版,第128页。
② 茅盾:《读〈呐喊〉》,《茅盾论创作》,上海文艺出版社1980年版,第109页。

所说的"格式的特别"（小说的体裁、结构、表现手法、语言体式等）。

艺术形式是一种世代相传的历史传统，新形式的出现是对历史陈规的突破。作家对形式的选择和运用，既反映时代的要求，也体现出创作主体感知现实的方式及其对生活认识的深度广度。传统白话小说的"章回体"不足以表现"五四"时期风云突变的生活，鲁迅新创了丰富多样的小说体裁。《阿Q正传》叙述一个农民惨黩的人生，背景广阔，人物关系复杂，就用了传统小说分章分节的形式（"传记体"），画出"国人的魂灵"；《狂人日记》的主人公狂言疯语，主观性极强，取用果戈理的"日记体"，挑战"从来如此"的"吃人"老谱；《伤逝》采用"手记体"，将抒情和叙事结合起来，诗意地讲述一对青年知识分子的爱情悲剧；《头发的故事》《药》移用戏剧的"对话体"，布下"看/被看"的戏剧舞台，从不同角度表现辛亥革命党人和民众的隔膜；《孔乙己》《示众》类似西方的"氛围小说"，前者有主角，有冲突，写出"社会对于苦人的凉薄"，后者无主角，"投影式"地摄下一个象征的氛围；《一件小事》《鸭的喜剧》《兔和猫》则是速写、随笔式的抒情作品，或在对比中表达对劳动者的感情关注，或以自然界小生命作为抒情对象，抒写"爱"的情怀……平淡无奇的题材，随处可见的人生，作者以创新意识尝试新的形式。"形式征服题材"！"两者在对立、冲突中建立起新的艺术秩序和有生命的艺术世界，具有艺术魅力的文体也就在这种对立冲突中形成"。①

鲁迅小说的结构形态是千变万化、摇曳多姿的。大体上有两类：一类截取生活的横断面加以描写，鲁迅称之为"西洋风"；一类融合了场景描写，有头有尾地说故事，鲁迅称之为"中国风"。"西洋风"的小说，场景集中，聚焦一个中心事件，重视时代气氛的衬染，突出人物性格的主要特征。如《药》，买药，吃药，谈药，上坟，四个场面；"人血馒头"（药）是明暗两条线索的交汇点，衬出群众的愚昧和革命者的悲哀。《风波》集中描写临河土场上"留头不留发，留发不留头"的一场风波，骤然而起，

---

① 童庆炳：《文体与文体的创造》，云南人民出版社1995年版，第298页。

悄然而歇，试出乡村的闭塞和农民对于政治的冷漠。《离婚》展现"航船上"和"七大人客厅里"两个场景，突显出爱姑的反抗性和妥协性。《示众》布下一个"看/被看"的舞台，"看客"与"示众的材料"背后，又有一个隐形作者居高临下地审视地上的人们，传达出一种沉重的时代气氛和对"旁观者"的复仇情绪。典型的"中国风"小说是《阿Q正传》，还有《狂人日记》《故乡》《在酒楼上》《伤逝》等等；此类作品即便采用了西洋小说构图法和多种西洋表现手法，因其叙事线索分明，故事有头有尾，人物性格发展的历史线索清晰可辨，终归还是"中国风"的作品，但已非严格意义上的传统小说了。

鲁迅择取中外艺术形式，有其心以为然的标准，他在一封讨论木刻的信中写道："至于手法和构图，我的意见是以为不必问是西洋风或中国风，只要看观者能否看懂，而采用其合宜者。"（《书信340328·致陈烟桥》）鲁迅小说形式的创新，既考虑到题材和主题表达的需要，又特别顾及大众的审美心理和欣赏习惯，他的选择标准就是"合宜"二字，决不刻意猎奇，故弄玄虚。

其三，创造出融合中外的表现手法。

立足于传统，以开放的眼光融合中外艺术手法，鲁迅小说具有个性鲜明的艺术表现形式。在鲁迅笔下，曹雪芹和果戈理的写实主义，吴敬梓和萧伯纳撕毁假面具的讽刺艺术，施耐庵从人物行动刻画人物，巴尔扎克从对话表现人物个性，陀思妥耶夫斯基"拷问灵魂"的艺术辩证法，契诃夫寓悲剧性于喜剧之中等等，都有创造性的艺术表现。

我们以"白描"手法为例，探析鲁迅如何"择取中国的遗产""采用外国的良规"，创造新的艺术表现形式。鲁迅说："白描却没有秘诀。如果要说有，也不过是和障眼法反一调：有真意，去粉饰，少做作，勿卖弄而已。"（《南腔北调集·作文秘诀》）中国画传神写意的"白描"技法，在鲁迅笔下发扬光大了。不过，鲁迅的"白描"已非传统意义上的白描，而是新的、现代的白描。古代白话小说的白描叙述多，描写少，是小说艺术不成熟的标志，19世纪西方作家细致、繁复的描写是对简单白描的反拨，标志小说艺术的进步，后来出现了契诃夫式简洁传神的描写，又显出对繁复描写的不满；鲁迅融合中外文学的优良传统，创造出更为完美的"点睛白描"。

和历史上的白描相比较，"点睛白描"有多方面的突破：

（一）传统白描"没有背景"，"新年卖给孩子看的花纸上，只有主要的几个人"（《南腔北调集·我怎么做起小说来》）。鲁迅小说用简洁的笔墨交代背景，描写环境，"我的文章里找不出两样东西，一是恋爱，二是自然。要在用一点自然的时候，我不喜欢大段的描写，总是拖出月亮来用一下罢了。"（转自王士菁：《鲁迅传》）鲁迅小说通常是点染式的描写自然景物和社会环境，意在透出社会气氛，衬出主人公的心境。

（二）由于吸取了外国小说注重心理描写的新技巧，鲁迅突破了传统小说性格单一化的模式，注重灵魂摄像，多侧面地刻画人物性格的复杂性。如所周知，鲁迅赞赏陀思妥耶夫斯基"审问灵魂"的心理解剖法。现代人灵魂深处并不平安，有豺狼性，也有人性，有善，也有恶；作家写人的时候，必然身兼二职："凡是人的灵魂的伟大的审问者，同时也一定是伟大的犯人。审问者在堂上举劾着他的恶，犯人在阶下陈述他自己的善，审问者在灵魂中揭发污秽，犯人在所揭发的污秽中阐明那埋藏的光耀。这样，就显示出灵魂的深。"（《集外集·〈穷人〉小引》）艺术家对笔下人物，必须反复地审问，迂回，详检，甚至赏鉴，还要像犯人那样在阶下陈述，申诉，辩白，才能显示灵魂的"深"。"拷问灵魂"的艺术，成就了鲁迅对"不幸的人们"的性格刻画，无论阿Q，闰土，祥林嫂，还是魏连殳，吕纬甫，涓生和子君，都雕塑出灵魂的复杂性。西方心理描写法和传统"画眼睛"法相结合，形成鲁迅小说"点睛白描"的独特个性。

（三）传统白描偏于冷静、客观的描写，鲁迅小说多有主体情感投入，以内心独白，诗意抒情和杂文笔法，丰富了作品的感情色彩和哲理意味。在《故乡》《祝福》《阿Q正传》《伤逝》里，那些抒情议论的段落，往往画龙点睛地透出作者对生活的审美评价，即使《孔乙己》《示众》《孤独者》《明天》这样冷静叙事的作品，也能读出无限的悲悯、同情与感伤。

就创作方法而言，鲁迅小说以现实主义为主体，吸取并融合了浪漫主义和象征主义的艺术元素。《狂人日记》和早年编译的文言小说《斯巴达之魂》分明带有浓浓的浪漫抒情气息。《呐喊》《彷徨》里面，象征主义随处可见。《新潮》杂志编者早就发现："《狂人日记》用写实笔法，达寄托（Symbol List）之旨，诚然是中国近来第一篇好小说。"[1]所谓"寄托"，不是托物寄志，而是象征主义，《狂人日记》便是象征的写实主义作品。鲁迅把象征性的意象天衣无缝地消融在现实主义的客观描写中，将现实主义上升为象征的现实主义。此外，《故乡》中的"路"，《长明灯》里的"长明灯"，《祝福》里的"门槛"，《药》的结尾瑜儿坟上的"花环"及"药""病""华大妈""夏大妈"，《在酒楼上》那斗雪开放、红得似火的"废园"里的"山茶花"，等等，也都有特定的象征性意蕴。鲁迅偏爱带有象征印象气息的写实主义作品，1921年在《〈黯澹的烟霭里〉译者附记》中写道："安德莱夫的创作里，又都含有严肃的现实性以及深刻和纤细，使象征印象主义与写实主义相调和。……他的著作是虽然很有象征印象气息，而仍然不失其现实性的。"因其吸取了中外文学多方面的艺术营养，鲁迅小说独标高格，开拓了现实主义文学的主潮。

其四，语言体式的继承和革新。

语言是文学的第一要素，也是民族文化和民族精神的集中体现，语言决定了民族精神的"一切符号表达的形式"[2]。一时代和另一时代文学的区别，最终都会在文学语言体式上表现出来。"五四"时代狂飙突进的历史变革，必然引起文学语言革命性的变化。

从旧营垒中走来的鲁迅，对文学语言体式的创新进行了艰苦探索。他认为现代人呼吸着现代空气，思维方式和表达方式必须与时俱进，语言变革的基本原则是："我们要说现代的，自己的话；用活着的白话，将自己的思想，感情直白地说出来。"（《三闲集·无声的中国》）他主张废弃僵死的文言，"博取民众的口语而存其比较的大家能懂的字句，成为四不像

① 《新潮》第1卷第2号，1919年2月。
② 爱德华·萨丕尔：《语言论》，陆卓元译，商务印书馆1964年版，第137页。

的白话。"(《二心集·关于翻译的通讯》)

语言变革中，鲁迅的目标是"言文一致"，他始终关注语言和思维方式的相互依存，强调语言体式的科学性和实用性。文言文是历史的产物，它在科学思维和逻辑思维上捉襟见肘，多有不足。鲁迅主张以"活人的唇舌作为源泉"，博采口语，并消化吸收外国文学语言的有用成分；"欧化"的语言文法较为严密，可以弥补文言和口语的不足。鲁迅始终坚持文学语言的"实用性"原则，主张力避行文的唠叨，"只要觉得能够将意思传达给别人了，就宁可什么陪衬拖带都没有。"在《我怎么做起小说来》一文中，他写道："没有相宜的白话，宁可引古语，希望总有人会懂，只有自己懂得或连自己也不懂的生造出来的字句，是不大用的。这一节，许多批评家之中，只有一个人看出来了，但他称我为stylist。"stylist就是"文体家"，鲁迅称许这位批评家独具慧眼的批评。让人读"懂"，是语言变革的基本原则，鲁迅坦陈自己在文体营造上特别用心。诚如当代文学史家所指出的："鲁迅的历史功绩在于，以现代白话为基础，吸取外来语言和古代语言中有生命力的部分，进行艺术加工，创造出与现代人的思维相适应的，并富有艺术表现力的现代文学语言。"①

《狂人日记》和《阿Q正传》是鲁迅语言变革的成功实践。《狂人日记》以全新的口语独白，揭开了"仁义道德""吃人"的惊天秘密，宣泄了"五四"一代被迫害得发了狂的知识者对历史和现实的剖析和抗议。小说以反叛传统的主题和全新的白话文震动了"五四"文坛，整个读书界"奔走相告"，强烈共鸣。1925年，张定璜在《鲁迅先生》一文中就直言读章士钊《双枰记》、苏曼珠《降纱记》《焚剑记》等小说（1914），和后来读《狂人日记》（1918）的感受全然不同。他说前后不过四年，"然而他们彼此相去多么远。两种的语言，两样的感情，两个不同的世界！"章、苏之作"保存着我们最后的旧体作风，最后的文言小说，最后的才子佳人的幻影，最后的浪漫的清波，最后的中国人祖先传来的人生观。读了他们再

---

① 钱理群等：《中国现代文学三十年》，上海文艺出版社1987年版，第69页。

读《狂人日记》时，我们就譬如从薄暗的古庙的灯明底下骤然间走到夏日的炎光里来，我们由中世纪跨进了现代。"①鲁迅小说在小说观念、思想感情、内容和形式等几乎所有方面都推动了中国小说"由中世纪走向现代"，当然最终还是通过文学语言的深刻变革来实现的。

《阿Q正传》是鲁迅小说语言革新最具代表性的作品。小说继承章回体、传记体的文学传统，分章分节地叙述阿Q的悲剧故事。第一章"序"在阿Q姓、名、籍贯煞有介事的考证中，插入形象化的议论（杂文化笔法），夹枪带棒地敲打了孔子的"正名"说，林纾、胡适的"国粹"论和"考据癖"，余下各章则以洗练、夸张的语言和漫画手法把阿Q愚蠢可笑的"精神胜利法"撕破了给人看，借助喜剧形式写出主人公的悲剧命运。我们不会忘记阿Q在酒店门口欺负小尼姑及"龙虎斗"两段文字。阿Q拧了小尼姑的面颊之后，小尼姑带着哭腔骂一句：

"这断子绝孙的阿Q！"

"哈哈哈！"阿Q十分得意的笑。

"哈哈哈！"酒店里的人也九分得意的笑。

短短三行，将现场人物的动态和心态活泼泼地刻画出来。阿Q固然"十分"愚昧，酒店里围观的闲人也"九分"麻木；小尼姑的委屈无助，叙述人的沉重叹息，触目惊心地呈现出来。阿Q与小D打架，"四只手拔着两颗头"，"进三步，退三步"，谁也不比谁更强大些；硬撑了半点钟，想就此歇手，却碍于闲人围观；最后实在没有气力了，才同时松开手，一道挤出人堆，可嘴上谁也不肯服输——

"记着吧，妈妈的……"阿Q回过头去说。

"妈妈的，记着吧……"小D也回过头来说。

一字不多，一字不少，只是颠倒了说话顺序，两个旗鼓相当，却偏要硬撑到底的卑怯者形象站立在你面前。围观的看客呢——

"好了，好了！"看的人们说，大约是解劝的。

---

① 张定璜：《鲁迅先生》，《现代评论》第1卷第7期（1925年）。

"好，好！"看的人们说，不知道是解劝，是颂扬，还是煽动。

只要有戏可看，闲人们是不愿"龙虎斗"马上收场的，鲁迅以铅一样沉重的文字画出"沉默的国民的魂灵"。

在叙述描写中，鲁迅时常顺便而自然地插入有生命力的文言词汇和古语。《阿Q正传》"序"写道："名不正则言不顺""从来不朽之笔，须传不朽之人；于是人以文传，文以人传"，煞有介事的穿凿附会中，把批判锋芒指向孔子"正名"说。阿Q从城里回来讲述"中兴史"时，小说以一组文言词汇渲染听众的情绪：阿Q说他在举人老爷家里帮忙，听的人都"肃然"了；说到城里的小乌龟子都会叉"麻酱"，听的人都"赧然"了；说到城里杀革命党"好看好看"，阿Q照着王胡的后颈窝子"嚓！"地直劈下去，听的人都"凛然""悚然"而且"欣然"了。五个不同的文言词语，非常贴切地绘出听众情绪的消长，实在是白话难以替代的绝妙一笔！此外，"夫文童者，将来恐怕要变成秀才者也""未庄的人心也日渐其安静了"等等，文白交融，自然和谐，且富于幽默感，给作品增添了民族色彩。

幽默是一种自信乐观的天禀，是机智的调侃，轻松的微笑。凭借丰富的阅历和广博的学识，鲁迅对本民族历史洞若观火，对中国未来充满信心，他的作品充满了质朴、机智的幽默。罗曼·罗兰读到法译本《阿Q正传》（敬隐渔译）后，在一封给《欧罗巴》杂志的推荐信中写道："这篇故事的现实主义乍一看好似平淡无奇。可是，接着你就发现其中含有辛辣的幽默。读完之后，你会很惊异地察觉，这个可悲可笑的家伙再也不离开你，你已经对他依依不舍。"①罗曼·罗兰称赞鲁迅是"辛辣的幽默"的"优秀小说家"，这种来自民间的幽默，折射出我们民族非常宝贵的性格。

茅盾这样描述《狂人日记》的语言风格："这奇文中冷峻的句子，挺峭的文调，对照着那含蓄半吐的意义，和淡淡的象征主义的色彩，便构成

---

① 参看高方：《转述的心态与评价的真实性——罗曼·罗兰对〈阿Q正传〉评价的再审视》，《文艺争鸣》2010年第17期。

了异样的风格"①;也有人用"冷峻"二字形容鲁迅的风格。"冷峻"系指严格的现实主义态度,力透纸背的描写,"哀其不幸,怒其不争"的感情。鲁迅曾以"夹着夸张的真实,热到发冷的热情,快要破裂的忍从"三个词组评论陀思妥耶夫斯基小说的风格(《且介亭杂文二集·陀思妥耶夫斯基的事》),鲁迅小说的语言风格,亦可作如是观。叙事、描写和抒情的完美结合,使鲁迅小说带有浓郁的诗意和抒情味,特别是第一人称小说,如《故乡》《孔乙己》《在酒楼上》《祝福》《伤逝》和《孤独者》等篇,将深挚的抒情和"点睛白描"完美地结合起来,营造出令人心醉神移的意境。

总之,鲁迅对民族形式的探索是全方位的,他以开放的态度吸纳外国文学新潮,大力弘扬古代文学优良传统,创造出现代文学新的民族形式。深刻的思想,伟大的人格,创新的民族形式,"文品"与"人品"相一致,鲁迅的文学遗产滋养了一代又一代中国作家。从红高粱的故乡高密走向世界的诺贝尔文学奖得主莫言,回顾当初阅读鲁迅五味杂陈的感受说:"大约七八岁的时候,就开始读鲁迅了","第一篇就是著名的《狂人日记》,现在回忆起那时的感受,模糊的一种恐惧感使我添了少年不应该有的绝望。"他还说:"读鲁迅是幸福的,妙趣横生的。除了如《故乡》《社戏》等篇那一唱三叹的、委婉曲折的文字令我陶醉之外,更感到惊讶的是《故事新编》里那些又黑又冷的幽默。"②莫言的思想和创作受到鲁迅持久而深刻的影响。鲁迅小说及各种文体的作品以其鲜明的中国作风和中国气派,撼动人心,享誉世界。鲁迅关于民族形式的理论与实践,对于21世纪中国文学建设具有迫切的借鉴意义。

[原载《上海鲁迅研究.2016.夏》,上海社会科学出版社2016年8月版]

---

① 茅盾:《读〈呐喊〉》,《茅盾论创作》,上海文艺出版社1980年版,第109页、第105页。

② 莫言:《会唱歌的墙》,作家出版社2005年版,第120—121页。

第五编　鲁迅遗产的接受与传承

鲁迅和当代中国的对话

——世纪末鲁迅论争引发的思考

20世纪末关于鲁迅的论争，是中国文坛一道令人瞩目的风景线。新生代作家韩东等人声称鲁迅是"一块反动的老石头""应该到一边歇一歇"，文学博士葛红兵抛出两篇为20世纪中国文学和文学批评而作的"悼词"，对鲁迅思想、人格严厉批判。新生代自由作家要跟传统的文学观念"断裂"，跟我们长期信仰的价值观、道德观"断裂"，于是不顾事实和学理地贬斥鲁迅，以达到情绪宣泄的目的。小说家王朔则在《我看鲁迅》中以一种严重变形的后现代眼光"开涮"鲁迅，颠覆传统，消解崇高，对鲁迅是否够得上"文学大师"和"思想家"大表怀疑。韩东、王朔等人举起"反叛"的旗帜，挑起一场关于鲁迅的论争。这是一场关系到今日中国要不要继承鲁迅传统，如何评估鲁迅当代价值的原则之争，在文学界和思想界势必掀起一场风波。跨进21世纪后，大规模的鲁迅论争看似平息，但从各种传媒提供的信息看，鲁迅依然是众说纷纭的话题。

从根本上说，已成为历史的这场论争是鲁迅与中国当代生活的一次对话。鲁迅虽然远去，但在他身后多半个世纪，还有那么多中国人热烈地谈论他的著作、思想和业绩，这个事实本身就表明，鲁迅还活在当代中国人的记忆里。这场论争引发了我对论争的原因、鲁迅的当代意义、新世纪鲁迅研究的拓展等一些问题的思考。

一

这场论争的发生，有近因，也有远因，有社会、文化方面的原因，也有对象本体和接受主体方面的原因。

首先是"文化大革命"对社会心理的扭曲。"文革"中，"四人帮"集团对鲁迅假吹捧、真利用，其本意是借鲁迅文化巨人的崇高威望篡党夺权。"文革"后一些人不能正确对待"文化大革命"的历史教训，对鲁迅产生逆反心理：你对鲁迅点头，我对鲁迅摇头，你说鲁迅伟大，我说鲁迅不够大师。这种不正常的社会心理一直延续至今，对一部分不了解历史、不懂得鲁迅的年轻人影响很大。王朔等人为了颠覆鲁迅，对鲁迅与"文革"的关系作了夸大的联系。王朔说："文化大革命"时"没烧鲁迅的书，书店里除了《毛泽东选集》《马恩列斯选集》，剩下的就是《鲁迅选集》赫然摆在那里。"学者张闳在《走不近的鲁迅》中也说："鲁迅也是'文革'时期的思想偶像。他的思想与'文革'的'造反哲学'之间关系暧昧……为什么造反派会从内容、文体乃至句式上，都不约而同地模仿鲁迅而不是现代作家呢？难道这仅仅是一种偶然的巧合吗？难道鲁迅仅仅是一个被造反派'利用'了的思想家吗？"[1]照此推理，鲁迅既被利用，就要对利用者的行为负责，就要对"文化大革命"负责。王朔等人用调侃的笔法写出对于鲁迅的个人感受，对那些没读过鲁迅著作的少男少女，颇有诱惑力。

其次，跟当下社会环境和时代氛围密切相关。改革开放以来，市场经济的确立给民族经济复苏带来了生机，给人民生活带来许多好处，但是毋庸讳言，这个新的经济体制也暴露出它自身的某些弱点和消极影响。腐朽的意识形态沉渣泛起，权钱交易层出不穷。在一部分社会成员中，物质欲望和权力欲望无限膨胀，曾经坚守的信仰和道德观念失落了。我们非常痛

---

[1] 见《橄榄树》（文学月刊）2000年第2期。

心地看到，相当一部分腐败官员和违法乱纪分子，胸前挂着知识分子徽章，相当一部分人文型知识分子钻进"象牙之塔"，渐离民众，或以骄傲和玩世不恭来抵御金钱、权力诱惑，或以冲淡和闲适态度消解精神危机。文艺界的知识分子理应发出人民的呼声，他们是民族的良心。可他们当中的一些人，却闭塞眼睛不看发生在身边的关系到社会进步的善恶斗争；有些标榜艺术独立，反叛传统的新生代作家，侈谈作家社会责任，热衷于制作表现个人欲望和生存本能的媚俗文艺，以廉价的萎靡的情感替社会上疯狂的物质欲望推波助澜。

只要读过一点鲁迅的人都不会怀疑，鲁迅不遗余力地抨击金钱和权力拜物教，早在青年时代就尖锐地指出："黄金黑铁，不足以兴国"（《坟·文化偏至论》）；在《娜拉走后怎样》中又说："自由固不是钱所能买到的，但是能够为钱而卖掉"。他不愿接受"金元和指挥刀"的意志，情愿遵奉他所愿意服从的命令而写作。后来又在《文艺与政治的歧途》中，对某些"革命文学家"一味地"恭维革命，颂扬革命"不以为然。他说："恭维革命，颂扬革命，就是颂扬有权力者，和革命有什么关系?"鲁迅旗帜鲜明地反对金钱崇拜和权力崇拜，当下社会上一些纸醉金迷、追名逐利之徒，一些被物质主义异化的知识分子，站到鲁迅的对面挑战鲁迅，乃是势所必至，理有固然。

第三，考察一下20世纪末中国复杂的文化现实，也能看出这场论争发生的必然性。90年代后，我国文化演变的一个重要特点是向着民族文化传统回归。在抵御"西方中心主义"和"文化殖民主义"的背景上，弘扬传统，昌明"国粹"，不仅是一种文化时尚，而且制定出大规模的文化设施。于是"国学"热、儒学热、孔子热、老庄热，此起彼伏，蔚为大观。特别是其中一股"新儒学"思潮，把儒家思想尤其是宋明理学视为救治现代社会各种弊病的良药，视为今日中国（乃至世界）实行文化改革的主导精神力量，甚而取代马克思主义的思想指导。这股思潮影响所及，一切旧的传统都要发扬光大，所有历史陈迹、古老庙堂都要修复一新，甚至穷乡僻壤的陈规陋习、王公贵胄的荒淫无耻都成了稀有的"文化遗产"而被保存或颂扬。在这样一种文化氛围笼罩下，一些人"发现"了"五四"的罪恶，认定"五四"是对传统的背叛，甚至夸张地说：白话文运动"强行改变一个民族的语言传统""无异是一次对母语的弑母行为"。①

在反思、清算"五四"的众语喧哗中，鲁迅受到首当其冲的指控。为什么今日中国会出现这样物欲横流、礼崩乐坏的局面呢，据说是"过去革新人物大力宣传'礼教吃人'的结果"。正是鲁迅号召青年"不读"或"少读"中国书，要中国青年掀翻"吃人的筵宴"；正是鲁迅要求反传统，从而割断了民族文化血脉，他不仅是反传统的罪魁祸首，而且简直沦为西方殖民文化的吹鼓手。一旦不分良莠地把传统文化看成神圣不可侵犯的经典，一旦把输入西方文化看成崇洋媚外的罪孽，鲁迅自然难辞其咎，一定要被颠覆、被消解掉。对照一下鲁迅在90年代和20年代的命运，我们心中泛起一种苦涩味。

第四，鲁迅文本的复杂性和接受主体的多元化价值取向，决定了鲁迅永远是一个众说纷纭的话题。20世纪的中国，鲁迅不仅是新文学的天才创造者，而且是洞察历史和现实的卓越思想者，其精神本体是极其复杂的。他不仅受到西方各种思潮的深刻影响，而且受到中国传统文化的长期熏陶。他一面反思历史，一面痛苦地揭出自己灵魂深处像毒蛇纠缠似的绝望与希望、黑暗与光明、悲观与乐观、求索与彷徨的冲突。接受者阅读鲁迅文本，往往要拨开云遮雾障，透过诸多对立的精神因素去接近鲁迅的生命本体。仁者见仁，智者见智，鲁迅研究领域的风潮迭起是不可避免的。

世纪末的中国，由于经济转轨，人们的价值取向呈现出多元化趋势，聪明人都愿意活得轻松潇洒，"冷也好热也好活着就好"，像鲁迅那样批判现实，承担历史，未免太"傻冒"太"沉重"了。有人公开表示，鲁迅作品作为教材，无论对于教师备课还是学生接受，都过于沉重。有人坦然承认："可能我的历史是颓废的历史，激情的肉体史，是南朝臣民的裸宴，

---

① 郑敏：《世纪末的回顾：汉语言变革与中国新诗创作》，《文学评论》1993年第3期。

是罗马的狂欢，……因此，川端康成的样子远比鲁迅清晰。"①王朔的小说，说到底是一种轻松"找乐"的文学，"开涮"知识分子，解构神圣，嘲弄崇高，其价值观和鲁迅绝对要发生碰撞。主张宽容博爱，要求温柔和平，也是世纪末中国人一种普遍的社会心理，"今天天气好好好，哈哈哈……"，是一部分人的价值标尺和理想佳境。鲁迅认为"平和为物，不见于人间"，他批评徐志摩只能像麻雀一样弹奏"唧唧喳喳"的音乐，而他喜欢猫头鹰"哇"的一声令人震悚的声音。如此强力伟美的生命哲学和美学观点，跟世纪末中国人的社会心理不甚调和，于是他成为一部分人心目中需要警惕的人物。王蒙就说过："世人都成了王朔不好，但都成了鲁迅也不好，……那会引发地震！""文坛上有一个鲁迅那是非常伟大的事，如果有五十个鲁迅呢？我的天！"②尽管王蒙曾是鲁迅的热心读者，也不否认鲁迅思想和创作对他的影响，他说过鲁迅那种"深蕴着炽热的同情和深邃的思索的冷静，那种对于人的道是无情却有情的冷峻的解剖，却早已像刀割一样地留在我的心上了。""随着阅历的增长，我越来越感觉到鲁迅的思想那种照亮一切的令人战栗的光辉了。"他赞美鲁迅的思想"光辉"，欣赏鲁迅作品"如闻天籁"的美。（《我愿多写点好的故事》）可他在90年代抛出的"引发地震"说，对他十年前的鲁迅观却有意无意地悄然修正了，其中固然包含着对过去年代残酷斗争的记忆，但他曲解鲁迅的精神本质，对鲁迅文本不啻是一种误读、误导。

二

鲁迅的全部意义和真正价值，在论争中为越来越多的当代人所认识。作为文学巨匠，鲁迅给中国文坛留下了"为人生"的伟大文学传统和光辉的文学经典。

"五四"启蒙时代，鲁迅向20世纪中国文坛大声疾呼："世界日日改

① 参看《断裂：一份问卷与五十六份答卷》，《北京文学》1998年第10期。
② 王蒙：《鲁迅诱发地震》，《中国青年报》1995年2月5日。

变，我们的作家取下假面，真诚地，深入地，大胆地看取人生并且写出他的血和肉的时候早到了；早就应该有一片崭新的文场，早就应该有几个凶猛的闯将!"（《坟·论睁了眼看》）鲁迅反对一切粉饰太平、迎合大众的"瞒和骗"的文艺，要求作家直面人生，正视现实，参加到社会里面去，自觉地承当"改良社会""改良人生"的历史使命，为现代中国人的生存和发展而呼号而奋斗。当中国文坛在20世纪初气息奄奄找不到出路的时候，鲁迅不仅指出"为人生"的文艺方向，而且奉献出最富于创造性的天才作品。无论现代白话小说，现代散文诗，现代回忆性散文，还是新型的杂文，都给肃杀、寂寞的中国文苑吹来一股起死回生的清新的风，中国文学从此开创了一个新时代。这些天才作品以其真善美的内容，巨大的思想力量和新颖独创的艺术形式，成为20世纪最具经典意义的文学遗产。

鲁迅的文学遗产最强烈地体现了20世纪中国文学的现实主义精神和现代性特征，它对于疗治当下中国文坛各种时髦病症和建设社会主义新文学，有宝贵的借鉴意义。新时期中国文学确实取得一些轰动效应，但是一个不争的事实是：文坛群星闪烁，却无有巨星，通常是星光一闪，倏然消逝。为什么当代作家不能在原有水平上挖掘潜力，突破自己呢？批评家说，眼下作家大抵追逐畅销情结、影视情结、获奖情结，这三种情结折射出一种急功近利的创作心态。有些顶着作家头衔的人，故意淡化文学的社会功能，不去观察世态人情，甚至祭起"玩文学""侃文学""游戏人生"的旗帜，狂热地制作贵族化、媚俗化、脂粉化的文艺。有些新生代作家标榜个性化、私语化写作，对大众的苦难和社会上正义与邪恶的斗争不屑一顾，热衷于炮制《上海宝贝》之类色情文艺。他们把人性异化为生物性，把人的个体生命体验等同于性体验，灵魂和肉体物化为可以拍卖的商品和器具。在某种疯狂的物质欲望驱动下，有些"作家"醉生梦死，拜"钱"玩"性"，把20世纪中国文学直面人生，贴近现实的优良传统抛到九霄云外去了。

"艺术家的胸膛里应当跳动温暖的良心"（毕淑敏语），真正的艺术家总是善恶分明地用生活中的美和属于未来的东西启迪人心。新世纪的中国文坛呼唤鲁迅文学传统回归，借鉴鲁迅，超越鲁迅，应是当代中国作家责无旁贷的历史使命。

鲁迅的意义远不止于他在文学上的卓越贡献。作为思想家，他为当代中国人提供了丰富的精神资源。我们读其他许多作家的作品或许也能获得惊心动魄的艺术享受，读鲁迅作品则不仅领略到艺术美，还能得到深刻的理性启示和人生感悟，获得一种激动人心的鼓舞力量。为什么会有如此不同的阅读感受呢？美国记者史沫特莱在一篇纪念鲁迅的文章中写道："据我知道，他是中国近百年，也许是好几百年以来所产生的仅有的文学天才。别的作家尽管有天分有才能，还有少数作家有很高的天赋，然而鲁迅却是一个天才。他具有罕见的深入于中国社会生活、政治生活、文化生活的观察力；这一稀有的深刻的观察赋予他以描画其所见所知的才能。"[1]鲁迅的思想触角几乎遍及社会生活各个方面，渗透到一切精神文化领域。他运用自己所掌握的渊博知识，深入思考关于社会、历史、人性和人生等重大问题，提出了许多带有真理性的理论主张和思想见解，这些独特主张和见解都是留给当代中国人非常宝贵的精神资源。

鲁迅哪些重要的思想主张在当代中国应当发扬光大呢？

其一，是对封建专制主义的批判。在《狂人日记》《灯下漫笔》等文中，鲁迅运用文学语言和文学形象揭出封建宗法思想和制度"吃人"的真理，他特别猛烈地抨击"天有十日，人有十等"的封建等级制度。他指出，这种以等级特权为基础的专制主义，麻醉和虐杀中国人的精神，使得处于社会底层的广大民众，身受"非人类所能忍受的楚毒"，"真教人觉得不像活在人间"（《且介亭杂文·病后杂谈之余》）。马克思也曾严厉谴责专制主义："君主政体的原则总的说来就是轻视人，蔑视人，使人不成其为人"，"专制制度必然具有兽性，并且和人性是不相容的。"[2]鲁迅和马克思对封建专制主义的批判非常一致。彻底批判以等级特权为基础的封建专

---

① 史沫特莱：《鲁迅是一把宝剑》，《文化月刊》第3期，1939年10月20日。
② 《马克思恩格斯全集》第1卷，人民出版社1972年版，第411、414页。

制主义，是鲁迅的伟大历史功绩，只要社会上还有封建主义沉渣泛起，只要人间还有兽道横行，鲁迅反封建的思想永不过时。

其二，对人性解放和个体生命价值的密切关注。在对中国历史和现实的考察中，鲁迅敏锐地发现人与社会的对立，为了将民众从封建奴役下拯救出来，他以毕生精力为人性解放而斗争。他提出"立人"主张，认为"欧美之强，根柢在人""人立而后凡事举"，而"立人"的关键就是"尊个性而张精神"。其所谓"人各有己，而群之大觉近矣"（《集外集拾遗·破恶声论》），就是瞩望每个社会成员充分实现个体生命的价值，以促进社会群体的普遍觉醒。他猛烈抨击虚假的多数，反对"借众以凌寡"，谴责少数人借用多数的名义压制杰出个人。封建时代是"以独虐众"，人民做奴隶；若以多数人的压制代替君王独裁，"以众虐独"，那么，专制主义的实质并未改变，人民还是做奴隶。

"人各有己"的深刻命题，无疑是对欧洲文艺复兴以来人类最重要的思想成果的继承和总结。鲁迅抓住了实现人的解放这个核心问题，跟马克思所说"人们的社会历史始终只是他们的个体发展的历史"[①]，"每个人的自由发展是一切人的自由发展的条件"[②]非常契合。今天，当我们整个民族向现代化进军时，个性自觉和人性的进一步解放，仍然是一项十分重要的精神文明建设课题。

其三，"拿来主义"文化观的倡导和实行。在《拿来主义》文中，鲁迅形象地阐述了继承古代和外国文化遗产的基本原则，非常精当地指出现代中国人面对中西文化交汇应当坚守怎样一种明智的立场和态度。其实他早在《文化偏至论》中就主张以历史的、世界的眼光看待中国古代文化和西方汹涌而来的异质文化。他认为无论传统文化还是西方文化，都是有"偏至"的文化，都为建构20世纪中华民族新文化提供了有益的质素。在中与外的关系上，他主张"外之既不后于世界之思潮，内之仍弗失固有之血脉"；在古与今的关系上，他要求"取今复古，别立新宗"。"明哲之

---

① 《马克思恩格斯全集》第27卷，人民出版社1972年版，第478页。
② 《马克思恩格斯选集》第1卷，人民出版社1972年版，第273页。

士"应以全方位开放的态度吸纳东西方文化，但这种继承和接受，既不是"耳新声而疾走"的盲从西学，全盘西化，也不是"心神所注，辽远在于唐虞"的复古主义或国粹主义，根本目的是建设新文化，为了"立人"→"立国"。鲁迅鲜明地倡导了一种独立进取的文化身份和开放、创造的文化精神。

除了进行文学创作，鲁迅还做了大量的学术研究和外国文学译介工作。他的《汉文学史纲要》和《中国小说史略》，拓展了中国文学史和古代小说史的研究领域；他那数百万字煌煌大观的翻译成果，给中国文苑输送了域外优秀的文化精华。所有这些，都是鲁迅"拿来主义"的成功实践。

进入21世纪的中国人处在一个东西方文化大交汇的新的文化转型期。在全球化语境下，如何坚守自己的文化立场？采取怎样的文化策略？如何建设有中国特色的社会主义新文化？鲁迅不仅奉献出科学的文化发展原则，而且成功地树立了建构先进文化的榜样。

此外，作为精神资源主体，鲁迅"改革国民性"的启蒙主张，"弱者本位"的伦理原则，"反抗绝望"的生命哲学，等等，对于今日中国的社会改革和精神文明建设，也都有重大的现实意义，兹不赘述。

在中华民族史册上，鲁迅是被民众誉为"民族魂"的唯一的历史人物，他那光辉的人格精神也必将对当代知识分子的人格重塑，对中华民族的后代历史产生深远影响。

鲁迅虽然出身于士大夫家庭，但由于少年时代家道中落，和下层社会相亲近，因而获得一个新的立足点，能够从底层民众角度观察和分析问题。作为一位平民思想家，他总是站在弱势群体一边，唾弃并揭露上层社会的奢侈堕落，为拯救灾难深重的劳苦大众奔走呼号。他以"衷悲所以哀其不幸，疾视所以怒其不争"的态度，揭发群众精神上的愚昧麻木。鲁迅对民众的觉悟有过悲观的估计，可他从实际生活中越来越清醒地看到民众的力量。在《未有天才之前》中，他对"天才"和"民众"的关系发表了著名的见解："在要求天才的产生之前，应该先要求可以使天才生长的民众"。此后还在《学界的三魂》里明确提出发扬"民魂"的主张，表明他始终如一的民众立场。他总是舌敝唇焦地引导群众克服自身弱点，向着民族精神制高点奋力攀登。

在30年代剧烈的社会冲突和民族斗争中，鲁迅更加鲜明地表达了民族的大众的立场。他敬仰那些正在"为现代中国人的生存而流血奋斗者"，以做他们的"同志"而"自以为光荣"（《且介亭杂文·答托洛斯基派的信》）。他还说："凡是为中国大众工作的，倘我力所及，我总希望（并非为了个人）能够略有帮助。"（《书信·360802致曹白》）他为中华民族解放事业呕心沥血，贡献出毕生精力。鲁迅逝世后，并非共产主义者的宋庆龄、沈钧儒将一面绣着"民族魂"三字的大旗覆盖在他灵柩上，张学良将军也认为"鲁迅是每一个不愿意作奴隶的中国人的鲁迅"。①鲁迅的心念瞩望中华民族的将来，他勉励中国青年摆脱冷气，只是向上走，"乐则大笑，悲则大叫"，叫出中国人真的声音。他热望中国青年在公与私、个人与大众的关系上找到一个正确位置，既尊重自己也尊重大众，既不盲从当奴隶也不以主子自居，真正的个性觉醒者应是"大众中的一个人"（《且介亭杂文·门外文谈》）。自从步入文坛，他就把培养造就新人作为自己的社会责任，获得鲁迅帮助和教益的作家不仅有许钦文、鲁彦、丁玲、沙汀、艾芜、柔石、叶紫、萧红、萧军等知名作家，就连茅盾、郁达夫、巴金这样誉满中外的大师级名家也接受了鲁迅文学传统和人格精神的滋养。

当代中国青年尽情享用改革开放的思想花果，也承担着文化转型带来的失落和迷惘。思想多元化带来选择的艰难，对传统价值的怀疑更加深了无所适从的痛苦。他们坚持用自己的眼光审视世界，观察人生，试图寻找到自己的精神家园。他们终将发现：鲁迅属于今天，也属于未来；无论中国和人类在未来发生怎样的沧桑巨变，鲁迅都是中华民族从传统社会迈向现代社会的历史进程中一座伟大的桥梁。当代批评家何满子预言："不论当代人对鲁迅作了多么高的评价，未来的历史家对鲁迅的评价将比今人高

---

① 参见李春林：《关于当下贬鲁思潮的思考》，《辽宁大学学报》（哲学社会科学版）2001年第1期。

得多。"①让历史来检验这位批评家的预言罢！

三

早已作古的鲁迅，60多年后还有这么多人纪念他，谈论他，这一事实本身就透出鲁迅有着某种深受当代人关注和欣赏的独特魅力，并且证明鲁迅研究具有强大的生命力。21世纪要求鲁迅研究与时俱进。如何进一步拓展鲁迅文本的阅读空间？怎样在既往研究的基础上更加健康地向前发展呢？

许多创新的研究成果表明，只有认真阅读鲁迅作品，尊重文本的客观意义，掌握第一手资料，而不是轻信权威，人云亦云，才能拨云见日，正确理解鲁迅丰富的精神世界，正确评估他对中国和人类的贡献。对于鲁迅这样知与行相统一的历史人物，尤其不应违背历史事实和文本实际随心所欲地褒贬。有人天马行空，故作惊人之语，以情绪化的批判代替求真求实的探索，明眼人一望而知，他们没有认真读书，不顾事实的攻伐和咒骂，掩盖不住对鲁迅的隔膜无知。有人故意选择大师级人物开涮，自我炒作，制造轰动效应，其实是丑陋的。

鲁迅研究是一项艰巨的学术工程，当然要重视学术品位的提高，许多研究者不赶热场，殚精竭虑地爬梳求索，令人敬佩。越来越多的有识之士呼吁，研究者要走出"象牙之塔"，走学术性与现实性相结合的道路。鲁迅本来就是一位现实感历史感极强的文学家、思想家，他根据对历史和现实的深刻观察、体验，对生命、人性、人生和人类等根本性的问题进行深入思考，他关注人类的生存困境，呼唤国民精神改善和人性复归，他勇猛地投身于社会改革壮潮，瞩望国家民族复兴。有人将鲁迅描绘成一个非理性、超现实、超时代的，满脑子全是黑暗与虚无的个人精神反抗者，太远于事理，因为鲁迅从来就没有在渺无人烟的精神荒原里作毫无目标的流

---

① 何满子：《尘埃落定，鲁迅依然》，《文学自由谈》1995年第1期。

浪。孙玉石对鲁研界的单纯"学术化"倾向提出批评说："（研究者）过分参照西方社会政治和思想的模式，较少考虑鲁迅与广大人民群众的血肉联系这一个最重要的精神侧面。……千百万人民的现实生存状态，生命疾苦和他们所能够享受的自由，在我们的心里究竟有多大的分量？"[①]远离民众，高居庙堂，定然读不懂鲁迅，将鲁迅研究引向死胡同。

鲁迅研究工作中，还有一个平民化与普及性的问题。鲁迅小说画出"现代国人的魂灵"，杂文也绘出"中国大众的灵魂"。鲁迅是属于人民大众的，平民百姓本来不应、也不会和鲁迅相隔离，但由于我们的普及工作没做好，鲁迅没能走向大众。提倡平民化与普及性，是对过去研究工作中的神化、贵族化、陌生化倾向的一种匡正。今天像"文革"时期将鲁迅请上神坛的做法可能不多见了，但是热衷于搬弄半生不熟的新概念、新名词，谈禅说玄，神秘莫名的论著并不少见。此类扑朔迷离、晦涩难解的文章对鲁迅思想和作品的描述跟真实鲁迅相去太远，人为地拉开了鲁迅和大众的距离，造成普通中国人和鲁迅的隔膜。在中学语文教材编写和教学中，也出现了两种声音：有人主张抽去鲁迅作品，说鲁迅作品难读，难教，无论对于学生还是教师都太"沉重"；王富仁发表长文《最是鲁迅应该读》，结合中语教学的基本规律，阐明鲁迅作品的经典性和可感受性，认为鲁迅作品可以激发学生的想象力和创造力，比起那些思想平庸（即使有艺术性）的作品更适合中学生阅读，更适合基础语文教学。[②]鉴于鲁迅文本的丰富性和复杂性，文本阅读还要提倡视角和阐释的多样性，并以宽容的态度对待各种不同见解。阐释中出现不同意见的争论是正常现象，对于一切从科学精神出发研究鲁迅思想和作品的不同观点，应取欢迎和宽容态度。学术研究如果没有争论和挑战，就失去了活力。但是对于那些抛弃了科学理性精神和严谨的求证方法，专以情绪宣泄为目的，信口开河，哗众取宠的文章，对于那些随心所欲的编排，轻薄无聊的咒骂或自我炒作的文字，当然应该反对，应该批评。

---

① 孙玉石：《反思自己，走近真实的鲁迅》，《鲁迅研究月刊》2000年第7期。
② 王富仁：《最是鲁迅应该读》，《中国教育报》2001年10月25日。

　　鲁迅研究是20世纪精神文化建设的一个亮点，是一条景色迷人、曲曲弯弯的河流。世纪末这场鲁迅论争提醒我们，只有迅速地提高研究主体的综合素质，不断更新研究观念和方法，新世纪的鲁迅研究才能生生不息，奔腾向前。

［原载《文艺理论与批评》2004年第2期］

弘扬鲁迅的爱国主义

　　爱国主义是一个历史范畴，它的内容既有传统的继承性，又有特定时代条件下的具体性。鲁迅的爱国主义和古代爱国者一脉相承：忧国忧民，同情人民疾苦，昂扬的民族自豪感，报效祖国的热忱……不过，旧时代的爱国者往往从士大夫的地位"哀民生之多艰""穷年忧黎元"，几乎无一例外地将忠君视为爱国的最高标准。鲁迅从来不信奉"皇上的圣旨"，又因大家庭的败落更多亲近下层人民。他是站在被压迫者的立场发出"我以我血荐轩辕"的爱国呼声。

　　鲁迅的爱国主义产生在20世纪之交，带有鲜明的时代色彩。他深切感受到"强种鳞鳞，漫我四周，伸手如箕，垂涎成雨"那样欧风美雨的时代气氛，其爱国呼声一开始就传达出中华民族救亡图存的历史要求，具有为中国人的生存而奋斗的深厚内涵。鲁迅爱国主义和中国人民解放、中华民族复兴的大方向完全一致，表现出鲜明的批判、探索、发展的特色。

　　（一）鲁迅的爱国主义是批判的。批判一切残害人民的黑暗势力和危害中国人生存的旧思想、旧制度。

　　先进的中国人在20世纪之交执着地寻求中国"积弱"的原因。梁启超发现"民质不良"，提出"开民智、鼓民力、新民德"的"新民说"，要求教化国民。鲁迅不是一味谴责民众素质如何差，而以普通人的眼光，揭出"本体自发之偏枯"和"交通传来之新疫"两大社会根源，他把批判锋芒指向了帝国主义侵略和中国本土的封建主义，"二患交伐"加速了中国的

"沉沦"。(《坟·文化偏至论》)

反对侵略，救亡图存，是鲁迅早期作品的主旋律。1903年，在我国人民的拒俄运动中，鲁迅发表《中国地质略论》和《斯巴达之魂》两篇爱国之作。针对沙俄掠夺山西、河南矿产资源，他告诫国人要警惕外国探险家在我国土地上"狼顾而鹰瞵"的野心，警惕清朝官吏、买办商贾"引盗入室"的卖国行径，对"吾广漠美丽可爱之中国"发出由衷赞叹。他召唤中国青年学习古代斯巴达人视死如归的民族尚武精神，"掷笔而起"，为保卫祖国而战。在《摩罗诗力说》《破恶声论》等早期论著中，他严格区分了真假爱国者。俄国诗人莱蒙托夫热爱乡村大野和高加索土著居民的纯朴生活，波兰将军贝姆帮助匈牙利民族解放斗争，英国诗人拜伦孤援希腊独立运动，是为"人爱"。鲁迅对普希金青年时代反对沙皇专制的叛逆诗歌至为赞赏，而对他晚年替沙皇远征波兰的武功大唱颂歌非常反感。丹麦评论家勃兰兑斯批评普希金"惟武力之恃而狼藉他人之自由，虽云爱国，顾为兽爱"的观点，鲁迅十分赞同。采用生物学的分类法，将爱国者分为"人爱""兽爱"并不科学，但它形象地区分了真假爱国者，表明了反抗侵略、声援弱小民族的正义立场，在同时代的爱国者中，很少有人达到这个思想高度。

批判封建主义是鲁迅爱国主义思想更为辉煌的一个侧面。早年他跻身于孙中山为代表的"战斗的真实的民主主义者"（列宁语）行列，反清王朝，反袁世凯称帝、张勋复辟，后来对段祺瑞、蒋介石的封建法西斯主义勇猛进击。他"舌蔽唇焦"地用"中华民国"建国的历史，激励青年一代珍惜"开创民国的战士"用精神和血肉浇灌、培育的"幸福的花果"。（《而已集·黄花节的杂感》）"五四"后，他以杂文和小说的形式，对根深蒂固的旧文明施行袭击，对旧社会种种丑恶社会现象进行彻底扫荡。《狂人日记》等作品形象地揭露了"仁义道德"的"吃人"本质，《灯下漫笔》表达了"扫荡吃人者，掀掉这筵宴，毁坏这厨房"的愿望。鲁迅一系列文明批评和社会批评的作品，倾诉出对祖国和人民的热爱之情，对中华民族"复生的希望"。

"五卅"运动后，鲁迅对帝国主义"利用""保存"中国旧文化，及其对中国的文化侵略保持高度警惕。在《略淡香港》《老调子已经唱完》等文中，尖锐地指出帝国主义者赞叹"中国固有精神文明"，鼓吹中国学生不应忘却"孔子之教"，"中国人应该整理国故"，目的是"要中国人永远做侍奉主子的材料，苦下去，苦下去！"

（二）鲁迅的爱国主义是探索的。一面攻击"旧社会的腐败"，另一面"希望着新的社会起来"，尽管那时不知道"新的"是什么样的，但他持久不断地追寻新的理想，探求人民解放和民族复兴的道路。鲁迅将他的社会理想比作"梦"，就像1918年他在一首诗《梦》里所写的："去的前梦黑如墨，在的后梦墨一般黑"。这首诗真切地绘出鲁迅早年在黑暗中摸索的执着坚韧和寂寞苦闷的心情。鲁迅前期提出过不少社会改革方案——

第一个方案是科学救国。在维新思潮影响下，他确信科学有"振作国人""振怖外敌"的伟力，讴歌科学乃"神圣之光，照世界者也"。做着"科学救国"的好梦，他才去南京学采矿、学海军，去仙台学医学。学医的梦很美满，以为卒业后可以救治像父亲那样被误的病人，战争时候便去当军医，一面也是为了"促进国人对于维新的信仰"（《呐喊·自序》）。鲁迅当时并不明白，社会制度不改变，科学技术不足以兴国。

第二个方案是文艺救国。1905年，革命派与改良派的东京大论战，使鲁迅破灭了对于维新主义的幻想。以"幻灯事件"为契机，他醒悟到医学不能救国，国民的体格即使如何健壮，也只能做"示众的材料和看客"。1906年弃医从文，他要借文艺的力量改变国民的精神。文艺救国梦做了很久，到1925年前后还相信思想革命。这期间，他提出"立人"和"改革国民性"两个相关的命题，渴望通过思想启蒙造就没有吃过人的"新人"。他大力译介被压迫民族作家的作品，传布爱国者"叫喊和反抗"的声音；他创作了许多以普通人为主人公的作品，画出现代国人的魂灵，这些作品抒写出鲁迅启蒙主义的一片真诚。"文艺救国"的梦到后来又破灭了，主要原因是两个：一是反思辛亥革命历史教训，看清"孙中山奔波一世，而中国还是如此。最大的原因，还在他没有党军，因此不能不迁就有武力的人"。(《两地书·十》）二是北伐革命胜利进军的炮声使他看清文学"不中用"，文学家只会"叫苦，鸣不平"，"一首诗吓不走孙传芳，一炮就把孙传芳轰走了。"（《而已集·革命时代的文学》）

从现实和历史两个层面分析中国国情，鲁迅否定了单纯的思想革命，提出第三个方案，即"改革最快的还是火与剑"。承认社会革命优于思想革命，从"批判的武器"进向"武器的批判"，这是鲁迅社会改革思想的一次跃进。虽然还没有找到人民解放和民族复兴的领导力量和主力军，距离光辉的目标已经不远了。

鲁迅的批判与探索，表明他为被压迫者而呼号而战斗的正义立场，他永远同人民共同着脉搏，反对改良，欢呼革命，这是他后来爱国主义思想进一步发展的强大动力。

（三）鲁迅的爱国主义是发展的。鲁迅前期一次次地探索社会改革方案，已经看出一种发展的趋向；1927年后，"他的爱国主义思想因和工人阶级的革命思想结合而加深，而有着质的发展，他的爱国的感情也更深厚和广阔，成为无产阶级的爱国感情了。"[1]

这种深厚而广阔的爱国情怀，首先突出地表现为政治态度的转变，他把对祖国和人民的爱，升华为对"中国革命的政党"的拥护和热爱。起初他愿助孙中山领导的国民党"一臂之力"，"感其志在革新""在北京共同抵抗过黑暗势力"。（《两地书·一〇六》）"四·一二"政变的血泪擦亮了他的眼睛，《〈而已集〉题辞》《小杂感》《"可恶"罪》等文，对"屠伯"们将"共产青年"和爱国志士投入陷阱，发出沉重抗议。其后他密切关注中国共产党领导的工农革命运动，以《湘灵歌》《中国人失掉自信力了吗》这样瑰丽的诗文，热情歌颂血与火中诞生的湘赣边区红色政权，赞美共产党人和革命者"有确信，不自欺""前仆后继的战斗"，是"中国的脊梁"。在生命的最后一年，他把自己作为一个"中国人"，拥护"中国革命的政党提出的抗日民族统一战线的政策"的政治态度公之于世了。

---

① 冯雪峰：《回忆鲁迅》，人民文学出版社1953年版，第117页。

（《且介亭杂文末编·答徐懋庸并关于抗日统一战线问题》）他说："那切切实实，足踏在地上，为着现在中国人的生存而流血奋斗者，我得引为同志，是自以为光荣的。"（《且介亭杂文末编·答托洛斯基的信》）他还和茅盾联名写信给中共中央，热烈祝贺红军东征的伟大胜利，欢呼"中华民族解放史上"这一"光荣"的胜利，明确表示要和全国民众一道，"为你们的后盾，为你们的声援！"①经过几十年艰苦探索，鲁迅终于找到了为中国人的生存而奋斗的中流砥柱，鲁迅的爱国感情发生了质的变化，成为无产阶级的爱国者了。

这一发展还表现在鲁迅加紧学习"真正的社会科学"，学会运用马克思主义"最明快的哲学"，研究中国革命和文化斗争中许多复杂问题。历史唯物主义和辩证法，成为他揭露帝国主义侵略本性，批判国民党右派"攘外必先安内"的投降卖国政策的锐利武器。鲁迅后期不妥协地为实现新民主主义革命的历史任务而斗争，在文化战线上，领导中国左翼作家联盟粉碎了形形色色敌人"用钢刀"和"用软刀"的围剿，为中国无产阶级革命文学运动的胜利开展作出历史性的贡献。毛泽东说"共产主义者的鲁迅，却正在这一'围剿'中成了中国文化革命的伟人"②，是尊重历史、尊重事实的评价。

后期鲁迅是真实的爱国主义者，也是伟大的国际主义者，在世界人民反法西斯主义阵线中，是一位坚强斗士。他先后参加"中国自由运动大同盟"，"国际反帝大同盟"等反法西斯的革命团体，亲赴德国领事馆抗议希特勒迫害进步作家、焚烧书籍的暴行。他把日本人民和日本侵略者区分开来，无产阶级作家小林多喜二遇难后，他致电深切哀悼；还以《题"三义塔"》一诗，记录一段中日人民友谊的佳话，"度尽劫波兄弟在，相逢一笑泯恩仇"，表达了中日人民共同抗击日本军国主义，争取和平友好将来的美好愿望。《〈争自由的波浪〉小引》《我们不再受骗了》等文中，他向

① 《鲁迅茅盾致红军贺信影印件》，《鲁迅研究月刊》1996年第7期。
② 毛泽东：《新民主主义论》，《毛泽东选集》第2卷，人民出版社1952年版，第674页。

往十月革命"摧枯拉朽"的胜利，拥护"无产阶级专政的第一个国度"，回击了帝国主义对苏联的诬蔑和攻击，他相信苏联的无产阶级专政昭示着中华民族的将来，爱国主义和无产阶级国际主义在这里完美地统一起来。

为中国人的生存而奋斗的宗旨，像一盏明灯照亮鲁迅的道路。鲁迅的爱国主义对于世代中国人特别是青年知识分子，具有深刻的启示。苏联、东欧解体后，某些西方大国的狂妄症又复发了。美国动辄挥舞"制裁"的大棒，公然充当国际警察。日本军国主义者也跃跃欲试，不肯承认半个世纪以前那场反人类的侵略战争，矢口否认惨绝人寰的南京大屠杀；某些政界要人公然参拜靖国神社，替战争狂人扬幡招魂，更有一批极右分子在中国领土岛屿制造事端。事实表明，冷战结束以来，帝国主义并没有放弃霸权主义和"西方中心"主义。在国际交往和合作中，我们确实取得了举世瞩目的成绩，但是还要不要恪守我们的原则？还要不要坚持国格和人格？还要不要反对新老殖民主义者和各种"西崽""洋奴"？去年春天，出版界推出四位青年作者编著的读物《中国可以说不》，对上述问题作了肯定的回答。该书分析了冷战结束后东西方的新格局、新走向，强烈反对西方殖民主义，反对帝国主义、霸权主义的指手画脚，它之所以受到广大读者的欢迎，根本一点就是喊出了亿万中国人内心深处的爱国呼声。

爱国主义是我们时代的最强音。我们正在经历一个新的文化变革期，面临又一波东西方文化大交汇。改革开放给中国人带来许多实惠和希望，但市场经济自身的弱点也酿成精神滑坡的事实。社会生活中，崇洋媚外、封建迷信沉渣泛起，金钱、权力欲望无限膨胀，人的道德素质下降，文坛上出现了追求贵族化、脂粉化和市俗化的奢靡时尚，有人故意淡化文学的社会功能，放弃作家的社会责任。人文环境的种种消极现象，需要一种清醒剂或强酸剂来治理，我们真切地感到失去鲁迅的悲哀。

当年，鲁迅激烈抨击中国"古今要人"，日本友人增田涉提出质疑："你不喜欢中国吗？你以为生在中国不幸吗？"鲁迅答道："没有再比生在中国感到幸福了。"（《鲁迅的印象》）鲁迅对恩重如山的祖国怀有血肉相连、热土难离的情意，不论祖国多么贫穷落后，满是血痕，他认为中华民族"其实是伟大的"（《书信·360304致尤炳圻》），在这片国土上为中国人的生存而奋斗是非常幸福，无比自豪的。

[原载《文艺理论与批评》1997年第3期]

苦楚的经验

——鲁迅在辛亥革命后所想过的一些问题

我觉得仿佛久没有所谓中华民国。

我觉得，革命以前，我是做奴隶，革命后不多久，就受了奴隶的骗，变成他们的奴隶了。

我觉得有许多民国国民而是民国的敌人。

我觉得有许多民国的国民很像住在德法等国里的犹太人，他们的意中别有一个国度。

我觉得许多烈士的血都被人们踏灭了，然而又不是故意的。

我觉得什么都要重新做过。

这是辛亥革命14年后，鲁迅在《华盖集·忽然想到（三）》里面的一段话。孙中山先生领导的辛亥革命成就了推翻帝制的伟大历史功业，但是民国建立后中国社会还是"老样子"，帝国主义和封建主义依然盘踞着中国土地，人民并没有摆脱"奴隶"地位。"历观国内无一佳象"（《书信·180820致许寿裳》），鲁迅在苦闷中陷入沉思。他以愤激的语言，抨击军阀官僚统治，对人民群众缺少民主觉悟感到痛心。他还说："我希望有人好好地做一部民国的建国史给少年看"，让他们知道"民国的来源"。事实上，从武昌起义那年冬天写《怀旧》，到临终前两天作《因太炎先生而想起的二三事》，鲁迅以"四分之一世纪"的思考，"焦唇敝舌"地谈论辛亥革命的苦楚教训，给我们留下一部鲜活的"民国建国史"。

一、改革一两，反动十斤

民国初创时，鲁迅欢呼过"共和"的胜利。他说："共和之治，人仔于肩，同为主人，有殊台隶"。他以为从此争得了主人而非奴隶的地位，可以为"共和"事业奋斗了。但同时预感到"惟专制永长，昭苏非易"（《集外集拾遗·〈越铎〉出世辞》）。革命后"坏而又坏"的政治局面，特别是袁世凯称帝和张勋复辟两出帝制复辟丑剧，使鲁迅对中国封建专制制度的根深蒂固和异常强大，有了深刻认识，不再歌唱民元的"光明"，而要专门"与黑暗捣乱"（《两地书·二四》）。

绵延两千多年的中国封建社会，形成一套庞大的官僚机器和严密的思想体系。历代农民起义没有动摇它的根基，辛亥革命这样一场全国规模的革命运动也没能摧毁旧的国家机器，更不用说触动旧的思想体制了。昨天还是前清官僚和乡绅，现在是民国的元老功臣；昨天还是革命的死敌，今天做了新政权的高官。这种换汤不换药的情形在《阿Q正传》中有生动描绘："革命党进了城，倒还没有什么大异样"，知县大老爷还是原官，带兵的还是先前的老把总，举人老爷也做了什么官（民政帮办），革命党的长衫人物和绅士遗老共掌大权，旧的官僚机器几乎原封不动地保留下来。象征种族压迫的辫子剪了，人民却没有改变被奴役的地位。"未庄"出了抢案，老把总"杀一儆百"，把可怜无告的无辜农民阿Q捉去示众、枪毙。新政权还是少数几个行政长官实行对多数人的"人治"，人民还是当牛做马，毫无政治权利。列宁指出："专制统治就是当官的和警察把人民当做奴隶。"[①]革命后徒有一面"共和"旗帜，未能根本上动摇"专制"政体，"招牌虽换，货色照旧"（《两地书·八》），新政权实际上还是地主豪绅压迫人民的工具。

---

① 列宁：《给农村贫民》，《列宁选集》第1卷，人民出版社1960年版，第514—515页。

　　封建礼教和神权迷信是专制制度的强大精神支柱，它代代沿袭，相承不废，渗透到社会生活各个角落。20世纪上半叶，整个中国社会热心复古，崇拜孔儒。由于革命运动冲击，孔夫子一度并不行时，到袁世凯时代又被重新记起，北洋军阀和后来的蒋介石，也都用它作"敲门砖"。在军阀官僚统治下，国学家崇奉国粹，文学家赞叹固有文明，道学家热心复古，甚至抽大烟，拖辫子，扶乩，缠足，乌烟瘴气，层出不穷。西方引进的文化思想、科学技术也有一点，照例是新的进来，旧的有一种异样挣扎。旧势力更有翻云覆雨、花样更新的本领，新东西进来，"便如落在黑色染缸，立刻乌黑一团，化为济私助焰之具。"例如，"马将桌边，电灯代替了蜡烛，法会坛上，镁光照亮了喇嘛，无线电播音所日日传播的不往往是《狸猫换太子》，《玉堂春》，《谢谢毛毛雨》吗?"（《花边文学·偶感》）鲁迅对京剧的看法有失偏颇，但他对"传统"惰性力强大却有清醒估计。在孔教盛行年代，西方文明可成为"中国固有精神文明"的帮忙，先进科学技术也会成为旧势力对人民实行精神奴役的工具。鲁迅痛感中国的"所谓旧文明"是"根深蒂固的"（《两地书·八》），一两次袭击绝不能令其动摇。

　　他还指出，古老中华哪怕进行一点微小改革，也要付出极大的代价。当革命声势强大到足以形成一股威慑力量时，旧势力都有装扮自己、投机革命的本领。一旦革命高潮过去，便以十倍的疯狂，百倍增长的仇恨，夺回他们失去的一切。鲁迅用"改革一两，反动十斤"（《二心集·习惯与改革》）八个字形容旧势力对改革者的猖狂反扑。

　　反改革者对于改革者的迫害，又有两个毒辣手段："将他压下去，或者将他捧起来。"（《华盖集·这个与那个》）有时用旧习惯和旧道德施加压力，你要"学洋务"么，他说这是"将灵魂卖给鬼子，要加倍的奚落而且排斥的"（《呐喊·自序》），许多有志于学习西方、振兴中华的爱国者甚至被描绘成民族罪人；有时政府公开出面，"凭官力"将你压下去，或是"张起压制言论的网来"（《两地书·十》），或是"暗地里一颗弹丸要了他的性命"（《呐喊·头发的故事》），或是"给予一种特异的名称"，诸如妖人，奸党，国贼，汉奸等类名目，而后"放心割刃"（《坟·杂忆》）……多少志士仁人在旧社会倾陷迫害里慷慨赴死，多少革命党人在旧势力冷笑恶骂中苦度终生。

"压不下时，则于是乎捧"。中国老百姓捧当官的，大抵为了免害。人心本来不易满足，"捧"其实是一种"惰性"。有笑话说，某知县做生日，他是属鼠的，大家铸个金老鼠送他；知县又对大家说，明年是贱内做生日，她小我一岁，属牛的，于是大家无法送金牛。鲁迅说："其实，如果大家先不送金老鼠，他绝不敢想金牛。"一旦送开头就难于收拾了，即使送了金牛，"怕他的姨太太也会属象"。鲁迅告诫大家："中国人自讨苦吃的根苗在于捧"，"有贪图金牛者，不但金老鼠，便是死老鼠也不给。"反改革者对于改革者也常采用"捧"的策略，绍兴军政分府都督王金发，就在绅士、闲汉和新进的革命党"群起而捧之"的包围战中打了败仗。此人系浙江农民会党首领，初进城时推行了一些颇得人心的革命措施，后来这个拜会那个恭维，捧得他连自己也忘其所以，结果渐渐变得和老官僚一样，动手刮地皮。（《华盖集·这个与那个》）"捧"和"压"两手，是旧势力维护专制统治的老谱，软硬兼施，交替使用，使得多少改革者吃亏上当，旗倒人亡。中国封建势力对新思想、新制度的仇恨和抵抗，以及他们历代积累的反改革经验，实在世所罕见。

近代中国历史的显著特征是帝国主义和封建势力相勾结，共同奴役百姓。在帝国主义支持下，辛亥革命后不到十年时间上演了两出复辟丑剧。西方列强"联翩而至"，赞叹中国旧文化旧道德，"希望中国永是一个大古董，以供他们赏鉴"（《华盖集·忽然想到》）。"三·一八"惨案后，英国发言人勃尔根公然支持北洋军阀政府枪杀爱国青年，攻击"忘却孔子之教"的中国学生是"英帝国之大敌"（《华盖集续编·无花的蔷薇之二》）。鲁迅认为，民元后中国社会黑暗和人民贫困不自由的程度，可同历史上最黑暗的年代（五代，宋末，明季）相较量（《华盖集·忽然想到》）。

鲁迅告诫革命者："旧社会的根柢原是非常坚固的，新运动非有更大的力不能动摇它什么。并且旧社会还有它使新势力妥协的好办法，但它自己是决不妥协的。"（《二心集·对于左翼作家联盟的意见》）辛亥革命从胜利到失败的教训，使鲁迅清醒地看到社会改革的长期性和艰巨性。

二、"不相信"就是"愚民"远害的堑壕

辛亥革命时期，以农民为主体的人民群众同资产阶级革命派结成了反清联合阵线，其政治基础主要是反对帝国主义和封建主义压迫，推翻清王朝统治。当时农民斗争的规模远不如太平天国和义和团运动，但是各地农民会党十分活跃。农民起义和农民斗争沉重打击了清王朝，有力地支持了资产阶级领导的革命，没有农民这支主力军参加，资产阶级要取得推翻帝制、建立共和这样的成果也是不可能的。列宁高度评价中国农民在辛亥革命中所起的作用："亚洲这个还能从事历史上进步事业的资产阶级的主要代表或主要社会支柱是农民。"[①]可是，人民群众的流血牺牲并未改变农民被剥削的地位，他们仍然受着地主土地所有制的束缚。辛亥革命准备阶段，提出"平均地权"口号，一定程度上反映了农民对土地的要求，鼓舞了农民的反清斗志，但是所谓"平均地权"，不过是限制地主对土地的垄断，促进土地买卖的自由，根本不能像太平军那样"夺富人之田为己有"，也不打算动摇封建制度的经济基础。"革命党人"要农民按照他们设计的"秩序革命""文明革命"行事，农民斗争一旦突破这些框框，便借口"行动越轨""假冒革命"，狂暴地压制农民的革命要求。

农民问题一直是鲁迅关注的中心，他的许多描写农村和农民的小说，形象地表现了辛亥革命后农民受压迫被奴役的酸辛，揭出农村中尖锐对立的矛盾冲突。农民闰土，"闰月生的，五行缺土，所以他的父亲叫他闰土"，闰土这个名字，典型地表达了被压迫农民世世代代对于土地的要求。可是革命后，闰土还在他父亲种的那块海边沙地上辛苦劳作，"多

---

① 列宁：《中国的民主主义和民粹主义》，《列宁选集》第2卷，人民出版社1965年，第359页。

子，饥荒，苛税"，加之"兵，匪，官，绅"，闰土一家人"总是不够吃"，日子"非常难"。闰土的不幸，表明辛亥革命并没有满足农民的土地要求，没有解决农民吃饱穿暖问题。（《故乡》）这种情况在《阿Q正传》中也有生动反映。革命前阿Q没有土地没有家，"只给人家做短工"，还算是做稳了奴隶；革命后反而走进"做奴隶而不得的时代"，他"觉得太失意"，要"造反"，却被"革命"政权枪杀了。阿Q悲剧的深刻性在于，典型地表现了贫苦农民对辛亥革命的"失意"和不满，形象地反映了新政权和农民的隔膜和对立。

在动员农民支持革命这点上，中国资产阶级远不如法国大革命时期的雅各宾派。雅各宾专政时期，人民群众创造了粉碎国内外敌人的军事奇迹，列宁分析这个奇迹发生的原因时指出："封建制度被战胜了，丰衣足食的农民反对封建国家，——这就是1792年到1793年的军事'奇迹'的经济基础。"[①]中国资产阶级领导的革命缺少法国资产阶级革命的那一点彻底性，他们压根儿没打算摧毁封建制度，解决农民的吃饭问题，没有获得足以战胜帝国主义和封建主义的强大经济基础，所以革命后"没有历史上定例的开国之初的盛世"（《二心集·习惯与改革》）。

作为思想家和革命家，鲁迅在辛亥革命（特别是五四运动）后总是把人民群众（主要是农民）作为革命力量来考察，他不仅从农民的经济地位和政治权利剖析革命与群众的关系，还把群众的精神状态同革命成败联系起来考察，深刻地揭出群众缺少民主觉悟对革命的危害多么大。

辛亥革命作背景的《药》《阿Q正传》和《风波》等小说，以生动的艺术形象表明，中世纪的封建残余势力，统治阶级的愚民政策，封建主义的纲常礼教，神权迷信思想等等，像沉重的精神枷锁套在民众身上，束缚他们的思想发展，在革命风暴到来的时候，严重地阻碍他们理解自己的切身利益，妨碍他们走向团结和斗争。《药》描写辛亥革命准备阶段"群众的愚昧和革命者的悲哀"，革命者夏瑜为群众奋斗牺牲了，"愚昧的群众"

---

① 列宁：《论革命空谈》，《列宁全集》第27卷，人民出版社1955年版，第4页。

"却还用了愚昧的见解，以为这牺牲可以享用"（《孙伏园·鲁迅先生二三事·药》）。革命高潮中，阿Q表现出被压迫奴隶最原始的骚动和反抗要求，但是"圣经贤传"的道德和精神胜利法，使他不能真正理解革命，他要的是元宝、洋钱、洋纱衫和诸如此类的东西，要的是在未庄施行个人独裁，甚至被枪杀前也没弄明白"造反"是怎么回事。阿Q式的"革命"表明，小生产者极容易受到统治阶级思想侵蚀，狭隘的小农意识有可能将革命扭曲变形，没有先进阶级引导，阿Q们不可能将革命进行到底。在张勋复辟的背景上，《风波》展开了浙东农村停滞闭塞的社会风俗图，一场"辫子"的"风波"试出七斤和村民们对政治的冷漠态度，而广大居民的这种冷漠态度，正是专制主义绵延不绝的强有力支柱，也是辛亥革命后两次帝制复辟的社会根源；这种情况下，"一不小心，辫子是又可以种起来的"（《且介亭杂文·病后杂谈之余》）。

1928年，中山陵即将竣工，南京谣传"石匠欲摄取幼童灵魂以合龙口"，于是市民们自相惊扰，家家幼童左肩悬一红布，上书太平歌诀四句以避危险，诸如："人来叫我魂，自叫自当承。叫人叫不着，自己顶石坟。"鲁迅在《太平歌诀》一文中有感而发："虽只寥寥二十字，但将市民的见解，对于'革命'政府的关系，对于革命者的感情，都已经写得淋漓尽致"，"'叫人叫不着，自己顶石坟'，则竟包括了许多革命者的传记和一部中国革命的历史。"从这件小事，鲁迅看出群众"厚重的麻木"和革命政府失去民众支持的危机。鲁迅指出：革命后"上层的改变是不少了，无教育的农民，还未得到一点什么新的有益的东西"（《花边文学·"迎神"和"咬人"》），他们从政府方面得到的还是压迫和剥削，他们对统治者所做的一切总是不相信的。"'不相信'就是'愚民'的远害的堑壕，也是使他们成为散沙的毒素。"（《且介亭杂文·难行和不信》）"不相信"的细菌到处扩散，新政权哪能持久、巩固呢。

列宁论及孙中山为领袖的资产阶级革命派弱点时指出："这个党的弱点是什么呢？弱点就是它还没有能充分地把中国人民的广大群众吸引到革命中来。……而没有群众的这种支持，没有一个组织起来和坚定不屈的先进阶级,共和国是不能巩固的。"①孙中山晚年也看到这一点,吸取国民革命40年的历史教训,将"唤醒民众"作为革命党新的历史任务。

三、不过是争夺一把旧椅子

孙中山把"唤醒民众""扶助农工"的重任放在中国资产阶级肩上,鲁迅早年抱着启蒙主义理想,也曾希望造出大批"精神界之战士",对民众实行启蒙;一部"民国建国史",使鲁迅对中国资产阶级失望了。

中国资产阶级是半封建半殖民地的资产阶级,既有反帝反封建的要求,和帝国主义、封建势力又有千丝万缕联系。软弱的经济地位决定他们具有对敌人的妥协性。他们"对于任何人都宽容(那时称为'文明')",甚至末代皇帝宣统,还允许他"许多年在宫里做皇帝"。(《二心集·中华民国的新堂·吉诃德们》)他们对旧社会、旧势力的强大估计不足,对敌人披着新的衣装进行复辟活动毫无戒备。袁世凯本是清朝政府的内阁总理大臣和帝国主义、官僚买办阶级的政治代表,正是一个"假革命的反革命者",革命者却"受了骗","以为他真是一个筋斗,从北洋大臣变了革命家了",还"将他浮上总统的宝座去"。(《伪自由书·"杀错了人"异议》)列宁在1912年7月及时提醒中国民主派:"袁世凯之流最善于变节:昨天害怕皇帝,匍匐在他面前,后来看到了革命的力量,感觉到革命民主派就要取得胜利,就背叛了皇帝,明天则可能为了同什么旧的或新的'立宪'皇帝勾结而出卖民主派。"②中国资产阶级缺少政治远见,他们没有听从俄国无产阶级的告诫,一再地向袁世凯妥协,种下帝制复辟的祸根。

鲁迅在《论"费厄泼赖"应该缓行》中,举出绍兴都督王金发的教训反对妥协主义。绍兴光复时,王金发捉住杀害秋瑾的元凶章介眉,要替她

① 列宁:《中国各党派的斗争》,见《历史研究》1978年第2期。
② 列宁:《中国的民主主义和民粹主义》,《列宁选集》第2卷,人民出版社1965年版,第359页。

报仇，后来被其人献田纳粮，"咸与维新"的假象蒙骗，将他释放了，说是"已经成了民国，大家不应再修旧怨罢"，可是潜伏到二次革命后，章介眉却唆使袁世凯在浙江的走狗朱瑞，杀害了王金发。鲁迅说："不打落水狗是误人子弟的"，这是用许多革命者的鲜血换来的历史教训。

辛亥革命时期，中山先生为领袖的资产阶级革命派往往耽于幻想而不重实际，他们以"少女般的天真"（列宁语）制定革命纲领，描绘共和国蓝图；他们不了解19世纪末20世纪初世界已进入帝国主义时代，而中国依然是半封建半殖民地的落后农业国；他们从西方资产阶级那里搬来进化论、天赋人权论等等陈旧的思想武器，幻想在中国实现"美国法国式的共和"（《坟·杂忆》）。资产阶级文化思想在反封建斗争中尚能抵挡一时，遇到帝国主义和封建主义文化思想的"神圣同盟"，则不堪一击了。《在酒楼上》《孤独者》的主人公，青年时代都有"改革中国"的理想，吕纬甫跟人议论改革中国的方案甚至打起架来，魏连殳发过许多"奇警的议论"，被人称作"吃洋教的新党"；革命后"预想的事"没一件"如意"，吕纬甫先自退藏，回到旧文化里面讨生活了，魏连殳不堪忍受旧社会的迫害，带着深深的精神创伤，做了军阀门下的顾问。鲁迅通过这两个艺术形象，批评了改革者不切实际的幻想，揭出资产阶级文化思想的软弱无力。

辛亥革命前夜，剪辫子是很时髦、很革命的事。鲁迅在绍兴中学做学监时，学校闹起"剪辫风潮"，有学生问他究竟有辫子好还是没辫子好，鲁迅答道："没有辫子好，然而我劝你们不要剪。"（《且介亭杂文·病后杂谈之余》）剪去象征种族歧视和专制统治的辫子"原是表示胜利的欢喜"（他在1902年就剪了辫子），但毕竟只是形式上的改变，何必"只因为这不痛不痒的头发而吃苦，受难，灭亡"呢？鲁迅也不赞成女子剪发、束胸："这几年似乎是青年遭劫的时期，尤其是女性。报载有一处是鼓吹剪发的，后来别一军攻入了，遇到剪发女子，即慢慢拔去头发，还割去双乳"；"仅只攻击束胸是无效的"，第一要改良思想，第二要改良衣装。"不痛不痒"的改革易为保守的人们接受，丝毫不能动摇旧社会的根基，况且反改革者在一定情势下也能赞同形式上的改革，袁世凯不是也"命令"剪去"北京的辫子"吗？（《而已集·忧"天乳"》）鲁迅认为"改革最快的还是火与剑"，孙中山奔波一世而终于不能不"迁就有武力的别人"，"最大原因还在他没有党军"。（《两地书·十》）他希望改革者"鉴于前车"，"充足实力"，发展经济，建立强大的物质基础；组织革命武装，摧毁反革命武力。

辛亥革命时期，资产阶级革命派的成分极为复杂，其中多数是资产阶级中下层人物，也有一部分反满的地主绅士，还有一些和地主买办有密切联系的资产阶级自由派（如袁世凯）。革命党人立场不同，终极目的迥异，有的倡导"共和"，有的"革命排满"，有的"平均地权"，不肯触动封建土地所有制；有的倡导"三民主义"，有的鼓吹"国粹主义"，还有人想做皇帝。鲁迅经常提到这支队伍鱼龙混杂、离合变化的情况，对种族革命论者尤有较多评述。

清光绪末年，东京留学生中很有一部分人鼓吹"革命排满"。留学生办的《湖北学生界》某期特刊（1903）封面上，题写了四句古语："撼怀古之蓄念，发思古之幽情，光祖宗之玄灵，振大汉之天声。"说白了，就是"光复旧物"。不要废除专制政体，只要"排满"，恢复汉家天子的威仪，不要推翻封建地主政权，只要"将土地从异族手里取得，归还旧主人"（《而已集·略谈香港》）。排满派"光复旧物"的口号，并不触动地主豪绅利益，"易于取得保守的人民的同意"（《二心集·习惯与改革》）。极具讽刺意味的是，"排满"（鲁迅说"推而广之，就是排外"）论者刊物上这四句话，20多年后竟然被英国"港督"金文泰在鼓吹中国人要"研精中国学问""发扬国光"的讲演中所引用（《而已集·略谈香港》），可见这口号虽有进步作用，根本上还是对封建主义有利，于帝国主义无损，甚至可成为革命对象可以接受和利用的东西，成为他们麻痹和奴役国人的精神武器。

狭隘的种族革命论者倘不把斗争纳入反帝反封建轨道，往往不能坚持革命到底。鲁迅经常谈到他的老师章太炎，称赞他先前是"所向披靡，令人神旺"，以文章"排满"的骁将，惋惜他后来"粹然成为儒宗"，做了

"拉车屁股向后"的人物。章太炎"排满之志虽伸，但视为最紧要的，第一是用宗教发起信心，增进国民的道德；第二用国粹激动种性，增进爱国的热肠（见《民报》第六本），却仅止于高妙的幻想"，于是他革命后自藏其锋芒，退居于宁静的学者，和时代隔绝了（《且介亭杂文末编·关于太炎先生二三事》）。清末的南社，当初也是鼓吹革命的文学团体，叹汉人的受压制，愤满人的专横，幻想革命后"重见汉官威仪"，峨冠博带地在街上走。革命后的情形不是那样，他们失望、沉默了，有的附和袁世凯，有的加入段祺瑞的安福系、梁启超的研究系等政客团体，"成为新的运动的反对者"（《二心集·对于左翼作家联盟的意见》），坚持进步的只是少数。还有一个吴稚晖，当年留日时大骂慈禧"老太婆"，鲁迅赞他是"用无锡腔讲演排满的英勇的青年"（《且介亭杂文末编·因太炎先生而想起的二三事》）；后来自称无政府主义者，诋毁孙中山，反对革命政权，"四·一二"政变后，在青天白日旗下大呼"打倒……严办"（《而已集·答有恒先生》），充当了蒋介石屠杀共产党人和革命群众的奴才鹰犬。

辛亥革命是中国资产阶级一次总演习，这次演习暴露出这个阶级的致命弱点。鲁迅后期对剥削阶级革命的本质有过生动的描绘："至今为止的统治阶级的革命，不过是争夺一把旧椅子，去推的时候，好像这椅子很可恨，一夺到手，就又觉得是宝贝了，而同时也自觉得自己也正和这'旧的'一气。"（《二心集·上海文艺之一瞥》）资产阶级无论怎样吹嘘它是全体人民的代表，最终也不能掩盖一个阶级的私利，他们不过是和封建阶级"争夺一把旧椅子"，所以在革命中优柔寡断，耽于幻想，目光短浅，易于妥协。历史表明，在半殖民地半封建社会里，这个阶级不能领导任何真正的革命取得胜利。

四、让少年知道民国的来源

鲁迅为何总是"焦唇敝舌"地反顾辛亥革命的历史呢？

——他敬爱"创造民国的战士"。

鲁迅敬仰孙中山是"创立民国的战士，而且是第一人"。孙中山先后做过两任大总统和大元帅，一生"尽瘁国事，不置家产"，保持廉洁奉公、不谋私利的崇高品德。中国共产党成立后，他提出"联俄，联共，扶助农工"三大政策，认同无产阶级领导的新民主主义革命。他痛斥国民党内腐败分子是"最卑鄙的人"，"假如我们不能清除这些寄生虫，国民党又有什么用处呢?"①鲁迅极为推崇孙中山的革命精神，赞他是一个"全体的，永远的革命者"，"站出世间来就是革命，失败了还是革命，中华民国成立后，也没有满足过，没有安逸过"。他希望新的革命者应以中山先生为楷模，一同努力于"进向近于完全的革命的工作"。(《集外集拾遗·中山先生逝世一周年》)

——他珍惜"幸福的花果"。

1927年3月"黄花节"这天，中山大学举行集会，纪念黄花岗烈士牺牲17年，学生踩坏许多桌椅。鲁迅有感于这种"热闹"，写道："中国经了许多战士的精神和血肉的培养，却的确长出了一点先前所没有的幸福的花果了，也还有逐渐生长的希望。倘若不像有，那是因为继续培养的人们少，而赏玩，攀折这花，摘食这果实的人们倒是太多的缘故。"鲁迅说他并非要大家"痛哭流涕"的纪念，而希望大家玩得疲劳了，回去好好睡一觉，第二天恢复了元气，"加工做一天自己该做的工作"。鲁迅怀念"给大家以幸福"的革命先烈，痛斥一味赏玩、摘食花果的败家子。于冷静的分析中，鲁迅对年青一代寄予殷切希望。(《而已集·黄花节的杂感》)

——他总结"苦楚的教训"。

鲁迅深爱祖国和人民，"张勋来""段祺瑞来"，把中国社会搞得"坏而又坏"，他不肯学"士君子的大度"；每当社会斗争锋利的时候，就以辛亥时代"新""旧"两股势力的生死较量，告诫革命者吸取"苦楚的教训"。鲁迅极为看重历史经验，"因为它曾经费去许多牺牲，而留给后人很大的益处"。(《南腔北调集·经验》)他把辛亥革命的历史教训，作为无

---

① 参见《宋庆龄选集》，人民出版社1966年版，第109页。

产阶级领导"新的"革命的前车之鉴。

资产阶级领导的辛亥革命没有解放我们的祖国和人民，没有完成反帝反封建的历史任务，它"算不得一个大风暴"；无产阶级领导的社会主义革命"才是一个大风暴"，它"怒吼着，震荡着，枯朽的都拉杂崩坏"（《集外集拾遗·〈十二个〉后记》）。今天，在社会主义的胜利进军中，我们记取鲁迅所总结的历史教训，特别是"惟专制永长，昭苏非易"这条经验，不是仍有"很大的益处"吗？

［原载《群众论丛》（《江海学刊》）1980年第4期，中国人民大学书报资料中心《鲁迅研究》1980年第11期］

鲁迅国民性批判探源

　　冯骥才先生在《鲁迅的功与"过"》一文中发现："鲁迅的国民性批判源自1840年以来西方传教士那里。……鲁迅在那个时代，并没有看到西方人的国民性里埋伏着的西方霸权的话语。"冯先生断定"鲁迅的国民性批判来源于西方人的东方观"，认为鲁迅是以西方人"陈旧而高傲的面孔"和"西方中心主义"眼光来诊断中华民族的病症，因而鲁迅的国民性批判在客观上论证了西方霸权主义者征服东方的合理性。①

　　冯先生的文章涂上一层薄薄的后殖民理论色彩。其所谓"西方人的东方观"，是美裔巴勒斯坦学者赛义德在《东方学》一书中提出的概念。作者认为西方人的东方观是西方中心主义的产物，它诞生于殖民地时代。这种"东方观"以一种妖魔化的眼光来看待东方，在许多方面是脱离和歪曲实际的。那么，鲁迅是以一种"西方中心主义"的眼光来审视中华民族的历史和现实吗？这一推论显然是荒诞而离奇的。只要考察一下鲁迅国民性产生的思想文化背景，沉静地读几本鲁迅著作就会明白，冯先生这位并不缺少常识的作者却违反了常识，他不仅误用了后殖民理论，也误读了鲁迅文本。

　　19世纪中叶，西方发达的资本主义国家英、美、法、德、俄和日本等国，凭借船坚炮利，打开了中国大门，一些追随六大强国的西方国家，也

---

　　① 冯骥才：《鲁迅的功与"过"》，《收获》2000年第2期。

争先恐后地向清政府索取特权。西方列强在中国土地上开辟租界，夺取口岸，贩卖鸦片，筑路开矿，强行驻军，屠戮人民，中国的独立和主权问题非常严峻地摆在每个国民面前。为了挽救亡国灭种的危机，先进中国人提出了民族独立和国家主权问题，中国人的国家、民族意识由此形成。在漫长的封建社会里，自给自足的自然经济形式让人只能看到家庭、家族的利益，古代中国人的国家、民族意识较为薄弱。到19世纪后期，由于民族危机日益加深，资产阶级民主运动空前高涨，推动了中国人的民族觉醒。有识之士提出"民族建国"的问题，他们把强国强种的希望寄托在"国魂"和"民魂"的觉醒上，表示要以"唤醒国民"作为自己的天职："天职非他，尽吾力，竭吾能，焦吾唇，敝吾舌，洒吾热血，拼吾头颅以唤醒国民也。"[1]20世纪初叶，改造国民性的呼声汇成一股时代强音，回荡在中华大地。人们从不同的认识层面上反思中国的民族特性，中国人的现实命运，传统文化精神的弊病，以及中西方人不同的特性等等。可以说，先进中国人提出"唤醒国民"，改造国民性问题，是中国近代民族意识觉醒的重要标志。

资产阶级启蒙思想家严复和梁启超很早就注意到国民性问题。严复认为中国在甲午之战中失利的根本原因是"民力已恭，民智已卑，民德已薄之故也"，他提出"今日政要，统于三端：一曰鼓民力，二曰开民智，三曰新民德。"（《原强》）严复倡导的"开民智""新民德"，以及改变"人心风俗"的主张，都是鲁迅后来思考过的国民性问题。梁启超十分赞同严复的"三民"主张，认为"民德、民智、民力，实为政治、学术、技艺之大原"，他在长篇论文《新民说》中大声疾呼："新民为今日中国之第一急务"。梁启超曾就"国民性"改造问题发表过许多精辟的意见，他谴责"我中国奴隶根性之人何其多也"（《国民十大元气论》），批判中国人"无血性"的旁观（《呵旁观者文》），他怀疑康有为"望变法于朝廷"，主张利用民众力量来变法维新，主张"唤起国民之议论，振刷国民之精

---

① 《曹君致同里李某书》，见《童子世界》第15号（1903年）。

神，使厚积其力，以待他日之用"（《戊戌变法记》）。梁启超的《新民说》是近代中国甚为完备的改造国民性主张，对改造国民性的理论依据、目标模式和实施途径等问题作了较为周详的阐述。就其对国民性问题的思考而言，梁氏对鲁迅的影响无疑最为重大，鲁迅著作对国民劣根性的谴责、对国民公德的关注，许多用语都跟梁氏极相像。除了严复、梁启超等改良派人士的影响，辛亥革命党人章太炎在《答梦庵》等书信、文章中提出用革命消除民族性格中的怯懦、诈伪、浮华的品质，用革命祛除国民的"畏死心""拜金心""退却心"的主张，以及邹容《革命军》中"拔去奴隶之根性"的呼号，对鲁迅也有深刻的启迪。

正是在列强瓜分中国的危机迫在眉睫的历史条件下，鲁迅于20世纪初提出了改造国民性和"立人"命题。在仙台学医时，他和友人许寿裳讨论过"怎样才是理想的人性？中国国民性中最缺乏的是什么？它的病根何在？"等三个问题，[①]也正是在这样的背景上，英国诗人拜伦关于希腊"国民性之陋劣"的喟叹，匈牙利诗人裴多菲"誓将不复为奴"的呼声，引发了青年鲁迅的强烈共鸣（《坟·摩罗诗力说》）。这一切，都是我们讨论鲁迅国民性思想源头不应忽视的基本常识。

鲁迅早年有一个从相信物质文明到相信精神建设，从提倡兴业振兵到提倡文艺救国的思想变化过程，这一转变也是鲁迅国民性思想形成的一个原因。最初他是做着兴业振兵的好梦到南京学采矿学海军，后来又带着"对于维新的信仰"到维新取得成功的日本去学医。学医的梦很美满，以为卒业后可以救治像他父亲那样被误的病人，战争时期便去当军医。学医的第二年，东京发生了革命派和改良派的大论战，这期间鲁迅非常热心地往集会，听演讲，结交革命派人士，逐渐破灭了兴业振兵的幻想。他醒悟到"兴业振兵之说，……按其实则仅眩于当前之物，而未得其真谛"（《坟·科学史教篇》）。鲁迅这时还受到叔本华的"主我扬己而尊天才""意力为世界之本体说"，以及尼采"超人"说的影响。在鲁迅的视野

---

① 许寿裳：《我所认识的鲁迅》，人民文学出版社1954年版，第8页。

里，科学、物质等只是近代文明的"枝叶"，唯有人和人的精神意志才是"一切存在之本根"。从《呐喊·自序》我们还知道，这时他从幻灯片上看到日俄战争中充当俄国间谍的中国人，被日军捉住砍头示众的镜头，思想大为震动，终于明白医学不足以救国，国民的体格即使如何健壮，也只能做"示众的材料和看客"。当然，"幻灯事件"只是鲁迅自述"弃医从文"动机的一种文学表述，不好视为青年鲁迅思想变迁的全部根据；但它确实是一个契机，表明鲁迅在现实生活中因为受到群众精神麻木的刺激，才毅然地放弃科学救国的幻想，确立了以改变国民精神为"第一要著"的思想启蒙主张。

对中国传统文化的痛切反省和刻骨铭心的生命体验，也是鲁迅坚持实行国民性批判的一个重要内因。鲁迅"少喜披览古说"，旧文化旧道德对其文化性格的形成影响颇大。他说过："孔孟的书我读得最早，最熟，然而倒似乎和我不相干。"（《坟·写在〈坟〉后面》）他在"五四"新文化运动中猛烈抨击"古人写在书上的可恶思想"，把中国固有精神文明指斥为"人肉的筵宴"，"吃人"和"被吃"的文明，他对中国封建文明摧残人性的批判可谓透入骨髓。然而他又深知，自己"苦于背了这些古老的鬼魂，摆脱不开"。他在许多文章中诅咒自己中了庄周韩非的毒，自剖灵魂深处的黑暗与虚无，承认自己受到旧文化旧道德的深重影响，希望这种消极影响不再见于"后来的青年"。我们从他写在《我们现在怎样做父亲》中的一段文字，可以深切地感受到他那被压抑的"气闷的沉重"，他希望"从觉醒的人开手，各自解放了自己的孩子。自己背着因袭的重担，肩住了黑暗的闸门，放他们到宽阔光明的地方去；此后幸福的度日，合理的做人"。这段文字是鲁迅"用许多苦痛换来的真话"，是他心灵深处充满矛盾的抒情独白。鲁迅对传统文化所包括的毒素有切肤之痛，对以"孝"道为中心的"三年无改于父之道"之纲常伦理，抨击尤其猛烈。从《二十四孝图》，我们看到他对"卧冰求鲤""郭巨埋儿""老莱子娱亲"这类荒诞而虚伪的教孝故事表示强烈不满和抗议，可他在1906年的夏天却屈从母命，接受了朱安女士无爱的婚姻。他"怕"做孝子却奉行孝道，心甘情愿地替母亲娶媳妇，"陪着做一世牺牲"；但是为了"后来的青年"的解放，又要砸碎一切精神锁链，唤起世人反抗旧传统，改革国民性。

探寻鲁迅国民性批判之"源"，当然不应忽视外国人研究中国国民性的著作对他的影响。外国人讲中国的著作，较早的有法国大革命时代孟德斯鸠《论法的精神》，该书曾以专章《西班牙人和中国人的性格》讨论中国人的特性；俄国无政府主义者巴枯宁在其晚年著作《国家制度和无政府状态》中，也述及中国人的性格和习惯。19世纪末，一些来华的美国传教士都曾谈论过中国的国民性问题，其中斯密斯的《支那人气质》（1894年版，今译《中国人气质》）受到鲁迅重视。斯氏在华传教22年，熟悉中国文化、中国人的习性及中国的风土人情，他对中国人气质的分析确有真知灼见。例如他指出中国人重体面，重形式而轻事实，爱说漂亮话，讲排场，颇有点"做戏"意味，他认为"面子"问题"正是打开中国人许多重要特性这把暗锁的钥匙"。斯密斯还谴责"二十四孝"违背人性，进而指出"孝道"是造成早婚、贫困、纳妾等"一长串弊端的原因"。在这本书中，斯密斯以郑重的态度指出中国文化传统的保守落后性，他说"祖先崇拜，是中国民族宗教的真实反映和缩影。……如果保守主义不受到致命打击，在本世纪最后的四分之一时间里，中国怎样能够进行自我调节，适应发展自我的全新环境呢？如果中国民族继续将过时的一代奉为神明，中国怎样能够向前迈出切实的一步？"（《支那人气质》第十九章"孝心"）从斯密斯对中国人的批评和告诫，我们没有理由指摘这位西方传教士在他的著作里传播了"西方霸权话语"，这位批判中国国民性的外国人，或许正如鲁迅所说"一定是不愿意吃中国人的肉的"（《坟·灯下漫笔》）。因为如此，《支那人气质》这本书对鲁迅的文学创作和国民性批判发生了深刻而持久的影响，直到他逝世前14天还念念不忘，希望有人看了这本书而"自省，分析""变革，挣扎"，来证明究竟怎样做一个中国人。（《且介亭杂文末编·"立此存照"（三）》）

当时日本也出过不少谈论中国国民性的小册子，鲁迅1926年在东单书肆购得安冈秀夫的《从小说看来的支那民族性》一种。安氏是一位熟悉元明清小说和戏曲的汉学家，从文学创作的视角研究中国民族性，他选了一个"好题目"。该书一些重要观点显然受到斯密斯的影响和启发，当然也有它的"发现"，例如第十章批判中国人是"好色的国民""耽享乐而淫风日盛"，而斯氏对中国人的"性"问题几乎没有涉及。鲁迅对日本人的著作"不大佩服"，斥之"肤浅"，但态度尚宽容。他说这种小册子"大抵旋生旋灭，没有较永久的。其中虽然有几点还中肯，然而穿凿附会者多，阅之令人失笑"（《书信·331027致陶亢德》）。在鲁迅看来，日本虽有人标榜"支那通"，其实"尚无真'通'者"。比较而言，斯密斯的《支那人气质》"较日本人所作者为佳""似尚值得译给中国人一看（虽然错误亦多）"。

显然，鲁迅读这些外国人研究中国国民性的著作，虽有所得，却不满意。他感慨地说："至今为止，西洋人讲中国的著作，大约比中国人民讲自己的还要多。不过这些总不免只是西洋人的看法，中国有一句古谚，说：'肺腑而能语，医师面如土'。我想，假使肺腑真能说话，怕也未必一定完全可靠的罢，然而，也一定能有医师所诊察不到，出乎意外，而其实是十分真实的地方。"（《且介亭杂文·〈草鞋脚〉小引》）鲁迅希望中国人自己站出来说话，实行民族自省和自奋。鲁迅深表遗憾的是"中国人总不肯研究自己"（《华盖集续编·马上支日记》），所以他身体力行，要以毕生精力从事"研究自己"的工作。可见，鲁迅的国民性批判归根到底还是出于强烈的民族自尊心和社会责任感。

［原载《鲁迅研究月刊》2002年第10期］

毛泽东《讲话》与鲁迅文艺思想

　　毛泽东晚年说"我和鲁迅的心是相通的"，不仅对中国历史和国情的分析上，而且文艺思想上皆可作如是观。鲁迅逝世不久，毛泽东就在《论鲁迅》《新民主主义论》等讲演和文章中高度评价鲁迅，并向全党推荐鲁迅的《答北斗杂志社问》，作为延安整风"反对党八股"的学习文献。《在延安文艺座谈会上的讲话》（以下简称《讲活》）中，毛泽东把马克思主义和中国革命的具体实际相结合，总结"五四"以来中国文艺运动的理论与实践经验，大量吸收并发展鲁迅文艺思想，提出并解决了中国无产阶级革命文艺运动发展的方向、路线问题。本文从文艺的服务对象、文艺与政治的关系、个人与群众的关系几个侧面，讨论《讲话》与鲁迅文艺思想的联系。

一

　　"为什么人"的问题，历来是文艺斗争一个焦点。无产阶级文艺运动勃兴之时，鲁迅就批判了"新月"社批评家梁实秋超阶级的人性论，认为中国文坛要"先行解决的"不是文学"忠于人性"问题，而是描写什么人的问题。毛泽东肯定鲁迅的意见说："像鲁迅所批评的梁实秋一类人，他们虽然在口头上提出什么文艺是超阶级的，但是他们在实际上是主张资产阶级的文艺，反对无产阶级的文艺的。"①

中国现代文艺运动史上，对文艺"为什么人"的问题有过不少回答。最初有人提出"人的文学""平民文学""民众文学"口号，不过当时所说的"平民""民众"，实际上指城市小资产阶级及其知识分子。创造社、太阳社倡导无产阶级革命文学运动时提出："我们的运动要在文学之中爆发出无产阶级的精神""要以农工大众为我们的对象"；后来左联开展多次关于文艺大众化的讨论，但是多数人对于文艺为大众的理解还局限在语言、体裁等形式问题的探讨上，有人甚至把大众化颠倒过来变成"化大众"，即以资产阶级、小资产阶级的面貌去改造大众。鲁迅在《对于左翼作家联盟的意见》中指出："我以为联合战线是以有共同目的为必要条件的。……我们战线不能统一，就证明我们的目的不能一致，或者只为了小团体，或者还其实只为了个人，如果目的都在工农大众，那当然战线也就统一了。"鲁迅针对革命文学运动初期表现出来的个人主义和小集团主义弱点，提出左翼作家应以为工农大众服务作为联合战线的共同目的。毛泽东在《讲话》中不仅引述鲁迅原文，还就上述意见在当时未能切实施行的社会原因作了分析："因为那些地方的统治者压迫革命文艺家，不让他们有到工农兵群众中去的自由。"延安和根据地的情形则"完全两样"，党和边区政府鼓励革命文艺家亲近工农兵．支持他们到群众中去创作革命文艺。在工农兵当家做主的新的时代条件下，《讲话》提出并解决了文艺为什么人的问题："我们的文学艺术都是为人民大众的，首先是为工农兵的"，从而确立了无产阶级文艺的发展方向，将革命文艺运动推向崭新阶段。

文艺大众化讨论中，鲁迅曾就文艺如何为大众的问题发表过许多独特见解，他认为"在现下的教育不平等的社会里，仍当有种种难易不同的文艺，以应各种程度的读者之需"，现实情况是"大多数人不识字"，所以"应该多有为大众设想的作家，竭力来作浅显易解的作品，使大家能懂，

---

① 毛泽东：《在延安文艺座谈会上的讲话》，《毛泽东选集》第3卷，人民出版社1952年版。下文未注明出处的引语，均见于此文，不另注。

爱看"。他极推重连环图画和唱本，认为"村人俚戏"比起希腊的《伊索寓言》来毫无逊色。还说文艺大众化"应该以最大多数人为根据"，也不是说作文越俗就越好，"什么都要配大众的胃口"就会成为"大众的新帮闲"。他希望"读者也应该有相当的程度"，否则和文艺不能发生关系，"若文艺设法俯就，就很容易流为迎合大众，媚悦大众"（《集外集拾遗·文艺的大众化》）。鲁迅的文艺大众化思想是从中国现实生活和文艺运动实践中提炼、升华出来的，具有相当的深刻性和真理性，已接近从理论上解决文艺普及与提高的关系问题。

《讲话》吸取并发挥鲁迅的文艺大众化思想，明确地阐述了普及与提高的辩证关系："我们的提高，是在普及基础上的提高；我们的普及，是在提高指导下的普及。"毛泽东解决这一问题是"以占全人口百分之九十以上的最广大群众的目前利益和将来利益的统一为出发点的"，工农兵群众由于长期受到统治阶级精神奴役，不识字，无文化，迫切要求一个普遍的启蒙运动，他们第一步需求还不是"锦上添花"，而是"雪中送炭"。《讲话》正是从群众的需要出发，制订出为工农兵和怎样为工农兵的基本方针。它从两个方面推动了根据地文艺运动发展：一是延安文艺界掀起了深入群众、学习群众、表现群众的热潮，一是群众性的文艺创作活动达到空前高涨。此前，鲁迅在《文艺大众化》中写道："多作或一程度的大众化文艺，也固然是现今的急务，若是大规模的设施，就必须政治之力的帮助，一条腿是走不成路的。"《讲话》发表后，新的人民文艺在解放区蓬勃发展的事实表明，12年前鲁迅的意见也是对于革命文艺运动发展的预言。

二

现代文艺思想史上，资产阶级文艺家崇尚"艺术至上主义"，主张"为人类的艺术"，否定文艺的社会功利性，他们举起文艺"超阶级""超政治"旗帜，反对正在兴起的左翼文艺运动。鲁迅和毛泽东坚持"革命的功利主义"立场，坚决回击口头上不讲功利，实际上抱着最自私、最短视的功利目的的文艺家。鲁迅说："一讲无产阶级文学，便不免归结到斗争文学，一讲斗争，便只能说是最高的政治斗争的一翼。"（《三闲集·文坛的掌故》）毛泽东批判托洛茨基在20年代提出的"政治——马克思主义的；艺术——资产阶级的"二元论主张，重申列宁的无产阶级文艺党性原则："无产阶级的文学艺术是无产阶级整个革命事业的一部分，如同列宁所说，是整个革命机器中的齿轮和螺丝钉。"在文艺与政治的关系问题上，毛泽东和鲁迅的观点趋向一致。日本学者相浦杲研究中国近代文艺思想的发展时指出："中国传统的士大夫阶级文学中存在着'文以载道'的观念。……仅就小说而言，是以梁启超——鲁迅——毛泽东这一顺序延伸发展并一脉相连的，我们从中大概能观察到他们的文学观具有民族主义传统特征的一个侧面。"①相浦杲未剖明梁启超、鲁迅和毛泽东文艺思想的差异和各自特点，把三者的文艺思想描述为"一脉相连"的关系，指出鲁迅、毛泽东都受到传统文艺观的影响，特别受到梁启超"文学基本上是政治教育工具"说的影响，眼光还是锐利的。

无产阶级文学诞生和生长期中，出现过将文艺和政治的关系狭隘地理解为只是宣传或图解某项政治措施和具体政策的错误倾向。最初，一些人把文艺视为单纯的政治宣传工具，他们在作品中间或结尾喜欢加上标语口号和光明尾巴。这种片面理解文艺功利性，忽视艺术特殊规律的公式化、概念化弊病，到30年代由于"左"倾思潮泛滥，发展到相当严重程度。针对各种理论偏差，鲁迅既主张文艺不能"超出于政治""超出于人世"，又特别强调文艺本身的特点和规律，他说："一切文艺固是宣传，而一切宣传却并非全是文艺。"（《三闲集·文艺与革命》）以木刻而论，它"是一种作某用的工具是不错的，但万不要忘记它是艺术。它之所以是工具，就因为它是艺术的缘故。斧是木匠的工具，但也要它锋利，如果不锋利，则斧形虽存，即非工具，但有人称之为斧，看作是工具，那是因为他自己并非木匠，不知作工之故。"（《书信·350616致李桦》）文艺按照美的规律

① 相浦杲：《中国现代文学的诞生和鲁迅、胡适、陈独秀》，高鹏译，《国外中国文学研究论丛》第1辑，中国文联出版公司1985年版。

实现对世界的审美观照和把握，违背美的规律就谈不上艺术创造，审美规律和功利规律又是相互依存、相互制约的，不懂得文艺的特殊规律和普遍规律这种矛盾统一关系，就不懂得文艺。鲁迅对左翼文艺创作中图解政治的庸俗社会学倾向提出批评："也无需在作品的后面有意地插一条民族革命战争的尾巴，翘起来当作旗子；因为我们需要的，不是作品后面添上去的口号和矫作的尾巴，而是那全部作品中的真实的生活，生龙活虎的战斗，跳动着的脉搏，思想和热情，等等。"（《且介亭杂文末编·论现在我们的文学运动》）不从"真实的生活"出发，而从抽象的政治原则出发，不是按照生活本来面貌反映生活，而是"以意为之"，教条式地反映，这样的作品只能成为政治挂图，不仅损害了文艺，也失去对于政治的助力。

一种流行观点认为毛泽东在阐释文艺与政治的关系时只强调文艺从属于政治，无视艺术特点和规律，甚至助长了简单化、庸俗化倾向，其实这是有误解的。毛泽东首先对"政治"的性质有严格界定："这政治是指阶级的政治，群众的政治，不是所谓少数政治家的政治"，党的文艺工作"是服从党在一定革命时期内所规定的革命任务"。文艺为政治服务，不是为少数"贵族式"的"腐朽了的资产阶级"的政治家服务，也不应片面地理解为只是配合某项具体政策或具体工作，而是服务于一定历史时期内革命斗争的总任务。他要求文艺反映生活的本质，强调"政治性与真实性"的"完全一致"，这就跟狭隘功利主义和庸俗化倾向划清了界限。毛泽东告诫文艺工作者："政治并不等于艺术，一般的宇宙观也并不等于艺术创作和艺术批评的方法。"一再要求文艺家把"了解人熟悉人的工作"放在"第一位"，希望他们注意解决文艺的"特殊问题——艺术方法艺术作风"，并"按照艺术科学的标准开展文艺批评"。毛泽东注意到艺术自身的特点和规律，指出"缺乏艺术性的作品，无论政治上怎样进步，也是没有力量的。"他要求在文艺问题上进行两条战线的斗争："我们既反对政治观点错误的艺术品，也反对只有正确的政治观点而没有艺术力量的所谓'标语口号式'的倾向。"革命文艺应该创造出"革命的政治内容和尽可能完美的艺术形式的统一"的作品。在理论上，毛泽东阐释了文艺特殊规律与普遍规律辩证统一的观点，凝聚并升华了以鲁迅为旗手的左翼文艺运动的历史经验。

在文艺与政治的关系上，毛泽东和鲁迅有许多相近似的观点．但由于所处时代环境、所面临的历史任务不同，他们思考问题的侧重点不同，呈现出各自特点。

鲁迅很早从进化论汲取了重视人的本性和内在精神的观点，把改革国民性和思想启蒙放在首要位置。1930年翻译普列汉诺夫的《艺术论》（即《没有地址的信》前两封信）后，明确意识到艺术的特殊性就在于反映社会心理，普氏关于社会心理是艺术反映社会生活的"中介"的学说给予鲁迅深刻影响。鲁迅谈论文艺为社会改革服务时，一再要求改革者深入民众的大层中，于他们的风俗习惯加以"研究，解剖"，分别好坏，慎选施行。《习惯与改革》中写道："现在已不是在书斋中，捧书本高谈宗教、法律、文艺、美术……等等的时候了，即使要谈论这些，也必须先知道习惯和风俗，而且有正视这些黑暗面的勇猛和毅力，因为倘不看清，就无从改革。"鲁迅注重研究特定社会经济、政治关系的基础上产生的社会心理，又有"画出一个现代的我们国人的魂灵来"的创作体验，所以在历次论争中能够阐明文艺的特殊规律，帮助患有"左"倾幼稚病的文艺家克服机械论和庸俗社会学的倾向。

30年代左翼文艺运动中出现的"左"倾思潮，致命缺陷就是忽视艺术本身的规律；以为文艺"都是煽动和宣传"，永远是、到处是政治的"留声机"[①]，甚至要求作家"坚决的走向唯物辩证法的创作方法的道上去，才能产生出伟大的作品来"[②]。这股"左"倾思潮受到鲁迅谴责，也受到毛泽东批评。不过在毛泽东看来，40年代的延安文艺界和30年代的左联不同，"现在更成为问题的，我以为还是在政治方面，有些同志缺乏基本的政治常识．所以发生了各种糊涂观念"。为了纠正这些"糊涂观念"，他提

---

① 易嘉（瞿秋白）：《文艺的自由和文艺家的不自由》，《文艺运动史料选》第3册，上海教育出版社1979年版，第148页。

② 寒生（阳翰笙）：《文艺大众化与大众文艺》，《北斗》第2卷，3-4合刊。

出 "文艺从属于政治" 的口号。文艺史上许多事实表明，大规模的社会革命运动对人们的审美观念和艺术情趣会产生强烈影响，因为在这伟大的时代里，"公民最赞美的是行动的诗，是公民的勋业美"。这时，人们往往把艺术是否鲜明地表现革命原则放在头等地位，而把艺术技巧看成是微不足道的。普列汉诺夫考察18世纪法国大革命时期文艺和社会革命的关系时指出："正如当时的法国'爱国者'的美德主要是政治的美德，他们的艺术也主要是政治的艺术。"[①]普氏关于革命时期艺术主要是政治艺术的论断，揭示出社会革命时代艺术对政治的强烈依从关系。而作为领导中国人民进行伟大民族革命战争的先进政党领袖，毛泽东要求 "党的文艺工作" 服从党的政治路线，是可以理解的。

是否一切文艺都 "从属" 于政治呢？不是的。《讲话》提到一个 "党外关系" 问题："在团结抗日的大原则下，我们应该允许包含各种各色政治态度的文艺作品的存在""应该允许各种各色艺术品的自由竞争"，毛泽东提出的包含有 "创作自由" 因素的原则，同文艺上的关门主义划清了界限。

《讲话》发表后，"政治的艺术" 在解放区蓬勃发展起来，对于推动新民主主义革命的历史进程发生了伟大影响，已为历史所证明。但从历史发展来看，"政治的艺术" 只能是特定历史时期的文艺现象，当新中国成立后革命中心任务已由革命战争转移到和平建设方面来，如果还原封不动地因袭甚至强化 "从属" 论，文艺工作就会出现严重的偏差和失误，这，同样也为历史事实所证明。今天我们对 "从属" 论进行历史批评时，如果只是笼统地指摘这个口号 "不科学"，甚至认为 "在当时这样提也是不科学"，其实是有背于历史的。批评家说得好："把为政治服务的口号当作万恶之源，无恶不归，正如当年梁启超把中国的腐败归结为小说一样，是不科学的。"[②]

---

① 《普列汉诺夫哲学著作选读》第5卷，生活·读书·新知三联书店1984年版，第494页，着重号系原作者所加。

② 敏泽：《关键不在口号》，《文艺理论研究》1980年第3期。

　　毛泽东和鲁迅在文艺与政治的关系上提出各具特色的理论主张，可见出他们思想方法上一个共同点：毛泽东提倡"讨论问题，应当从实际出发"，鲁迅也要求革命文艺家"应该知道革命的实际"；他们都坚持理论联系实际这一马克思主义基本原则，注重从客观存在的事实出发而不是从抽象的定义出发研究问题，才能在不同的时空条件下提出切合实际的理论主张和方针政策. 从而有力地推动革命文艺发展。

三

　　中国新文学家在"五四"初期发出的共同呼声是反对封建束缚，要求人性解放。随着马克思主义广泛传播和工农革命运动不断高涨，先驱者逐渐把目光投向劳苦大众，从个性解放进向阶级解放，从个人走向群众。创造社、太阳社的"革命文学家"率先提出"无产阶级化"的口号，以为"无产阶级化"就是"把握无产阶级意识"，其主要途径便是熟悉马克思主义的书本知识。他们躲在艺术的"象牙之塔"里，自以为"获得了无产阶级意识"："我是个无产阶级者了"。在革命文学论争中，他们片面强调革命文学歌颂工农群众伟大斗争的时代任务，忽视它同时也有暴露社会黑暗的历史责任，甚至把鲁迅和其他以暴露为主的优秀作家斥之为"消极地抱着悲观态度"的"虚无主义的作家"。[1]鲁迅对这种关门主义、宗派主义情绪提出忠告："将革命使一般人理解为非常可怕的事，摆着一种极左倾的凶恶的面貌，好像革命一到，一切非革命者就都得死。"鲁迅确信革命文学阵营有"极坚实正确"的分子，他们实现了"从这一阶级走到那一阶级去"的转变，但不相信那些自称"忽然一天晚上"就"突变过来"的小资产阶级文学家。（《二心集·上海文艺之一瞥》）他希望革命作家"不要脑子里存着许多旧的残滓，却故意瞒了起来，演戏似的指着自己的鼻子道'惟我是无产阶级！'"（《三闲集·现今的新文学的概观》）鲁迅注意到

---

　　[1] 蒋光慈：《关于革命文学》，《文学运动史料选》第2册，上海教育出版社1979年版，第27页。

人的精神主体往往纠缠着许多矛盾，那些号称"获得大众""获得无产阶级意识"的人依然在个人与群众之间、新旧思想之间徘徊不定，他揭出世界观转变任务的紧迫性和艰巨性。

延安的文艺工作者和30年代的左翼作家有很大差异，但在脱离实际、脱离群众这点上却有相似之处。他们从全国各地，特别是上海亭子间来到延安，盼望在黄土高原这片贫瘠的土地上找到光明和理想，但延安和根据地的艰苦生活破灭了他们的浪漫幻想。毛泽东对这支文艺队伍脱离实际、脱离群众的思想根源进行了分析，指出"这些同志的立足点还是在小资产阶级知识分子方面""他们的灵魂深处还是一个小资产阶级知识分子的王国"，从立场和世界观上找到"文艺为什么人"的问题不能正确解决的"关键"。

鲁迅和毛泽东都明确提出作家世界观改造的历史任务。鲁迅的卓越之处在于：当某些革命文学倡导者走进"惟我把握无产阶级意识"误区时，他把作家转变思想感情的迫切性提示出来。《论第三种人》中指出："现在很有懂得理论，而感情难变的作家。然而感情不变，则懂得理论的度数，就不免和感情已变或略变者有些不同，而看法也因此两样。"针对左翼文坛理论和创作中"题材决定论"的观点，还说："我以为根本问题是在作者可是一个'革命人'，倘是的，则无论写的什么事件，用的是什么材料，即都是革命文学。"（《而已集·革命文学》）创作的决定因素不是题材，思想感情未变的作家即使描写工农和革命重大题材，也会将革命写歪。鲁迅重视世界观对创作的指导作用，强调情感是在创作过程中自然流淌出来的，"从喷泉里出来的都是水，从血管里出来的都是血"，正是他对创作过程中人的感情活动规律非常精彩的概括。

左联曾就文艺大众化问题展开多次大规模讨论，可是大众化问题并未得到彻底解决。问题的症结在哪里呢？《讲话》指出："什么叫做大众化呢？就是我们的文艺工作者的思想感情和工农兵大众的思想感情打成一片。"尽管鲁迅当年一再强调思想感情转变的重要性，却没有引起左翼文坛高度重视；《讲话》指出文艺大众化的方向，并把思想感情转变提到一个新的政策高度："要使自己的作品为群众欢迎"，每一个知识分子出身的文艺工作者都必须"明确地彻底地"解决这个问题，因为这是无产阶级文艺建设迫切需要解决的"根本课题"。毛泽东还以自己和工人农民打成一片的亲身体验，说明思想感情转变是一个"长期的甚至痛苦的磨练"过程，像鲁迅批评过的那种"忽然一个晚上"就"突变"过来的文艺家，最后还会"突变"回去的。

文艺工作者怎样转变思想感情，实现"无产阶级化"呢？鲁迅和毛泽东循着大抵相同的思路提出了具体途径。首先，要在实践中学习马克思主义。鲁迅做出了榜样，他不是教条主义地对待马克思主义，而是紧密联系着世界观改造和社会斗争实际学习马克思主义："我从别国里窃得火来，本意却在煮自己的肉……然而，我也愿意于社会上有些用处，看客所见的结果仍是火和光。"（《二心集·"硬译"与"文学的阶级性"》）他运用"史底唯物论"解决了文艺论争中"许多暧昧难解的问题"，"救正"了过去"只信进化论的偏颇"。毛泽东在《中国共产党在民族战争中的地位》一文中就提出反对教条主义的学习态度："不应当把他们的理论当作教条看待，而应当看作行动的指南。不应当只是学习马克思列宁主义的词句，而应当把它当成革命的科学来学习。"《讲话》则进一步强调在实践中学习："学习马克思主义，是要我们用辩证唯物论和历史唯物论的观点去观察世界，观察社会，观察文学艺术，并不是要我们在文学艺术作品中写哲学讲义。"

其次，要学习社会、学习群众。鲁迅依据唯物论的反映论，分析了文艺和生活的关系："文艺大概由于现在生活的感受，亲身所感到的，便影印到文艺中去。"（《集外集·文艺与政治的歧途》）既然文艺以"现在生活的感受"为必要条件，就发生了熟悉生活、学习社会的问题，小资产阶级文艺家熟悉旧社会的情形和人物，他能够写出反抗的暴露的文学作品，而"对于和他向来没有关系的无产阶级的情形和人物，他就会无能，或者弄成错误的描写了。""革命文学家，至少是必须和革命共同着生命，或深切地感受着革命的脉搏的。"（《二心集·上海文艺之一瞥》）他告诫左翼作家：倘若不和实际的社会斗争相接触，倘若不明白革命的实际情形，"'左翼'作家是很容易成为'右翼'作家的"。（《二心集·对于左翼作家联盟的意见》）鲁迅把学习社会的问题提到文艺路线的高度，具有警钟长鸣意义。毛泽东则以精粹的语言阐明了文艺源泉问题："作为观念形态的文艺作品，都是一定的社会生活在革命作家头脑中的反映的产物。"人民生活是文艺创作取之不尽用之不竭的"惟一的最广大最丰富的源泉"，文艺工作者必须"深入工农兵群众，深入实际斗争"，毛泽东找到了将转移立足点和获取创作源泉统一起来的路径，抓住了解决问题的关键，为无产阶级文艺发展找到一条生命线。

由于历史条件限制，鲁迅"明白革命实际""参加到社会里面去"的主张还缺少具体论述，但他提出"目的都在工农大众"（《二心集·对于左翼作家联盟的意见》），反对以救世主自居的贵族态度和个人英雄主义："以为诗人或文学家高于一切人，他底工作比一切都高贵，也是不正确的观念。"（《二心集·对于左翼作家联盟的意见》）进而还提出"智识者"在大众中的位置："由历史所指示，凡有改革，最初，总是觉悟的智识者的任务。……他不看轻自己，凡为是大家的戏子，也不看轻别人，当作自己的喽啰。他只是大众中的一个人，我想，这才可以做大众的事业。"（《且介亭杂文·门外文谈》）这些深刻见解不仅使他实现了一个阶级向另一阶级的转变，对于培养大群新的战士，也有指导意义。正是从"彻底解决个人和群众的关系问题"这个角度，毛泽东高度评价了"横眉冷对千夫指，俯首甘为孺子牛"的鲁迅精神，要求一切共产党员和革命者，一切文艺工作者"学鲁迅的榜样""做无产阶级和人民大众的'牛'"。

在中国现代文艺思想史上，《讲话》是一座丰碑，它把马克思主义和中国文艺实践结合起来，科学地解决了包括鲁迅在内的新文学先驱者早已提出、尚未解决的许多重大问题，形成了鲜明的具有中国特色的毛泽东文艺思想体系。鲁迅虽然没有系统、全面的阐述文艺思想的理论专著或专文，但他在文艺实践中发表了许多真知灼见。冯雪峰《回忆鲁迅》中这样描绘鲁迅："和一个平常所说的思想家或理论家比较，他确实更像一个战士或一个斥堠，一面战斗着，一面探索着前进道路。"①是的，在新文艺的理论建设中，鲁迅是一位探索者，他的探索对毛泽东文艺思想形成产生了重大影响。讨论毛泽东与鲁迅文艺思想的联系，对于建设有中国特色的马克思主义文艺理论，发展社会主义文艺事业，无疑具有切实的理论和实践意义。

［原载《安庆师范学院学报》（社会科学版）1993年第4期］

---

① 冯雪峰：《回忆鲁迅》，人民文学出版社1953年版，第39页。

科学学理精神的倡导和实行

——读张梦阳的《中国鲁迅学通史》

　　20世纪80年代有识之士提出建立鲁迅学以来，鲁迅研究界收获了一批反思和总结鲁迅研究的学术史著作。袁良骏的《鲁迅研究史》（上卷）和《当代鲁迅研究史》开鲁迅学史研究风气之先，首先梳理出鲁迅研究80年的历史风貌，有筚路蓝缕、拨乱反正之功；王富仁的《中国鲁迅研究的历史和现状》将史的梳理和理性思考结合起来，把鲁迅学史的研究向前推进了一步；王吉鹏等的《鲁迅世界性探寻——鲁迅与外国文化比较研究史》《鲁迅民族性的定位——鲁迅与中国文化比较研究史》在专题学术史研究方面也有新的开拓。新世纪初年（2001年8月—2002年12月），张梦阳的《中国鲁迅学通史》（下称张著）三卷本问世，以其严谨求实的史家笔法和鲜明的学术个性，赢得好评如潮。与此前的鲁迅学史相比较，张著科学学理精神的追求，特别值得称道，它的降生显示出学术史研究的理性自觉，标志鲁迅学作为一门学科已走向成熟。从这一角度切入，我以为张著在治史的理念和方法上，表现出以下几个特色——

一、新颖独到的研究视角

　　《中国鲁迅学通史》有一副标题，即"20世纪中国一种精神文化现象的宏观描述、微观透视与理性反思"。著者在"绪论"中将鲁迅本体和形形色色的鲁迅映象定位为"一种正常的客观存在的精神文化现象"，认为鲁迅是20世纪中国高层次精髓文化最突出的代表，鲁迅学是一门以鲁迅为视角研究精神文化史的学问，而鲁迅学史的意义则是通过对历史的反思来推动中国人的精神自觉。著者高屋建瓴地反观并凸现出鲁迅和鲁迅研究的本质特征，使全书获得一个极富有创意的理论制高点，从而产生一种整合力和凝聚力。

作为一种精神文化现象，鲁迅研究是适应时代潮流而兴起的，它从一开始就和反对封建专制主义、反对西方列强的侵略、奴役相联系，就同中国人的精神悲剧相联系。因而鲁迅研究从一开始就不是一般性的纯学术研究，而是20世纪中国精神文化史的一个侧面。学术史上的大量事实说明了这一点。例如，当年陈西滢在《闲话》中肯定鲁迅小说而贬低鲁迅杂文的价值，而那时身处南方革命中心广州的一声却认为鲁迅杂文对革命的贡献"实在比小说来得大"。为什么鲁迅杂文问世后会有完全不同的回应呢？著者指出："对鲁迅杂文的评价绝不仅仅是一般性的学术问题或艺术问题，而是与时代精神和背后的政治经济基础紧密相连的，实质上也是一种精神文化现象。"

从宏阔的精神文化背景透视将近一世纪的鲁迅研究，进而"寻绎鲁迅映象与鲁迅本体相悖离或相契合的原因"，著者往往能于从容不迫的评说中，提出许多闪耀着智慧火花、令人叹服的创新见解。为什么共产党推崇鲁迅而国民党反其道而行之？为什么并非马克思主义者的创造社成员郁达夫能够深刻认识鲁迅？著者并未从政治功利做出简单判断，而从国共两党"冷战"的背后，透析出隐含其中的东、西方两种文化精神的对峙。郁、鲁二位精神本质同属于东方文化体系，故能相遇相知。著者还敏锐地发现，狂飙社与鲁迅冲突的实质是狂飙社的尼采精神与鲁迅精神的碰撞，"他们合也尼采，分也尼采"；鲁迅与梁实秋的冲突实质上是平民精神与贵族化精神的冲撞，鲁迅与林语堂的分歧，则是民族战士精神与西洋绅士精神的冲撞。将鲁迅学史上各种评论和争议纳入20世纪中国精神文化现象这个大视野，许多学术史上长期纠缠不清的疑难问题，给出了一个精彩的说法。

二、大气恢宏的学术建构

在编撰体例上,张著(上、下卷)由绪论、宏观描述、微观透视、理性反思、后记等主要部分构成。其总体思路是从界定鲁迅学和鲁迅学史的概念、内涵,阐明鲁迅学史研究的意义出发,宏观描述作为20世纪中国精神文化现象的鲁迅学的发展史,再从微观上透视鲁迅研究的若干重要专题,然后站在学术哲学的高度对鲁迅学中若干带有规律性的问题进行理性反思,并展望21世纪中国鲁迅学的前景和发展态势。上、下卷之外,另有索引一卷,把20世纪中国鲁迅学论著资料要目按时间顺序和学术专题分别编排成编年索引和专题索引,检索起来极为方便。有此一卷,全书兼具学术性和工具性功能,更加和谐统一。张著洋洋180万言,史论结合,宏观与微观相渗透,称得上是一部名副其实的全景式的学术通史。

在治史理念上,著者特别强调科学的理性反思,认为"治史者不能仅仅从表象的直观出发,而应进行理性的反思。因为深层的本质的东西只有在反思中才能得以显露"。学术史不是资料长编,把将近一世纪的论著资料收集起来,按照时间顺序加以编排、评述,虽为治史的基础,却不能称之为学术史。从英国哲学家科林伍德关于哲学探索有赖于历史研究的学说得到启发,著者特别关注"历史事件背后的精神活动",主张将学术史研究上升到历史哲学高度。而鲁迅研究中的学术哲学,就要对鲁迅研究中精神活动的基本问题进行哲学思考。一部"高境界的鲁迅学史",就要在反思前辈鲁迅学家研究成果的过程中,对人的本质、精神的本质,对鲁迅是谁、鲁迅研究的意义何在、鲁迅学史上有哪些得失和值得借鉴的经验等等问题进行穷根究底的理性追问和精神体验。

著者标举的这种科学的理性反思精神,贯彻全书始终。"宏观描述"部分对各个不同时段、不同语境下的研究者和研究成果进行全方位、多侧面的爬梳、辨析,理论聚焦点是鲁迅研究学理化的进程。全书以学理精神的萌芽、奠基、发展、受挫、重振和升华为"经",而以同一历史时段不同学科、阵营、学派、学人对鲁迅的不同认识为"纬"，经纬交织，详略有度，对20世纪的鲁迅学史进行了整体观照。"微观透视"部分选择几个重要的专题学史进行学术梳理，也不是简单的资料编排和整理，各个专题均有一篇精粹独到的"小结"，提出若干相关的理论问题。例如，《故事新编》学史围绕三个有争议的问题，选择学术链的关节点，进行纵向描述，而以"油滑之处"的评价贯穿始终，最后则以简短的"小结"归纳出诸种不同意见。杂文学史的"小结"准确地指出，80余年来鲁迅杂文领域的争论，归根结底围绕着如何认识和估价鲁迅杂文的思想、艺术成就这一核心问题而展开，具体的理论探讨，则集中在五个焦点上。此类"小结"判断精确有序，析理严密通透，既是某个专题学史的学术总结，又富于启发性。

"理性反思"部分对鲁迅研究中精神活动的一些基本问题进行哲学思考。著者借鉴现代阐释学、现代心理学和当代思维研究成果，就鲁迅研究中的认知逻辑、主客融合、学术范式、思维方式等等学术哲学问题进行广泛讨论，虽属"草创"的意见，却总结了诸多学术史研究的共同规律。特别是鲁迅学与20世纪中国的精神解放和思维变革两章，对学术研究和人类精神建设中的两个重大理论问题做了深入探讨。第19章将鲁迅的思想本质和价值核心重新定位在"对中国人精神的深刻反思"这一层面上，深入地论述了鲁迅学发展与精神解放之间的互动关系，指出鲁迅的最大贡献是推动20世纪中国的精神解放，而精神解放则是鲁迅学健康发展的必要条件。第20章无论对于20世纪中国鲁迅学八个思维期的划分，还是最后20年"开放思维期"思维变革五个特点的论述，都极富于创意。这些精粹独到的见解，凝聚着近一个世纪鲁迅研究的宝贵历史经验，对于未来世纪鲁迅研究突破"知性"认识的局限，实现理性整合，将会产生积极影响。"理性反思"部分以五章15万字的篇幅进行深沉的历史哲学思考，描述"历史事件背后的精神活动"，提升了张著的学术品味，它和"宏观描述""微观透视"两部分融合互补，相得益彰，使这部学术通史走向大气恢宏之境。

三、平和中立的学理阐释

在治史的态度和方法上，著者鲜明地提出两个学术理念：一是坚持"中立性研究"，不以一家之言代替"历史的总和"；二是致力于鲁迅研究的学理化，"以平和的学理精神去做"。鲁迅学史是抱有不同目的和意愿的学人，在不同的精神文化背景下阐释鲁迅本体而生成的鲁迅映象之总和，只有坚持中立性研究、平和的学理精神，才能排除成见，去掉蔽障，站在"历史的总和"的高度对复杂纷纭的鲁迅映象做出客观、公正的评判。这两个目标的追求，是科学学理精神觉醒的标志，也是治史者"史德"与"史识"的表征。除了全面、系统地占有学术史料外，著者还总结并运用了许多科学的理性反思方法，举其要点，略述如下：

其一，从客观事物及其所处历史境遇出发的认知逻辑。

鲁迅学的宗旨是对鲁迅本体的"趋近性还原"，以及这种"还原"下的现实观照，其最高标准是求实、求真，所以必须坚持"面对实事本身"的科学态度。为此，著者长期沉潜于学术史料的收集整理。主持编纂五卷千万字的《1913—1983鲁迅研究学术论著资料汇编》后，又出版专题学史和学术论著多部，然后着手通史的构思和编撰。历经20余年的励志苦行，终于成就了这部鸿篇巨制。仅就文献资料的全面系统、确凿坚实而言，张著对鲁迅学史建设的贡献也是首屈一指的。

受鲁迅治学风格和清代朴学家的影响，张著特别注重史实的发掘和审慎的考证，披沙拣金，探幽发微，多有鲜为人知的发现。面对学术史上的诸多疑案，也能从事实本身和历史境遇出发，做出新的解说。例如，发现邢桐华1930年就讲出了类似毛泽东十年后才说出的话：鲁迅"在中国是最伟大的思想家与艺术家和战士"，由此看出对鲁迅的崇高评价乃是时代呼声，绝非哪个领袖人物凭空制造的"神话"。又发现钱杏邨《死去了的阿Q时代》即使观点有误，也是中国鲁迅学史上少见的学理丰赡、分析细致的大论，绝非创造社一些意气用事的文章可以同日而语，从而突破了过去将创造社和太阳社等同视之的旧说。关于鲁迅后期思想转变问题，历来众说纷纭，张著在肯定瞿秋白从历史因素和内心动因两个层面分析鲁迅后期转变原因后，提出"精神层次升华"说，认为鲁迅后期思想升华到了"灵魂生活的天地境界和哲学境界"，从而拨开云雾，发现一片阐释的新天地。

其二，内在"还原"性的链环式学术史眼光。

学术史总是一环扣一环地向前发展，各个历史阶段鲁迅映象之间的关系也是互相衔接、共生互补的。各个阶段包含有正确因素的鲁迅映象构成许多"学术链"，逐渐汇合成趋近鲁迅本体"原真性"的鲁迅映象。一部汪洋浩瀚的鲁迅学史，正是由张定璜、沈雁冰、李长之、瞿秋白、毛泽东、陈涌、王富仁、钱理群、汪晖、王乾坤等等的鲁迅映象构成的。如何确认学术链的重要环节？张著不以文章长短或作者地位高低为依据，而以是否为学术发展提供了新观点、新思路、新材料，做出新贡献为依据。因此名不见经传的陈夷夫1939年发表的一篇短文《谈阿Q型人物》，因其首次把阿Q与世界文学中的哈姆雷特、堂·吉诃德、奥勃洛摩夫等著名艺术典型视为同类，对开拓阿Q典型及典型问题研究，有启悟性意义，著者将它确认为阿Q典型研究学术链上的一个重要环节。

过去出版的几本鲁迅研究史，并不忽视学术链的梳理，但往往偏于论著、学人、学派或学术观点的"曾在"还原，这种还原大抵侧重于外在特征的描述。张著另辟蹊径，意在对各个时段重点论著的内在认知逻辑、思维方式和学术范型进行实质性的还原，著者称之为"内在'还原'性的链环式学术史眼光"。以这种眼光观察《呐喊》《彷徨》学史，就不难发现王富仁的意义在于将研究视角从政治革命向思想革命转换，汪晖提出"中间物"概念则标志研究向度实现了从外视角向内视角的大转移，而钱理群的历史功绩则在于开启了鲁迅研究自外向内的视角转换。以这种眼光审视王乾坤的《鲁迅的生命哲学》，就会发现此书将"中间物"概念作为鲁迅世界的原点（元点）来规定，对于扭转既往研究中忽视"元性质"或"元基础"问题的习惯性思维定式，具有里程碑的意义。

其三，运用辩证思维方式评判学术史上的得失是非。

　　实行"中立性研究"，就不能以某一阶级、政党、集团的功利要求作为评判学术史上得失是非的标准，也不能以对鲁迅的赞扬或批评划线，而应"以整个人类历史实践的进退得失为判断是非的惟一标准"。这就要求治史者对各种鲁迅映象进行历史主义的评价和全面、辩证的分析，无论是好评如潮的传世之作，还是存有争议的学术成果，都要奉行"好处说好，坏处说坏"的批评原则，不为尊者贤者讳，只为实事求是言。张著高度评价王富仁纠正现有研究系统"偏离角"的历史贡献，并不讳言其试图以思想革命的系统"代替"陈涌提出的政治革命系统而出现了新的偏差。即使毛泽东最具权威性的鲁迅论，张著也以实证的方法探究出两位哲人精神上"相通"与"相悖"的诸多特点，指出毛泽东"文革"时期的鲁迅论既有真理性的一面，又有将鲁迅"变成自己权威的支持者"，对鲁迅形象造成某些消极影响的一面，进而提出"把真实的鲁迅从毛泽东的负面影响下剥离出来"这样的真知灼见。对学术史上那些受到不公正的批评或被湮没的成果，也能不抱成见，冲出藩篱，重新评估。高长虹20世纪20年代的《野草》评论一向被全盘否定，张著却从四个方面剔抉出其中的深刻见解。张若谷的《鲁迅的〈华盖集〉》过去被视为攻击鲁迅之作，张著却剔除其谬误，析出其合理质素，认定它是鲁迅杂文学史上从比较文学角度评析鲁迅杂文的第一篇文章。甚至有些谩骂的文字也一并收入，因为"首创者"的谩骂也能给后人留下一份宝贵的文献资料。著者对学术史和研究家的理解、尊重态度，以及具有开放性、兼容性的大家风范，值得称道。

　　张著于事实的铺陈、考证之外，时有对于背景、根由、起因的透辟分析，显出很强的逻辑思辨能力。为什么李长之不承认鲁迅是思想家？因为他本质上是一个诗人，他只有诗人的激情却不懂政治，对鲁迅的认识也仅仅停留在人生感悟和文学艺术的层面上；再联系德国古典哲学的学术背景加以观照，他是以西方的抽象理念代替中国的具体国情，用德国思想家的标准苛求鲁迅。这就从主观与客观方面鞭辟入里地论述了李长之当年与鲁迅有些"隔膜"的思想根源。为什么被鲁迅称作"奴隶总管"的周扬会在20世纪40年代的论文中高度评价鲁迅早年的个性主义思想？著者认为，新民主主义的时代气氛使他有机会讲些心里话，他同时又是一个内心充满矛盾的畸形性格的人，骨子里要走仕途、做政客，可他又有很高的理论家的悟性和深刻性。从时代背景、精神特征和心理分析诸方面读解周扬，不独当年他肯定个性主义不足为怪，后来与冯雪峰、胡风的"相拒"和"相通"也得到合理的解释。此类具有创造性和理论穿透力的阐释，张著中并不鲜见。

提倡并大力实行平和、中立的学理精神和科学方法，是这部"通史"最为显著的特色，它凝聚着历代研究家的经验教训。鲁迅学史上"六经注我"或"我注六经"式的研究，五花八门的不虞之誉或求全之毁，都背离了学理化原则；过去社会上之所以出现一些对鲁迅的困惑和误读，其中一个重要原因就是研究者忽视了科学的学理阐释，不能以理服人。

四、主客融合的学术境界

第18章《鲁迅研究的学术哲学》中，论及"主客融合的问题"。著者主张借鉴哲学研究新成果，在鲁迅研究中突破"主客二分"的思维模式，追求"主客融合，物我两忘"的高远境界。从这个视角看，著者将他历尽坎坷、挣脱思想镣铐的"炼狱"式的痛苦经验和生命感悟投注到研究对象的评述中去了，在一定程度上创造了一种知、情、意统一，主客融合的学术境界。

著者张梦阳有过艾略特那样"最残忍"的大荒原意识和在"大寂寞中读自己"的灵魂交战，所以他对20世纪知识分子的精神罹难和心灵创伤能够感同身受，激起强烈共鸣。这部"通史"里，他把客观对象评述和个人生命体验有机地结合起来，绘出20世纪中国知识分子的心灵史。曾在1946年的《鲁迅回忆录》中揭出鲁迅"内心极度深刻的矛盾"的冯雪峰，后来由于受到"左"倾思潮的禁锢，在长篇论文《论〈野草〉》中，却把《野草》表现黑暗与虚无的思想根源归于"个人主义"。冯雪峰思想观念的倒退，正是当年社会思想大滑坡的典型表现。对闵抗生前后两部

《野草》的对比分析，也从一个侧面描绘出一代学人从受到精神奴役到冲出精神牢笼的心路历程。著者大力张扬"悟己为奴""个性自觉"的现代意识和现代精神，对那些高扬鲁迅"立人"思想，呼唤人的精神觉醒的学者敬佩有加；他盛赞李长之一贯坚持以鲁迅的批判精神研究鲁迅，后来尽管付出了惨重代价，其杰出的研究成果却"在中国鲁迅学史上发射出了独立精神与人格尊严的异彩，在鲁迅研究学理化的历史进程中永远留下了光辉的一页"。

在著者与客观对象的学术对话与思想交锋中，也出现了主客融合的情境。著者以真诚、真心、平等的态度面对学术史和众多的研究家，只要研究成果中有新的发现，就给以热情肯定和赞美。特别对于青年学者的研究成果，既有精心的呵护、奖掖，也有中肯的分析和希望。著者充分肯定郑家建以文本解读为基础的《故事新编》诗学研究和张富贵对鲁迅文化选择这一根本性理论问题的深刻反思，同时恳切地指出张富贵的论著"还没有最终完成这一课题"，希望他能够"克服弱点，奉献出更为丰厚坚实的成果"。辛晓征的鲁迅传在生平事迹考证、辨析方面取得了成绩，但由于偏重生平轶事辨析而忽视作品研究和对鲁迅价值的宏观把握，"还不能称为成功之作"，著者期待他"弥补缺憾""写出成功的鲁迅传"。著者坚守"以学术作为自己的生命"的信念，对于在青年读者中影响较大而又确实存在严重偏颇的著作，如王晓明的《无法直面的人生——鲁迅传》，也坦率地提出批评意见。大力彰扬王著诸多突出优点的同时，尖锐地指出其"过于偏重个人的生命本能而忽略甚至摈除了人的社会性的集体意识"及"过于强调绝望和虚无而抹杀鲁迅反抗绝望的内心理想"两个明显缺憾。对王晓明"担心会误导读者"而仍然不改，著者感到困惑不解，认为"对这本鲁迅传的偏颇之处进行纠正和批评，实在是刻不容缓的事了"。读到这些真情洋溢的学术对话和坦诚热烈的思想交锋的文字，怎能不被著者科学的求真求实精神、温暖的学术良心和高度的社会责任感深深打动呢！

以上是我心以为然的张著在学术史理念和治史方法上的突出优点。著者也说他撰写此书"旨在辨析爬梳中国鲁迅学史上学理精神的发展轨迹，致力于鲁迅研究的学理化"，并提倡一种"内在'还原'性的链环式学术史眼光"，可见他极为看重理念与方法的更新。其所谓"眼光"，就是看问题、提出问题和思考问题的价值取向。治史者若能获得一种新的"眼光"，就有可能不蔽于旧说陈见，做出大胆的、创造性的研究。

由此看来，张著的价值不仅在于全景式地描述了20世纪中国鲁迅学史的风貌，让我们看到20世纪中国精神文化史的一个侧影，更为深远的意义还在于科学学理精神和求实、正派学风之倡导与实行。当下学术研究中出现了一股有碍于学术事业健康发展的虚伪、浮躁之风：有人以为不通过艰苦求证的研究程序，就可以信口开河，随意褒贬；有人以情绪化的宣泄代替真理的探求，把学术研究视为一种商业炒作；也有人热衷于谈禅说玄，或搬弄时尚概念名词，以知识碎片自炫；还有人把学术视为获利之具，晋身之阶，怎样能捞到好处，文章就怎样写。要想阻止学术车轮在空虚、浮躁、急功近利的轨道上继续下滑，推动21世纪鲁迅研究和学术事业的健康发展，就必须大力张扬科学的学理精神和求实、正派的学风。黄修己说得好：《中国鲁迅学通史》"这本书最重要的是举起了一面学风之旗，为树立良好的、正派的学风提供了一个榜样"。①

张著诚然是一部高品位的学术史著，但也不是没有可议之处。例如，20世纪90年代的"学术链"梳理不够清晰；对某些学术观点或论著尚有漏评或评不到位之处；偶见观点、材料的重复使用，文字或有沉赘之感；等等。此类瑕疵在所难免，已有著者自评，或有论者指出，毋庸赘言。我较为关注"理性反思"部分。这是张著最具创造性和启发性的重头戏，或许正是这些最"闪光"的地方，更有可斟酌之处。比如，对"内在'还原性'的链环式学术史眼光"尚缺少必要的理论阐述。尽管著者确实取用新的"眼光"进行学术梳理，但它的概念内涵、思维方式和学术范型的特点，它的来龙去脉和方法论意义等，可惜语焉不详，倘若就此进行深入的学术哲学思考，或许可加强这部"通史"的方法论启发意义。再比如，全

---

① 《恢宏的建构，理性的反思——诸家评说〈中国鲁迅学通史〉》，《光明日报》2003年9月18日。

书反复论及东、西方两种文化精神，并将学术史上许多争论的思想根源归结为两种文化精神的冲突，无疑是新锐独到的见解。但是张著未能清晰、系统地回答：东、西方文化精神之主要特征及其对于20世纪中国精神文化建设的影响，鲁迅学与东、西方文化精神之联系，对鲁迅的"异议"和"谩骂"与东、西方文化精神之联系，鲁迅学的各种民间形态及其文化追根等等具有迫切的理论与实践意义的问题。如果新建一章"20世纪鲁迅学与东、西方文化精神"或"鲁迅学与20世纪精神文化建设"，或可弥补上述缺憾，"理性反思"部分也会更为充实完善。这些想法，有苛评之嫌，不知著者和读者诸君以为然否？

[原载《文学评论》2004年第2期，原标题为《读张梦阳的〈中国鲁迅学通史〉》]

附

录

鲁迅文化精神的深层对话

——评程致中《穿越时空的对话——鲁迅的当代意义》

王吉鹏　尹珏婷

　　鲁迅是一个伟大的存在，对其作品的文本学阐释和思想精神追索一直是研究界最重要的课题。探索鲁迅精神的伟大与精深，使之与当下中国社会保持一种对话式的关系，是当今鲁研界共同追求的目标之一。这本《穿越时空的对话——鲁迅的当代意义》（安徽教育出版社，2004年12月）便是著者运用比较的方法，在中西思想、文化的互相参照与对话中，使鲁迅其人其思想在更广阔的范围内获得穿越时空的恒久意义的有益尝试。

　　该书是作者程致中十数年关于鲁迅研究论文的选集。全书分为两辑：第一辑为"鲁迅与域外文学（文化）的对话"，从鲁迅与外国作家、作品及文学思潮的关系切入，在宽阔的比较视野中，透视鲁迅对外国文化"拿来主义"的态度以及对其不停歇地接受与超越。第二辑为"鲁迅与当代中国的对话"，从文艺观念和精神探源的角度探讨鲁迅这个复杂个体所包含的不容忽视的当代意义。两辑内容的安排及附录一起构成了全书最重要的主旨——鲁迅与时代多重"对话"的意义，为鲁迅研究的理论方向做出了新的努力与尝试。

　　本书在以下几个方面是极具创新性的：

　　首先，在广阔时空中观照鲁迅与中外文化的对话是本书的一大特色。对话，是基于客体对象之间有形无形的联系而展开的一种平等式的，一体性的交流与比较。从而在一种较广阔的大文化背景下，发见更深层次上的，文化（文学）中关联的立体化纠结。重视大文化视野中的对话，是探寻鲁迅价值的一种重要方式和途径，利用对话可以明晰其思想渊源和本质特征。

鲁迅与中国文化、外国文化异同的比较研究，是学术界经常使用的研究方法之一。"有差别之物并不是一般的他物，而是与它正相反的他物；这就是说，每一方只在它与另一方的联系中才能获得它自己的本质规定。"①本书著者也十分重视比较方法的运用，《鲁迅与西方人道主义》《〈孤独者〉与〈工人妥惠略夫〉比较论》等，都是通过比较分析鲁迅与外部文化、文学之间繁复的联系，寻求鲁迅作品的本质特征。但著者并没有仅仅停留于搜集、发掘、整理各种外部差异的表层上面，而是在比较中，完成对于鲁迅与外部文化的继承和超越之间关系的探究。更具创造性的是，著者从中外文化比较的视角出发，在纵横中与大文化进行立体式的对话，对鲁迅进行认真地审视，这是独辟蹊径的。当然著者并没有把这种宏观的审视局限于面面俱到的比较模式当中，而是紧贴鲁迅作品思想价值和审美价值的主干，从艺术的方向透视其精神实质，避免了繁复与芜杂。在与域外文化的比较对话中，分析鲁迅这个复杂客体对域外文化（文学）阅读、内化过程中的选择与扬弃，而形成了属于自身的中国式超越。这种通过对话来深入研究鲁迅与域外文化关系的形式也具有方法论的指导意义，研究者和读者都可以运用比较对话的方法来多层次地透视鲁迅永恒的价值。

注重鲁迅与域外文化之间对话或分析的同时，著者也注意到对话过程中主体情感的探源。如在《论鲁迅接受马克思主义的主观条件》这篇论文中，作者举出了自己的四个观点，由内而外地分析了鲁迅接受马克思主义的主体性因素。其中不仅源于初期的情感积累以及开放式的文化观念，也源于长期艰辛的社会现实体验造成的科学怀疑精神和严格的自我解剖意识。著者还把这种主观性因素的分析上升到哲学的层面："鲁迅的'多疑'，当然不是个人之间的猜忌与寡信，而是一种对社会和现实、社会和

---

① 陈鸣树：《文艺学方法概论》，复旦大学出版社2004版。

人生进行审视的哲学品格。"①著者以敏锐的主体分析意识，观察到鲁迅自身与外部历史、时空之间有意识的对话关系，这在研究中是十分难能可贵的。在这种宏大文化的对话式参照与比较当中，我们不仅可以看到著者研究过程中的用心良苦，他为我们提供的对话式阅读意识，也使人们对于鲁迅这个复杂而伟大的个体，获得一种具有飞跃性的新知。

其次，从多元视角挖掘鲁迅作品的艺术魅力，是本书学理化研究的又一重要成绩。著者将研究的根基，深扎于鲁迅作品的文本分析解读之上，以深厚的理论素养，排除鲁迅研究中容易出现的诸多非学术性因素以及边缘化的倾向。对于鲁迅作品中艺术性的分析，一直是鲁迅研究中的薄弱环节之一，著者却紧抓艺术性这个文艺作品的根本特征之一，展开思索和理论分析。他着眼于鲁迅关于文艺问题的著作的研读，特别是其早期所作文言作品的分析，挖掘其中蕴含的丰富的艺术思想价值，从理论的高度更加真实地接近鲁迅这个复杂而真实的客体的内心，从中寻求其作品高超艺术表现力的魅力之所在。《鲁迅论文艺创作的自觉性》《鲁迅关于文艺真实性的辩证思考》《毛泽东〈讲话〉与鲁迅文艺思想》等，从创作发生学、创作心理学、比较文学、结构主义、系统论等角度论证了鲁迅对于艺术规律的深谙，分析了其中的理论依据和现实基础，让理论和文本的分析相互支持。这种学理式的论证方法无疑是对鲁迅作品艺术性研究的一种有益补充，从而避免了研究中的简单化和片面性。同时，这种文本细读也摆脱了单篇体悟式的分析方式，在对话的框架中，从理论的高度对具体的文本和文化之间的比较给予关注。如在《20世纪文艺观念变革的宣言》中，通过对《摩罗诗力说》的审慎分析，全面而深刻地阐释了鲁迅早期的文艺美学思想及其对于文艺审美特征的理性思考。阐明了文艺的"职"和"用"，强调了文艺的社会教育功能，启迪着人生的艺术体悟。这种文本分析与理论阐述互相结合、印证的分析方式闪耀着著者理性思辨的光辉，当然，由于本书是著者过去论文的合集，在理论的完整性和系统性上难免略有欠缺。

---

① 程致中：《穿越时空的对话——鲁迅的当代意义》，安徽教育出版社2004年版，第155页。

　　此外，于学理探究中深入挖掘鲁迅作品所蕴含的巨大思想穿透力，也是本书的一个显著特色。这种研究为鲁迅精神的民族指向和当代意义提供了穿越历史和时空的当代性启迪。过去的比较文学研究，更多的只是单纯地强调鲁迅与域外文化之间的联系，而本书的著者却没有把自己的思索范畴拘囿于文化对比的不变的时空坐标当中，而是在比较中认真挖掘鲁迅从外部文化当中获取的人道主义因子，并将这种悲悯的关怀投注到对于人性及民族命运走向的长久思索当中，从而赋予这种理性研究以历史的和当下的双重意义。诚如著者所说："鲁迅的文学遗产最强烈地体现了20世纪中国文学的现实主义精神和现代性特征，它对于治疗当下中国文坛各种时髦病症和建设社会主义新文学，有着宝贵的借鉴意义。"[①]本书的新意正是表现于此。著者从鲁迅那些具有丰富审美价值和艺术表现力的作品中，切实地把握他那深刻的"现实主义"精髓，并强调其思想中极具穿透力的现代意识给予当下中国某些现象实质性的匡正，从而达到恒久指向中华民族发展道路的目的。

　　鲁迅意义的当代挖掘和鲁迅研究的未来都寄托于当代青年的身上，李何林先生曾多次号召："普及鲁迅"，"把鲁迅交给青年"。本书作者也注意到了青年身上的希望，特别在全书的后面"附录"了一份对于当代大学生鲁迅观的调查问卷，于青年人的身上看到了承载民族命运的动力，热情地呼唤青年读者、研究者担负起挖掘鲁迅价值和超越时空的恒久魅力的意义。

　　当下浮躁之世风不可避免地侵袭着包括鲁迅研究在内的学术界之时，程致中先生以这本切实而又富有新意的研究著作奉献于广大读者面前，实在令我们欣喜。著者学理基础之坚实，专业知识之丰富，且不尚喧嚣，默默耕耘之态度为学术界所敬佩。本书的问世，也从学风的角度给我们以启迪，这也是本书别一样的意义吧。

［原载《上海鲁迅研究》2006年03期］

---

　　① 程致中：《穿越时空的对话——鲁迅的当代意义》，安徽教育出版社2004年版，第171页。

平民教育知识分子的岗位意识与学术人格

——以程致中的鲁迅研究为中心的考察

高 兴

依陈寅恪所言，凡"关系于民族盛衰学术兴废"的"大师巨子"之著作"可以转移一时之风气，而示来者以轨则"[1]，这表明学术史研究不能忽略对文化名人的单独考察。在当代学界，"鲁迅学"已成为一门独立的学科，除却鲁迅及其作品的特殊影响力之外，也因为"鲁迅研究的历史之悠久，规模之深广，成果之丰硕，队伍之壮大"[2]。在众多的鲁迅研究者当中，成员的文化身份有所不同，借用牟宗三的话，既有"文苑传"中"会做文做诗，但不一定有理想"的文人，也有"儒林传"中"有理想、有志节、有操守"的"知识分子"[3]，本文探讨一类特别的知识分子的鲁迅研究。

从20世纪80年代初的学界首倡"鲁迅学"开始，鲁迅研究者的学科意识不断增强，他们编撰鲁迅研究史著作，发表鲁迅研究"回顾""评介""述略""综述"之类的文章，扫描鲁迅研究的生态系统，等等。这些工作收效明显，而依然有一些困惑：鲁迅研究史著作在陈述研究者的学术成就时，是否关涉他们的生命体验和人文情怀？鲁迅研究"述评"文章在罗列和归类学术成果时，是否忽略了研究者的学术个性和人格精神？是否揭示了各种学术观点生成的思想根源及价值立场？解析鲁迅研究的生态系

① 刘桂生、张步洲：《陈寅恪学术文化随笔》，中国青年出版社1996年版，第6页。
② 张梦阳：《中国鲁迅学通史·宏观反思卷》，广东教育出版社2001年版，第19页。
③ 王岳川：《牟宗三学术文化随笔》，中国青年出版社1996年版，第61页。

统时，是否将一些很有学术史意义的学者冷落于"权威"名单之外？"鲁迅学"是否应当纳入整个学术生态系统内予以评断？其他领域的学者（例如思想史研究、知识分子研究、美学研究的专家）关于学术史演进的一般规律和总体态势的精当论断，可否用作鲁迅研究之研究的理论参考？

在思考上述问题的过程中，我对自己当年攻读"鲁迅研究"方向的硕士生导师程致中教授的学术研究有了更深切的体悟。程致中从事鲁迅研究三十多年之久，除专著之外，他的论文散见于《文学评论》《鲁迅研究月刊》《文艺理论与批评》等重要学术刊物，张梦阳、王吉鹏、李春林、郑心伶、潘颂德、陈方竞、姜正昌、古大勇等一大批学者撰文予以好评。笔者认为程致中的鲁迅研究为当代中国学术的健康转型提供一个较好的例证，故从知识分子学术实践的理论视角，谈一谈程致中的鲁迅研究及其学术意义。

一、学术与思想的交融：知识分子的使命感

纵观新中国成立以来的鲁迅研究史，可以发现一条螺旋起伏的演变曲线：从"神话""圣化"鲁迅起始，到批判教条主义、实用主义、主观主义和庸俗社会学的鲁迅研究，再到呼吁"回到鲁迅那里去""鲁迅是人不是神"，在多维学术视野中研究鲁迅，后来又宣扬"普及鲁迅"、突出鲁迅研究的"当代性"、反对鲁迅研究的"玄学化"和"学问化"，要逐渐地"走出鲁迅"[1]，甚至还有学者指明在当下以某种方式"神化"鲁迅是"必然和必要的"[2]……这种迹象乍看起来令人费解，似乎"否定之否定"规律也可用来解释学术史的嬗变趋势：既然事物是周期性发展的，各个时代的研究者所面临的历史语境、所肩负的学术使命也可能随之出现近

---

① 袁良骏：《一份未必合格的答卷——关于"鲁迅研究的新路向"的几句妄言》，《鲁迅研究月刊》1994年第2期。

② 张福贵：《鲁迅研究的三种范式与当下的价值选择》，《中国社会科学》2013年第11期。

似"循环反复"的现象，从而导致学术观念和研究范式的波浪式递进（而非倒退式还原）。

在鲁迅研究界，"学院化"与"民间化"、"学术型"与"现实型"、"科学性"与"效用性"的二元取向之冲突一直存在。"强调鲁迅研究的当代性"[①]、坚持"现实性原则"[②]、弘扬"为人生"的价值观[③]、拒斥"经院化"研究和"象牙塔里的学问"渐成鲁迅研究界的强势话语[④]；但也有一些学者肯定"学术化"和"学院派"鲁迅研究的积极意义，他们看到"学术化"的鲁迅研究对于清除"狭隘的政治化观念框架和话语系统"之弊端所发挥的重要作用，确认正是"鲁迅研究的学术化"在"不断拓展着鲁迅研究的学术空间"[⑤]，声明"任何一种研究，如果没有学院派学者参加，都构不成真正的研究。问题的关键是研究者的思想境界"[⑥]。

种种迹象表明：诸多学者对于研究范式及其价值取向的理解尚有分歧，当代鲁迅研究难以挣脱"重思想"与"重学术"的纠结。张福贵警惕"学问化研究"引发的"玄学化倾向"，力主"思想本体与时代"关联的"当代性研究"，认可鲁迅思想之阐释的"肥大化"效应。[⑦]相反，孙玉石反思鲁迅研究的"当代性"与"科学性"的关系，担忧"研究者被当代意识和现实启蒙需要所驱动"致使"注入"式的阐释"带上了很重的主观感情的情绪化的色彩"，他谨防"过度阐释"的"随意性"[⑧]。如果说张福贵

---

① 袁良骏：《鲁迅研究要向深度广度进军》，《鲁迅研究动态》1987年第5期。

② 张恩和：《谈新世纪的鲁迅研究》，《学术研究》2001年第9期。

③ 王吉鹏：《倡导"为人生"的鲁迅研究》，《宁波职业技术学院学报》2009年第1期。

④ 王彬彬：《在鲁迅止步的地方——关于鲁迅和鲁迅研究的几点想法》，《鲁迅研究月刊》2000年第7期。

⑤ 冯光廉：《论鲁迅研究的学术化》，《东方论坛（青岛大学学报）》2000年第4期。

⑥ 张永泉：《人的解放：鲁迅研究的终极关怀与现实关注》，《河北大学学报》（哲学社会科学版）2001年第1期。

⑦ 张福贵：《鲁迅研究的三种范式与当下的价值选择》，《中国社会科学》2013年第11期。

⑧ 孙玉石：《谈谈鲁迅研究中的"过度阐释"问题——鲁迅研究当代性与科学性关系的思考》，《鲁迅研究月刊》2006年第6期。

与孙玉石的意见有所龃龉，那么，孙郁在不同场合的表态暗藏分野。孙郁委婉地批评了"象牙塔"之内的"70后"学人远离现实风潮的偏颇，评点"职业化"鲁迅研究之缺失，但也承认"就思想的深度而言，百年间学院派的成果无疑是最为突出的"①；他告诫研究者"按鲁迅心性的特点及文本的形态，把它神秘化、政治化和学院化都是有问题的"，断言鲁迅研究"和时代的关系颇密，也与人生的苦乐大有关联"；然而，他也称道"以学术精神整理文学文本与作家思想的理念"的鲁迅研究路线，赞誉这种"延续了京派的传统"的"学术史的眼光"②。

"鲁迅学"并非纯粹"自治"的学科，其建构与评判不能脱离总体学术生态系统。刘易斯·科塞明察西方高度分化的社会结构、全面科层化的社会文化生活以及日益发达的大众文化对学术界的巨大影响：专家和技术人员占据中心地位，知识分子退居"社会的缝隙"，"学院人"竟然"成为实用知识的零售商而不是思想观念的生产者"③。致力于知识分子研究的学者许纪霖发现：1990年代之后的中国学术界发生"思想与学术的分离"，"一部分启蒙者从广场退回学院，以考据取代义理，'道学问'压倒'尊德性'，知识主义替代理想主义"，社会上流布"思想家淡出、学问家凸出"之论④，而知识分子"更愿意成为现代知识体制里面的学者，甚至是某一知识领域的专家"⑤。中外学术界的当代变轨具有相似性：知识分子的专业化、学院化和技术化使他们逐渐丧失"公共性"，也使"学术"和"思想"的冲突更加尖锐。鲁迅研究之降温恰恰发生于1980年代末到

①孙郁：《走进象牙塔里的鲁迅研究》，《文艺争鸣》2014年第5期。

②孙郁：《从古典到现代的路——任访秋先生的鲁迅研究及其他》，《汉语言文学研究》2013年第4期。

③科塞：《理念人：一项社会学的考察》，郭方等译，中央编译出版社2004年版，第284、315页。

④张春田、张耀宗：《另一种学术史：二十世纪学术薪传》，南京大学出版社2012年版，第214页。

⑤许纪霖：《中国知识分子十论》，复旦大学出版社2003年版，第14页。

1990年代，仿佛陷入由"显学"沦为"玄学"之"困境"①；不少青年学者倚重新理论和新方法，成长为"鲁迅学"中的"学院派"。可见，鲁迅研究的立场歧异与路径争端，始发于中国学术的当代转型和知识分子的内部分化。

如何看待当代鲁迅研究的范式对立？王元化的"有学术的思想与有思想的学术"之见尤具启发性，以此作为鲁迅研究的导向，便可能实现知识与理想、考据与义理、学者与知识分子的合而为一。鲁迅曾经说"真的知识阶级是不顾利害的"，他们"想到什么就说什么""他们对于社会永不会满意的"②。萨义德判定知识分子"在公开场合代表某种立场，不畏各种艰难险阻向他的公众作清楚有力的表述"③。富里迪宣称"学者"不直接等同于"知识分子"，知识分子是既"为思想而活"又"担负社会责任"的人④。鲁迅研究者不仅要做学有专长的学者，也应当是充盈公共关怀的知识分子。当然，知识分子的"思想"并非赤裸化、真空化的玄思，真正的"思想者"能够"在自己的专业学术领域有深刻扎实的研究"，惟其如此，"思想才不会流于简单、浮躁和哗众取宠"⑤。我们应当提倡学术与思想融通的鲁迅研究，脱离社会实际、放逐知识分子公共关怀的纯粹"象牙塔"间的研究固然不可取，而一味排斥学术理路、无视知识体制化和专业化之现实的凭空"注入式"研究也是行不通的。当代鲁迅研究者可以借镜姚文放的"批判理性"美学思维，这种"批判理性"与"纯粹理性"、"实践理性"有"交界"又间离，它"包含着湛深的学理但又不仅仅是个学理

---

① 段国超：《鲁迅研究的当前困境与出路》，《渭南师专学报》（社会科学版）1994年第3期。

② 鲁迅：《集外集拾遗补编·关于知识阶级》，《鲁迅全集》第8卷，人民文学出版社2005年版，第226—227页。

③ 萨义德：《知识分子论》，单德兴译，生活·读书·新知三联书店2002年版，第17页。

④ 富里迪：《知识分子都到哪里去了？》，戴从容译，江苏人民出版社2005年版，第30、32页。

⑤ 许纪霖：《中国知识分子十论》，复旦大学出版社2003年版，第30页。

的问题"，既"高扬人文精神"又根植于"浑厚的学理"①，有助于破解当代鲁迅研究的范式难题。

"既注重学术价值，也不忽视现实性"是程致中的鲁迅研究一大特色，他关注鲁迅作为"思想者"的文化身份，善于"从鲁迅文本中发掘当下精神文化建设和文艺理论建设的思想资源"，凭借"深入的学理研究"阐明"鲁迅文本之历史和当代的双重价值"②。程致中的专著《寻找精神家园——思想者鲁迅论》《穿越时空的对话——鲁迅的当代意义》以及《鲁迅的"立人"思想和尼采学说》《弘扬鲁迅的爱国主义》《鲁迅与西方人道主义》《鲁迅国民性批判探源》等论文深刻地阐述了进化论、浪漫主义、人道主义、马克思主义等西方文化思潮之于当代中国文化建设的启示意义，反思中国社会现状和思想动态，他的鲁迅研究充溢着知识分子的公共良知、理性思想和现实参与意识。当程致中以细致的实证研究和宏赡的比较研究来剖析鲁迅作品的微言大义时，他又表露出一名学者的科学精神、理论素养以及严谨的治学风格。他强调鲁迅精神"对当代知识分子的人格重塑"所产生的深远影响③，辨明"鲁迅研究从一开始就不是一般性的纯学术研究"，另一方面又坚决捍卫"学理化原则"，大力弘扬"科学的学理精神和求实、正派的学风"④，常在文本分析和审美批评的过程中采用综合研究的方法（注：王元化在鲁迅研究界首倡"综合研究法"）。故此，郑心伶称赞程致中的鲁迅研究"具有较强的学术性，现实性也十分鲜明"（郑心伶：《寻梦者颂》）⑤，王吉鹏认同程致中"于学理探究中深入挖掘作品所蕴含的巨大思想穿透力"⑥，张梦阳肯定程致中在论述鲁迅

---

① 姚文放：《当代审美文化批判》，山东文艺出版社1999年版，第10—11页。

② 程致中：《现代文学风景谭》，安徽师范大学出版社2013年版，第247—248页。

③ 程致中：《穿越时空的对话——鲁迅的当代意义》，安徽教育出版社2004年版，第175页

④ 程致中：《读张梦阳的〈中国鲁迅学通史〉》，《文学评论》2004年第2期。

⑤ 程致中：《寻找精神家园——思想者鲁迅论》，学苑出版社2000年版，第1页。

⑥ 王吉鹏、尹钰婷：《鲁迅文化精神的深层对话》，《上海鲁迅研究》2006年第3期

"精神探索和文化选择"方面形成"独到的见解"①。程致中的鲁迅研究彰显了学术与思想互相交融的特质，这源自"人文知识分子应当承担的历史责任"②，他曾在自己的"博客"中集录鲁迅、胡适、钱谷融、钱理群、爱德华·萨义德等人的"知识分子"论③，再度传达出知识分子恪遵文化使命的心声。

二、聚焦精神文明建设："教育者"的岗位意识

知识分子有不同类型，有学者列举出"政治知识分子""社会知识分子""技术知识分子""精英知识分子""平民知识分子"等多种知识分子④。另有学者提出"教育知识分子"的概念，将其定义为："教育知识分子是指一群富有公共良知和公共关怀精神，站在教育学的学术立场上批判教育现实的理念人。"⑤本文要探讨的是学术研究中的"教育型"知识分子，他们拥有"教育者"的岗位意识和知识分子的文化精神，但不囿于"教育学"专业背景，诚然，他们也可以同时兼备其他知识分子身份，比如作为中文系教师和鲁迅研究者的程致中。

他这样总结自己的鲁迅研究工作："教学工作耗费了我的大部分生命，有分量的研究成果并不多，我感到愧对鲁迅先生"⑥。先生之感慨流露出他本人的学术情操，而我更感兴趣的问题是：一位爱岗敬业的"教育者"的鲁迅研究有何与众不同之处？教育型的知识分子是如何从事鲁迅研

---

① 张梦阳：《中国鲁迅学通史·宏观反思卷》，广东教育出版社2001年版，第675—676页。

② 程致中：《穿越时空的对话——鲁迅的当代意义》，安徽教育出版社2004年版，第178页。

③ 程致中：《"知识分子"ABC》，http://blog.sina.com.cn/s/blog_85b5bf160101imgb.html

④ 罗云锋：《文学研究与文化研究的双重变奏：20世纪80年代以来的文化学术镜像》，上海人民出版社2011年版，第199页。

⑤ 叶飞：《现代性视域下的儒家德育》，北京师范大学出版社2011年版，第185页。

⑥ 程致中：《现代文学风景谭》，安徽师范大学出版社2013年版，第250页。

究的？郑心伶对程致中的如下评述："不赶时髦，更不猎奇，而是真诚地
面对鲁迅，面对现实，面对学生和读者。作为从教多年的中国现当代文学
教授、鲁迅研究专家，他一直默默地教书育人，并不忘苦苦耕耘，立志要
让当代大学生从精神上认识鲁迅，从感情上贴近鲁迅。"①钱理群有盛赞王
吉鹏之语："和学生一起研究鲁迅，不仅是为了培养新的人才，更是为了
寻找沟通鲁迅和当代青年，与当代对话的途径……一个普通的大学教师，
却始终坚守在'研究与普及鲁迅'的岗位上，默默地，执着地传递着精神
的火种……"②王吉鹏倡导"为人生"的鲁迅研究③，程致中以"为人生"
的态度阐释鲁迅④，"教育者"的身份使他们的鲁迅研究呈现出共通感和相
似性。作为一名高校教师，程致中不仅自己酷爱研读、分析和阐释鲁迅，
而且关注当代大学生对鲁迅思想艺术的接受情况。王吉鹏赞同程致中"于
青年人的身上看到了承载民族命运的动力，热情呼唤青年读者、研究者担
负起挖掘鲁迅价值和超越时空的恒久魅力的意义"⑤。毅然高举鲁迅"为
人生"的精神旗帜，发掘鲁迅及其作品蕴含的思想资源和人文价值并使之
延续和高扬，这是"教育"型的鲁迅研究者的共同追求。

　　"教育者"的鲁迅研究区别于"研究员""研究生""民间知识分子"、
纯"学者"及其他文化群体的鲁迅研究，他们不尚立论的新颖奇特、不重
方法的新潮先锋、不求论著的高产畅销、不慕话语的火爆流行。教育型的
鲁迅研究者无意于雄踞"庙堂"，也不情愿炫示"广场"，而旨在"寄托知
识分子理想"，既"讲授知识"又树立"人格榜样"，还对社会发出"批
评"的声音，无怨无悔地"维系文化传统的精血"，这便是陈思和构想的
当代知识分子的"岗位意识"⑥。程致中的鲁迅研究始于他早年的"鲁迅

---

① 程致中：《寻找精神家园——思想者鲁迅论》，学苑出版社2000年版，第1页
② 钱理群：《精神火种的传递——读王吉鹏和他的学生的鲁迅研究论著》，《鲁迅研究月刊》1999年第9期。
③ 王吉鹏：《倡导"为人生"的鲁迅研究》，《宁波职业技术学院学报》2009年第1期。
④ 程致中：《现代文学风景谭》，安徽师范大学出版社2013年版，第250页。
⑤ 王吉鹏、尹钰婷：《鲁迅文化精神的深层对话》，《上海鲁迅研究》2006年第3期。
⑥ 陈思和：《思和文存第一卷·传统与当代立场》，黄山书社2013年版，第9—11页。

专题"教学，他无论处在何种环境中都不改初衷，充分展示"人在阵地在"的知识分子岗位意识，也使广大学子得以领略教育型的鲁迅研究者的学术风采。

长期教书育人的职业生涯陶铸程致中的精神境界和学术禀赋。他尤为珍重鲁迅及其作品对当代中国思想文化建设的重要启示作用，"精神文明建设"是他笔下出现频率较高的关键词。他洞察"鲁迅全部文化活动的一个鲜明特点"是鲁迅"对精神文明建设的关注"，全面论述了鲁迅"精神文明建设的实施方案"及其当代意义[1]；他论证"鲁迅对人道主义世界观、历史观的扬弃"以及"伦理思想上独特的人道主义观点"构成"当代中国人的极其宝贵的精神财富"[2]；他深信鲁迅"改革国民性"的启蒙主张、"弱者本位"的伦理原则、"反抗绝望"的生命哲学"对于今日中国的社会改革和精神文明建设，都有重大现实意义"[3]；他对"民族性格和传统文化的劣根性仍未铲除"以及"市场经济追逐物质利益的负面影响"倍感忧虑，主张消化和吸收"鲁迅的理论探索成果"以帮助解决"社会主义精神文明建设"问题[4]；他将鲁迅研究视作"20世纪精神文化建设的一个亮点"，要求"提高研究主体的综合素质"[5]；他确信鲁迅研究已成为"20世纪中国精神文化史的一个侧面"，召唤"科学学理精神"[6]。程致中的鲁迅研究以推进"精神文明建设"作为学术实践的核心价值取向，渗透着"教育者"的报国赤诚和社会良知，是典型的教育型的鲁迅研究。

"教育者"的鲁迅研究一般不着眼于开创学术风潮，不刻意颠覆前人

---

[1] 程致中：《寻找精神家园——思想者鲁迅论》，学苑出版社2000年版，第42页。
[2] 程致中：《寻找精神家园——思想者鲁迅论》，学苑出版社2000年版，第105页。
[3] 程致中：《穿越时空的对话——鲁迅的当代意义》，安徽教育出版社2004年版，第175页。
[4] 程致中：《穿越时空的对话——鲁迅的当代意义》，安徽教育出版社2004年版，第256页、
[5] 程致中：《穿越时空的对话——鲁迅的当代意义》，安徽教育出版社2004年版，第180页。
[6] 程致中：《穿越时空的对话——鲁迅的当代意义》，安徽教育出版社2004年版，第277页

的研究范式，也不热衷于试验玄奇多变的研究方法。他们不大可能像王富仁、钱理群、汪晖等人那样造成学界"轰动"。当别的鲁迅研究者津津乐道系统论、存在主义、结构主义、生命哲学、精神分析学、叙事学等新方法之际，他们中的大多数人仍然照旧使用比较研究、实证研究、综合研究等看似朴拙却卓有成效的方法。研究方法的选择与文化立场相契合，教育型的鲁迅研究者在治学中授业，又在授业中治学，他们更自觉地追求视野的宏阔与清晰、方法的实用和有效。将鲁迅与国内外作家进行对照，不但切合开放理念、裨益发散思维，而且"更契合研究的对象和更易于科学操作"①；有学者认为：以"历史的批评与审美的批评"方法研究鲁迅及其作品"最切合对象的本质特征"，"历史与艺术结合的方法是最切合中国文学和中国作家实际的方法"②。程致中执着地遵循"美学—历史"的文学阅读和阐释原则，并将其划分为三项彼此关联的基本方法，即"美学的观点和艺术分析方法""历史的观点和'知人论世'方法"以及"具体分析的观点和'同整体的比较'方法"，预测"美学的和历史的方法"可以使"中国现代文学教学和研究的面貌"得以改观③；他擅长在中外文化的纵横比较中扫描主体精神的演变规律和发展轨迹，其比较方法又是"紧贴鲁迅作品思想价值和审美价值的主干"④。程致中重视思想启悟、强调审美体验、培养历史意识、拓展文化视界的鲁迅研究方法，既扎实稳健又平易明晰，最适宜于在大学生中间开展与鲁迅及其作品有关的课堂教学与学术训练。

程致中踏上"教育者"的鲁迅研究之途，表面上看是职业使然，其实与他的教师"情结"和教师理想密不可分。他的父亲当过教师，童年教育又给他留下美好回忆，他赞美小学老师"都是具有崇高思想的美丽的天

---

① 林非：《关于"鲁迅研究五十年"的一些感想》，《鲁迅研究月刊》1999年第10期。
② 张福贵：《新视野中的历史批评与审美批评——走入孙中田的鲁迅研究的世界》，《文艺争鸣》1999年第1期。
③ 程致中：《现代文学风景谭》，安徽师范大学出版社2013年版，第3—9页。
④ 王吉鹏、尹钰婷：《鲁迅文化精神的深层对话》，《上海鲁迅研究》2006年第3期。

使"①。他的大学母校南京师范大学有着悠久的师范教育传统,可追溯到我国较早独立设置的师范学校——三江师范学堂。50多年前,程致中在母校虔诚地抄录《教师之歌》,在冬夜的寒光里记下"我们的岗位永不调换,/我们的足迹却遍布四方;/我们的两鬓会有一天斑白,/我们的青春却千百倍地延长……太阳下面,/再没有比这更美的职业"这些滚烫的诗句②,心中不知涌起多少股暖流。程致中感佩前辈教授"呕心沥血、教书育人的高尚人品和严谨求实的学风教风",鲁迅研究界的著名学者朱彤是他"记忆最为深刻的"教师之一,当他谛听朱彤先生对鲁迅作品进行"细密的学理分析"时③,这种学术陶冶对他后来的鲁迅研究激起了久远的回响。程致中深情歌咏母校校史上的仁人志士,其中包括南京大屠杀期间竭力保护中国妇幼、记录日军暴行的美国传教士明妮·魏特琳④,对这位异国女士的德行和善举之敬重,或许也曾回馈他精通中西比较方法、追踪西方人道主义思潮之灵犀。

三、平民的立场和情怀:树立学术人格典范

笔者在本文中用到"平民"一词,不单是用来指称研究者的社会角色,更重要的是,要用"平民"来诠释研究者的文化立场和人文情怀,借此探讨平民知识分子的学术人格。

鲁迅在关于"知识阶级"的演讲中介绍:最初的俄国知识阶级"替平民抱不平,把平民的苦痛告诉大众",因为"他与平民接近,或自身就是平民",受到平民的普遍欢迎,但后来"把平民忘记了,变成了一种特别

---

① 程致中:《梧桐树下的童年记事》,http://blog.sina.com.cn/s/blog_85b5bf1601013gtn.html

② 程致中:《青春记忆:〈教师之歌〉》,http://blog.sina.com.cn/s/blog_85b5bf160101cdmv.html

③ 程致中:《怀念我的两位老师》,http://blog.sina.com.cn/s/blog_85b5bf160100tgd7.html

④ 程致中:《相约在深秋》,http://blog.sina.com.cn/s/blog_85b5bf160101jv9s.html

的阶级"①。列宁概述俄国解放运动的历程时不忘"平民知识分子"功绩，他眼中的"平民知识分子革命家"是"从车尔尼雪夫斯基到'民意党'的英雄"②。思想史研究者声称俄国"平民知识分子"代表——别林斯基和车尔尼雪夫斯基"为尚空谈、欠实际的俄国知识分子群体带来了'批判现实主义'的活力"，促使俄国知识分子"回到民间，倾听人民的要求"③。今天看来，俄国"平民知识分子"虽有种种缺陷，但他们热爱人民、关心社会、注重实践、敢说真话的人格精神为后人树立楷模。

当代鲁迅研究是否需要引入"平民"之维？钱理群宣告今人还"需要鲁迅"，因为鲁迅是"永远地站在底层民众中间，站在那些被侮辱、被损害、被压迫的人们之中，为他们悲哀、叫喊和战斗"的"真的知识阶级"④。王吉鹏看到"鲁迅与中国老百姓有着天然的联系，他是属于人民大众的"，申论"鲁迅研究界应把普及工作视为义不容辞的义务……让研究贴近大众，贴近民生，贴近社会生活"⑤。张福贵批评当下某些学者的鲁迅研究"过度学术化"而"淡化了鲁迅思想的平民情怀和当代意义"⑥。总而言之，以平民立场指导鲁迅研究和鲁迅"普及"工作，大抵成为学界共识。

程致中将鲁迅定位为"总是站在弱势群体一边"的"平民思想家"⑦，他意识到鲁迅研究"还有一个平民化与普及性的问题"，并指出："平民百姓本来是不应也会和鲁迅隔膜的"，"提倡平民化与普及性，是对

---

① 鲁迅：《集外集拾遗补编·关于知识阶级》，《鲁迅全集》第8卷，人民文学出版社2005年版，第224页。

② 《列宁全集》第18卷，人民出版社，1959年版，第15页。

③ 张建华：《俄国知识分子思想史导论》，商务印书馆2008年版，第383页。

④ 钱理群：《我们今天为什么需要鲁迅》，《社会科学论坛》2013年第4期。

⑤ 王吉鹏：《关于当下鲁迅研究的若干思考》，《淮北职业技术学院学报》2008年第2期。

⑥ 张福贵：《鲁迅研究的三种范式与当下的价值选择》，《中国社会科学》2013年第11期。

⑦ 程致中：《鲁迅和当代中国的对话——世纪末鲁迅论争引发的思考》，《文艺理论与批评》2004年第2期。

过去研究工作中的神化、贵族化、陌生化倾向的一种纠正"。①程致中的鲁迅研究跳跃着一颗"平民"之心，他观照的学术问题始终与平民百姓的现实处境及精神遭遇有关，如：鲁迅总结的辛亥革命"苦楚的经验"（《苦楚的经验》）、鲁迅描绘的"老中国的社会众生相"（《〈示众〉的文学渊源和艺术创造》）、鲁迅"呼吸着小百姓的空气，同情下层社会的不幸"（《鲁迅与西方人道主义》）、鲁迅的"文艺大众化思想"和"孺子牛"精神（《毛泽东〈讲话〉与鲁迅文艺思想》）……鲁迅思索过的与民众生存状态及精神心理相关的重大话题，程致中多有探析，显现鲁迅研究的"平民"化特质。

　　平民知识分子的学术人格堪称典范。田本相以李何林的鲁迅研究为例来解读"学术人格"："所谓学术人格，是一个学者的政治思想倾向、道德品质以及学术思想、治学方法的统一体。在学术中体现着人格，人格又熔铸于学术，二者水乳交融。"②程致中的鲁迅研究印证平民知识分子的学术理想和道德修养，其治学方法带有浓郁的平民之风，颇具以人为本、求真务实之格调。程致中"将鲁迅本体界定为'为现代中国人的生存而奋斗者'"，拒绝将鲁迅"描述为非理性、超时代的个人精神反抗者"③，他力求勾勒出集伟大与平凡、睿智与悲怆、理性与浪漫等多重因素于一体的实实在在的鲁迅形象，不把鲁迅"人之子"的面影湮没在万花筒般的社科理论或者华而不实的著述文字中。凡与程致中交往者，皆能感受到他为人和治学的"真""诚""实"，郑心伶评论他"坚持说自家的话，蘸自己的脑汁写文章""那么淡泊"，且有"书呆气"和"挚友味"（郑心伶：《寻梦者颂》）④，肺腑之语也。程致中坚决"抵制学术研究中的急功近利、虚伪浮躁之风"⑤，总以热烈的情感、深邃的思想、缜密的学理和平实的话语

① 程致中：《穿越时空的对话——鲁迅的当代意义》，安徽教育出版社2004年版，第178—179页。

② 田本相：《李何林的鲁迅研究》，《文学评论》2004年第1期。

③ 程致中：《现代文学风景谭》，安徽师范大学出版社2013年版，第248页

④ 程致中：《寻找精神家园——思想者鲁迅论》，学苑出版社2000年版，第2页。

⑤ 程致中：《现代文学风景谭》，安徽师范大学出版社2013年版，第248页

阐扬鲁迅作品的奥旨与真义，处处显示一位平民知识分子的学术操守及现实担当。

程致中易使人想起学术史上的泰州学派及其"平民意识"。泰州学派创始人王艮是一位"平民思想家"，他张扬以"修身立本"为前提的"人格理想"，①提出"百姓日用即道"，强调以"百姓"为本，②成为"先儒的民本思想向近代性平民意识转换的标志"③。泰州学派发展了"平民教育"、形成"反抗封建压迫"的"异端"思想，再加上"平民性格""战斗风格"和"封建叛逆精神"，构成泰州学派的优良传统④。程致中未提及自己与泰州学派的思想渊源，但我从他的立身和立言中感受到泰州文化的印记，精神上的"原乡"迹象屡屡现于他的笔端。他生于泰州"一个没落的书香世家"，在家乡"城东小学"接受的教育是他这个"平民孩子"的"人生旅途的一个起点"⑤。怀着对故乡的"敬畏"与"爱"，追忆"在贫民窟里长大"的履历，程致中在辗转漂泊的人生行旅中"与草根兄弟相亲"⑥，玉成一个平民知识分子兼教育型的鲁迅研究者的学术人格。中国儒家的民本思想、泰州学派的平民意识、知识分子的人文精神、大学教师的文化使命，再加上个体的社会实践和人生体悟，共同奠定了程致中的鲁迅研究的学术底蕴。

每一代学人总摆脱不了自身的历史局限性。张家平将20世纪80年代初以来的中国鲁迅研究者划分为四代人，并指出：第二代鲁迅研究者在20世纪五六十年代的高校"接受苏联模式的文学教育""获得了唯物史观和辩证法思维方式，形成了规范严谨的学院派治学风格"，其弱点在于"过

---

① 姚文放：《泰州学派美学思想史》，社会科学文献出版社2008年版，第50、55页。

② 宋克夫：《宋明理学与明代文学》，中国社会科学出版社2013年版，第257页。

③ 冯克诚：《明代心学教育思想与论著选读》，人民武警出版社2010年版，第23页。

④ 冯克诚：《明代心学教育思想与论著选读》，人民武警出版社2010年版，第48—51页。

⑤ 程致中：《梧桐树下的童年记事》，http://blog.sina.com.cn/s/blog_85b5bf1601013gtn.html

⑥ 程致中：《写在教师节》，http://blog.sina.com.cn/s/blog_85b5bf160102v351.html

分热衷于通过鲁迅的思想和创作发展道路来印证'新民主主义'文化理论，难免带上了浓重的先验论色彩"；第三代鲁迅研究者"大多是1978年恢复研究生招生后培养的硕士、博士"，他们的鲁迅研究"与现实人生有着密切的血肉关联"，其欠缺在于"把个人体验强调得过了头，就会以损失学术研究的科学性为代价"。①依教育经历，程致中介于第二代和第三代鲁迅研究者之间，他的研究却少见"先验论色彩"，而不乏"科学性"。钱理群对比"30后"学者与"70后"学者，归纳前者是"从生命的角度进入鲁迅世界"故而"显示了强烈的时代精神和个人特色"，可憾"与时代思潮贴得太紧，缺乏必要的距离"；觉察后者大多"选择从知识的角度进入鲁迅世界"，其"知识结构与思想视野"有所"更新与转换"，却在"建立和保持与底层社会的联系"方面显得不足。②按年龄计，程致中是"40后"学者，他的鲁迅研究有浓厚的生命体验和较强的现实性；"30后"学者的主体精神与研究对象过于胶结之缺憾，很难说程致中已完全避免，但他谙熟比较思维、青睐实证研究、严守学理标准，一定程度上跳出困扰"30后"学者的学术藩篱。

平民的立场和情怀影响了程致中的学术人格，这使我联想民国时期的"开明"文人（包括丰子恺、夏丏尊、叶圣陶、郑振铎等人），他们几乎都是江浙人，曾在摩登上海创办立达学园、经营开明书店、发行教育书刊，展现"稳健浑厚的师长风范"，显得"正直但不激进，开明却不洋气"③。"开明"文人的平民主义思想和文化教育理念吸引了朱自清，他们成为"志同道合的朋友"，这群知识分子身上散发"一股源于本土的平民气息"④。近几年来，程致中从大学讲台走向网络媒体，利用互联网作为"普及鲁迅"的平台，他的"博客"意味着"文化环境改善和学术'平民

① 王家平：《20世纪八九十年代鲁迅研究的生态系统》，《首都师范大学学报》（社会科学版）2002年第4期。
② 钱理群：《"30后"看"70后"》，《鲁迅研究月刊》2014年第11期。
③ 高兴：《中国现代文人与上海文化场域（1927—1933）》，上海文艺出版社2012年版，第136页。
④ 许纪霖：《中国知识分子十论》，复旦大学出版社2003年版，第159页。

化'实践的场域"①，正是平民意识延伸了教育型的鲁迅研究者的文化
岗位。

四、结语：鲁迅精神与平民教育知识分子的文化空间

作为当代学术重镇的鲁迅研究渐现"学术性"与"现实性"、"学院
化"与"大众化"的二元分裂之弊病，乃肇端于研究者游移于"专家学
者"和"知识分子"角色之间，致使"思想"与"学术"相冲突乃至背
弃，偏离了鲁迅精神传统。孙郁坚信"鲁迅学像孔学一样成为知识阶层绕
不过去的话题"②，而陈漱渝担忧的问题依然是现存的事实："鲁迅'匡正
时弊，重铸民魂'的传统不同程度地被一些人淡忘和漠视，知识分子在城
市文化热中日趋世俗化。"③钱理群提醒世人注意鲁迅是一位"把自己思想
变成实践的知识分子"④，张福贵宣明"'普及鲁迅'也是实现知识分子
社会责任的一个过程"⑤，王家平断定"目前鲁迅研究的难点之一是如何
葆有必要的批判性，以维持同鲁迅开创的知识分子精神传统的关联"⑥。
试想鲁迅当年从学院"象牙塔"走向都市"十字街头"，毗邻"且介亭"
而面向洋场"自由谈"，怎能罔顾鲁迅的公共知识分子身份来研究他本人？

本文以程致中为个案现象，考察了平民教育知识分子的鲁迅研究风貌
及意义。这种类型的研究者牢记公共知识分子职责，务求学术研究对公众
思想有所启发、对社会实践有所助益，站在平民立场上，以"教育者"的
平等、诚恳、友善，力扬严谨、真率、平实的学术人格；他们的研究方法

---

① 徐国源等：《知识分子与大众传媒》，中国书籍出版社2012年版，第156页。

② 孙郁、赵晓生：《鲁迅研究的几个问题》，《渤海大学学报》（哲学社会科学版）
2009年第1期。

③ 陈漱渝：《中国鲁迅研究五十年的历史回顾》，《学术探索》1999年第6期。

④ 钱理群：《我们今天为什么需要鲁迅》，《社会科学论坛》2013年第4期。

⑤ 张福贵：《鲁迅研究的三种范式与当下的价值选择》，《中国社会科学》2013年
第11期。

⑥ 王家平：《新世纪鲁迅研究的难题和学术生长点》，《首都师范大学学报》（社会
科学版）2004年第1期。

稳当而不"前卫",话语诚挚而不"狂热",不免让人担心他们在"偶像"时代的文化境遇。雅各比在《最后的知识分子》中惋叹:"老一代知识分子以不可言喻的方式把知识传给了后代,不仅如此,他们还把梦想和希望留给了后代,这种文化的传送带正遭遇威胁。"①遥想朱自清先生一面注视着"从民间来的"新"知识阶级"一面提倡"雅俗共赏"②,见证古稀之年的程致中开启"博客"与网友畅聊鲁迅的记录,亲闻出院不久的程致中远游俄罗斯的计划……我对平民教育知识分子更加崇敬也愈加神往。胡晓明这样评说王元化代表的知识分子:"他们的时代,他们的生活道路的确干扰了他们的学问世界,但是同时,他们又深受其厚赐,因而凝练造就了他们独特的学思风格。"③本文借此作结。

[原载《广西社会科学》2016年第1期]

---

① 拉赛尔·雅各比:《最后的知识分子》,洪洁译,江苏人民出版社2006年版,第6页。

② 朱自清:《朱自清全集》(第三卷),朱乔森编,江苏教育出版社1988年版,第225页。

③ 季剑春、张春田:《传灯:当代学术师承录》,北京大学出版社2010年版,第159页。

后 记

　　和鲁迅相遇，是1972年。那时我在麻姑山下教"鲁迅专题"课，写过几篇文章，合编过一本《鲁迅杂文选读》（安徽人民出版社1978年再版），这些文字不免留下"文革"后期的时代气氛和"大批判"痕迹。虽然做了些阅读指导的普及工作，尚未跨进学术研究的门槛。中共十一届三中全会迎来了科学的春天，也正是新时期鲁迅研究迈步之时，可是长期受到思想禁锢的知识者的思想并没有松绑。就像当年一幅漫画《自嘲》所描绘的：被囚禁在罐子里的人，罐已打破，他还保持着罐中姿态没有解放，这幅画形象地描绘出70年代末、80年代初中国知识分子的生存状态。编入本书最早的一篇《苦楚的经验》，就是那个年代发表的（1980）。

　　1982年安徽劳动大学在山沟里办学难以为继，我调迁安徽师大，从此告别了江淮农村和皖南山区13年的辗转漂流，羁旅动荡。在师大，教"中国现代文学"和"鲁迅研究"（选修课），并担任硕士研究生导师。教学工作耗去我的大部分生命，长期熬夜的不良习惯和五七干校超负荷的劳作损害了健康。我的学术活动在40岁后才踽踽前行，这是一代知识者的宿命罢。30多年的科研成果，仅止于一堆文章和几本书，愧恧不已。

　　编入本书的26篇论文，大略可见我的鲁迅研究思路和重点。在总体认知上，将鲁迅本体界定为"为现代中国人的生存而奋斗者"，突出其"过客"式的生命哲学和反抗绝望的悲剧意识，用"为人生"的态度阐释鲁迅。特别关注鲁迅"取今复古，别立新宗"的文化自觉和"拿来主义"的文化策略，发掘鲁迅与西方文化思潮（如进化论、人道主义、浪漫主义、马克思主义等）及域外作家（如尼采、易卜生、阿尔志跋绥夫等）的事实联系，在比较研究中辨析异同和接受原因，进而阐发突破与超越的意义。探究鲁迅直面人生、贴近现实、"写出人生的'血和肉'来"的文学传统，试图在中外文化交汇和中国现代社会变革的背景上，阐明鲁迅思想及其作品的当代意义。书名《鲁迅的文化自觉和文学传统》，大体上涵盖了本书的要旨。拙作发表后，学界有积极的反响，在《我读鲁迅三十年》文中作过简要的报告（见拙著《现代文学风景谭》附录），兹不赘述。"附录"二篇，王吉鹏教授领衔的书评和高兴教授对我的鲁迅研究的"考察"，仅供参考罢。

30多年来，社会思潮起伏消长，不同时期发表的文章会有思想内容不合时宜、学术规范不合要求等问题，编入本书时除了文字、注释的增删、修订，局部观点和少数篇章的标题也做了必要的调整、修正，疏漏和谬误之处，祈盼批评指正！

曾经写下一段话："在学习和研究鲁迅的道路上，得到过许多师长、相识或不相识朋友的提携和支持，知我者从我的阐释文字中热情地发掘美点，爱我者指出我的缺失并给予温暖的关怀。师长和朋友的鼓励与支持，是我坚持鲁迅研究三十年的一个动力。"这是我内心的声音。致敬知我爱我的师长、亲人和朋友们！致敬发表拙作的期刊和编辑先生！感谢相濡以沫的爱人李传璋女士！

本书出版得到文学院和安徽师大出版社的支持，责任编辑李克非先生倾注了心力，深致谢意！

程致中　2018年10月17日

一年最好　偏是重阳